UNA SEDUCCIÓN ESCANDALOSA

La liga de los picaros- 2

LAUREN SMITH

Traducido por
L. M. GUTEZ

CAPÍTULO 1

Regla 2 de la Liga

Nunca se debe seducir a la hermana de otro miembro. Si se rompe esta regla, el miembro cuya hermana fue seducida tiene derecho a exigir venganza.

EXTRACTO DE *LA GACETA DEL MONÓCULO DE CRISTAL*, 30 DE septiembre de 1820, Columna de Lady Society:

ESTA SEMANA, LADY SOCIETY HA PUESTO SUS OJOS EN UNO DE LOS amantes más notorios de Londres, el Marqués de Rochester. Miembro de la infame Liga de los Pícaros, el marqués es considerado por las damas de la alta como un demonio de pelo brillantemente rojo capaz de hacer escandalosas delicias a puerta cerrada.

Ha llegado a oídos de Lady Society que ninguna dama ha mantenido el interés de Rochester durante mucho tiempo. ¿Acaso anhela secretamente a alguien de buena crianza y que sea sensata?

A Lady Society le gustaría conocer la respuesta a esta fascinante pregunta. Tal vez Rochester se complace en aliviar los dolores del amor no correspondido por alguna mujer misteriosa. ¿Habría que aventurar una conjetura sobre la desafortunada —o quizás afortunada—, señorita que ha robado el corazón de nuestro oscuro marqués?

LONDRES, DICIEMBRE DE 1820
   Ella va a ser mi muerte.

—¡LUCIEN! NI SIQUIERA ME ESTÁS ESCUCHANDO, ¿VERDAD? Necesito desesperadamente un nuevo ayudante de cámara y tú has estado soñando en lugar de ofrecer sugerencias. Me atrevo a decir que ya tienes suficiente para un abrigo decente y un par de mitones.

Lucien Russell, el Marqués de Rochester, miró a su amigo Charles. Estaban caminando por Bond Street, Lucien vigilando cuidadosamente a una dama en particular sin que ella lo supiera y Charles simplemente disfrutando de la oportunidad de una salida. La calle estaba sorprendentemente concurrida a pesar de lo temprano que era y del terrible clima invernal.

—Admítelo —lo instó a hablar.

Lucien luchó por concentrarse en su amigo.

—¿Perdón?

El Conde de Lonsdale lo miró fijamente con una mirada severa que, dado que su comportamiento habitual tendía a ser jovial, resultaba un poco alarmante.

—¿Dónde está tu cabeza? Llevas toda la mañana indispuesto.

Lucien gruñó. No tenía intención de dar explicaciones. Sus pensamientos eran pecaminosos, unos que lo llevarían directamente a un lugar ardiente en el Infierno, suponiendo que no hubiera uno ya reservado para él. Todo por culpa de una mujer: Horatia Sheridan.

Ella estaba a medio camino de Bond Street, en el lado opuesto de la calle, siendo un faro de belleza que destacaba entre las mujeres que la rodeaban. Un lacayo vestido con el uniforme Sheridan la seguía diligentemente con una gran caja en los brazos. Un vestido nuevo, si Lucien tuviera que adivinar. Ella no debería deambular por los senderos cubiertos de nieve, no con esos carruajes pasando a toda velocidad y arrojando aguanieve con lodo por todas partes. Le frustraba pensar que ella se estaba arriesgando a sufrir un resfriado por ir de compras. Le frustraba más que él mismo se preocupara demasiado por ello.

—Sé que piensas que soy un imbécil la mayoría de los días, pero...

—¿Solo la mayoría? —Lucien no pudo resistir el golpe verbal.

Charles sonrió ampliamente.

—Como decía, es un poco obvio que nuestro tranquilo paseo es simplemente una treta. Me he dado cuenta de que nos hemos detenido varias veces, coincidiendo con el patrón de cierta dama conocida en la calle opuesta.

Así que Charles había estado atento después de todo. Lucien no debería haberse sorprendido. No había hecho todo lo posible por ocultar su interés por Horatia Sheridan. Era demasiado difícil luchar contra la tentación natural de mirarla cada vez que ella estaba cerca. Tenía veinte años, pero se desenvolvía con la gracia natural de una reina madura y educada. Pocas mujeres podían lograr tal hazaña. Desde que la conoció, ella había sido así.

Él era un joven de veinte años cuando la conoció, y ella tenía catorce. Había sido como una hermana pequeña para él. Incluso entonces, le sorprendió que fuera más madura intelectual y emocionalmente que la mayoría de las mujeres de la tercera edad. Había algo en sus ojos, la forma en que sus orbes marrones mantenían a un hombre clavado en su sitio con inteligencia; y en estos últimos meses, la atracción...

—Será mejor que dejes de mirar —comentó Charles en voz baja—. La gente está empezando a darse cuenta.

—Ella no debería salir con este clima. Su hermano se enfadará —Lucien ajustó con más fuerza sus guantes de cuero con la esperanza de eliminar los efectos persistentes del viento gélido que se deslizaba entre las mangas de su abrigo y los guantes.

Charles soltó una carcajada, lo suficientemente fuerte como para llamar la atención de los curiosos más próximos.

—Cedric la quiere a ella y a la pequeña Audrey, pero tú y yo sabemos que eso no les impide hacer lo que les plazca.

Había demasiada verdad en eso. Lucien y Charles conocían a Cedric, el Vizconde Sheridan, desde hacía muchos años, y se habían unido durante una oscura noche en la universidad. El recuerdo de su primer encuentro con Charles, Cedric, Godric y Ashton, siempre lo inquietaba. Sin embargo, lo ocurrido había forjado un vínculo inquebrantable entre los cinco. Más tarde, Londres, o al menos las páginas de sociedad, los bautizaron como La Liga de los Pícaros.

La Liga. Qué divertido era todo... excepto por una cosa. La noche en que formaron su alianza, cada uno de los cinco hombres fue marcado por el mismísimo Diablo. Un hombre llamado Hugo Waverly, compañero de estudios en Cambridge, había jurado vengarse de ellos.

Y a veces Lucien se preguntaba si no se lo merecían.

Lucien apartó los agobiantes pensamientos. Se sintió atraído por la imagen de Horatia deteniéndose a admirar un escaparate en el que se exhibía una serie de "capotas poke" en un estante. Su agobiado lacayo estaba de pie junto a ella, haciendo malabares con la caja en sus brazos. Asintió con elegancia cuando Horatia le señaló una capota en particular. Lucien tuvo la tentación de aventurarse a hablar con ella, de llevarla a un callejón para estar un momento a solas con ella. Aunque solo hablara con ella, temía que la intimidad de esa conversación le valiera una bala en el corazón si su hermano se enteraba.

Charles se había adelantado unos metros, luego se detuvo y se volvió para patear un bulto de nieve en la calle.

—Si así es como pretendes pasar el día, entonces considérame ausente. Podría estar en el Salón Jackson ahora mismo, o mejor aún, disfrutando de los favores de las finas damas en el Jardín Midnight.

Lucien sabía que había sacado de quicio a Charles al pedirle que viniera hoy, pero desde que se levantó esta mañana tuvo una sensación peculiar, como si alguien estuviera caminando sobre su tumba. Desde el regreso de Hugo Waverly a Londres, Lucien no había dejado de vigilar a las hermanas de Cedric, especialmente a Horatia. Waverly tenía una forma de crear daños colaterales y Lucien haría cualquier cosa para mantener a salvo a esas inocentes damas. Pero ella no debía saber que él la estaba vigilando. Se había pasado los últimos seis años siendo exteriormente frío con ella, rezando para que dejara de mirarlo de esa manera tan dulce y cariñosa.

Era cruel por su parte, sí, pero si no creaba cierta distancia, la habría sometido sobre su espalda debajo de él. Era una mujer demasiado buena para eso, y él era demasiado perverso para ser digno de ella. Algo así como un demonio enamorado de un ángel. La anhelaba de un modo que nunca había experimentado con otras mujeres, y él nunca podría tenerla.

La razón era simple. La reputación pública de Lucien no hacía justicia a la verdadera profundidad de su libertinaje. Un hombre como él no podía ni debía estar con una mujer como Horatia. Ella era belleza, inteligencia y fuerza, y él la corrompería con solo una noche en sus brazos.

Dentro de la *alta*, había escándalo y luego más *escándalo*. Para cierta clase de mujeres, ser vistas con el hombre equivocado en el lugar equivocado podía ser suficiente para arruinar sus reputaciones y sus futuros. Estas bellas criaturas no merecían más que la máxima cortesía y honestidad.

Para las demás: las viudas que seguían anhelando el amor, las que no tenían interés en tener marido pero que de vez en cuando buscaban compañía, y esa rara y encantadora clase de mujeres que tenían tanto la riqueza como la posición para permitirse el lujo de que les importara un bledo la opinión de la sociedad; para ellas estaba Lucien. Las sedujo a todas, les enseñó a abrirse a sus necesidades y deseos más profundos y a buscar satisfacción. Ni una sola vez una mujer se había quejado o quedado insatisfecha después de que él abandonara su cama. Pero ahora solo había una cama que buscaba, y era una a la que nunca debería ser invitado.

Miró a su alrededor y se fijó en un carruaje que le resultaba familiar entre los demás que circulaban por la calle. Gran parte del tráfico había estado avanzando de forma constante y con mayor rapidez que la gente a pie, pero no ese carruaje. No había nada raro en él; el cochero iba cubierto con una bufanda, como todos los demás, para protegerse del frío, pero cada vez que él y Charles cruzaban una calle, el carruaje los seguía.

—Charles, ¿crees que nos están siguiendo?

Charles se quitó un poco de nieve de las manos enguantadas cuando le cayó desde el alero de una tienda cercana.

—¿Qué? ¿Por qué demonios harían eso?

—No lo sé. Ese carruaje. Lleva unas cuantas calles con nosotros.

—Lucien, estamos en una parte popular de Londres. Sin duda, alguien está comprando y ordenando a su carruaje que se mantenga cerca.

—Mmm —fue todo lo que dijo antes de regresar su atención a Horatia y su lacayo. Uno de sus guantes de repuesto cayó de su capa hacia al suelo, pasando desapercibido tanto para ella como para su criado. Lucien debatió brevemente si debía o no interferir y alertarla del hecho de que él y Charles la habían estado siguiendo. Cuando ella siguió caminando, dejando el guante atrás, él tomó su decisión.

Lucien alcanzó a su amigo que aún iba al frente en la calle.

—No te retendré. A Horatia se le ha caído un guante y quiero devolvérselo.

—¿Afectado por un poco de caballerosidad, eh? Pues ve, quiero parar aquí un momento —señaló una librería.

—Muy bien. Alcánzame cuando estés listo.

Lucien esquivó el tráfico de la calle y, cuando estaba a mitad de camino, se desató el caos.

Bond Street se volvió loco y el aire se llenó de gritos. El carruaje que lo había estado siguiendo de cerca se precipitó por la calle en dirección a Lucien. Sin embargo, en lugar de intentar detener el vehículo, el cochero azotó a los caballos, impulsándolos directamente hacia Lucien.

Se encontraba en un punto intermedio de la calle como para dar marcha atrás; tenía que ponerse a salvo y apartar a los demás del camino. ¡Horatia! Podría resultar herida cuando pasara por encima de ella. Se le disparó el corazón mientras corría. El chofer volvió a azotar a los caballos, como si percibiera la determinación de Lucien por escapar.

—¡Horatia! —gritó a todo pulmón—. ¡Apártate!

Él nunca olvidará la expresión de su cara. La forma en que su confusión se transformó en una alegría pura al verlo, y luego en terror cuando notó que el carruaje se dirigía directamente hacia ellos.

Lucien cruzó la calle momentos antes de que los caballos lo alcanzaran. Embistió a Horatia, tirándola al suelo en un callejón entre los comercios. Las ruedas del carruaje se abrieron paso entre la nieve y el lodo se detuvo a centímetros de sus botas, empapándolas con agua helada.

Durante un largo momento, Lucien no pudo moverse. Ella estaba viva. Él lo había logrado. El carruaje no había atropellado a ninguno de los dos...

Entonces su cuerpo pareció darse cuenta de que tenía una mujer debajo. Una mujer con las curvas más bellas creadas por Dios para tentar a un hombre. Su capota estaba doblada, revelando largos y brillantes rizos de cabello castaño intenso. Sus ojos oscuros, tan inocentes, se clavaron en su rostro con asombro.

—Milord... —musitó aturdida. Sus manos enguantadas se apoyaron en el pecho de Lucien, apartándolo. Él sintió el temblor de sus manos hasta los huesos y su cuerpo respondió con interés.

—¿Qué demonios? —Charles se precipitó hacia el callejón, con sus ojos grises llenos de furia—. ¿Has visto quién conducía ese carruaje? —se detuvo y observó la escena con una sonrisa—. Horatia, amor, ¿cómo estás? Espero que no muy herida —

Charles nunca se había preocupado por los títulos o la cortesía. En realidad, Lucien tampoco. Así que a Lucien no le sorprendió que su amigo hubiera tratado a Horatia como lo hizo.

—¡Oh, Charles! —exclamó ella. Solo ahora pareció darse cuenta de que estaba sobre su espalda en un callejón justo al lado de Bond Street, con una calle llena de miradas curiosas y Lucien encima de ella.

Lucien apretó los dientes.

"¡Oh, Charles!" había dicho ella, pero Lucien siempre era "Milord". Le irritaba profundamente saber que ella no le ofrecía esa intimidad. Era su maldita culpa. La alejaba siempre que podía, solo para no arrastrarla a la alcoba más cercana y besarla. Algo en ella parecía convertirlo en el más bárbaro de los bárbaros. En su mente solo figuraba el posible sabor de la mujer, cómo gemiría y suspiraría si pudiera ponerle las manos encima.

—Lucien... —balbuceó Horatia. Su nombre en sus labios era más erótico que el suspiro saciado de un amante—. ¿Qué demonios acaba de pasar?

—Me temo que alguien acaba de intentar atropellarme, y tú estabas, por desgracia, en el camino —explicó, preocupado por la expresión de aturdimiento que envolvía sus ojos oscuros.

—Digo, Lucien, que tal vez quieras bajarte de la chica, se está poniendo azul —bromeó Charles—. Además, si te quedas encima de ella más tiempo, la gente hablará. No querrás acabar casado solo por salvarle la vida, ¿verdad?

Horatia tenía la cara roja y Lucien no estaba seguro de si era por la falta de aire o porque ella estaba tumbada debajo de él cerca de la vía pública en una posición muy comprometedora. Se apartó de ella y se puso en pie. Charles le entregó a Lucien su sombrero y éste se lo colocó en su sitio. Se quitó la nieve de la ropa con una mano mientras ofrecía la otra a Horatia.

La vacilación de la chica fue como un golpe en el corazón. Finalmente, su mano enguantada se posó en la suya y la ayudó a levantarse, con un tirón adecuado para que ella tropezara hacia sus brazos. Lucien no pudo resistirse a sonreírle.

Si se inclinaba unos centímetros, podría besarla, separar sus labios... Por un momento, se perdió en el sueño de descubrir su sabor. Ella lo miraba fijamente, sin pestañear, con esos malditamente encantadores ojos que se calentaron hasta el punto de arder de deseo. Sería tan fácil...

—Ejem —el lacayo levantó la caja con una expresión muy afligida—. Señorita... —graznó mientras le mostraba el paquete. Estaba completamente empapado, al igual que Horatia y Lucien.

Ella se liberó de los brazos de Lucien.

—¡Madre mía!

El hechizo que él había lanzado sobre ella se desvaneció cuando se apresuró a coger la caja.

—Madre mía, madre mía —el brillo de las lágrimas fue evidente cuando se volvió hacia él—. Mi vestido. Está arruinado.

¿Lágrimas por un vestido? Ese comportamiento era más propio de su hermana menor, Audrey. La adorable chiquilla estaba obsesionada con la moda. Horatia, sin embargo, siempre había sido más tranquila, y de naturaleza más intelectual.

—¿No puedes comprar otro? —preguntó Charles.

—No... no puedo pedirle a Cedric que gaste más de lo que tiene.

Ahh, ya. La Horatia que él conocía era frugal hasta el extremo. Cedric era tan rico como Creso, pero Horatia nunca dejaría que la malcriara.

—Oh... —replicó Charles, un poco confundido. Era un derrochador, eso no era un secreto.

Lucien cogió la caja del lacayo y la observó con ojo crítico.

—Podría salvarse. Te acompañaremos a casa y puedes hacer que la doncella se ocupe de ello.

Horatia miró con incertidumbre a Charles y a Lucien.

—¿No os estoy desviando de vuestro camino? Peter y yo estamos bien para ir a casa por nuestra cuenta, ¿no es así, Peter? —lanzó una mirada decidida a su lacayo, quien asintió apresuradamente.

—Estaremos bien, mis lores.

—Tonterías —continuó Lucien—. Has sido víctima de un susto y estás empapada. Te acompañaremos a casa. Fin de la discusión —sujetó su codo con una mano y le devolvió el paquete a Peter.

Ellos debían parecer un curioso espectáculo. Lucien y Charles a ambos lados de la empapada Horatia como si fueran guardias, y su lacayo siguiéndola de cerca con una caja mojada en las manos.

Lucien ignoró las miradas curiosas y simplemente disfrutó del alivio que suponía poder acompañar a Horatia a su casa sin otro incidente que pusiera en peligro su vida.

Cuando llegaron a la residencia de los Sheridan, Horatia se quitó la capa empapada de los hombros y se excusó mientras huía escaleras arriba con el paquete. Lucien se quedó parado en el vestíbulo, observando el vaivén de sus faldas mojadas, deseando poder seguirla hasta sus aposentos y meterse en el agua caliente del baño que seguramente le esperaba. La idea de Horatia desnuda en una bañera era solo un poco menos tentadora que el sueño que había tenido la noche anterior con ella. Últimamente, ella rondaba sus pensamientos con demasiada frecuencia.

—¿Esperamos a Cedric? —preguntó Charles, uniéndose a él al pie de la escalera.

—¿No está?

Charles negó con la cabeza.

—El mayordomo dijo que está buscando a Horatia, por así decirlo.

¿Buscando a su hermana? ¿Para qué demonios?

—Deberíamos esperar —sugirió Lucien—. Ven, vamos a por un poco de brandy.

Su amigo sonrió ampliamente.

—Esa es más bien la actividad que tenía en mente cuando salimos esta mañana.

Siguieron a un lacayo hasta el gabinete para esperar el regreso de Cedric.

Charles se acomodó en un gran sillón brocado, cruzando un tobillo sobre la rodilla.

—Lucien, ¿crees que Horatia estará bien?

—Supongo...

—Dado su pasado, quiero decir —explicó Charles—. Con sus padres y el accidente del carruaje. Tú estuviste allí. ¿Crees que eso le traerá recuerdos?

Lucien se estremeció. Aquel día, Cedric perdió a sus padres. Se encontraban viajando por la ciudad cuando dos hombres decidieron hacer una carrera con sus carruajes por las calles. Horatia, de solo catorce años, iba en el vehículo con sus padres. El choque fue espantoso. Caballos chillando con las patas rotas, varias personas heridas debido a su proximidad con el accidente. Un joven muerto, otro terriblemente herido. Los padres de Cedric y Horatia no sobrevivieron al impacto del carruaje cuando éste volcó.

Horatia había quedado atrapada en el carruaje con los cuerpos de sus padres, sin poder salir, aturdida por el impacto. Ni siquiera gritó para pedir ayuda. Cuando Lucien llegó al lugar, subió por el lado del vehículo y abrió la puerta. La llamó por su nombre y ella lo miró con los ojos llenos de terror. La sacó y la abrazó. El estómago se le revolvió al recordar el cuerpo de Horatia sacudiéndose violentamente contra el suyo.

—Ella es fuerte. Se pondrá bien —las palabras de Lucien eran más una garantía para sí mismo que para Charles. Tenía que creer que ella no estaría demasiado alterada después de esta mañana.

Pensar en verla angustiada le provocaba una sensación de vacío en el pecho. A pesar de su intención de ignorarla al máximo y fingir que no existía, ella había protagonizado todos sus pensamientos durante los últimos meses. Él sabía exactamente a quién culpar por esto. La Duquesa de Essex, antes la señorita Emily Parr.

Su amigo, Godric, el Duque de Essex, había secuestrado a la señorita Parr a principios de ese otoño. El plan no había salido en absoluto como estaba previsto y, hacía unos meses, Godric había acabado encadenado al matrimonio.

Lucien se encontró sonriendo por algo que debería haberlo inquietado, ya que el sagrado acto del matrimonio era algo que temía por encima de la muerte. Pero, maldita sea, estaba un poco celoso de la fácil felicidad de Godric con Emily. Los dos eran de naturalezas muy opuestas y, sin embargo, eran un matrimonio basado en el amor.

Los acontecimientos posteriores al secuestro habían introducido de nuevo a Lucien en el mundo de Horatia. Todo el esfuerzo que había puesto en eludir con tacto las cenas y los bailes fue en vano. La Liga le tenía tanto cariño a Emily que ninguno de ellos podía resistirse a acudir a su llamado. Cedric lo llamaba el efecto "perrito faldero": habían pasado de ser unos libertinos perfectamente peligrosos, de la peor calaña, a ser unos caballeros perfectamente comportados en presencia de la Duquesa de Essex. Si Emily y Horatia no se hubieran hecho tan amigas, Lucien podría haberla evitado con más facilidad.

Le sorprendía el hecho de que Horatia siguiera estando soltera a los veinte años. ¿Cómo era posible que ningún otro hombre hubiera querido acostarse con una criatura de ojos marrones y curvas hechas para abrazar? ¿O pasar un día entero planeando bromas solo para ganarse una deliciosa risa de sus suaves labios? Sin embargo, conociendo a Cedric, probablemente había varios jóvenes de la *alta* corriendo asustados ante la idea de acercarse a él para pedirle permiso de cortejar a su hermana.

Lucien había intentado saciar su sed de Horatia entre los muslos de otras mujeres, pero fue inútil. Justo la noche anterior había intentado acostarse con una mujer, pero descubrió que no estaba lo suficientemente excitado para actuar. Si la noticia se difundía, se convertiría en el hazmerreír. No subestimaba la ironía de que una mujer inocente dañara su reputación de libertino. En este momento, temía la llegada de su amigo, teniendo en cuenta el sueño de la noche anterior.

Horatia había sido despojada de todas sus ropas y se encontraba ante él con los tobillos y las muñecas atados a los postes de la cama con seda roja. La transpiración bañaba su piel mientras él subía por su cuerpo para acariciar sus perfectos pezones. Ella se arqueó hacia él, frotando su sexo contra él, abrasándolo con el perverso calor de su excitación. Le metió la lengua en la boca, saboreándola, y le cogió las deliciosas nalgas, levantándolas para conseguir el mejor ángulo para una potente embestida. El sueño se había disipado en una nube de vapor, dejándolo con una erección lo suficientemente dura como para hacer un agujero en la pared.

Sería un milagro que pudiera controlar sus rasgos y ocultar su culpabilidad ante Cedric después de soñar con hacerle semejantes cosas a la hermana de ese hombre.

Lucien miró el reloj sobre la repisa de la chimenea. Era casi mediodía. Cedric ya debería haber llegado.

Había una sensación desagradable bajo su piel que lo inquietaba. Ya la había experimentado, justo antes de que se desatara una tormenta. La preocupación se anudó en su interior, retorciéndole el estómago hasta que apenas pudo respirar. Había nubes oscuras vislumbrándose en el horizonte.

Charles frunció el ceño y se inclinó hacia delante en su silla, con la preocupación marcando las comisuras de sus labios.

—¿Te encuentras bien?

Una respiración profunda. Dos. El intenso temor en su pecho se disipó.

—He estado mejor, supongo. Es que... —Lucien dudó.

Charles alcanzó el decantador de brandy y le sirvió otra copa.

—¿Qué pasa?

Lucien abrió la boca, pero la puerta de la habitación se abrió de golpe. Cedric enmarcaba la entrada como un ángel vengador, o un demonio. Entró a zancadas, sosteniendo una nota en una mano con los nudillos blancos mientras sujetaba su bastón plateado con cabeza de león en la otra.

—¿Qué pasa, Cedric?

La rabia de Cedric era demasiado evidente.

—¡Ese bastardo!

Hubo un momento de silencio mientras Lucien compartía una mirada preocupada con Charles.

Charles se puso en pie y se acercó a la caja de puros que había en la mesilla contra la pared del fondo.

—Tendrás que ser un poco más específico; hay muchos bastardos por aquí —se pasó el puro por debajo de la nariz—. Algunos están incluso en esta habitación.

Lucien se levantó y caminó hacia la ventana que daba a la calle. Vio una escena cómica de un dandi demasiado arreglado que se pavoneaba con un monóculo, examinando los vestidos de varias damas que pasaban a su lado. El hombre pareció sentir la mirada de Lucien y levantó la cabeza. Lucien sintió un escalofrío. Algo en el hombre y en sus ojos vacíos y fríos hizo que sus nervios se activaran, dejándolo inquieto. ¿Había visto a ese hombre antes? Una corazonada le recorrió la columna vertebral. El hombre se dio la vuelta y desapareció por una puerta que se encontraba unas cuantas casas más abajo, frente a la residencia de Cedric.

Lucien volvió a centrar su atención en sus amigos.

—¿Y quién es ese bastardo?

Cedric se tiró en una silla con brocado rojo y dorado y golpeó la punta de su bastón en la bota derecha.

—¿Quién crees que es?

El corazón de Lucien se paralizó.

—Waverly.

Cedric asintió.

—Eso no es nuevo para nosotros. Alguien intentó atropellar a Lucien en Bond Street. Horatia estaba cerca. Afortunadamente, Lucien la salvó —le explicó Charles el incidente de la mañana a Cedric, quien no dijo ni una palabra mientras escuchaba. Todos sabían de lo que era capaz Waverly. Al parecer, lo más preocupante era la completa falta de honor del hombre. No tenía remordimientos para atacar a sus enemigos por la espalda o, aparentemente, a sus seres queridos.

Lucien cruzó los brazos sobre el pecho y se apoyó en la pared frente a Cedric. Bajo la furia del hombre, unas líneas de preocupación se extendían cerca de sus ojos.

—¿Mi hermana está bien?

Lucien asintió.

—Está tan bien como era de esperarse. Pude sacarla del camino, pero está terriblemente molesta —afortunadamente, solo el vestido había sufrido la villanía de Waverly. Reprimió el impulso de encontrar al demonio y estrangularlo con sus propias manos. Lucien sabía que Horatia no apreciaría que asesinara a un hombre en su nombre. Sus pasiones tendían a dominarlo más de lo debido.

Independientemente del hecho de que ella no era suya, al menos podía mantenerla a salvo. Había que proteger a Horatia a toda costa.

—Cedric —Charles interrumpió los pensamientos de Lucien —. ¿Por qué saliste a buscar a Horatia?

El rostro de Cedric volvió a oscurecerse.

—Me dirigía a reunirme con Ashton y Godric en Tattersalls cuando uno de mis lacayos encontró esta carta metida debajo de la aldaba de la puerta.

Sostuvo el trozo de pergamino en su mano.

Con temor, Lucien cogió la nota y la leyó. Charles se colocó detrás de él y se inclinó para leer por encima de su hombro. El papel de la nota era grueso y costoso. Una caligrafía negra, desconocida para él, que claramente no era de Waverly, cubría la superficie de la nota con una siniestra firmeza.

Lucien leyó las palabras en voz alta para que Charles las oyera.

—Los accidentes en carruaje son terribles, ¿no?

Lucien le entregó la nota a Cedric, quien se la guardó en el bolsillo.

—No parece la letra de Waverly. ¿Estamos seguros de que es él?

Cedric se encogió de hombros.

—¿Quién más se atrevería a recordarme un hecho tan horrible?

—Bueno, solo si se refiere al pasado —comentó Lucien—, tal vez el momento elegido fue premeditado.

Charles volvió a caminar y se tiró en una silla, frunciendo el ceño.

—Nos ha amenazado antes, pero no ha conseguido nada. ¿Qué ha cambiado? —los ojos del conde brillaron como el mercurio, brillantes y siempre cambiantes.

—No tengo ni puta idea —Cedric acarició la cabeza de león plateada de su bastón—. Ha pasado los últimos años en el extranjero. Ahora ha vuelto y renueva sus amenazas.

Lucien se preguntó si su cuerpo había sabido de algún modo que algo se había puesto en marcha. Casi podía oír el tictac de los engranajes del reloj, pero era muy difícil saber cómo proteger a sus seres queridos si no podía ver desde qué dirección vendría la amenaza.

Cedric se levantó, frotándose la cara con una mano.

—Dejando de lado las malas noticias, me gustaría invitaros a cenar esta noche, y sé que es de última hora, pero Audrey está decidida a ver a toda la Liga —miró a sus amigos con esperanza.

Charles sonrió ampliamente.

—¡Sabes que siempre estoy deseando ver a tus hermanas!

Cedric arqueó una ceja.

—No demasiado ansioso, espero.

Esto era una maldita molestia. Cada fibra del ser de Lucien le exigía romper la segunda regla de la Liga. No quería que su lujuria lo llevara a una situación en la que se enfrentara a Cedric en un campo al amanecer, o algo igualmente ridículo. Con cualquier otra mujer se habría acostado con ella y habría seguido adelante, pero no con Horatia. Eso era imposible. El solo hecho de pensar en ella le calentaba la sangre y le enviaba un dolor palpitante directamente a sus entrañas. Se removió incómodo y se arregló los bombachos.

—¿Y tú, Lucien? —Cedric le clavó una poderosa mirada—. No te atrevas a darme ninguna excusa.

Hacía años, Lucien le había dicho a Cedric que no se sentía cómodo con Horatia, explicándole que ella había arruinado una propuesta de compromiso que él le había hecho a una heredera años atrás. Pero era una verdad a medias. Horatia había estado allí, y la proposición se había estropeado cuando ella arrojó un cubo de agua sobre la cabeza de su prometida. Pero ahora, su necesidad de evitar a Horatia tenía que ver con el deseo de llevarla a la cama más cercana y... Sacudió la cabeza, apartando semejantes pensamientos.

Comenzó a protestar.

—Cedric, sabes que yo...

—Vamos. No tienes miedo de mis hermanas, ¿verdad?

Maldita sea. No había forma de que se librara en esta ocasión.

—Iré.

—¡Maravilloso! ¡Te espero a las siete! —declaró Cedric con satisfacción.

—¡Maravilloso! —repitió débilmente Lucien. ¿Cómo iba a sobrevivir a esto?

CAPÍTULO 2

Horatia presionó dos delgados dedos contra sus sienes mientras la forma saltarina de su hermana menor pasó de largo, distrayéndola de su último libro. No era la forma en que una joven debería comportarse, pero intentar detener a Audrey era como intentar controlar una tormenta. Horatia se esforzó por concentrarse en las palabras, pero entre el caótico torbellino de Audrey y los recuerdos del incidente de esta mañana, no pudo. Los ecos de su miedo le sabían amargos en la boca. Se despreciaba a sí misma por ser demasiado débil como para dejarse dominar por esas ansiedades. En un momento había estado disfrutando de un paseo, y al siguiente había caballos chillando, ruedas del carruaje girando y agua helada que la calaba hasta los huesos mientras ella aterrizaba en el pavimento.

Era como su infancia una vez más. La muerte la había atacado sin previo aviso y, como la última vez, se había salvado. Pero el suceso había despertado viejos temores. De nuevo, Lucien le había salvado la vida. Él nunca sabría lo viva que se había sentido cuando la hizo caer de espaldas a la nieve en el callejón, o cómo su corazón se había agitado como un pájaro salvaje contra su caja torácica. Su duro cuerpo sobre el suyo, presionando contra ella; él estuvo tan cerca que Horatia vislumbró destellos verdes incrustados en el marrón de sus ojos, como un oscuro bosque atrayéndola. Cualquier temor que pudiera haber tenido sobre ser atropellada, fue absorbido por la confusa ola de calor que sintió cuando Lucien se movió sobre ella. Sus caderas y sus pechos quedaron presionados. Seguramente había estado a punto de verse comprometida. Si alguien importante hubiera visto a Lucien encima de ella, habría sido un escándalo.

Nunca olvidaría la cara de Lucien ni su respuesta feroz y protectora. Pero esa capacidad protectora no se comparaba con la de su hermano, quien había subido corriendo a verla tan pronto como se enteró. Les había mostrado una carta que contenía una vaga amenaza sobre accidentes de carruajes. Cedric estaba dispuesto a enviarlas a Francia y a cambiar sus nombres para protegerlas, y Horatia necesitó hasta la última pizca de diplomacia para convencerlo de que ella y Audrey estaban más seguras aquí.

—¡Oh, Horatia, anímate! ¡Cedric ha dicho que esta noche tendremos una cena con la Liga! —sus ojos canela estaban atentos al rostro de su hermana mayor. Audrey confundió la tristeza de Horatia con infelicidad y no con la preocupación que realmente sentía.

—Audrey, deja de dar esos saltos infernales —el tono de Horatia fue más agudo de lo que pretendía. Inclinó la cabeza y sus dedos se clavaron más en sus sienes mientras sus nervios alterados ardían de dolor. Levantó la mirada para ver cómo se borraba la sonrisa de Audrey—. Y deja de llamarlos la Liga. Suenas como esa espantosa Lady Society del Monóculo de Cristal.

—Lo siento, Horatia, es que... —tartamudeó Audrey, con un ligero indicio de lágrimas en el rabillo del ojo—. Con todo lo que ha pasado hoy, solo quería animarte —se dio la vuelta y salió de la habitación, perdiendo su entusiasmo.

Horatia fue tras ella.

—Audrey, espera... —se detuvo y se hundió nuevamente en su diván. Todavía le dolía la cabeza.

Un momento después, la dama de compañía, Úrsula, entró a zancadas.

—¿Y ahora qué pasa? Esa pobre chica parecía dispuesta a llorar durante una semana —Úrsula tenía poco más de cuarenta años, era una mujer regordeta pero atractiva, con algunas canas en su cabello rubio. Llevaba diez años con la familia Sheridan y era lo más parecido a una figura materna para Horatia.

—Se estaba comportando como una niña, así que le grité. Intenté disculparme —Horatia solo se defendió parcialmente. La culpa era de ella, no de Audrey. Su temperamento nunca debería perjudicar a los demás.

—Y me pregunto, ¿qué te ha puesto de un humor tan poco agradable? Sé que el accidente debió asustarte, pero Lord Rochester estuvo allí y tú te encuentras bien, ¿verdad? —Úrsula se dirigió al alto armario y comenzó a buscar un vestido para que Horatia luciera esta noche.

Era una de las muchas cosas de Úrsula que Horatia admiraba: su capacidad para tratar las situaciones y los problemas con una mente fría y racional, en lugar de emocional. Ahora que había determinado que Horatia había ofendido a Audrey por su propio mal genio, sin duda discerniría el motivo del malestar de Horatia, y luego decidiría qué consejo darle.

—No, tienes razón. Estoy bien. Un poco alterada, pero podría haber sido peor —habló Horatia.

En realidad, sentía pánico ante la posibilidad de encontrar a Lucien en la cena de esta noche. Cuando se encontró con el Marqués de Rochester esta mañana, bueno... fue explosivo. Su toque, su mirada, su cálido aliento en sus mejillas, todo ello había encendido un fuego en la boca de su estómago que se negaba a apagarse. Si tan solo hubieran podido permanecer así de cerca...

No pudo evitar soñar con lo que podría haber ocurrido. ¿Él se habría atrevido a besarla? *Por supuesto que sí,* le respondió su voz interior, *es un libertino.* De haber estado solos, él podría haber aprovechado la situación y, Dios, ella se lo habría permitido.

Era una bendición el hecho de que él normalmente pareciera

decidido a evitarla. Sin embargo, no podía evitar el deseo de verlo ahora, de percibir su aroma cuando estaba cerca de ella, o el roce de sus manos en el desayuno cuando ambos alcanzaban los huevos.

Por irracional que fuera, incluso ansiaba la forma ávida en que él la miraba con aquellos ojos ardientes, con una lujuria latente justo por debajo de su superficie de color avellana. El corazón le golpeó contra las costillas y las palmas de sus manos se bañaron de sudor.

Úrsula sacó un vestido de color violeta con zapatillas de casa oscuras de Parma.

—Me temo que tu nuevo vestido de Navidad se ha estropeado después de todo. Ninguna mujer podría estar de buen humor después de esa clase de tragedia —el tono de Úrsula era medio burlón. La otra mitad era sarcástica.

—Sí, es una pena lo del vestido.

El vestido estaba perdido, pero podía vivir con ello. Era el tipo de drama cotidiano para el que una estaba preparada. Para lo que no estaba preparada era para Lucien. Horatia había clavado los dedos en su pecho y lo había mirado fijamente, ignorando el frío del suelo. La mirada de Lucien había sido salvaje. A ella le aterrorizó ver el repentino cambio en su comportamiento. Era una faceta de él que nunca había visto.

Se había visto obligada a enfrentarse a la verdad de que había cosas de él que no conocía. Los secretos y las pasiones lo dominaban. ¿Por eso los hombres de la Liga eran muy unidos? ¿Compartían algo que ella no podía entender? ¿Por eso que Lucien mantenía su distancia? Tal vez no controlaba sus pasiones. Tal vez por eso la evitaba.

Pero no soy el tipo de mujer que pondría a prueba el control de un hombre. Su voz interior la reprendió por ser tan tonta como para pensar que ella supondría una tentación para Lucien. No era una seductora. Todo lo que él tenía que hacer era mover un dedo largo y ella acudiría corriendo. Patético, pero cierto. Era una lástima que ella no pareciera digna de ser seducida.

Dejó que Úrsula la vistiera. Cuando terminó, Horatia salió de su habitación y se dirigió a las escaleras. Un gato blanco y negro apareció, con sus ojos amarillos muy abiertos y un ratón muerto colgando entre sus dientes.

—¡Manguito! ¡Sabes que no debes meter tus regalos!

Salió corriendo detrás del gato. Manguito bajó las escaleras y atravesó la puerta principal hasta llegar a un salón sin uso. El gato se deslizó entre la chimenea de mármol y la rejilla para el fuego, desapareciendo junto con su premio.

—Oh, por favor —gruñó Horatia mientras retiraba la rejilla.

Manguito había desaparecido dentro de la chimenea, posiblemente incluso en la salida de ésta. Los invitados de la cena llegarían pronto y ella no podía arriesgarse a quedar cubierta de hollín. Afortunadamente, esta noche ningún sirviente encendería el fuego en esta habitación. Con suerte, el gato tendría el suficiente sentido común para abandonar la chimenea antes de la mañana.

Manguito era uno de los dos gatos que residían en la casa Sheridan en Curzon Street. El otro gato, Mitones, era una hembra negra. Cedric se los había comprado a Audrey como regalo de Navidad cuando era una niña. También le habían regalado un par de mitones y un manguito, y naturalmente llamó a sus gatos igual. Pero ése era el tipo de cosas que Audrey hacía en esa época.

Ahora los felinos eran muy viejos. Horatia temía el día en que descubriera la muerte de uno de ellos, o de ambos. Eran sus fieles compañeros, guardianes de la biblioteca, defensores de la cocina.

Horatia era más reservada y apagada que Audrey. Tenía pocos amigos y a menudo pasaba los días leyendo o montando a caballo. Los gatos la acompañaban en el asiento de la ventana o en una silla y enroscaban sus colas alrededor de su cuerpo, ronroneando con amor incondicional. Cuando estaba con ellos olvidaba sus problemas, olvidaba que deseaba a un hombre que no tenía nada más que un trato frío con ella.

La aldaba de la puerta principal sonó. Audrey pasó volando

por delante de la puerta abierta del estudio, con el rostro radiante de emoción. Parecía que su hermana se había recuperado de su reprimenda. Horatia dudó antes de unirse a ella en el vestíbulo. Sabía que Lucien estaría allí y, como siempre, se debatía entre el deseo de verlo y el temor a su cruel desprecio. Respirando hondo, salió a recibir a sus invitados.

Sus ojos siempre encontraban primero a Lucien. Entre el grupo de hombres atractivos que había en el vestíbulo, solo él la cautivaba. Con el pelo rojo oscuro lo suficientemente largo como para rizarse por encima del cuello de su camisa, y ojos ardientes color avellana, él era la tentación personificada. Horatia caería felizmente a sus pies y le ofrecería su cuerpo, su corazón y su alma como tributo. Pero él la rechazaría, como siempre hacía.

La mirada de Lucien se fijó en ella mientras el resto de la multitud se dirigía al salón. Él permaneció inmóvil, siguiendo cada una de las respiraciones y los movimientos de Horatia. El brillo de sus ojos la sobresaltó y un destello de calor bajó de sus pechos a sus piernas, *allí*. Ella se sonrojó. Lucien respondió con una sonrisa fría, como si supiera exactamente lo que le había hecho.

Él le ofreció el brazo y ella dudó solo un instante antes de cruzar el pasillo y dejar caer los dedos sobre su manga. Él le estrechó el brazo con más fuerza, y el calor de sus dedos le quemó la piel. Ella miró a su alrededor, preguntándose si alguien lo notaría, pero nadie la miró. Incapaz de resistirse, se inclinó hacia él, acomodando su brazo en el suyo, saboreando la calidez del contacto entre sus cuerpos.

—¿Vamos? —la voz de Lucien era suave y oscura. Un tono más adecuado para el dormitorio que para el pasillo.

A Horatia se le secó la garganta, pero logró asentir temblorosamente.

Después de la cena, Lucien y los demás hombres optaron por jugar al whist, pero él no pudo concentrarse en las cartas. Las damas de la esquina más alejada de la sala acapararon su atención. Úrsula, una de las damas de compañía de los Sheridan, estaba sentada en una silla leyendo un grueso tomo, ajena a sus jóvenes protegidas. Horatia y Audrey estaban sentadas a ambos lados de Emily, la joven Duquesa de Essex. Emily y Horatia llevaban vestidos brillantes, mientras que el de Audrey era una muselina rosa claro. Sus cabezas se inclinaban mientras susurraban, haciendo que Lucien pensara en tres hadas fugitivas de la corte de la reina Mab en *Romeo y Julieta*. De vez en cuando, una de ellas lanzaba una mirada a los hombres antes de regresar a su conversación secreta.

Lucien habría pagado cualquier cosa por ser una mosca pegada a la pared cerca de ellas, para ver mejor cómo los labios de Horatia se separaban y formaban cada palabra; así como también le gustaría tener esos labios envueltos alrededor de su miembro adolorido, chupándolo hasta el dulce olvido.

Dios. Lucien apartó la mirada de ella.

—¿De qué crees que están hablando? —le preguntó Charles.

Parecía que no era el único que se moría de curiosidad.

—Dios, ojalá lo supiera —admitió con sinceridad, justo cuando Audrey soltó una carcajada.

Charles movió los dedos hacia Audrey y le lanzó un beso. Ella se sonrojó y enseguida les dio la espalda.

—No deberías animarla, Charles. Es joven e impresionable —Lucien recordaba muy bien los peligros de tener a una niña enamorada siguiéndolo a todas partes.

—¿Animarla en qué? La pequeña mocosa no tiene el menor interés en mí —Charles sonrió con ironía. Se reclinó en su silla, mostrando un aire relajado.

—¿Qué? ¿Estás seguro? Siempre pensé que tal vez ella... —Lucien se detuvo cuando notó que la cabeza de Audrey giraba en una dirección muy específica, y no era hacia Charles—. Oh, cielos —Lucien mantuvo la voz baja. Audrey claramente tenía ojos para el hermanastro de Godric, Jonathan.

—Oh, Dios, sí. Será mejor que estemos atentos. Cedric hará

pedazos a Jonathan —la mirada de suficiencia de Charles casi hizo reír a Lucien.

—*Quieres* que lo atrapen, ¿no?

Charles bostezó.

—Este mes ha sido de lo más aburrido, como bien sabes. Después de que Tisdale presentara su renuncia, no he salido mucho, a menos que sea contigo. Ver a Cedric persiguiendo a Jonathan en la ciudad por el honor de Audrey ciertamente me entretendría.

El humor de Lucien se esfumó. Si Cedric descubría que él quería a Horatia —de una forma que haría que las mejillas de una cortesana se sonrojaran —, Lucien era hombre muerto.

Cuando los hombres terminaron su partida de whist y bebieron el último brandy, decidieron que la velada había terminado.

—He acabado aquí —Godric se volvió hacia las damas—. Vamos, Em. Hora de irnos.

Emily no le dedicó una mirada a su marido. Tenía una mano en el hombro de Horatia y otra en el de Audrey mientras hablaba con las dos reunidas. Ninguno de los hombres se molestó en intentar averiguar qué susurraban las mujeres. Lucien supuso que eso siempre sería uno de los misterios de la vida; por ejemplo, por qué una mujer necesitaba innumerables capotas cuando eran cosas muy feas e inútiles. Era una maldita molestia intentar desatar metros de innecesarias cintas para poder tocar el cabello de una mujer mientras la besaba.

—Esa es una alianza profana, si alguna vez vi una —observó Cedric.

Las hermanas Sheridan ya eran bastante problemáticas, pero añadir a Emily era como un fósforo encendido cerca de un enorme barril de pólvora.

—Será mejor que retire a mi esposa antes de que cause problemas —habló Godric.

Lucien no pasó por alto el tono de satisfacción de Godric al decir "esposa".

Godric se puso de pie, luego se acercó en silencio y la apartó del grupo, atrapándola entre sus brazos.

—¡Godric! —Emily lanzó una patada de indignación—. ¡Bájame de una vez!

—No lo creo, querida. Es hora de que te acueste —él bajó la cabeza para que su cara quedara a centímetros de la de ella.

—Oh, si es necesario —intentó parecer reacia, pero había una sensación de falta de aire en su voz que no engañaba a nadie. Por un momento, Lucien sintió una fuerte envidia. Si Horatia no estuviera emparentada con su amigo, la habría sacado por la puerta de la misma manera en busca de la cama más cercana.

—¡Buenas noches a todos! —llamó Godric por encima del hombro mientras él y Emily salían del salón.

Cedric negó con la cabeza, pero sus ojos brillaban de alegría.

—Por la forma en que actúan, uno juraría no saber que están casados.

—Son realmente afortunados —comentó Ashton—. Estar así de enamorados y que el matrimonio sea una bendición en lugar de una carga.

—¿Tal vez deberíamos irnos también? —Jonathan lanzó una mirada nerviosa en dirección a Audrey, quien lo miró con picardía. Él se había estado quedando en la casa de ciudad de Ashton para así darles a los recién casados un tiempo a solas antes de mudarse con ellos. Godric le había entregado a Jonathan un patrimonio independiente, pero lo había puesto en fideicomiso hasta que su hermano estuviera listo para establecerse y administrar la propiedad él mismo. Mientras tanto, Jonathan viviría con Godric y su nueva esposa.

—Después de ti, Jonathan —Ashton inclinó la cabeza hacia Lucien, Charles y Cedric, y dio las buenas noches a las damas Sheridan antes de partir con Jonathan.

Cedric miró esperanzado a sus compañeros restantes.

—Los dos sois bienvenidos a pasar la noche.

Charles aceptó de inmediato.

—Se lo comunicaré a mi ayuda de cámara.

Lucien, sin embargo, se mostró reacio.

La sonrisa ansiosa de Cedric vaciló.

—Entenderé si deseas negarte, Lucien, pero espero que te quedes. Después de recibir esa carta sobre los accidentes de carruaje, sería bueno que unos cuantos estuviéramos vigilando.

Su amigo parecía tan serio que Lucien no se atrevió a abandonarlo.

—Muy bien, sí.

—Excelente —replicaron Charles y Cedric al unísono.

Lucien sintió que había cometido un grave error de juicio y que pronto lo pagaría caro. Sin embargo, prefería estar aquí protegiendo a Horatia. Estaba más segura bajo la vigilancia de su hermano, de él mismo y de Charles. Aunque, por otra parte, no estaba protegida de todas las amenazas. Lucien sentía el deseo de colarse en su dormitorio esta noche y meterse en su cama, inmovilizarla bajo él y...

Maldita sea. Estar en la misma casa con Horatia durante toda una noche era su mayor tentación y su peor pesadilla.

CAPÍTULO 3

Horatia aún no se había puesto la ropa de dormir. Su ansiedad la mantuvo despierta hasta bien entrada la medianoche. Saber que Lucien estaba en algún lugar de la casa era inquietante, y le preocupaba ese maldito gato. Manguito debería estar acurrucado en la almohada extra de su cama, pero su ausencia era evidente. Cabía la posibilidad de que un lacayo o una criada hubiera cerrado las rejillas de la chimenea y el animal estuviera atrapado.

No dispuesta a dejar que se quedara en la fría chimenea toda la noche, Horatia abandonó su habitación y fue en busca del gato. Intentó pensar en todos los otros lugares en los que él podría estar, y no en el único lugar en el que *ella* deseaba estar ahora. En los brazos de Lucien.

Habían pasado meses desde la última vez que Lucien pasó la noche en su casa, y su hermano estaba encantado de tenerlo a él y a Charles aquí. Si no fuera por la Liga, Cedric se habría sentido muy solo. Horatia sabía que él la quería a ella y a Audrey, pero siempre había anhelado tener hermanos. Era difícil ignorar la forma en que su rostro se iluminaba cada vez que sus amigos llegaban a cenar, o cómo esperaba ansioso las tardes en su club de caballeros, Berkley. Tal vez era porque podía relajarse con ellos y olvidar su tarea como guardián de sus hermanas.

Después de la muerte de sus padres, Cedric había asumido una gran cantidad de responsabilidades, no solo para cuidar y criar a ella y a Audrey, sino también en asuntos de negocios y de la nobleza. Era bueno que contara con esos amigos para aliviar sus cargas y las presiones de la familia.

Horatia bajó las escaleras hasta la planta baja y pasó por el salón principal, donde el humo del puro perfumaba el aire y las risas apagadas resonaban contra la puerta parcialmente abierta.

Al menos alguien estaba teniendo una buena velada. Horatia se sintió irritada. Lucien parecía disfrutar torturándola. Sus miradas encendidas y sus sonrisas frías la estaba volviendo loca. Era frustrante no saber cómo actuar frente a él, si mostrarse cálida o mantener las distancias.

Uno de los hombres dijo algo y la intensa carcajada de Lucien acarició sus oídos. Su interior se estremeció de anhelo. Quería hacerlo reír así, ser el centro de su atención.

Una pequeña sombra oscura cruzó el pasillo y se precipitó por la puerta de la biblioteca.

—¡Manguito! —siseó Horatia, con la esperanza de llamar y castigar al rebelde felino. Sin embargo, dada la naturaleza de los gatos, sabía que era una tontería.

Ella entró en la biblioteca, encendió una vela y empezó a buscar por debajo de los sofás y detrás de las sillas. Apenas oyó el suave chasquido cuando alguien entró detrás de ella y cerró la puerta. La llama de la vela en su mano se sacudió cuando se giró.

Lucien estaba parado a menos de un metro de ella, observándola con ojos entrecerrados. El aroma del brandy llegó rápidamente hasta ella. La luz de la vela proyectaba sombras oscilantes sobre su hermoso rostro, evidenciando una pequeña cicatriz cerca de su frente.

Con unas pocas y lentas zancadas, se alzó sobre ella. Repentinamente, Horatia fue muy consciente de su masculinidad: la anchura de sus hombros, su altura y el hecho de que la parte superior de su cabeza apenas le llegaba a los hombros. Sabía que era alta, pero al lado de Lucien se sentía pequeña, delicada y vulnerable. Era extraño, pero le gustaba sentirse indefensa junto a él. Llena de anhelo, apenas pudo evitar acercarse a él. Era demasiado atractivo, demasiado varonil. Cada vez que él estaba cerca, la reducía en una criatura salvaje y lasciva que haría cualquier cosa por la oportunidad de conocer el placer en sus brazos.

—Horatia —su nombre salió de sus labios como un buen postre, dulce y lujoso—. Deberías estar en la cama.

La forma traviesa en que dijo "cama" la mareó.

—No podía dormir.

Él se inclinó hacia delante, con su cuerpo cerca del de ella, mientras apagaba la vela en su mano. La repentina oscuridad que los rodeó hizo que Horatia recuperara el aliento. Un rayo de luz de luna se abrió paso, iluminando sus rostros. El humo se arremolinó y danzó entre ellos. La sonrisa de Lucien le ofreció un mundo de conocimientos sobre el placer.

—Hay un pequeño y encantador remedio para conciliar el sueño que siempre empleo. ¿Quieres saber cuál es? —su voz grave le erizó la piel.

No debería responder. Sé lo que va a decir.

—¿Qué es?

¡Diablos!

La tenue luz de la luna que entraba por las altas ventanas de la biblioteca iluminó su rostro cuando se inclinó aún más hacia ella.

Lucien le sonrió de oreja a oreja.

—Encuentro a una mujer hermosa que esté cerca, me meto en su cama y la envuelvo con mis brazos —su cálido aliento con sabor a brandy le abanicó la cara. Cuanto entendió sus palabras, un hormigueo recorrió su cuerpo y ahogó un grito.

Él levantó una mano y le pasó un elegante dedo por el pómulo.

—Tienes la cara caliente. ¿Te he hecho sonrojar? Me gustaría hacer que otras partes de ti se sonrojaran también —Lucien le quitó el candelero y lo colocó en un estante.

A Horatia le temblaron las rodillas. Dio un paso atrás y su cabeza impactó contra la estantería situada detrás de ella. Lucien acortó la distancia entre ellos y apoyó las manos a ambos lados de su cara. Sus labios estaban a centímetros de los de ella.

—¿Puedo besarte, Horatia? Me resulta difícil resistirme cuando me miras con esos ojos oscuros. Me piden que te bese. ¿Lo sabías? —su voz, un suave gruñido, hizo que sus pechos palpitaran y sus pezones se endurecieran.

Incapaz de hablar, Horatia consiguió sacudir la cabeza. Quería echarle los brazos al cuello y pegar sus bocas. Se moría por acariciar su pelo rojo oscuro. Había pasado innumerables noches imaginando cómo sería ese momento cuando él estuviera lo suficientemente cerca como para tocarlo, para besarlo.

Algo en su interior se desgarró de angustia. Él no estaba hecho para ella. Todo el mundo sabía que solo se acostaba con mujeres hermosas y experimentadas. Lucien nunca la consideraría así. Era bastante atractiva, pero no era ningún diamante. Sin nada para ofrecerle a Lucien, debía estar burlándose de ella como lo haría cualquier libertino con una inocente. Él era la serpiente, ofreciéndole conocimiento carnal. Todo lo que ella quería y no podía tener. Era horrible estar enamorada de un demonio así.

Lucien acercó sus labios a la oreja de Horatia, utilizando un dedo para trazar un patrón relajado a lo largo de su clavícula, bajando por su pecho y hacia el espacio entre sus pechos.

Ella inhaló y sus pechos se elevaron.

—Has estado bebiendo, milord —dijo ella. Cuando él introdujo un dedo por debajo de la tela de su corpiño, rozando un pezón tenso, ella jadeó.

La sonrisa que él le dedicó fue de puro pecado.

—Ciertamente lo he hecho...

Horatia levantó el brazo y le apartó las manos del corpiño. Intentó apartar su otro brazo para irse.

—¡Cómo te atreves!

Lucien la sujetó, la arrastró de nuevo contra la estantería y la atrapó con su cuerpo. Le metió una mano entre los rizos sueltos de su pelo, llevando su cabeza hacia atrás. Los ojos de Horatia se alzaron para encontrarse con los suyos. Un apetito voraz se apoderó de la mirada de Lucien, dando vueltas en remolinos de colores cambiantes.

—Dime que te suelte —le rogó con un susurro desgarrador—. Dímelo.

Ella lo miró fijamente, incapaz de expresar una protesta.

—Por Dios. No soy un santo, mujer. No puedo... Oh, al diablo.

El calor del aliento de Lucien le hizo cosquillas en los labios antes de que él devorara su cuello en un lento y pausado beso. Se acumularon gotas húmedas entre las piernas de Horatia mientras la lengua de Lucien se deslizaba por su piel, saboreándola. Ella gimió. Él deslizó la mano por su culo y lo sujetó, sacudiéndola con fuerza contra su miembro rígido.

Las piernas de Horatia se agitaron contra Lucien, débiles y sumisas cuando él las separó con su muslo. La levantó a lo largo de su pierna hasta que los dedos de sus pies apenas tocaron el suelo. El movimiento le provocó una ráfaga de excitación y la hizo inhalar con fuerza. Sus manos cayeron sobre los hombros de Lucien, intentando aferrarse a él. Sus labios volvieron a encontrar los de Horatia, cuyas palmas se deslizaron por su cuello hasta llegar a su pelo. Los mechones susurraban sobre su piel. Ella clavó los dedos y tiró de su pelo. Él gruñó en lo más profundo de su garganta y la besó con más fuerza.

Negarse a él fue lo último que se le pasó por la cabeza. No había nada más allá de este momento: su beso, sus caricias, sus dedos clavándose posesivamente en su carne, estrujando sus nalgas hasta que un ritmo espasmódico palpitó en su interior. Latía contra el muslo duro y musculoso de Lucien, provocando que ella entendiera esta situación. Intentó sacudirse contra él para crear más fricción. Cualquier cosa para acercarse a él, para satisfacer su necesidad de algo que no comprendía del todo.

—Dios mío, estás hecha para el pecado —gimió Lucien mientras intentaba introducir su otra mano en los límites de su corpiño.

¿Estaba hecha para el pecado? ¿No era más que un cuerpo con el que le gustaría acostarse? ¿Una tentación para que él desahogara sus necesidades? Las palabras encendieron una llama en Horatia. Le arañó el pecho y le clavó los dientes en el hombro para liberarse. Lucien se sacudió hacia atrás y maldijo por lo bajo, permitiendo que los pies de Horatia volvieran a tocar el suelo.

—Cuidado con ese temperamento tuyo, querida —dijo impávido, y se acercó para besarla de nuevo.

En otras circunstancias, ella se habría derretido en sus brazos. Pero él había ido demasiado lejos. Horatia metió la rodilla en su ingle.

El silencio llenó la habitación. Por un momento, Horatia se preguntó si lo había convertido en una estatua. Por fin, un gemido, varias octavas más alto que antes, escapó de sus labios mientras retrocedía un par de pasos y caía de rodillas.

—¡Maldita seas, mujer!

—¡Te lo mereces, tú... imbécil! —se cubrió la boca, escandalizada por su propio lenguaje.

A pesar de su gemido de dolor, Lucien se rio.

—Touché, dulzura. Touché —intentó alcanzarla de nuevo, pero Horatia salió disparada hacia la puerta.

—Maldita criatura. Iba a disculparme —musitó él mientras cojeaba hasta una silla y se desplomaba.

El efecto de adormecimiento de su brandy había desaparecido y la culpa lo envolvía como un sudario. Había sido un auténtico cabrón. Debió haber sabido que no debía beber con ella cerca. Tenía que haber una forma de compensar su falta de juicio.

Exprimió su cerebro en busca de alguna idea, alguna forma de enmendar su error. Se disculparía, por supuesto, pero las mujeres eran expertas en aferrarse a la culpa y en obtener beneficios por ella. ¿Una baratija quizás? Una hermosa fruslería que pudiera llevar con un nuevo vestido... ¡Un vestido! Le compraría un nuevo vestido de Navidad, uno que sustituyera al estropeado.

Horatia nunca se mimaba, salvo para comprar un vestido costoso cada diciembre. El resto del año vestía sus habituales prendas de seda a la moda, pero más bien discretas. Solo durante las fiestas parecía incapaz de resistirse a la tentación de un vestido encantador. Él deseaba haber visto su vestido de este año antes de que se arruinara.

Le compraría algo nuevo, algo con un escote poco profundo pero aún socialmente aceptable, hecho de seda roja brillante, su color y tejido favoritos. Incluso ahora podía imaginar cómo se sentiría bajo la ligera presión de sus manos mientras la acariciaba, la exploraba. Su miembro se tensó con lujuria y el dolor de su reciente herida reapareció. Estaba siendo debidamente castigado por sus acciones precipitadas.

ARRIBA, EN SU ALCOBA, HORATIA JADEABA CON EL ROSTRO enrojecido. Temblaba con una mezcla de anhelo y arrepentimiento. Incluso cuando el hombre era un libertino despiadado, ella seguía deseándolo. Supuso que eso formaba parte del encanto, esa amenaza de que la pasión de Lucien se manifestara en un beso explosivo, en una caricia exigente en los lugares ocultos. Dormir ahora sería imposible.

¿Dónde estaba Úrsula? ¿Se había retirado ya? Su criada nunca olvidaba quedarse despierta hasta tarde para ayudarla a desvestirse. Pero Horatia estaba demasiado agotada para preocuparse por eso. Quería dormir y no quería despertar la casa buscando a su criada.

Un ligero golpe en la puerta logró aliviarla.

—Oh Úrsula, esperaba...

Pero no era su criada. Lucien estaba apoyado en el marco de la puerta. Parecía menos perplejo que antes, lo que sorprendentemente no la reconfortó en absoluto.

Ella levantó la barbilla.

—¿Qué quieres, Lucien? ¿No has hecho suficiente daño por una noche?

—Lo siento, Horatia. En efecto, he sido un imbécil —sonrió un poco.

—Bueno, entonces, ya que estamos de acuerdo, puedes irte. Tengo cosas por hacer. Además, si Cedric te encuentra aquí...

—¿Cosas? ¿Qué cosas podrías hacer después de medianoche? Ir a una cita secreta con un amante, supongo.

La sola idea era ridícula. Horatia nunca miraría a otro hombre cuando él era todo lo que ella quería. No tenía mucho sentido amar a un hombre cuyo interés real por ella era nulo y, sin embargo, aquí estaba ella. Cuando era más joven, Lucien había sido muy amable con ella. Él la rescató del carruaje de sus padres.

Recuerdos no deseados susurraron a lo largo de los rincones de su corazón, hiriendo profundamente su alma. Sus padres yaciendo muertos y vacíos a su alrededor como marionetas con las cuerdas cortadas. Sus ojos, abiertos pero sin vida, con las cabezas en ángulos extraños y antinaturales. El carruaje de lado y enormes trozos de madera incrustados en los cuerpos. Gente gritando. Luego, un estallido de luz cuando la puerta del carruaje se abrió de golpe sobre ella y vislumbró un halo de cabello rojo y cálidos ojos color avellana.

—Vamos, cariño, acércate a mí. Sé una buena chica. Coge mis manos, Horatia, y te mantendré a salvo.

A salvo. Era todo lo que Horatia había querido y, durante un breve período de tiempo, él había cumplido su promesa. Pero cuando ella arruinó su pedida de mano, él comenzó a mantener su distancia. Todo empeoró cuando ella hizo su debut en sociedad dos años atrás. La miró cuando entró en el salón de actos Almack y luego se marchó, dejándola completamente sola en un salón de baile con caras conocidas. Mientras que antes solo había sido distante, ahora también era de carácter frío. El corazón de Horatia estaba maldito. Pero podía soñar con un posible futuro, siempre y cuando él no se casara. Era lamentable que solo tuviera ilusiones, y aún peor amar y desear a un hombre que nunca la consideraría en serio.

—Por favor, vete —ella tiró de la parte trasera de su vestido, exhausta.

Sus esfuerzos no pasaron desapercibidos para Lucien.

—¿Estás teniendo algún problema?

Antes de que Horatia pudiera protestar, él cerró la puerta y la hizo girar para que estuviera de espaldas a él, luego procedió a desatar su vestido.

Ella intentó apartarse. Si alguien los encontraba, habría problemas.

—¡No deberías estar aquí, y mucho menos ayudarme a desvestirme!

Él azotó su culo y ella jadeó, sorprendida y excitada al mismo tiempo.

—¿Quieres quitarte este vestido o no?

Ella se liberó con un tirón y él levantó las manos en señal de rendición.

—¡Bien! Duerme toda la noche con eso. No me importa.

Cuando él se acercó a la puerta, ella habló. Su voz era pequeña, tentativa e insegura.

—Lucien.

Dudó, con la mano en el pomo de la puerta.

Lentamente, Horatia le ofreció la espalda. Le sorprendía que aún pudiera confiar en él después de sus acciones en la biblioteca.

Lucien continuó desatando el vestido. Ella conocía su reputación, sabía que había estado con decenas de mujeres. Y aunque eso la molestaba, no pudo evitar notar que sus dedos eran más torpes de lo que había esperado.

—¿No debería un libertino tener práctica en este tipo de cosas?

Lucien respondió con un gruñido irritado mientras sus dedos tiraban de los lazos anudados.

—¿Quién te ha atado así? Estos nudos parecen obra de un experto marinero —con un último tirón, el corpiño se liberó. Entonces, procedió con el corsé externo. El corazón de Horatia se aceleró mientras cruzaba los brazos sobre sus pechos, ocultándolos. Después de haber estado inmersa en la tarea de desvestirse, empezó a notar que Lucien estaba en su habitación y que ella estaba semidesnuda. Nunca antes se había sentido tan vulnerable.

Un aliento áspero atravesó los dientes de Lucien. Sus manos ascendieron hasta su cuello, cayendo en los espacios entre sus hombros y su garganta. Ella reprimió un escalofrío de miedo y placer. ¿La besaría de nuevo? ¿Él se atrevería a hacer algo más que eso? Su cuerpo y su alma pedían más, suplicaban ser arropados por él.

Dios, tengo un gran deseo de castigo.

Lucien se aclaró la garganta y balbuceó torpemente:

—Yo... yo lamentó lo que pasó antes. No fui yo mismo.

El corazón de Horatia dio un vuelco. Se volvió para mirarlo por encima del hombro. Los ojos de Lucien estaban fijos en su garganta, pero su expresión era ilegible.

—Estás perdonado —debería haber dicho que no quería que él hiciera algo así. Jamás. Pero en su interior sabía que quería que él perdiera el control y la besara de nuevo.

Deseaba que él no hubiera sido tan frío, tan despiadado al besarla, como si ella no fuera más que otra conquista en una larga lista de mujeres rogando por una porción de su afecto.

LA SANGRE DE LUCIEN RETUMBÓ EN SUS OÍDOS MIENTRAS SU autocontrol se desvanecía. Horatia estaba quieta como una estatua, con la respiración entrecortada, como si esperara a que él siguiera actuando. Él cerró los ojos, expulsando la imagen de su cuerpo desnudo bajo el suyo hasta que pudo reunir las fuerzas para apartar sus manos de Horatia y retroceder.

—Gracias —respiró ella.

—De nada —quiso arrastrarla a sus brazos y devorar su boca, pero el momento de hacerlo terminó. Cogió las riendas del poco control que le quedaba y la dejó sola.

Lucien salió de la habitación de Horatia y se apresuró a volver a la suya.

Cuestionó su cordura por tocarla, besarla, desearla. Era un firme defensor de la regla de la Liga de no seducir a las hermanas. ¿Cuántas veces había amenazado a Charles bajo pena de muerte para que se alejara de su propia hermana?

Si Cedric se entera de que la he besado y ayudado a desvestirse... Lucien se estremeció. Hombres mataban por pequeñas ofensas al honor de sus hermanas. ¿Cedric? Era un hombre temeroso de Dios, pero poniéndolo en esa posición, bueno, sería prudente temer más a Cedric que a Dios.

Lucien tenía la puerta parcialmente cerrada cuando Charles irrumpió en el interior.

—¿Qué demonios estás haciendo? —cerró la puerta, cogió a Lucien por la camisa y lo empujó hacia atrás. Lucien tropezó y chocó con la cama a sus espaldas.

—¿Te importa explicar por qué acabo de verte salir de la habitación de Horatia?

—No es lo que piensas. No estábamos....

—No me mientas. Eres peor en eso que en el whist —los ojos grises de Charles eran insondables—. No estuviste allí mucho tiempo para nada serio, pero *estuviste* allí. Quiero saber por qué.

—La insulté esta tarde. Tenía que disculparme.

—¿Y no pudiste hacerlo en el maldito pasillo?

Lucien cruzó los brazos sobre su pecho y le devolvió la mirada furiosa.

—No quería que ella me cerrara la puerta en la cara, así que entré tras ella. Ya sabes cómo son las mujeres. Guardan rencores de proporciones bíblicas si no te disculpas inmediatamente. He tenido suficientes amantes disgustadas para saber cuándo tengo que pedir perdón a cambio de paz.

—¿Así que tratas a Horatia como a una de tus mantenidas? —Charles arqueó una ceja.

—Créeme, Horatia es la última mujer en la tierra a la que seduciría voluntariamente —la mentira era molesta y amarga en su lengua. Había empezado a seducirla hacía unos momentos. Pero él no había estado pensando con claridad. El maldito brandy le hizo perder el control, recordándole cuando había metido los dedos en su corsé exterior. Dios, quería volver a su habitación, arrancarle la ropa y llevársela a la cama.

—No hay ninguna regla que prohíba ser amigo de la hermana de un hombre. Cedric nunca te dispararía por eso. Pero has sido frío con ella estos últimos años. ¿La amistad está fuera de tu alcance? —Charles se cruzó de brazos.

Lucien suspiró con fuerza y se recostó en la cama. Era el momento de resucitar la vieja mentira. A Charles no se le podía confiar la verdad, sería lo mismo que hablar con Cedric.

—¿Recuerdas, hace años, cuando cortejaba a la señorita Melanie Burns?

—Por supuesto... —la voz de Charles se detuvo.

Melanie Burns, una de las herederas más ricas y bonitas, había estado a punto de casarse con Lucien. Pero, después de la intromisión de Horatia, ella rechazó su propuesta y, un mes después, terminó comprometida nada menos que con Hugo Waverly. En lugar de estar realmente enfadado con Horatia, se sintió agradecido. Ella lo había salvado de casarse con una mujer que acabó siendo la esposa de su enemigo. Durante los cuatro años siguientes, fue cordial, pero mantuvo cierta distancia. Luego, cuando Horatia cumplió dieciocho años, ella hizo su debut. Él nunca olvidaría la primera noche que ella fue a Almack. Su pelo había sido artísticamente arreglado, y su vestido resultó más elegante que sus vestidos cotidianos. Esa noche, ella lució completamente encantadora y lo único que él pudo hacer fue correr; poner distancia entre ellos antes de que cometiera una tontería. Revivir el incidente de la propuesta fue la única explicación desesperada que se le ocurrió para mantenerse alejado de

Horatia. Sin poder ponerle las manos encima, no podría besarla, no podría hacer el amor con ella, no podría amarla. Era lo mejor, aunque últimamente empezaba a funcionar menos.

—¿Estás diciendo que Horatia tuvo algo que ver con Melanie Burns?

—Sí —declaró Lucien.

—¿Cómo? Ella era una niña.

—Horatia y Cedric estaban de visita en mi finca de Kent. Melanie Burns estaba allí. Estaba en medio de la propuesta cuando Horatia arrojó un balde de agua del estanque sobre nuestras cabezas desde el techo de la glorieta. Melanie se sintió humillada y su vestido se arruinó. La diablilla, Horatia, se atrevió a reírse de ella. Sin importar cuánto me disculpé después, Melanie se negó a casarse conmigo.

—Entonces se casó con Waverly. Si él es más su tipo, deberías agradecerle a Horatia, no castigarla.

—Hay algo más. Horatia me profesó su amor. Ella solo tenía catorce años —gruñó Lucien.

—Un enamoramiento infantil. Eso no es motivo para ser cruel —replicó Charles con suavidad.

—Le dije a Horatia que nunca la amaría. Que ella no significaba nada para mí.

Una epifanía golpeó el rostro de Charles.

—Le rompiste el corazón.

—No pude evitarlo. Yo era mucho mayor que ella. Ahora ha crecido y no quiero que intente llamar mi atención. No me siento atraído por ella y nunca lo estaré —Lucien rezó con cada fibra de su alma de corazón negro para sonar sincero.

Charles guardó silencio durante un largo momento.

—Ash me dijo una vez que entre el amor y el odio hay una delgada línea. A veces puedes cruzarla sin darte cuenta.

—¡No puedes estar sugiriendo en serio que amo a Horatia! Tú sabes el tipo de mujer que necesito. Ella es demasiado puritana y correcta para mi gusto. No siento nada por ella, desde luego no *amor* —un sabor amargo llenó la boca de Lucien ante semejante negación. Sentía demasiado por ella, y aunque no podía ser amor, era más fuerte que la lujuria y, por tanto, más peligroso.

Charles frunció el ceño. Sus ojos grises estaban sorprendentemente teñidos de tristeza.

—¿Te empeñas en evitarla por la segunda regla de la Liga? ¿No has aprendido nada de Godric y Emily?

—¿No evitarías a una mujer si eso significara una posible venganza de tu amigo? Charles, me conoces. Sabes cómo soy con las mujeres. No podría estar cerca de ella por mucho tiempo y no desear más que una amistad, y cualquier cosa más allá de eso podría terminar muy mal. No tengo que recordarte lo protector que es Cedric con sus hermanas. Siempre se ha tomado la Regla Dos muy en serio.

—¿Realmente no puedes controlarte cerca de ella? ¿Tu única solución es ser frío y cruel para evitar la tentación? —su amigo parecía desconcertado, pero Charles era el tipo de hombre que nunca se dejaba tentar por las cosas prohibidas: se lanzaba imprudentemente a ellas.

—Por desgracia, eso es exactamente lo que estoy diciendo. Cuanto más me acerco a ella, más quiero estar con ella. Ambos sabemos que no soy de los que se casan, así que cualquier tiempo que pase con ella tendría un desenlace y a nadie le gustaría el resultado.

Charles se pasó una mano por el pelo.

—Eres un tonto, y estás lastimando a Horatia por ello. No puedo soportar quedarme aquí, no cuando estoy tentado a golpearte.

—Charles —Lucien colocó una mano en el hombro de su amigo mientras éste se daba la vuelta para marcharse, pero Charles se apartó.

—Buenas noches, Lucien.

Lucien se quedó mirando la puerta cuando se cerró. Se le formó un nudo en la garganta. ¿Charles tenía razón? ¿Había estado manteniendo la distancia con Horatia para evitar algo más que acostarse con ella?

Lucien amaba a las mujeres, pero no se *enamoraba* de ellas. No estaba en su naturaleza, y las mujeres que había tenido lo entendían. Horatia merecía un hombre que pudiera ser leal. Él nunca podría tenerla, ni como amante ni como esposa. Cedric nunca le daría permiso y, en cualquier caso, existía la segunda regla de la Liga. Sin embargo, la idea de tenerla, de llamarla suya...

¿Por qué le dolía mucho el corazón al saber que eso nunca sucedería?

CAPÍTULO 4

Cuando Lucien bajó a desayunar a última hora de la mañana siguiente, notó que tanto Horatia como Charles no estaban.

—¿Dónde está Charles? —preguntó, absteniéndose de preguntar también por Horatia.

Cedric levantó la vista de su plato.

—Ha llevado a Horatia a montar en Hyde Park para ejercitar a mis árabes.

—¿Oh? —una puñalada de celos lo atravesó como un atizador caliente. La idea de que Horatia estuviera con otra persona (especialmente con Charles), hizo que su visión se volviera carmesí.

Audrey estaba más callada que de costumbre. Su alegría juvenil, que tan a menudo lo divertía cuando estaba en casa, parecía estar ausente.

Cedric también pareció notarlo.

—¿Qué te pasa, querida? Primero Horatia tiene un episodio de melancolía, y ahora tú te miras abatida.

No era un secreto que a Cedric no le gustaba ver a sus hermanas infelices. Era algo que Lucien comprendía muy bien.

Él mismo tenía una hermana, y verla disgustada siempre le ponía los pelos de punta.

—Quería ir de compras hoy, pero Horatia se fue a cabalgar y tú tienes compromisos en casa de Lloyd, así que me he quedado aquí sola.

Audrey se lamentó de la forma en que solo una mujer joven y bonita podía hacerlo, con sus labios con arco de Cupido fruncidos en un mohín. Cuando esta reacción no obtuvo atención, añadió un resoplido dramático. Sus ojos tenían lágrimas luminosas. Siempre era divertido ver cómo Audrey intentaba aplicar su encanto a su hermano mayor cuando quería algo.

Lucien encontró inmediatamente una solución para secarle los ojos.

—Con el permiso de tu hermano, estaré encantado de acompañarte. Tengo que hacer algunos recados y me encantaría contar con tu experiencia en las últimas tendencias.

Todo rastro de lágrimas desapareció mientras Audrey miraba expectante a su hermano. Cedric asintió con la cabeza.

—Muy bien, pero lleva a tu criada.

Audrey corrió a su habitación en busca de su reticule, su capota y su capa. Cuando regresó, rodeó el cuello de su hermano y le besó la mejilla. Lucien ahogó una carcajada al ver la cara de desconcierto de Cedric.

—Cualquier cosa con tal de mantener el buen humor — palmeó la espalda de Audrey y la apartó con suavidad. Salió de la habitación como una cachorra con una energía ilimitada.

Ahh, volver a ser así de joven, pensó Lucien.

Cuando volvieron a estar solos, Cedric preguntó:

—¿Seguro que no te importa acompañarla?

Lucien sonrió ampliamente.

—En absoluto. Necesito su consejo en algunas cosas. La niña sí sabe de moda.

Era una chica inteligente, pero se llenaba el cerebro con demasiada banalidad sobre los tipos de vestidos y los estilos de capotas. Además, él no debería desear que su inteligencia se empleara en otra cosa. ¿Y si la pequeña acabara siendo una brillante anfitriona política, o contrajera matrimonio con un miembro de la Cámara de los Lores? Solo Dios lo sabía. Lucien no le daría crédito por nada menos, y la sola idea de que ella tuviera alguna influencia sobre un hombre en la política era aterradora.

—Muy bien, los veré a ambos más tarde —Cedric bebió su café, bajó la taza y buscó su bastón apoyado en el borde de la mesa. Nunca perdía de vista el bastón. Un recordatorio de vigilancia, quizás. Se detuvo en el umbral de la puerta—. Recuerda estar en guardia, amigo mío.

Una vez que Audrey estuvo lista para partir, Lucien ordenó que uno de los carruajes de Cedric los llevara a Bond Street. Con Lucien como escolta, Audrey se libraría de las miradas de los encantadores hombres a la moda de Bond Street. Ellos sabían que no debían mirar a ninguna mujer en compañía de Lucien. Él los trataba con desdén, como los inofensivos fanfarrones que eran. El verdadero peligro para Audrey era ser vista en público con alguien como él. Los rumores podían extenderse como el fuego, y la prensa no hacía más que avivar las llamas.

Audrey revoloteaba sobre el brazo de Lucien, jadeando y suspirando frente a cada colorido escaparate hasta que finalmente eligió una modista popular. Su doncella, Gillian, una chica tranquila que rondaba la edad de Audrey y que llevaba un vestido de algodón gris, la seguía.

—Madame Ella es la mejor modista de Londres. Ella hizo ese precioso vestido de Horatia, el que ese desgraciado conductor destruyó.

Parecía que la fortuna favorecería a Lucien hoy. Este era exactamente el lugar que necesitaba para comprarle a Horatia un vestido nuevo.

Mantuvo un tono discreto para evitar ser escuchado.

—Audrey, ¿te interesaría ayudarme con un favor especial?

Ella le sonrió.

—Oh, supongo, pero algún día te exigiré lo mismo.

Él no había dicho nada que delatara su intención, pero ella parecía saber que lo tenía exactamente donde quería. Si fuera un hombre, Audrey habría sido un magnífico político.

Lucien intentó actuar despreocupadamente.

—Mientras esté dentro de los límites de la ley y tu hermano no me desafíe a un duelo, entonces tendrás tu favor.

—Excelente. Tenemos un acuerdo —sus ojos marrones centellearon con perversidad y Lucien supo que él acabaría lamentando este día—. ¿Para qué necesitas ayuda?

—Me gustaría reemplazar el vestido arruinado de tu hermana, pero no quiero comprar exactamente el mismo. Quiero algo mejor. Algo rojo quizás... —se detuvo cuando los labios de Audrey se abrieron con sorpresa.

—¿Quieres comprarle un vestido a Horatia?

—Eh... sí —contuvo la respiración, esperando que Audrey revelara que conocía sus secretos. Por suerte, no lo hizo.

Su expresión cambió de sorpresa a una de cálculo y su mirada astuta se clavó en Lucien, como si supiera algo sobre su persona que ni siquiera él mismo conocía. Era muy inquietante.

—Muy bien. ¿Dices que rojo? ¿Seda tal vez? —sugirió con una sonrisa que iba más allá de cualquier indicio de inocencia.

Ella no podía saber de sus visitas al infame Jardín Midnight, ni de los juegos que había hecho allí, inmovilizando a las mujeres con corbatas de seda roja para poder tomarse su tiempo y llevarlas al clímax. Pagó una buena suma para mantener sus intereses en privado. Sin embargo, la chica parecía insinuar que sabía más de lo que debía sobre él.

—El rojo es un color excelente en ella, estoy de acuerdo. No tengo la menor idea de por qué no lo usa más a menudo —Audrey se giró y fue a abrazar a la majestuosa y madura mujer que había aparecido cerca del fondo de la tienda—. ¡Madame Ella!

—¡Señorita Audrey! Me alegro mucho de que haya vuelto. Conservo esos guantes de York Town, los de color beige que usted tanto admiraba hace unos días —Madame Ella se apartó un mechón oscuro de la cara y sacó una pequeña caja del tamaño de un guante. Audrey apenas reprimió un chillido.

Madame Ella hizo una reverencia cuando vio a Lucien rondando por la puerta.

—Buenos días, milord.

Lucien inclinó la cabeza y se acercó. Ya la había visto una vez, años atrás, cuando había venido con su madre y Lysandra, su hermana, a comprarle el atuendo para su primera temporada en sociedad. Parecía que Madame Ella tenía una excelente memoria.

Audrey se encargó de la conversación y reclamó la atención de la mujer.

—Hemos venido a encargar un nuevo vestido para mi hermana.

Madame Ella frunció las cejas en señal de preocupación.

—¿No le ha gustado mi creación?

—Al contrario. Le encantó, pero tuvo un destino desafortunado —Audrey explicó los acontecimientos del día anterior.

—Ya veo. Entonces, ¿qué tenía en mente, señorita Sheridan?

—Un vestido de gala verde con una sobrefalda de satén rojo. Las mangas del vestido bordadas con diseños de acebo, el dobladillo decorado con un volante de encaje belga blanco. Y un envoltorio de satén verde debajo del pecho —Audrey miró a Lucien, examinándolo atentamente, antes de añadir—: Además, el escote tiene que tener una decoración con ramitos de muérdago falso.

Tanto Lucien como Madame Ella alzaron las cejas ante esta última petición.

—¿Muérdago? —le preguntó Lucien a Audrey en voz baja.

Ella soltó una risita.

—¿No lo ves, Lucien? Estará preciosa con este vestido, envuelta como un bonito regalo de Navidad —Audrey movió las cejas de forma sugerente.

—Y dicen que yo soy pícaro —se dijo Lucien.

Si la imagen que Audrey había creado en su cabeza se acercaba a la realidad, Horatia sería un regalo de Navidad digno de ser abierto. Con ese muérdago pegado a sus pechos, estaría tentado de besar cada centímetro de sus senos para honrar debidamente la tradición.

—¿Ella se pondría un vestido así? —le preguntó Lucien a Audrey. No le importaría el precio de la prenda, pero si Horatia se negaba a usarla, eso supondría un crimen atroz contra el vestido, su creadora y los pensamientos momentáneos y muy poco caballerosos de Lucien.

—Se lo pondría, si tú se lo pides —respondió Audrey, con la atención puesta ahora en los guantes que había sacado de la caja. Frotó uno de ellos contra su mejilla, dio un suspiro de placer y los volvió a guardar en la caja.

—¿Y qué quieres decir con eso? —Lucien se quedó sin aliento mientras esperaba su respuesta. ¿Qué sabía ella?

Audrey se encogió de hombros.

—Ella valora tu opinión. Si le dieras el vestido y le pidieras que se lo pusiera, lo haría.

Su respuesta pareció muy firme y Lucien no pudo evitar creerle.

—Entonces tiene un pedido, Madame Ella. Tal y como solicitó la señorita Audrey.

—Será un placer, milord. La señorita Audrey tiene un gusto exquisito.

Lucien acarició la suave mano de Audrey.

—En efecto, lo tiene.

Él le indicó a la modista que le enviara la factura del vestido y los guantes. Cuando salieron del establecimiento, apartó a Audrey mientras su criada permanecía discretamente a unos metros de distancia.

—No debes decirle a Cedric que he comprado el vestido. ¿Entiendes? Miente si es necesario, di que lo has comprado tú.

—¿Por qué debería...?

Lucien la hizo callar.

—No puedo comprarle a una mujer un regalo como ése y que toda la *alta* piense que es mi amante, tu hermano incluido. Piensa en las consecuencias —cuando los ojos de Audrey se abrieron de par en par y asintió con un pequeño movimiento de cabeza, él supo que ella lo había entendido. La reputación de su hermana era lo más importante.

HORATIA SE AFERRÓ A SU CAPA DE TERCIOPELO AZUL OSCURO, ajustando la capucha forrada de armiño contra su rostro. Charles golpeaba las cuerdas sobre los lomos del par de caballos, instándolos a acelerar. Se dirigían hacia Bond Street, donde sin duda Audrey había arrastrado a Lucien para hacer algunas compras, ya que Cedric estaría ocupado con otros asuntos.

—¿Por qué tienes prisa, Charles? —ella se reclinó en el carruaje y miró por encima del hombro para examinar a Úrsula, quien iba en la parte de atrás—. Apenas hemos montado en el parque porque has insistido en que los devolvamos a los establos.

Cuando Charles le dirigió una mirada, vio que sus ojos grises estaban extrañamente agitados, reflejando las nubes tormentosas del invierno sobre sus cabezas.

—Acabo de recordar que debo llevar a Audrey con Avery. Él ha vuelto a Londres, ya sabes. Me metería en un lío si no la llevara a pasar la tarde en el centro con él. Adora a tu hermana. Eres bienvenida a asistir —volvió a mirarla.

Horatia negó con la cabeza. En este momento, no se sentía nada sociable.

—No hace falta que me dejes en casa. Úrsula y yo podemos alquilar un coche de caballos.

Se rio como si se sintiera ofendido por dejarla sola.

—Tonterías. Veo a Lucien más adelante. Está con tu hermana. Le diré que te acompañe a casa —las palabras salieron de una manera extrañamente tensa, como si estuviera dudando sobre el asunto—. ¿No te importa si te dejo con Lucien?

—No, no me importa. Me llevará a casa sana y salva, como siempre ha hecho —¿por qué añadió la última parte? No estaba segura, pero lo consideró necesario para tranquilizar a Charles.

Horatia le colocó una mano enguantada en el brazo. Él no pareció darse cuenta.

—Charles, ¿te sientes mal?

Él se tensó.

—No, estoy bien. Hay muchas cosas que me preocupan estos días. No te preocupes por mí.

Ella lo miró fijamente durante un largo momento, preguntándose si debía indagar más sobre la naturaleza de su angustia. Charles siempre era muy reservado con respecto a estas cosas. El hermano de Horatia siempre afirmaba que Charles no podía guardar un secreto, pero Horatia sabía que no era así. Cuando se trataba de asuntos del corazón, el Conde de Lonsdale podía permanecer toda una eternidad en silencio.

Ella volvió a centrar su atención en las calles. Cuando se aproximaron a Lucien y a Audrey, Charles los llamó y les hizo un gesto para que se acercaran. Luego descendió para ayudar a Úrsula a bajar del carruaje.

—Lucien, necesito que lleves a Horatia a casa. Audrey y yo tenemos un compromiso de almuerzo con Avery, ¿cierto? —dirigió una mirada a Audrey.

Ella parpadeó una vez antes de que lo recordara y su expresión la evidenciara.

—¡Oh, sí!

Antes de que Lucien pudiera protestar, Horatia y su criada Úrsula fueron arrojadas a su cuidado mientras Audrey y su doncella Gillian ocupaban sus lugares en el carruaje. Charles se alejó por la calle.

—¿Charles acaba de abandonarte para poder llevar a tu hermana y a mi hermano a disfrutar de la tarde? —preguntó Lucien con un tono casi de estupefacción.

—Eso parece —Horatia estaba igual de desconcertada. Se sonrojó cuando notó que se había inclinado hacia él mientras veían cómo se alejaba el carruaje de dos caballos. Con gran reticencia, se apartó, sin pasar por alto la forma en que la mano de

Lucien se posaba en la parte baja de su espalda, como si quisiera mantenerla cerca. Una pequeña punzada le oprimió el corazón.

Lucien llamó a su carruaje para que lo llevara a él, a Horatia y a su criada de regreso a Curzon Street. Ayudó a Horatia a entrar, permitiéndole el asiento de cara a la calle. El carruaje se puso en marcha antes de que Lucien se sentara correctamente y, entonces, salió disparado hacia Horatia. Ella gritó, más por la sorpresa que por el dolor. Él se apartó de ella, disculpándose profusamente.

—¿Estás segura de que estás bien?

—Estoy bien, milord —ella puso un tono frío, decidida a borrar el recuerdo del beso explosivo y del contacto ardiente de la noche anterior—. Simplemente me has asustado. No soy tan delicada como pareces creer.

Cuando él hizo una mueca, Horatia sospechó que estaba recordando su encuentro con su rodilla. La idea no le desagradó.

—¿Te lo has pasado bien con Audrey? —preguntó ella tras un incómodo silencio.

—Sí, me convenció de comprarle su regalo de Navidad por adelantado.

—Muy amable de tu parte —respondió Horatia, recordando los regalos que él mismo le había comprado.

Todos los años Lucien le compraba un libro, uno que ella atesoraba en secreto con todo su corazón, a pesar de saber que él solo lo hacía para no mostrar favoritismo con Audrey. Su hermana era la favorita de todos. Normalmente eso no molestaba a Horatia, pero con Lucien era diferente, ese asunto la hería en lo profundo del pecho. Sus ojos color avellana estaban fijos en ella ahora, como si pudiera leer sus pensamientos.

—También compré tu regalo, pero no estará listo hasta dentro de unos días. Madame Ella me aseguró que lo tendría en menos de una semana.

—¿Madame Ella? —los latidos del corazón de Horatia se aceleraron.

—Pensé que tal vez te gustaría un vestido, ya que el otro se arruinó.

—¿Me has comprado... un vestido? —todo su cuerpo se tensó ante la idea de ponerse algo obsequiado por él, provocando que su sangre ardiera de emoción.

—¿Preferirías tener otra novela? Podría cancelar el pedido...

—¡No! —la esperanza la invadió tan fuertemente que le costó respirar—. Un vestido sería encantador. Sin embargo, espero que hayas tenido el sentido común de no decírselo a mi hermano.

—Dios me libre —él mostró esa sonrisa de libertino sumamente atractiva—. Tu hermana y yo diseñamos esta confección especialmente para ti en esta época navideña, y sería una pena que no la usaras.

Horatia se mordió el labio mientras la emoción bullía en su interior. Era escandaloso que él le comprara un vestido, pero ella estaba secretamente encantada. Significaba que estaba pensando en ella.

El carruaje se detuvo frente a la residencia Sheridan y Lucien descendió. Se acercó al lado del vehículo de Horatia e hizo que el lacayo en camino ayudara a Úrsula a bajar mientras Lucien se encargaba de Horatia. Úrsula y el lacayo desaparecieron en el interior, dejándolos solos por un momento.

Ella le ofreció la mano, pero él la ignoró y avanzó para cogerla por la cintura, bajándola del carruaje. Una violenta ráfaga de calor la invadió mientras él la dejaba deslizarse a lo largo de su cuerpo. Cuando la dejó en el suelo, Horatia levantó los ojos hacia su rostro.

—El hielo está fresco. No me gustaría que te cayeras —dijo él.

La rueda de un carruaje que pasaba por allí se hundió en un cercano charco de hielo medio derretido, expulsando un chorro helado. Lucien arrastró a Horatia hacia sus brazos y la protegió del agua con su cuerpo. Él se estremeció cuando su ropa fue empapada por el agua helada.

Estaba mojado. Otra vez. Horatia no sabía por qué su propio

cuerpo se estremecía contra el de él. Gotitas de agua cubrían sus pestañas y adornaban el mechón mojado que caía sobre sus ojos. Ella lo miró fijamente, fascinada por la forma en que las gotas, que parecían joyas, se aferraban a sus oscuras y largas pestañas.

—Maldición. Debo haber ofendido a los dioses de los carruajes en alguna vida pasada —él la miró con una expresión similar a la de un lobo salvaje, tan fría como feroz, que llenaba sus ojos. La pasión de Lucien podía ser su perdición si ella se lo permitía. Sus labios temblaban, ligeramente azules. Horatia deseaba calentarlos con los suyos. Una idea ridícula, pero maldita sea, quería volver a sentir su sabor, solo un... poco...

—Debería irme —susurró Lucien.

—Quédate.

—No debería —su cálido aliento le abanicó la cara y le calentó la sangre.

—Al menos entra y seca tu abrigo junto al fuego.

Solo he querido cuidar de ti, Lucien. Deja que te cuide.

—Tal vez sea prudente. No deseo que la ropa mojada me resfríe. Al diablo con los dioses de los carruajes —Lucien no hizo ningún movimiento para apartarse de ella cuando Horatia se giró, permaneciendo atrapada junto a él mientras llegaban a la puerta. Su aliento le hizo cosquillas en el cuello y ella se estremeció, pero no por el frío. La puerta se abrió cuando el mayordomo y un lacayo los ayudaron a entrar. Se le escapó un suspiro cuando la realidad volvió a invadirla, viéndose obligada a alejarse de Lucien. ¿Por qué siempre tenían que separarse?

UNA VEZ DENTRO, HORATIA LO LLEVÓ AL GABINETE PARA QUE se calentara, pero, para sorpresa de ambos, no había fuego. Lucien se quitó el abrigo de lana y miró la fría chimenea con una ceja alzada. Por un momento, ella simplemente se quedó mirándolo. Lucien bajó la mirada, preguntándose qué estaba mirando. Su camisa se ceñía a sus brazos, evidenciando sus antebrazos y bíceps. Cuando volvió a mirarla, ella tenía los ojos muy abiertos y la cara escarlata. Horatia se apresuró a pasar junto a él hasta la chimenea para retirar la rejilla. Lucien se mordió la parte interior del labio para no sonreír. A ella le había gustado lo que había visto, no le cabía duda.

Un sonido grave y furioso anunció la presencia de un fantasma, o de un gato en la chimenea.

—*Miauuuu*.

—¡Manguito! —Horatia se puso de rodillas y se asomó a la chimenea—. ¡Baja ahora mismo! —metió la mano en los límites cubiertos de hollín de la chimenea.

El culo de Horatia quedó completamente expuesto mientras intentaba inútilmente persuadir al terco felino para que bajara. El frío que él aún sentía se disipó bajo el calor que comenzó a invadirlo. ¿Cómo se sentirían sus caderas entre sus manos? ¿Cómo sonaría su nombre cuando ella lo gimiera? Lucien sacudió la cabeza, intentando eliminar esas imágenes y, sobre todo, alejar una respuesta entusiasta de sus entrañas.

—Déjame ver si puedo cogerlo —Lucien se arrodilló a su lado. Con la ventaja de sus brazos más largos, pudo alcanzar la grieta donde el felino rebelde se había refugiado—. Lo veo. La cuestión es si puedo alcanzarlo. Tal vez quieras proteger tus ojos, dulzura —la palabra cariñosa se le escapó involuntariamente de los labios. Estiró la mano, cogió al gato por el cuello y lo arrastró hacia abajo. Lucien tosió al liberar una nube de hollín a su alrededor. Lucien y Horatia cayeron de espaldas lejos de la chimenea.

Manguito siseó y se lanzó a los brazos de Horatia en su intento de huir. Clavó las garras en sus brazos antes de impulsarse y alejarse, dejando un rastro de huellas de hollín mientras salía de la habitación. Horatia estornudó e intentó ponerse en pie. Lucien sujetó sus muñecas, pero sus manos se mancharon de sangre mientras la ayudaba a levantarse. Sus antebrazos habían resultado heridos por la no tan dulce huida de Manguito.

Horatia, cubierta de hollín y agarrándose los brazos ensangrentados, lucía absolutamente miserable. Algo en el pecho de Lucien se apretó. Ella era muy valiente; no había emitido ni un chillido de dolor. En su lugar, él habría bramado como un oso herido. Pero ella no, Horatia no. Ella se mordió el labio inferior y parpadeó, alejando la humedad de sus ojos. Todo lo que Lucien quería era arrastrarla a sus brazos y besarla intensamente.

—Ven, vamos a ocuparnos de eso —le pasó un brazo por los hombros y la condujo al vestíbulo y a las escaleras que conducían a su dormitorio. Ordenó a un lacayo que pasaba por allí que subiera agua caliente, algunas vendas y que encendiera el fuego en la habitación de Horatia, suponiendo que el maldito gato no hubiera llegado ya.

Unos instantes después, el ama de llaves de Cedric, una mujer con ropa de matrona y pelo canoso en las sienes, entró en la habitación con agua y vendas.

—Aquí tiene... —se estremeció al ver las heridas de Horatia —. ¡Oh, pobrecita de mi niña!

—Gracias, señora Stanwick. ¿Podría traernos un poco de té caliente? —preguntó Horatia.

Los labios del ama de llaves se separaron con sorpresa.

—No debería dejarla sola...

—Solo será un minuto. Deja la puerta abierta si es necesario —el tono de Lucien era menos una sugerencia y más una orden.

—Muy bien, milord, volveré enseguida —la señora Stanwick dejó las vendas y el agua caliente en la mesilla y fue a buscar el té.

—No necesitas quedarte. Puedo ocuparme de esto —habló Horatia.

—Tonterías. Siempre te cuidé de pequeña, ¿no es así? —las palabras salieron antes de que pudiera retirarlas. La mirada desconcertada de su rostro, acentuada por sus ojos redondos, la hacía parecer muy joven. No era en absoluto como sus mujeres habituales. A él le gustaban las mujeres livianas y voluptuosas. Horatia tenía amplias curvas y un rostro encantador, pero carecía de ese toque de fría pasión que todas sus conquistas tenían.

Lucien la obligó a sentarse en la cama mientras él cogía las toallas de tela del lacayo. El hombre encendió el fuego mientras Lucien se limpiaba las manos de hollín. El fuego recién encendido crepitaba sobre los troncos. Le calentó la espalda, poniéndolo de un humor extrañamente dulce.

El labio inferior de Horatia tembló un segundo antes de que abriera la boca.

—Shh... —Lucien mojó una toalla, quitó el hollín de las manos de Horatia y limpió la sangre seca. Después de aplicar un poco de bálsamo en las heridas, vendó sus brazos. Luego se secó la cara con una toalla, y Horatia hizo lo mismo. Lucien notó que ella no se limpió por completo.

—¿Qué? —preguntó ella cuando lo sorprendió mirando.

—No te muevas —le cogió la barbilla y le inclinó la cabeza hacia atrás.

Las rodillas de Horatia se separaron, permitiéndole acercarse a ella. Lucien pasó el borde húmedo de la toalla por la punta de su pequeña nariz respingada, resistiendo el repentino impulso de besarla. Le limpió una mancha de hollín justo por encima de la clavícula. Horatia parecía contener la respiración.

Cuando él terminó, dejó caer la toalla y puso las manos sobre su piel. Le recorrió el labio inferior con la punta del pulgar derecho, sintiendo su grosor. Los labios de Horatia se cerraron alrededor de su pulgar mientras lo besaba. La cálida y húmeda caricia de su lengua provocó que todo el cuerpo de Lucien se tensara. Hipnotizado, apartó el pulgar y se inclinó hacia abajo, acortando la distancia entre sus labios.

Él le separó los labios con una lengua deseosa por explorar. Sus manos se cerraron alrededor de las caderas de Horatia, manteniéndola quieta mientras su cuerpo se fundía con el suyo.

La barrera de sus ropas no parecía importar. Horatia emitió un pequeño sonido de satisfacción cuando su lengua danzó con la de Lucien. Por un breve momento, él pudo olvidar que ella era inocente, así como todo lo que él no podía tener. Era solo otra hermosa mujer a la que le iba a revelar un nuevo mundo de oscuras pasiones. Sus ronroneos guturales lo llevaron al límite. Él deslizó las manos por la parte exterior de sus muslos, enroscando sus faldas y sus enaguas, saboreando la piel satinada bajo las yemas de sus dedos.

Horatia jadeó y se sacudió hacia atrás. Sus bocas se separaron con un suave chasquido.

La realidad entró en escena. Él retrocedió a trompicones e intentó recuperar la cordura.

Horatia parpadeó, con sus ojos marrones cálidos y somnolientos. Su lengua rosada salió para mojar sus labios y él casi la arrastró de nuevo a sus brazos.

Ella agitó las pestañas.

—Lo siento... Me sorprendiste.

—No. Es mejor así. No podemos... Esto nunca sucedió. ¿Me oyes?

—Pero... —Horatia se tocó los labios y sus ojos se clavaron en su rostro, incapaz de apartar la mirada.

Lucien tenía que poner distancia entre ellos, y no solo física.

—Escúchame, Horatia. Soy un libertino pasional, me dejé llevar. No debiste haberme estimulado.

Los ojos de Horatia brillaron con un fuego apenas oculto.

—¿*Estimularte*? No hice nada de eso.

—Te mojaste los labios y me miraste con anhelo. Eso hace que un hombre no pueda resistirse a ti. Era evidente que deseabas un beso y yo me sentí obligado a complacerte.

—¿Me besaste por *lástima*? —ella parecía dividida entre el dolor y la ira.

Él dudó, pero solo un momento.

—Sí.

La voz de Horatia tembló y sus ojos se oscurecieron con lágrimas.

—Por... por favor, vete.

—Con gusto —salió de su habitación, dando un portazo.

¿ESTE HOMBRE JAMÁS PODRÁ CERRAR NORMALMENTE MI PUERTA?

Horatia enterró la cara en sus almohadas y respiró profundamente en varias ocasiones, pero no sirvió de nada. Luchó contra las ganas de llorar, pero no pudo evitar que las lágrimas inundaran sus mejillas. Fue entonces cuando Mitones salió de debajo de la cama, saltó y se acurrucó contra el estómago de Horatia, ronroneando.

Había algo reconfortante en el amor incondicional del animal. Solo después de acariciar el satinado pelaje del gato pudo calmarse, pero pasó mucho tiempo antes de que pudiera analizar racionalmente el problema.

A lo largo de los años, había oído susurros de criadas y lacayos sobre los hombres de su clase. Y, por supuesto, las advertencias de su hermano siempre resonaban en su cabeza: *Nunca te fíes de los hombres, Horatia. Si alguien te propone enseñarte el jardín en un baile, corre a buscarme. No querrás acabar con alguien como Lucien. Te robarán la inocencia, te romperán el corazón y arruinarán cualquier posibilidad de un matrimonio decente. Los rumores vuelan y, para nosotros, la reputación lo es todo.*

Lucien no quería a una mujer inocente. Quería a una criatura salvaje y lasciva en su cama. Si ella alguna vez llamaba su atención, requeriría algo drástico. Después de hoy, estaba segura de que Lucien se sentía un poco atraído por ella. Si pudiera acercarse lo suficiente a él para hacerlo actuar al respecto... Pero no podía acercarse a él. La mayor parte del tiempo, Lucien parecía tener suficiente sentido común para mantenerse alejado de ella. Ojalá existiera una forma de engañar a ese terco marqués para que la viera como una mujer y no como la hermana de su amigo.

Los ojos de Horatia cayeron en el cajón abierto de su tocador. Allí había una media máscara cerrada de plata, una pieza de una mascarada celebrada ese mismo año. Entonces, tuvo una idea. Ella tenía que ser otra persona, el tipo de mujer que él buscaría.

Pero, ¿cómo? Tendría que hacerlo en un lugar alejado de la mirada de su hermano. Un lugar oscuro, quizás de noche, para tener menos posibilidades de ser vista. Si pudiera interactuar con Lucien en un lugar que le permitiera llevar una máscara, él probablemente la desconocería. Existía un alto riesgo de que la identificara después de hablar con ella, pero si se salía con la suya, bueno, no habría necesidad de conversar mucho.

Todo lo que necesitaba era una oportunidad para convencerlo de que era digna de su atención. Quería ser la seductora que él le hacía sentir en su interior. Quizás si demostraba que era pasional, él se lanzaría a por ella.

Soy toda una gallina. El amargo pensamiento la golpeó como una dura bofetada. Lucien no se lanzaría a por ella. La usaría y luego continuaría con su vida. Además, él ya estuvo a punto de casarse una vez. ¿Por qué no una vez más? Y una vocecita en su cabeza le susurró que la ruina en manos de Lucien valdría la pena. Aunque pasara el resto de su vida como una solterona solitaria, una noche con él compensaba toda una vida con alguien por quien no sentía nada.

Obligándose a concentrarse en su idea, evaluó sus opciones de lugares de encuentro clandestinos. Este plan tenía todas las características de los diseños de Audrey. ¡Audrey! ¡Sí! En cuanto su hermana regresara, Horatia la consultaría. No le revelaría sus intenciones, pero podría pedirle consejos sobre cómo sobornar a un lacayo de Lucien para que divulgara las actividades nocturnas del marqués y los lugares en los que podría ser encontrado.

Por primera vez en días, Horatia sonrió con alegría.

CAPÍTULO 5

Lucien entró furioso en su casa de Half Moon Street, con la mandíbula contraída y adolorida. Hoy había sido un desastre. Se había permitido perder el control, acercarse demasiado, y había disfrutado cada minuto.

De no haber sido por esos cálidos ojos marrones de Horatia que imploraban sus besos...

La puerta de los dormitorios del servicio se abrió y su ayuda de cámara, Félix, salió con una pila de camisas blancas recién planchadas en los brazos.

—Félix, voy a salir esta noche. Prepara mis cosas.

El ayuda de cámara asintió y se precipitó a la habitación de su amo. Las manos de Lucien temblaban, sintiendo el impulso de romper algo. Entró furioso en el salón y cogió lo primero que estaba a su alcance, un costoso jarrón oriental. Levantó el brazo y...

—Vaya, Lucien, ¿estás bien?

Divisó a su hermano, Lawrence, a unos metros detrás de él, en la puerta abierta. Salvo por el hecho de que era cinco años más joven, era un reflejo de Lucien. La ira seguía hirviendo en lo más profundo de su ser, como un volcán dormido, y ahora Lucien apuntaba el jarrón hacia su hermano entrometido.

Lawrence dio un paso atrás con las manos levantadas en señal de rendición.

—Si rompes eso, mamá se enfadará mucho. Gastó una fortuna en traértelo desde Shanghái. Para que lo sepas, contrató una caravana entera de elefantes como Aníbal para realizar parte del viaje.

Con un gruñido, volvió a dejar el jarrón sobre la mesilla de madera de cerezo y fulminó con la mirada a su hermano sonriente.

—Creía que estabas en Francia.

Su hermano se encogió de hombros.

—Volví con Avery.

—¿Has conseguido alojamiento?

—Todavía no.

—Entonces debes quedarte aquí —replicó Lucien, pero su corazón no correspondía al gesto. No estaba de humor para atender, ni siquiera a su familia. ¿Era tan malo querer un poco de paz y silencio para ordenar la maraña de emociones que lo atormentaban?

Su hermano se sacudió una partícula invisible de polvo de la manga de su abrigo.

—Solo estaré aquí unos días y no quisiera abusar, sobre todo porque pareces tener problemas bastante fuertes con tu decoración —Lawrence era conocido por su sarcasmo. De más jóvenes, Lucien lo había reprendido, y más que eso, por esos comentarios.

—El hecho de que ya no seamos niños no significa que no vaya a golpearte la cabeza.

—Podrías intentarlo.

Lucien lo embistió con un puño y su hermano retrocedió un paso. Se rieron y Lucien descubrió que su ira se había disipado. Bendito sea Lawrence.

—Si no quieres pasar la noche, ¿qué te trae por aquí? —preguntó Lucien—. Pensé que tal vez irías directamente con mamá —se le ocurrió un pensamiento terrible—. Ella no está aquí, ¿verdad?

Lucien parecía esperar que la formidable Lady Rochester saliera disparada de un armario. Su madre se había escondido en más de una ocasión para espiar a sus hijos, únicamente para revelar bruscamente su presencia y asustarlos. Linus, el hermano menor de Lucien, se negaba a cerrar las puertas del armario de su dormitorio por esa misma razón.

Ella lo hacía por amor, por supuesto. Incluso era una broma familiar. Había estado muy enamorada de su padre y se había empeñado en llamar a todos sus hijos con un nombre que empezara por L de *love*. Por eso se llamaron Lucien, Lawrence, Linus y Lysandra. Avery había sido la única excepción al esquema de nombres de su madre. Él era idéntico a su padre y por eso llevaba el mismo nombre que él. Los otros Russell tenían la belleza de su madre.

—Mamá está en Kent —dijo Lawrence—. Te comunicó que quería pasar la Navidad en casa. ¿No recibiste la carta? —parecía genuinamente sorprendido, ya que Lucien era el mejor de los Russell en lo que a correspondencia se refería.

—He estado un poco ocupado últimamente —se quedó corto, y mucho. Su estudio estaba repleto de cartas sin abrir; la última de su madre sin duda entre el desorden de su escritorio. Lucien se acarició la mandíbula con el pulgar y el índice—. ¿Mamá está esperando que vaya a visitarla?

—Dios, no. No es que no le importe, pero creo que es más feliz cuando la dejan sola para atormentar a Linus y a Lysandra —Lawrence se rio—. Ambos están con ella ahora, que Dios los ayude.

—¿Y Cambridge? Seguramente Linus ya ha terminado —un sentimiento de culpa le atravesó el pecho, anudándose alrededor de sus costillas. ¿Había estado tan absorto en sus propios asuntos que había perdido el contacto con la vida de sus hermanos?

Lawrence volvió a encogerse de hombros.

—Hasta hace poco.

—Si te vas dentro de unos días, debes cenar conmigo esta noche —el deseo de Lucien de estar solo había cambiado, y esperaba que su hermano aceptara. Lawrence sería una distracción grata y le impediría pensar en deseos irrealizables.

Lawrence sonrió tortuosamente.

—En realidad, he programado una velada en el Jardín Midnight. Eres bienvenido a acompañarme. Madame Chanson te echa de menos.

El Jardín Midnight era un club discreto, lleno de escándalos ocultos y encuentros románticos. El secreto más público de Londres. Madame Chanson lo adaptaba a las necesidades de cualquier individuo, hombre o mujer lo suficientemente rico como para pagar la membresía. Llevaba a las damas más bellas, contrataba solo a los hombres más atractivos, y el hedonismo del entorno prometía placeres pecaminosos de todo tipo. Ella también había conseguido la buena voluntad y el patrocinio de quienes eran necesarios para mantenerlo abierto.

Hasta hacía poco, Lucien había sido un invitado frecuente del Jardín. Pero desde que fue lanzado a la vida de Horatia Sheridan una vez más, no había vuelto en busca de placer. La única vez que lo hizo, bueno, terminó en decepción por todos lados.

Tal vez eso es lo que necesito: un revolcón travieso para olvidarme de Horatia. Lucien se pasó la palma de la mano por la mandíbula antes de asentir.

—Creo que iré. He estado demasiado melancólico últimamente y necesito levantar el ánimo.

Su hermano se rio.

—Como otras partes de ti, sospecho.

Lucien lo ignoró.

—¿A qué hora es tu compromiso?

—A las nueve. Necesitarás una máscara. Este mes, Madame Chanson está de humor para las mascaradas y exige que todos sus clientes las lleven. Se rumorea que ha llegado una delegación de Italia, y esto es para disfrute de ellos.

Lucien frunció el ceño. ¿Todavía tenía una máscara? Seguro

que sí. Había ido a muchas de esas fiestas en Vauxhall durante la Temporada y en varias de ellas había necesitado máscaras.

—Será mejor que vaya a buscar una —se dirigió hacia las escaleras.

—Nos veremos en el jardín entonces, alrededor de las nueve —dijo Lawrence.

—¡Félix! —gritó Lucien.

El ayuda de cámara asomó la cabeza desde la habitación de Lucien.

—¿Milord?

—Cambio de planes. Prepara mis mejores bombachos negros, mis botas de arpillera negras y una camisa de seda negra. Además, ¿todavía tengo un antifaz negro?

Las cejas de Félix se levantaron.

—¿Se vestirá para una ocasión específica, milord? Tenía la impresión de que los secuestros no estaban entre sus intereses —los ojos del ayuda de cámara eran fríos, pero Lucien percibió un destello de diversión en ellos.

Lucien a veces olvidaba que, lo que se consideraba como secreto en el nivel superior, a veces era de dominio público en el inferior. Era evidente que él hombre se refería a la aventura de la señorita Emily Parr algunos meses atrás.

—Los secuestros, cuando se hacen bien, pueden resultar bastante satisfactorios. Pero no temas, Félix, esta noche iré al jardín. Madame Chanson pidió que todos los invitados llevaran máscaras.

—Ah. Los italianos han vuelto, sin duda. Bueno, está de suerte, milord. He guardado una bonita máscara de media cara que usó el año pasado. Quedará espléndida con el atuendo que ha elegido esta noche —Félix se dirigió a una de las cómodas y rebuscó entre su contenido hasta encontrar la máscara. La depositó en una mesilla y se deslizó hacia el vestidor para buscar la ropa de gala de Lucien.

Lucien salió de su alcoba para dirigirse al pequeño cuarto de baño donde tenía una bañera. Tiró de la cuerda de la campana para indicarles a los criados de abajo que deseaba bañarse. El baño tardaría un poco en estar listo, así que hizo que un lacayo le llevara algunas cartas de su estudio para leerlas.

Una vez listo, se sumergió con la bañera de agua caliente y dejó que la tensión desapareciera. Estar cerca de Horatia siempre lo ponía nervioso. Se salpicó la cara y se frotó la piel, intentando eliminar el recuerdo de su cuerpo contra el suyo. El hollín seguía pegado a su pelo y también se lo lavó a conciencia, sin querer que nada le recordara lo cerca que había estado de perder la cordura.

Cuanto más tiempo pasaba con ella, más cerca estaba de actuar conforme a esos viles deseos que traicionarían sus propios principios, arruinarían la reputación de Horatia e incitarían la ira de su hermano. Sin embargo, la idea de acercarse a ella y enseñarle a abrazar sus pasiones era demasiado tentadora. Eso era lo que más le emocionaba.

No pasaba sus días contando sus conquistas como otros hombres, sino que se enorgullecía de ayudar a las mujeres a conquistar sus propias almas y cuerpos a través de la aceptación de sus necesidades y el aprendizaje de la satisfacción en la cama. La pasión era algo que debía compartirse entre un hombre y una mujer, y nunca le había gustado la idea de que una mujer se quedara simplemente tumbada debajo de él. El sexo era una exploración mutua, un regalo compartido, no algo robado o retenido por solo una persona. Así que, aunque su reputación de libertino estaba asegurada para siempre, sus mujeres tenían una opinión muy diferente de él. Para ellas, él era un liberador, por muy breve que fuera su tiempo juntos.

Después del baño, Félix lo ayudó a vestirse y luego Lucien partió. Un lacayo llamó a un carruaje negro para que su presencia no se notara al llegar. El Jardín no era un lugar en el que debieran verse las insignias del Marqués de Rochester. Lucien mantuvo la máscara en su rostro, comprobando el lazo mientras su vehículo se detenía frente a la residencia estucada que era la fachada del Jardín Midnight.

Un lacayo se apresuró a llegar para recibirlo e inclinó la cabeza respetuosamente.

—Milord —el sirviente no conocía su verdadera identidad, pero todos los hombres y mujeres del Jardín eran saludados como Lord y Lady. Al menos, era bueno para los negocios.

—¿Madame está en casa? —le preguntó Lucien al lacayo, siguiéndolo por los escalones. El joven asintió y le abrió la puerta.

Tanto de día como de noche, el Jardín Midnight siempre estaba tenuemente iluminado. Tenía el ambiente de una cita nocturna. Candeleros de pared dorados adornaban la entrada y los pasillos que daban acceso a varias habitaciones, de las que había al menos veinte entre los tres niveles de la construcción. Las paredes eran de color borgoña intenso con adornos dorados, y los muebles estaban suntuosamente brocados. Todo estaba dispuesto para ofrecer hedonismo y sensualidad a los clientes que pagaban por disfrutar de sus deseos aquí.

Durante muchos años, Lucien había rondado estos pasillos, buscando compañeras de cama que no le temieran a él ni a sus deseos, y que confiaran en él para dominar los placeres de sus cuerpos. Esperaba encontrar algún día a alguien en quien pudiera confiar también, pero hasta ahora no lo había hecho. Desde el secuestro de Emily Parr, se había resistido a volver a sus antiguos hábitos. Quería encontrar una conexión entre él y su compañera de cama. Los breves y salvajes encuentros, o el lento placer de seducir a una mujer para que se dejara atar, no equivalían a saborear a una mujer que le importara de verdad. Sin embargo, después de sus frustrantes encuentros con Horatia, estaba desesperado por encontrar alivio.

Madame Chanson, una mujer curvilínea de unos cuarenta años, salió de una habitación cercana con una mujer que Lucien reconoció. Evangeline Mirabeau, la antigua amante del Duque de Essex. Sus ojos se clavaron en él y, entonces, supo que también lo reconoció. Ella lo saludó con un frío asentimiento de cabeza. Después de su ayuda femenina e indirecta contra una amenaza a

Godric algunos meses atrás, Lucien había encontrado un nuevo, aunque limitado, aprecio por la mujer francesa.

—¡Milord, ha vuelto! Había temido que no lo hiciera, dado que Lady Society cree que está enamorado y que está abandonando sus costumbres. Mi corazón se alegra por su regreso —su voz era grave e intensa, una voz sensual que le recordaba sus noches en este lugar. Su cabello rubio pálido y sus ojos grises, que siempre parecían medio cerrados, la mostraban como recién despertada de una noche traviesa en la cama.

—Madame Chanson, es un placer verla de nuevo. No crea todo lo que lee. Lady Society se equivoca con frecuencia —él le sonrió y ella le guiñó un ojo. No le costó reconocerlo con la máscara puesta; su altura y el raro color de su pelo lo delataban para los que lo conocían.

—Usted está en problemas conmigo, milord —bromeó con un afecto nacido de años de amistad—. No me gusta que haya estado ausente tanto tiempo.

—Tal vez más tarde pueda castigarme —él le dedicó su sonrisa más pícara, una que hizo sonrojar incluso a la experimentada Madame.

—Tal vez lo haga —replicó. Madame Chanson nunca se acostaba con los clientes que llegaban a su casa, pero había hecho una excepción con Lucien. Le había suplicado en más de una ocasión y él la había complacido.

Una vez que se es un libertino, jamás se deja de serlo.

—¿He oído que mi hermano ha reservado una habitación para esta noche?

—Oh, sí, por supuesto. ¿Lo acompaño a su habitación?

—Sí, gracias.

Lucien la siguió por el pasillo hacia una de las habitaciones más elegantes, una con una terraza donde se podían abrir las ventanas francesas que daban a los jardines inferiores. Lawrence debió de pagar mucho por ese privilegio. Madame Chanson golpeó ligeramente la puerta.

Al oír la respuesta ahogada de Lawrence, ella abrió la puerta.

Lawrence estaba sentado en un sillón dándole uvas a una joven con grandes pechos. Ambos llevaban máscaras.

—Hermano.

—Hermano —respondió Lucien con diversión.

La joven se enderezó en los brazos de Lawrence.

—Milord —ella lo saludó con una sonrisa traviesa.

Lawrence se rio.

—Siéntete libre de unirse a nosotros —cogió el pecho derecho de la mujer con una sonrisa y ella jadeó con un fingido sobresalto—. Hay muchas uvas.

Lucien se volvió hacia Madame Chanson.

—¿Tiene alguna mujer nueva que pueda interesarme?

Ella dudó un momento.

—Pues sí... una joven ha venido esta noche, hace no más de media hora. Una dama distinguida, podría decirse. Le ofrecí los servicios de mis mejores hombres, pero deseó que le concertara una cita con un hombre de igual estatus social. Le dije que había varios caballeros de esa clase de visita en la casa, y que si yo podía arreglarlo, ella pasaría la noche con uno de ellos. No mencioné nombres, pero le insinué que usted llegaría pronto. Pareció muy interesada cuando comencé a describirlo. Sé que no debería haber presumido de ofrecerle su compañía, milord...

Intrigante. No era inaudito que las mujeres casadas buscaran placeres cuando sus propios lechos matrimoniales tenían problemas. Esta noche, él estaba poco interesado en una mujer hastiada. Sin embargo, una dama distinguida... una novata dentro de la atmósfera del Jardín era ciertamente de su interés.

—¿Una inocente?

Madame Chanson asintió.

—Creo que sí. Lo oculta bien, pero veo la inocencia en sus ojos. Sé que tales mujeres no son de su gusto habitual...

Normalmente, Madame habría tenido razón. Las mujeres inocentes nunca habían sido de su interés, y siempre existía el riesgo de que le dieran demasiada importancia a su primer encuentro. Pero las máscaras sugerían que esta mujer sabía lo que buscaba, y eso lo tranquilizaba. Quería a alguien suave y dulce, alguien que le recordara *aquello* que se le estaba negando. Podría cerrar los ojos y ver a Horatia, sentir su cuerpo bajo el suyo...

—Me siento atrevido, Madame. Por favor, envíemela. No le diga mi nombre.

—Por supuesto —Madame Chanson hizo una reverencia y salió por la puerta con un movimiento de seda púrpura.

Lawrence había vuelto a darle uvas a su acompañante. Lucien se quitó el abrigo y el chaleco y los arrojó sobre la silla más cercana antes de coger el decantador de brandy que había en una mesilla. No le molestaba en absoluto estar en la misma habitación con su hermano menor mientras éste seducía a su actual juguete. Lucien estaría incluso dispuesto a compartir, pero esta noche necesitaba una copa y su propia mujer. No había nada más relajante que tener una mujer para abrazar y besar cuando las frustraciones personales estaban descontroladas. A diferencia de otros, Lucien no descargaba su temperamento en el boxeo o la bebida. Prefería una buena mujer y una cama resistente. Solía creer que el mundo sería un mejor lugar si más hombres pensaran como él.

Llamaron a la puerta.

—Adelante.

Cuando se abrió, Lucien casi dejó caer su brandy. La joven que estaba en la puerta llevaba una máscara plateada, pero incluso a esa distancia la reconoció.

Horatia.

Había pasado demasiadas noches imaginando su seducción como para olvidar siquiera un centímetro de su cuerpo. Se sintió aliviado de que su propia máscara ocultara su identidad.

¿Qué demonios estaba haciendo esa tonta criatura aquí? Había muchos lobos que se abalanzarían sobre ella, exactamente lo que él quería...

Las palabras de Madame Chanson volvieron a su mente. La joven se había interesado por él cuando Madame se lo describió. ¿Estaba aquí para buscar a un hombre como él y satisfacer sus propios deseos frustrados? ¿O fue aún más astuta y descubrió que él vendría aquí esta noche? Lucien se encontró sonriendo. Independientemente de sus razones, él iba a demostrarle lo tonta que era. Haría que se arrepintiera de su decisión y disfrutaría avergonzándola en el proceso.

Su vestido de gala de seda blanca brillante tenía una sobrefalda de redecilla plateada. El corpiño, cortado en una amplia U, estaba confeccionado en una georgette transparente y plisada. El vestido tenía mangas cortas de la misma tela que parecían potenciar el efecto de su escote. La falda de seda y del mismo color comenzaba justo debajo de sus pechos. Aunque era ligeramente plisada, se ceñía a su figura cuando Horatia se movía. En resumen, ella era una completa maravilla y el cuerpo de Lucien respondió como era debido.

Horatia se giró cuando la puerta se cerró tras ella, sobresaltada, mostrando el escote bajo de la espalda de su vestido.

—Por favor, entra —ronroneó él, acercándose a ella y cogiéndola del brazo.

Ella lo miró y él vio un destello de reconocimiento en sus ojos marrones bajo la máscara plateada. Ella sabía que era él. Lucien miró a su hermano, quien estaba demasiado ocupado con su propia mujer para reconocer a la presa de Lucien.

—Creo que me han dirigido a la habitación equivocada —dijo ella, con el pecho agitado mientras intentaba liberarse de su agarre.

Lucien tiró de ella contra la longitud de su cuerpo.

—Tonterías, palomita mía. Ven, siéntate conmigo —Lucien la subió a su regazo en la silla más cercana. Ella casi chilló de terror.

Esto será muy divertido. La estrechó contra él, permitiéndole sentir cada centímetro de su cuerpo sobre el suyo. Estaba rígida en sus brazos, pero él pronto cambiaría eso.

—¿Asustada? —le preguntó en un susurro bajo que solo ella pudo oír.

Para su sorpresa, Horatia asintió con una pequeña sacudida.

—Un poco.

No pudo evitar sonreír.

—A veces un poco de miedo con alguien en quien confías puede ser algo bueno.

Antes de que ella pudiera replicar, él le levantó la barbilla con un dedo, exponiendo su cuello. Horatia tragó con fuerza, y él pudo ver el pulso latiendo en su garganta. Entonces, Lucien bajó la cabeza y cubrió su cuello con lentos y suaves besos.

Horatia apenas podía respirar, y mucho menos pensar. Sin duda, porque su plan había funcionado y al mismo tiempo fracasado. Una hora atrás, había localizado el misterioso Jardín Midnight. Le pagó un buen dinero a uno de los lacayos de Lucien para que le diera la dirección y le informara que él estaría allí esta noche. Llegó en un coche de caballos de alquiler y le pagó a Madame Chanson para garantizar su lugar como dama elegida por Lucien para la velada. Tuvo que explicarle a Madame Chanson que su deseo era solo pasar la noche con Lucien. La dueña del Jardín Midnight la había mirado con astucia y le había asegurado que estaría con Lucien solamente esta noche. Eso la había tranquilizado un poco.

Tuvo cuidado de no revelarle su identidad a la mujer, pero no había pensado más allá. Al no tener experiencia, Horatia no estaba preparada para la enloquecedoramente rápida seducción de Lucien. Terminó en el regazo de Lucien, a pocos metros de su hermano Lawrence, a quien reconoció fácilmente a pesar de su máscara, mientras entretenía a otra mujer.

—¿Por qué tan tensa, paloma mía? —las grandes manos de Lucien le masajeaban los hombros y el placer emanaba de la fuerza de sus dedos mientras frotaba sus tensos músculos. Horatia sintió la fuerte tentación de relajarse con aquel contacto, de fundirse contra él. Sería muy sencillo rendirse. Después de todo, era lo que ella quería.

—¿La estás asustando, Lucien? —bromeó Lawrence entre bocados de uvas.

—Tal vez sí —Lucien cogió la barbilla de Horatia, manteniendo su mirada a la altura de la suya—. ¿Sigues asustada?

A pesar de la seriedad de su pregunta, las comisuras de su boca se alzaron y le indicaron a Horatia que apenas estaba reprimiendo su risa.

—No estoy acostumbrada a tener público, milord —logró decir, lanzando una mirada nerviosa en dirección a Lawrence. Un traicionero rubor subió a su rostro, parcialmente oculto por su máscara plateada.

Lawrence se sentó un poco más erguido antes de inclinarse en su dirección.

—Dime, hermano, ¿cómo demonios te las arreglas para acostarte con las mujeres más ingenuamente encantadoras? ¡Se sonroja como una virgen! —perdió el interés por su propia mujer y la apartó cuando ella se inclinó contra él posesivamente.

Los dedos de Lucien se deslizaron por la espalda de Horatia y se clavaron en sus caderas, manteniéndola quieta sobre su regazo mientras la estudiaba.

—¿Prefieres a mi hermano antes que a mí? Me atrevo a decir que él te cogería si me encuentras demasiado aterrador —la voz de Lucien era como el chocolate fundido e igual de pecaminoso. Horatia miró entre los dos hombres, muy parecidos con sus ropas negras, sus máscaras y su pelo rojo oscuro.

—Lo prefiero a usted, y solo a usted, milord —dijo Horatia. Vio el brillo de triunfo en sus ojos y quiso abofetearlo por su arrogancia.

Lucien le rodeó la nuca con una mano firme y la empujó hacia delante para que se encontrara con sus labios. La recompensó con una profunda embestida de su lengua, jugando con la de ella a un ritmo sensual y sugerente que la hizo jadear cuando sus labios se dirigieron a su cuello y descendieron hacia su clavícula.

—¿Tienes otra habitación, hermano? ¿O debo convencerte para que te des una vuelta por los jardines con tu dama? —Lucien parecía no tener inconvenientes en echar a su hermano menor.

Lawrence inclinó la cabeza hacia la derecha, en dirección a una puerta dorada.

—Hay una alcoba a través de esa puerta.

Sin mirar a su hermano, los labios y la lengua de Lucien siguieron explorando las pendientes del cuello y de la clavícula de Horatia.

—Entonces coge a tu mujer y ve allí.

Con un suspiro, Lawrence se puso en pie y tiró de su acompañante para que lo siguiera.

—Deja las uvas —añadió Lucien mientras Lawrence alcanzaba el plato de fruta, dejando que se quejara acerca de qué dinero había pagado la habitación en primer lugar.

Horatia se removió inquieta cuando él volvió a torturarla con su boca. Sus manos se posaron en los anchos hombros de Lucien mientras veía a Lawrence y a su mujer salir de la habitación y cerrar la puerta tras ellos.

—Ahora, ¿nos ponemos cómodos? —Lucien la bajó de su regazo, dejándola en la silla mientras él se paraba frente a ella con las piernas separadas, se quitaba la camisa y la tiraba a un lado. Cuando sus manos se dirigieron a los cierres de sus bombachos, el corazón de Horatia se aceleró. Él sonrió y estiró la mano para coger su barbilla, inclinando su cabeza hacia atrás para que lo mirara de nuevo—. Ahí está ese encantador rubor. Me parece adorable, pero me pregunto... ¿te sonrojas por modestia o por inexperiencia? ¿Seguramente no sufres de ninguna de las dos cosas, en tu tipo de trabajo?

¿Cómo se *atrevía*? Lucien sabía muy bien que su historia era que había pedido a alguien de igual estatus social, y aquí estaba él acusándola de ser... Horatia se levantó bruscamente y se le acercó, por desgracia, más de lo prudente. Cualquier respuesta que pudiera haber dado fue silenciada por la boca de Lucien sobre la suya. Le cogió las muñecas y las retorció por detrás de su cuerpo para mantenerlas cautivas contra la parte baja de la espalda. Liberó una mano para alisar la redecilla plateada del vestido sobre su culo, y luego tiró bruscamente de ella contra él.

—¿Sientes cuánto te deseo? —susurró contra ella.

Según Horatia, una mejor pregunta hubiera sido, ¿cómo *no* sentirte? El bulto de Lucien contra su pelvis hizo que su cuerpo respondiera con un agudo dolor entre sus piernas. Él la soltó y se acercó al sofá biplaza que su hermano había dejado libre. Levantó el plato de uvas y se sentó.

—Acompáñame —dijo, palmeando el espacio vacío a su lado.

—Pero... —empezó ella. Con cada minuto que pasaba, se arrepentía más de su descarado plan. Seguro que había una forma más racional de conseguir atraerlo. Pero quizás no.

—Ahora —su orden no fue severa, pero prometía un castigo si ella se negaba.

Se precipitó sobre el lovsit, alisando su vestido con manos inquietas. El corpiño del vestido se ceñía a sus pechos, dificultándole respirar. Lo había mandado a hacer algunos años atrás, antes de que su cuerpo se desarrollara. Era el único vestido que sabía que Lucien no se lo había visto puesto. Horatia nunca había sido tan consciente de su cuerpo como ahora. El corpiño le apretaba los pechos, sus pezones rozaban la tela y la unión entre sus muslos se sentía húmeda y llena de cosquillas.

Lucien frunció el ceño ante la evidente distancia que los separaba.

—Más cerca —gruñó.

Ella se arrastró.

Sin embargo, Lucien no pareció satisfecho hasta que ella se acercó tanto que su cadera izquierda le presionó firmemente la derecha. Le rodeó la cintura con un brazo y la acercó aún más. Luego, la soltó. El calor de su piel desnuda era imposiblemente delicioso contra la fina seda de su vestido. Los músculos de su pecho desnudo estaban marcados y llenos, esculpidos y hermosos, como cuerdas de acero atadas por una suave capa de piel.

—¿Te gusta lo que ves? —bromeó Lucien.

Horatia no sabía si era seguro responder a eso. Su mirada se paseó por su cuerpo, imaginando cómo se sentiría volver a estar entre sus brazos. Lamió sus labios, notando que los ojos de Lucien estaban clavados en su lengua. Él cogió una uva del plato y se la metió en la boca, luego le acercó otra a Horatia. Ella simplemente parpadeó, desconcertada por una intimidad tan importante como la de ser alimentada por él.

—Ábrete para mí.

Su voz la hizo arder por dentro. Tenía un significado totalmente diferente con respecto a ofrecerle su boca para coger una uva.

Lucien no tenía ni idea de quién era ella, y la estaba seduciendo como a una mujer normal, no como a alguien a quien evitaba. Arriesgaría su virtud con tal de que Lucien le arrebatara la cordura con su pasión. Por muy tontas que fueran sus acciones, su necesidad de tenerlo era mucho mayor.

Aceptó la uva de sus dedos con los labios, gimiendo por su dulce sabor. Pero apenas tuvo tiempo de tragar porque Lucien se inclinó hacia delante y capturó su boca con la suya. El beso comenzó dulce, suave, tentador, pero el dulce sabor le sacudió la cabeza. Horatia soltó un pequeño ruido de placer.

El plato de uvas cayó al suelo. Lucien la cogió por las caderas y tiró de ella para que se tumbara bajo él en el sofá. Con una mano experta, le subió las faldas y le separó las rodillas para que pudiera deslizarse en el cálido espacio entre sus muslos. Una de sus palmas acarició la parte exterior de su pierna, jugando con las cintas de sus medias. Él profundizó el beso, cubriendo su cuerpo con el suyo y moviendo sus caderas contra las de ella con un ritmo lento. La lengua de Lucien no encontró resistencia cuando se deslizó entre sus labios. Ella sabía como una embriagadora copa de jerez con el estómago vacío. Pero el sofá era demasiado estrecho para lo que sus cuerpos necesitaban.

Horatia se rio cuando Lucien intentó acomodar mejor su cuerpo y casi cayó. Él sonrió ampliamente y se apretó con fuerza contra ella, intentando una vez más imponer su dominio. Esta vez sí se le deslizó una rodilla, provocando que rodara hasta el suelo.

—¡Maldita sea! Necesitamos una cama —gruñó.

Se separó de ella y la levantó de un tirón. En el momento en que el cuerpo de Horatia se liberó de su peso, ella recuperó algo de cordura y luchó contra el agarre dominante que él ejercía sobre su cuerpo.

—No vueles todavía, palomita —ronroneó como un gato atrayendo a un gorrión regordete demasiado cerca del suelo—. No te he probado lo suficiente.

Horatia retrocedió a trompicones, pero la salvó el firme agarre de Lucien en su muñeca mientras la arrastraba hasta la cama que había cerca.

—Acuéstate —dijo, señalándola.

Horatia se tambaleó y sus pies tropezaron al retroceder.

—¿Qué?

La respuesta de Lucien fue cogerla y acostarla él mismo. Mientras ella seguía recuperándose de la conmoción que supuso ser arrojada a la cama, él sacó del bolsillo varias tiras largas de seda roja. Le cogió la mano derecha y la aseguró rápidamente al poste de la cama. Horatia luchó por liberarse, pero fue en vano. Lucien hizo lo mismo con su otra muñeca.

Horatia solo disponía de un poco de espacio libre en sus ataduras para apartarse unos centímetros de la cama. El pánico se apoderó de ella y su respiración se agitó de manera brusca. ¿Qué estaba planeando Lucien? ¿Ella debía decirle quién era? Seguramente se detendría al saberlo, y entonces ella estaría a salvo. No sería amada, pero estaría a salvo. Era casi como si Lucien pudiera leer sus pensamientos mientras apoyaba la palma de la mano en su mejilla y giraba su rostro hacia él.

—¿Confías en mí? —sus ojos eran oscuros y su voz áspera, pero en ese momento ella estaba hechizada—. Necesito tu total confianza. Solo te daré placer, no dolor —su rostro contenía pasión, pero en el fondo no había más que una necesidad desesperada de que ella confiara en él. Y lo hizo.

Sin embargo, la rápida respiración de Horatia no se relajaba. Luchó por mantenerse concentrada en su rostro y no en el hecho de que estaba atada a una cama. Nunca antes se había sentido tan indefensa, tan expuesta. Confiar en él era un riesgo como ningún otro; hacerlo aquí, ahora y de esta manera.

—Si confío en ti, ¿cuidarás de mí? No he... —no pudo terminar la frase.

El entendimiento suavizó la intensidad de los ojos de Lucien detrás su máscara.

—Te prometo que te cuidaré. Si te duele algo, dímelo enseguida. ¿De acuerdo?

—Sí, milord —ella había ansiado desesperadamente pronunciar su nombre, pero no podía revelarse y arruinar la magia de esta noche.

—Cuando terminemos esta noche, estarás bien educada en los caminos de la pasión —le aseguró Lucien, y con eso avanzó para desnudarla.

CAPÍTULO 6

Lucien empezó con sus zapatillas de casa plateadas, se las quitó y las dejó en el suelo. Las palmas de sus manos se deslizaron por sus pantorrillas y sus muslos para desatarle las medias y las ligas de éstas. Le quitó las medias con facilidad y besó la sensible piel de cada tobillo. Él podía sentir cada temblor, cada escalofrío de Horatia mientras sus manos exploraban su cuerpo.

Se obligó a concentrarse únicamente en ella y no en su propia excitación. Su placer tenía que estar por encima del suyo, porque no podía disfrutarla plenamente. La llevaría a sus límites, pero no le quitaría su inocencia. Al menos, no en el sentido que era importante para las dotes y las bodas.

Arrodillándose entre sus piernas separadas, la obligó a doblar las rodillas y abrirlas. Necesitaba tenerla expuesta para su degustación. Deslizó lentamente las manos por debajo del vestido, lo levantó hasta las caderas y evaluó su ropa interior. Por lo general, las mujeres del Jardín no se molestaban en llevar mucha ropa interior, pero Horatia llevaba suficientes enaguas debajo como para decorar las almenas de un castillo.

—Demasiado vestida para la ocasión, ¿no?

Horatia se sonrojó.

—Llevo lo que una dama decente debería...

—¿Una dama decente? No tengo ningún interés en eso. Esta noche no, querida. Estas enaguas deben irse —se deslizó fuera de la cama, cogió el pequeño cuchillo de pelar del sofá biplaza y volvió hacia ella. Los ojos de Horatia se abrieron de par en par y su pecho se agitó con respiraciones asustadas. Su mirada se centró en el cuchillo.

—¿Harás...? —comenzó.

—No voy a hacerte daño. No quiero quitarte el vestido, así que cortaré las enaguas —le pasó una mano por la cintura. Con rápida precisión, abrió las enaguas por la mitad hasta que cayeron abiertas a ambos lados, pero no las retiró. Clavó las manos en la tela y las rasgó un poco más arriba. Finalmente, estaba desnuda frente a su mirada, con el vestido rodeando sus caderas a modo de bruma brillante.

Lucien apoyó las manos en la parte superior de sus rodillas levantadas, mirando su sexo. Ella estaba húmeda, desbordada y perfecta. Disfrutaba contemplando el cuerpo de una mujer, pero nunca había experimentado una sensación de euforia tan extraña. Le dolía mucho saber que ella lo deseaba así. Este era quizás su único y último momento con ella, y él saborearía cada momento de placer que pretendía darle, sin importar cuánto lo afligiera después.

Comenzó un lento camino de besos a lo largo de la parte interior de su muslo izquierdo. Sus pechos se levantaron contra el corpiño. Lucien casi sonrió, disfrutando de la sacudida de pánico que había provocado. Horatia sabía que no le haría daño, pero estaba excitada y ansiosa por saber qué podría hacer. En eso consistía el placer del *bondage*. Él podía hacerle cosas maravillosas y ella tenía que aceptarlo, no podía apresurarlo ni exigir nada, simplemente aceptarlo conforme se presentara. Aunque las súplicas siempre eran bienvenidas.

—¿Qué estás haciendo? —la bravata de su pregunta se debilitó ante el temblor de propia su voz.

—¡Vaya, me sorprendes! ¿Nunca te han probado? —él conocía

perfectamente la respuesta, pero disfrutaba del juego de la ignorancia del que formaban parte.

—¿Pr... probada? —ella se sacudió bajo su agarre, intentando liberarse de sus manos que ahora la mantenían abierta debajo de él.

En respuesta, él sacó su lengua contra la sensible piel a pocos centímetros de su núcleo. Horatia se estremeció e intentó apartarlo de nuevo, pero los hombros de Lucien estaban a la altura de sus rodillas, deteniéndola.

—¡Pero no puedes!

Él utilizó sus manos para abrir sus pliegues y le dio su primera y dulce lamida. Un grito sofocado de sorpresa brotó de Horatia y su cabeza se echó hacia atrás. Sus manos sujetaron las sábanas en las esquinas de la cama. Lucien volvió a lamer, a mover la lengua, con su sabor como una droga para sus sentidos. El dolor en su propio sexo solo se intensificó con el sensual gemido de estímulo de Horatia.

—¿Otra vez? —preguntó él, con su cálido aliento acariciando el interior de su muslo.

—Sí —su respuesta vacilante estaba teñida de una necesidad que ninguno de los dos podía negar.

Lucien volvió a bajar la cabeza, esta vez decidido a no detenerse por ningún motivo. Comenzó a lamerla, tocando sus puntos sensibles, succionando su piel hinchada hasta que Horatia se removió intranquila bajo él.

—Me siento... me siento enferma.

Sorprendido, Lucien se detuvo y levantó la mirada. Ella tenía los ojos cerrados y los destellos plateados de la máscara brillaban como una lluvia sobre estrellas su nariz y sus mejillas mientras jadeaba. Una mujer desatada y al borde del éxtasis. Nunca había visto nada más hermoso.

—¿Esto te duele? —preguntó preocupado.

—Hay una... opresión en mi estómago. Siento como si los latidos de mi corazón estuvieran ahí y no en mi pecho —confesó ella.

Era tan inocente que ni siquiera reconocía la excitación que sentía.

—Eso no significa que estés enferma, querida, sino que estás deseosa. Esto no te hará sentir mal. Sé valiente y te mostraré lo maravilloso que puede ser —Lucien sintió que sus músculos se tensaban bajo sus manos. Tendría que convencerla de que se relajara. Subió por su cuerpo, acomodó sus propias caderas en el espacio abierto entre sus piernas y besó la cima de sus pechos hasta llegar a su boca. Después de un profundo y delicioso beso, ella se derritió de nuevo, una vez más relajada entre sus brazos.

—Ya está. ¿Te sientes mejor? —le respiró en la oreja mientras se la lamía, y luego le mordió suavemente el lóbulo.

—Sí —admitió ella, y sus caderas se elevaron hacia las de él.

—Buena chica —Lucien introdujo un dedo en su humedad. Ella se tensó de nuevo—. Relájate —la distrajo con el juego de su lengua en su boca y comenzó un suave ritmo con su dedo. Ella se adaptó maravillosamente y su lengua se volvió más exigente. Lucien sonrió contra sus labios mientras introducía un segundo dedo en su estrecha vagina. Sus caderas se inclinaron en respuesta y su espalda se arqueó, apretando más su cuerpo contra el de él. Lucien aumentó el ritmo, disfrutando de la respiración acelerada de Horatia mientras ella comenzaba ese delicioso ascenso hacia la satisfacción.

EL PESADO Y AGUDO DOLOR EN EL VIENTRE DE HORATIA volvió a crecer. Se estaba muriendo, su cuerpo ardía, detonaba, y algo dentro de ella crecía aterradoramente. Ella se estaba elevando, su respiración era débil, su corazón corría a toda velocidad y su visión giraba sin control. No recordaba quién era ni dónde estaba. Lo único que la mantenía con los pies en la tierra era el demonio pelirrojo que tenía encima. El ángel caído con la máscara negra que la sedujo hacia el delicioso pecado.

—Estás cerca. Puedo sentir que intentas retenerme dentro de ti —él mordió la piel entre su hombro y su cuello. Sus dedos se hundieron en ella, más rápido, más fuerte, implacable en su ritmo. Era más de lo que Horatia podía soportar. Sus últimos fragmentos de control se desvanecieron y gritó mientras caía por un precipicio hacia la nada, ingrávida. Pura emoción. ¿Por qué no podía sujetar a Lucien, aferrarse a él, para salvarse a sí misma al anclar su vida en esos anchos hombros que se alzaban sobre ella? En lugar de eso, estaba muriendo debajo de él. Pero tal vez esa fue la intención de Lucien desde el principio. Se estaba muriendo de dolor y de placer a medida que un calor punzante se extendía por su cuerpo moribundo.

Por un breve momento, Lucien casi creyó que había matado a la mujer con placer. Horatia se había sacudido muy violentamente, había gritado tan fuerte que él se había arrepentido de todas las acciones que la habían llevado a ello. Había visto el miedo en sus suaves ojos marrones, pero no había sentido ningún placer por haberlo provocado. En cambio, se sintió demasiado frenético como para liberarse de sus pantalones y saciar su propio placer con su mano libre.

Gritó algo ininteligible mientras se corría y tuvo que luchar con todas sus fuerzas para no derrumbarse sobre Horatia mientras ella terminaba de correrse. En algún momento de su travesía, él le mordió el cuello, y el moratón enrojecido era la prueba de su posesión. Esto le produjo una ráfaga de orgullo primitivo, que fue rápidamente reemplazado por la preocupación cuando las pestañas de Horatia se abrieron. Sus orbes de color chocolate estaban empañados por las secuelas de su pasión.

—¿No estoy muerta?

Lucien intentó reprimir una risa antes de besar sus labios temblorosos. Nunca antes había besado a una mujer para aliviar sus temores. Nunca había tenido que hacerlo. Todas las mujeres con las que había estado antes no le temían y estaban dispuestas a explorar sus pasiones. Horatia era una novata en esta faceta suya y en la de hacer el amor, así que debía de estar asustada. Él no quería que tuviera miedo, solo que se excitara. Era extraño anhelar, tan profundamente, complacerla, reconfortarla, pero se sentía tan bien. No podía negar que el sol salía por el este, ni tampoco podía negarle a Horatia el consuelo que tanto necesitaba después de su primer clímax.

—Quizás un poco. Los franceses lo llaman *la petite mort* por una razón. Pero te aseguro que estás muy viva —le dijo entre besos reconfortantes.

Horatia dejó escapar un largo suspiro de alivio más que de satisfacción. Parecía que tenía mil preguntas para hacerle, pero ninguna pasó de sus labios.

—¿Todavía te sientes enferma? —preguntó Lucien después de haber retirado la mano de entre sus piernas y haber arreglado sus bombachos.

—No. De hecho, todo lo contrario.

Lucien estuvo a punto de sonreír, pero decidió rodearla para liberar sus manos de los postes de la cama, preocupado de pronto por la posibilidad de que se hubiera hecho daño durante sus forcejeos. Le revisó las muñecas en busca de moretones, pero no había ninguno.

Una extraña emoción floreció en su interior. Ella había sido la primera mujer que realmente confiaba en él de esta manera, que entregaba su cuerpo a su pleno control. La única mujer a la que nunca podría poseer, había sido la primera con la que se había sentido desinhibido, completa y totalmente libre. Otras habían aceptado ser atadas, pero ninguna había reaccionado como Horatia, como si entregarse a él fuera un acto de placer también para ella. La necesidad de Horatia de confiar en alguien; la necesidad de Lucien para que alguien confiara en él. Ella era una pareja perfecta para él. El destino era una amante cruel y punitiva, concluyó Lucien.

—¿Tú también encontraste placer? —la media máscara plateada apenas disimulaba el rubor de su rostro.

—Sí —respondió él, ofreciéndole una sonrisa.

Horatia evaluó sus enaguas destruidas, recogidas por encima de su cintura, y levantó los ojos hacia los de él.

—¿Qué se supone que debo hacer? No puedo salir de aquí con así —la ropa interior rota colgaba suelta y visible por debajo del vestido.

Lucien estudió su vestido y luego señaló sus piernas.

—Levanta las faldas, rápido, amor. Voy a cortar todo lo que pueda para liberar tus faldas.

Horatia sujetó su vestido y lo alzó mientras Lucien cogía el cuchillo, ocupándose de cortar las partes arruinadas de las enaguas que colgaban demasiado bajo. El resultado fue desprolijo, pero seguramente no la vería nadie que pudiera reconocerla.

Cuando terminó, él bajó el cuchillo y le cogió la mano.

—¿Quieres dar un paseo por los jardines? Sé que puede hacer frío, pero prometo mantenerte caliente —Lucien no sabía por qué se lo estaba ofreciendo. El gesto fue demasiado romántico y enviaría el mensaje equivocado. Él había hecho lo que se propuso, pero con la esperanza de sacarla de su mente. En cambio, ella estaba *resplandeciente*, ¡maldita sea!

Horatia volvió a ponerse las medias y luego las zapatillas de casa mientras Lucien se vestía. Salieron por la puerta de la terraza, superando los cúmulos de nieve a lo largo del camino empedrado. Sobre ellos, el cielo nocturno carecía de nubes y las estrellas luminiscentes brillaban. A Horatia no dejaba de sorprenderle la belleza del cielo en invierno. En verano, se podían ver las innumerables estrellas, pero el brillo era inconstante e indefinido. Las estrellas del invierno ardían con una nitidez cristalina en el denso cielo aterciopelado. Las estrellas le recordaban a sí misma, incondicionales en la luz de la eterna soledad. Horatia fue sacada de sus pensamientos cuando notó que la atención de Lucien estaba puesta en ella.

—¿Te gustan las estrellas? —le preguntó él, rodeando sus caderas con un brazo relajado y arropándola a su lado. Ella se sonrojó. El simple gesto hizo que la recorrieran ondas de placer. En ese momento, estar con él le parecía muy distinto en comparación con sus sueños frustrados o con la dura realidad de su tensa relación. Su máscara negra se fundía tan bien con el cielo nocturno que solo sus ojos color avellana y su sonrisa seductora brillaban en la oscuridad.

—Adoro las estrellas en invierno. De alguna manera, parecen más brillantes, más fuertes, pero muy solas también —ella trazó las constelaciones en su mente.

—¿Las has estudiado alguna vez? —preguntó Lucien, con la mirada fija en el cielo.

—Oh, sí. La astronomía es uno de mis placeres culpables. Aud... es decir, mi hermana pequeña, a menudo me hacía sentir bastante tonta por amarlas, pero ella no lo entiende. Estudiar las estrellas es como estudiar la extensión de la eternidad. Al mirar el cielo, siento que me estoy mirando en el espejo de la creación, viendo los patrones divinos que se formaron mucho antes de que yo existiera, y que seguirán existiendo cuando yo ya no esté. Es aleccionador.

—Pero hermoso —el tono de Lucien era tan suave que ella se estremeció. ¿Él entendía lo que ella quería decir? Los pretendientes irritados solían decirle que tendía a conversar de forma filosófica. Tal vez por eso la habían relegado al margen del mercado conyugal, pero no le preocupaba. Esas opiniones no importaban, y quienes las sostenían no merecían la menor atención.

Lucien sonrió con picardía.

—¿Estarías dispuesta a ser mi tutora, oh encantadora observadora de estrellas?

Ella le devolvió la sonrisa con una expresión burlona.

—Pensé que era tu palomita.

Tiró de ella hacia él para que su espalda se apoyara en su pecho. Lucien le acarició el cuello con la nariz mientras sus labios bailaban sobre su piel.

—Me has sorprendido esta noche. No esperaba a una filósofa

erudita. Me gusta la profundidad de tu mente. Un cambio en tu nombre cariñoso era ciertamente necesario. A partir de ahora, eres mi adorable observadora de estrellas.

—Un poco romántico, pero no me quejaré —volvió a girar su cabeza hacia la de él, permitiendo que le robara un profundo beso antes de añadir—: No me quejaré en absoluto.

Horatia sabía que ella era una criatura totalmente romántica. Lucien la había ayudado a serlo con las novelas que le regalaba todas las Navidades. Cada una era una historia de amor.

—Pues bien, guíame por los cielos.

Horatia levantó una mano para señalar el cielo.

—¿Ves el trío de estrellas en fila? —señaló justo por encima de los tejados de la ciudad—. ¿Justo ahí?

—Sí —susurró él, con su aliento calentando su cuello.

—Ese es el cinturón de Orión. Y la estrella del extremo noreste es su espada.

—Hermoso —replicó. Horatia se giró en sus brazos para coincidir con él, pero su nariz rozó la de Lucien. Él no estaba mirando las estrellas. Para nada.

—Usted, milord, no está mirando.

—Lo estoy haciendo. Veo las estrellas en tus ojos.

Las palabras fueron demasiado maravillosas, demasiado perfectas. Horatia, hambrienta de su amor, las aceptó, sabiendo que era una tonta por hacerlo. Había esperado la mitad de su vida para que Lucien la viera como una mujer, y no importaba que él pensara que era una prostituta bien pagada. Podía fingir que él sabía la verdad, que sabía que se trataba de ella. Sus brazos se estrecharon alrededor de su cintura cuando Horatia se acercó a él en busca de un beso. Estaba dispuesta a entregarse a su nuevo placer culpable, los labios de Lucien, pero un par de voces en la zona la sobresaltaron.

—¿Has oído eso?

—¿Oír qué? —la boca de Lucien rozó su cuello, distrayéndola mientras se deslizaban por su sedosa piel.

Ella le dio un codazo cuando la tenue y fría brisa del jardín volvió a arrastrar el eco de las voces.

—¡Eso!

Lucien se detuvo contra su espalda.

—Reconozco una de las voces. Ven por aquí. No hagas ruido —cogió su mano y la condujo a través del laberinto de setos hasta que estuvieron mucho más cerca de los hablantes. Horatia no reconoció a ninguno de los dos hombres, pero sus palabras la calaron hasta los huesos.

—Espero que el problema Sheridan se resuelva a tiempo —la voz del hombre era refinada, pero fría.

¿Se resuelva? Horatia abrió la boca, pero Lucien le cubrió los labios con una mano.

—Sí, señor, por supuesto —respondió el otro hombre, como si estuvieran conversando sobre una tarea rutinaria—. Todo está arreglado, lo único que falta es la oportunidad. Eso requiere paciencia. Afortunadamente, yo no carezco de ese recurso.

—Bien. Aprecio a un hombre que entiende estas cosas. No debe haber errores. Aquí tengo un cheque de caja correspondiente a la primera parte que se te debe.

El segundo hombre gruñó por lo bajo.

—Te dije que nada de cheques de caja. Solo monedas. Mi negocio no puede ser rastreado hasta ninguno de nosotros.

—Le aseguro que esto no es de esa índole —el caballero resopló cuando quedó claro que eso no era lo importante—. Muy bien. Veo que tampoco careces de cautela. No tengo suficiente en monedas esta noche. Volvamos a encontrarnos aquí mañana temprano; los visitantes de esta noche no estarán en el jardín; además, nadie llega tan temprano para las actividades de la noche.

—Estaré esperando. ¿Y el resto del pago?

—Ni un céntimo hasta que se cumplan las condiciones y haya tierra cayendo sobre una tumba.

CAPÍTULO 7

Audrey Sheridan por fin estaba a solas con Lord Lonsdale. Lady Lonsdale, la madre de Charles, se había retirado por la noche, pensando que Audrey ya había regresado a casa. Pero Audrey había regresado con el pretexto de haber olvidado un guante, y le había suplicado a Charles que la dejara quedarse un poco más. Eso le daba más tiempo para cumplir su misión; es decir, comprometerse para poder casarse finalmente. No obstante, era un riesgo porque ella no tenía ningún interés real en Charles.

Ella deseaba casarse con Jonathan, el medio hermano menor del Duque de Essex. Pero como era casi imposible encontrar un momento a solas con él, tuvo que optar por una estrategia más astuta. Si lograba que Charles la comprometiera, entonces ella podría convencer a su hermano de que debía casarse pronto. Él nunca la dejaría casarse con Charles, de eso estaba segura. Su plan consistía en convencerlo de que Jonathan era una opción más segura.

Audrey incluso había hablado con Emily sobre su plan, esperando que ella supiera cómo ayudarla. Sabía muy bien cómo engañar a su hermano y a su gallarda Liga de Pícaros. Pero Emily le había advertido que eso conllevaba demasiada incertidumbre y riesgo, y le pidió que esperara. Pensaba abordar el tema con su amigo mutuo, Ashton, pues creía que él era el que tenía más posibilidades de razonar con Cedric.

Sin embargo, Audrey no era una persona paciente. Horatia había heredado ese rasgo y Audrey la envidiaba por ello. Ningún hombre la mimaba ni la trataba como a una cría que aún se aferraba a las faldas de su madre. Los hombres trataban a Horatia con respeto. Si Audrey conseguía casarse, quizá la gente también tendría que tomarla en serio.

—¿Has encontrado lo que buscabas? —la intensa voz de Charles irrumpió en sus decididos pensamientos cuando se sentó junto a ella en el sofá.

—Sí. Se me cayó el guante cerca del sofá —estaban instalados en el salón de Charles, completamente solos. Él ni siquiera había sospechado cuando ella le había pedido quedarse un poco más después de encontrar su guante "perdido". Había llegado el momento de revelar su mano y ver qué nivel de travesura podía alcanzar.

Charles estaba reclinado en los cojines de terciopelo rojo, con su melena dorada revuelta como si acabara de despertarse de una agradable siesta. Audrey sintió que su pulso se aceleraba, aunque más por la emoción y la culpa que por la atracción. Pero ella era una Sheridan. Encontraba placer en la emoción del juego. Esto no era una excepción.

Audrey se puso de pie y se alisó el vestido de muselina rosa, intentando que no le temblaran las manos. Sabía que esta noche estaba muy bella. Rezó para que fuera suficiente para seducir a Charles. Su cabello castaño rojizo colgaba suelto al estilo griego, recogido con cintas violetas. A pesar de sus esfuerzos, sus manos seguían temblando mientras se acercaba al lovsit. Él la miró con curiosidad.

—¿Qué pasa, amor? Has estado muy callada esta noche. Ni siquiera has intentado hablarme de la última moda de París.

Audrey contuvo un suspiro. Estaba a punto de hacerlo enfadar, y ya se estaba arrepintiendo.

—Seguro que *no te* importa qué estilos de vestidos están más de moda, ¿verdad? —arrugó la nariz mientras se deslizaba en el asiento de al lado y le dedicaba una tímida sonrisa.

Charles se rio, pero fue un sonido vacilante, como si percibiera que algo había cambiado.

—Claro, eh, bueno, fue bueno ver a Avery de nuevo, ¿no?

Charles tragó con fuerza cuando Audrey se acercó varios centímetros. Él bajó la mano derecha, como si esperara que actuara a modo de barrera entre sus cuerpos. Audrey la miró y luego deslizó un dedo por el dorso de su mano siguiendo un patrón sensual. Él dio un respingo y apartó de un tirón la mano.

—Audrey —le advirtió cuando ella terminó con los últimos centímetros, ahora pegada a él. Audrey podía sentir el calor de su cuerpo irradiando desde su chaleco azul oscuro y sus bombachos color canela.

—Shh, mi amor. Ni una palabra más —ella se inclinó hacia su cuerpo con los labios fruncidos.

Charles se puso rígido y extendió las manos, como si tratara de alejar un espíritu maligno. Sus ojos estaban llenos de pánico y Audrey soltó una risita, culpablemente, disfrutando de la expresión de terror en el rostro del libertino. Se trataba del infame canalla Charles Humphrey, el Conde de Lonsdale, ¿y le tenía miedo a *ella*? Ella se metió bajo sus brazos y saltó a su regazo, enlazando sus brazos alrededor de su cuello.

Él graznó como un ganso asustado y cayó del lovsit. Audrey, con un agarre mortal en su cuello, cayó encima de él. Él gruñó debajo de ella e intentó quitársela de encima.

—Bésame, Charles —Audrey capturó su boca sorprendida.

Su forcejeo disminuyó. Audrey era inexperta en los besos, pero no le pareció tan romántico como esperaba. Charles permanecía con los labios cerrados debajo de ella, y sus ojos grises la miraban. Ella parpadeó, liberó sus labios y se apartó unos centímetros.

—¿Has terminado de acosarme?

Audrey frunció el ceño y volvió a forzar sus labios sobre los de Charles, quien seguía negándose a cooperar. Ella suspiró, se incorporó y frunció el ceño.

—Se supone que al menos debes devolverme el beso. No tengo ni idea de si he hecho lo suficiente para estar debidamente comprometida —Audrey se cruzó de brazos.

Charles se levantó de un salto tan rápido que Audrey cayó de su regazo. Él se puso en pie y se colocó detrás del sofá, como si los muebles fueran a protegerlo de ella. Audrey sospechaba que era su primera vez intentando evitar insinuaciones no deseadas.

—¿Debidamente comprometida? —espetó—. Audrey, ¿ en nombre de Dios, a qué estás jugando?

—Quiero estar casada. Quiero ser feliz. En eso estoy pensando —se alisó las faldas y volvió a subirse al sofá biplaza. Él tropezó al huir precipitadamente de sus brazos extendidos. Salió disparado hacia la puerta, pero Audrey fue ágil y se lanzó contra la puerta en el momento en que ésta se abría, estrellándose contra él y contra la puerta.

Charles la miró fijamente, parpadeando rápidamente.

—¿Has perdido el juicio, mujer?

—¡Claro que no! Sé exactamente lo que estoy haciendo —ella deslizó los dedos por su pecho y él apartó frenéticamente su mano, casi como una chica, golpeándola como si se tratara de una mosca que estaba intentando espantar.

—Audrey... no quieres hacer esto —de repente, la cogió por la cintura y la apartó para poder alejarse de ella.

—¡Vuelve aquí! —se lanzó hacia él.

Él giró, intentando evitarla, y tropezó con el brazo de un sofá. Con un pequeño *¡ay!,* aterrizó de espaldas en el sofá y ella se montó sobre él.

—Ahora tócame. Eso es lo que debes hacer.

—¡Dios mío, Audrey! ¡Eres una dama refinada! ¡No deberías hacer esto!

—¡Si eso hace que me case, haré lo que sea! —ella intentó inclinarse y besarlo.

—Ciertamente no voy a casarme contigo. Está fuera de discusión. Tu hermano...

Audrey se rio.

—Oh, no tengo ningún interés en casarme *contigo*. Eso sería ridículo.

Charles ignoró la puñalada a su honor.

—Entonces, ¿por qué intentar seducirme?

—Porque cuando le diga a Cedric que me has comprometido, entrará en razón y me dejará casarme.

—¡Después de que me dispare!

—Oh, no llegaría a eso. En ese momento se sentirá aliviado de que yo haya sentado cabeza con alguien que no seas tú.

—Primero intentas seducirme, luego me dices que no soy una opción de matrimonio, ¿y luego sugieres que cualquiera es una mejor opción? No te estás ganando precisamente mi apoyo, Audrey.

—¡Por favor! Charles, ambos conocemos tu reputación y... ¿Qué estás haciendo? —la cogió por la parte superior de los brazos y, con un rápido movimiento, la colocó debajo de él en el sofá.

—Debería darte una lección —gruñó—. Si no soy una opción, ¿a qué viene toda esta tontería? —la inmovilizó contra los cojines y se inclinó sobre ella, fulminándola con la mirada.

—Eres la última persona con la que Cedric me dejaría casarme. Él conoce tu reputación mejor que nadie. Yo podré sugerir a alguien mejor y él estará de acuerdo para que no tenga que casarme contigo.

—Te olvidas de un detalle. Tu hermano es uno de mis mejores amigos. Puede que me crea cuando diga que tú me sedujiste —su agarre en sus brazos era firme, pero no la estaba lastimando.

—Él nunca creería que *yo* intenté besarte —replicó arrogantemente Audrey—. Yo soy la querida niña inocente. Tú eres el libertino experimentado.

—Eres demasiado inteligente para tu maldito bien —

comentó Charles de forma pesimista—. Pero te recuerdo que tu hermano me mataría a tiros. ¿Es eso lo que quieres?

—Eso es mentira. Nunca le dispararía a su amigo —insistió ella—. Solo lo dice para ahuyentar a los débiles e indignos, como una prueba preparada por un dios griego. El problema es que, al igual que esos dioses, él las hace casi imposibles de superar.

—Si eso es lo que realmente crees, entonces sí que eres una niña. Tu hermano no dudaría en matarme si pensara que te he tocado de forma inapropiada.

Seguramente Charles no hablaba en serio. Cedric nunca haría eso... al menos no a sus amigos. A Audrey se le llenaron los ojos de lágrimas. Nadie entendía su frustración, especialmente su hermano. Ninguno de sus pretendientes potenciales y deseados se preocupaba por buscarla después de que Cedric los ahuyentara. No era justo que estuviera relegada al fondo del pozo cuando se trataba de las atenciones de los hombres. ¿Cómo iba a casarse si ningún hombre se atrevía a mirarla?

No quería el matrimonio, sino al hombre. Odiaba oír a las otras chicas hablar de sus novios. Mientras que otras chicas de su edad ignoraban las relaciones entre hombres y mujeres, Audrey había prestado mucha atención a Emily y Godric, y quería lo que ellos tenían. Quería ser deseada y amada. Cedric le había dado todo el amor que podía darle un hermano, pero no era suficiente. Audrey tenía anhelos, tanto físicos como emocionales, a los que ya no podía resistirse. El matrimonio era la mejor solución, y Jonathan era el único hombre al que deseaba desesperadamente. Haría cualquier cosa por reclamarlo.

Audrey incluso buscó el consejo de una fuente en la que confiaba para ser sincera con ella en estos asuntos. Evangeline Mirabeau, la antigua amante del Duque de Essex, tenía fama de ser una de las damas más deseadas de Londres. Había aceptado reunirse con Audrey para beber el té una vez a la semana durante los últimos meses. Era una valiosa fuente de información y, sorprendentemente, las dos se habían hecho buenas amigas. La mujer tenía una intrepidez que Audrey admiraba e intentaba imitar. Recientemente, Evangeline había intentado enseñarle el arte de la seducción para que pudiera conquistar a Jonathan. Pero primero tenía que empezar con Charles.

Audrey necesitaba que la velada avanzara para lograr su objetivo. Al imaginarse con detalle la destrucción de su vestido favorito, consiguió llorar. Un encantador y dramático torrente de lágrimas corrió por sus mejillas.

—¡No te atrevas! —vociferó Charles—. Ni se te ocurra...

Audrey parpadeó, lo que provocó que se derramaran más lágrimas.

—Maldita sea —gimió—. Audrey amor, sabes que no era mi intención... Es decir... —las palabras de Charles murieron en sus labios.

—¡Solo quiero casarme! —Audrey sollozó y liberó sus manos del agarre de Charles. Se tiró contra el respaldo del sofá y enterró la cara en el interior del codo, un truco que había funcionado innumerables veces con su hermano.

Él se sentó a su lado y le dio unas torpes palmaditas en la espalda.

—Tranquila, tranquila, cariño. Todo se arreglará. Ya lo verás.

—¡No lo entiendes! Cedric ahuyenta a todos mis pretendientes. Ningún hombre quiere aventurarse por mí ahora. Incluso mi dote ha dejado de atraer a los caballeros más valientes a nuestra puerta.

—¿Y tu solución fue comprometerte? Audrey, eso no es lo más inteligente para ti ni lo más conveniente para mí. ¿Por qué no hablas con Cedric de esto?

—¿Y hacer que me grite? ¿Declarar abiertamente que ningún hombre es lo suficientemente bueno? Estoy desesperada, Charles. Tengo necesidades e impulsos...

—Eh... no creo que necesites ilustrarme más sobre eso, y quizás nunca debas decirle a tu hermano algo así. Nunca.

—Oh, es *mucho* más fácil para los hombres. Podéis salir corriendo a buscar una amante y...

Charles la interrumpió.

—Sí, es más fácil para nosotros. No te envidio por tu posición en la vida.

Él pareció entender. Por algo era un libertino. Entendía a las mujeres mejor que la mayoría, y debía saber que deseaban el placer tanto como los hombres. Era innegablemente injusto que ellas tuvieran menos libertad, al menos las solteras.

Audrey nunca había creído que las mujeres fueran criaturas inferiores o que merecieran ser limitadas. Algo en el fondo de su alma protestaba contra la injusticia impuesta por la iglesia, por los tribunales, incluso por los diarios. No era que pudiera explicárselo a la mayoría de los hombres. Tenían innumerables razones para justificar por qué las mujeres no eran iguales a ellos, y cada una de esas razones hacía que Audrey quisiera gritar de indignación. Su única salida de ese mundo era un secreto que tenía que mantener, incluso ante Cedric. Incluso de Horatia. Pero eso le daba una voz que antes no tenía.

Sin embargo, si se casara, podría hacer mucho más. Podría cambiarse a sí misma y dejar de ser simplemente una hermana protegida. Tal vez podría trabajar para cambiar a otras mujeres. En el fondo, eso era lo que más le importaba. Tener el derecho de hacer lo que quisiera, y ver que ese derecho fuera concedido a otras mujeres.

—Entonces, ¿cuál era tu plan? ¿Hacer que yo te comprometiera y luego convencer a Cedric de que te casara rápidamente?

—Sé cómo piensa él. Además, hice que Emily hablara con Ashton, y me dijo que él había prometido hablar con Cedric para que se ocupara de mi matrimonio. Se suponía que iba a recomendar a Jonathan como un candidato adecuado. Esta noche solo pretendía acelerar las cosas.

Charles sonrió.

—Sospechaba que te gustaba.

—¡Oh, me gusta, mucho! Pero él no se fija en mí.

—Lo hace, amor, lo hace. Te lo aseguro.

—¿De verdad?

—En realidad —dijo Charles con una risita—, lo asustas bastante.

Audrey lo golpeó en las costillas.

—Eso no me hace sentir mejor.

—Si quieres a Jonathan, tendremos que proceder con cuidado. Siempre es conveniente un buen consejo cuando se trata de tu hermano. En cuanto a Jonathan, deberías hacer con él lo que has hecho conmigo esta noche. A los hombres les gustan las mujeres agresivas. Acorralarlo, besarlo, hacerle saber que lo deseas —tal vez había un destello de picardía en los ojos de Charles, pero coincidía con el consejo de Evangeline.

—¿Eso significa que vas a ayudarme? —ella abrió más los ojos, dirigiéndole su mejor mirada inocente, una que derretía a cualquier hombre y lo ponía a sus pies.

—Por supuesto. Sin embargo, si esto empieza a ponerse feo, debes prometerme que no dejarás que ese hermano tuyo tan sobreprotector me dispare. Me gusta estar vivo.

—¿Qué vas a hacer?

—Esta noche, te llevaré a casa y va a parecer que te has comprometido. Tanto que sin duda querrá matarme.

Audrey se sonrojó al entender su significado.

—¿Y cómo vamos a conseguirlo?

Charles cogió su mano y la puso en pie.

—Ya lo verás.

CHARLES MANDÓ LLAMAR A UN CARRUAJE Y, EN POCOS minutos, él, Audrey y su dama de compañía, Gillian, avanzaban por los oscuros caminos empedrados hacia Curzon Street.

—Ven aquí junto a mí. Tenemos que arreglarte la ropa y el pelo —Charles palmeó el espacio vacío en su lado del carruaje.

—¡Señorita! —Gillian jadeó y cogió el brazo de Audrey para detenerla—. ¡No debe hacerlo! —Gillian se había quedado en el carruaje durante la aventura de Audrey en el interior, y también fue algo bueno.

—Deja de ser una gallina, Gillian. ¿No quieres que me case? Preferiría ser la dama de mi propia casa. ¡Piensa en ello! Podrías ser la dama de compañía de la señora de la casa. ¿No sería mejor? —Audrey rezó para que Gillian tuviera algún instinto de ambición.

Gillian se mordió el labio inferior.

—Me callaré, señorita Audrey. Pero solo porque sé que el matrimonio la haría feliz —se volvió para mirar a Charles—. No la besarás, ni nada que yo no apruebe.

—¿Dónde estabas hace quince minutos? —musitó Charles.

Una sonrisa se dibujó en los labios de Audrey. Su doncella, normalmente tímida, estaba mostrando un poco de coraje inusual y ella lo aprobaba completamente.

Cuando Audrey se sentó a su lado, él le cogió inmediatamente la cara y luego extendió los dedos hacia su pelo, revolviéndolo. Tiró ingeniosamente de algunos mechones por aquí y por allá antes de asentir para sí mismo con satisfacción.

Audrey miró su vestido.

—¿Y mi ropa?

Charles frunció el ceño.

—Querida, voy a tener que ir un paso más allá. Requerirá tu consentimiento, por supuesto.

—¿Oh?

—Sí. Tu pelo está listo, pero la ropa... bueno, y tus labios, por supuesto.

—¿Mis labios? —Audrey se tocó la boca, sin entender lo que quería decir.

—Tienes que morderlos con fuerza para asegurar la apariencia auténtica.

Ella obedeció, se mordió el labio inferior y se pellizcó las mejillas para darles más color. Charles comenzó a aplastar su vestido alrededor de las rodillas, arrugándolo. Tiró una de sus mangas por debajo del hombro. Charles cogió su barbilla y la examinó cuidadosamente. Entonces, el carruaje se detuvo.

—Con esto debería bastar —anunció con una sonrisa de aprobación.

Audrey se llevó una mano temblorosa a los labios. Los sintió hinchados, gruesos, y entonces comprendió lo que Charles había querido decir. Parecía debidamente comprometida, y ciertamente se sentía comprometida.

—¿Qué te parece, Gillian? —preguntó Charles.

—Creo que te habría abofeteado si la hubiera visto llegar a casa con ese aspecto.

—¡Perfecto! —dijo Audrey.

—¿Lista para interpretar tu papel? —cuando el carruaje se detuvo, el divertido semblante de Charles se transformó en uno de enfado mientras asumía el falso papel de un libertino molesto.

—Solo un detalle más, creo —se rasgó el vestido cerca del hombro, dejando que una tira cayera de su hombro.

Audrey se colocó su propia máscara de rabia y dejó que él la arrastrara fuera del carruaje y hasta la puerta de su hermano. Contuvo una risita mientras él golpeaba la puerta con el puño cerrado. Después de todo, Charles tendría suerte si Cedric no le disparaba.

CAPÍTULO 8

Solo en su estudio, Cedric estaba desplomado en una silla con las piernas estiradas frente al fuego. Las brasas crepitaban y se sacudían, reflejando su estado de ánimo. Tenía muchas cosas en la cabeza, la seguridad de sus hermanas en primer lugar. En una mano hacía girar su bastón plateado con cabeza de león. Era una vieja costumbre que solía irritar a su madre, que en paz descanse.

El reloj de la repisa de la chimenea tintineaba en el pesado silencio. El sonido le irritaba los oídos. Odiaba una casa vacía, realmente la odiaba. Desde el fallecimiento de sus padres, solo eran él y sus hermanas. A menudo eso era suficiente. Pero esta noche estaba solo y los oscuros pensamientos que lo envolvían eran casi abrumadores. Se estremeció, agitado por una incómoda sensación de que algo iba mal.

El bastón se le cayó de los dedos, golpeando la alfombra. Apoyó los codos en las rodillas y enterró la cara entre las manos. ¿Era posible que su vida se estuviera desmoronando lentamente? Audrey había hecho su debut por primera vez este año durante la temporada de actos invernales en Londres (Little Season), y demasiados pretendientes habían atravesado su puerta durante octubre y noviembre. Afortunadamente, había conseguido ahuyentarlos a todos.

Audrey había llorado patéticamente durante semanas después de que su último pretendiente huyera ante la amenaza de Cedric de apuntarle con una pistola. Si el dandi no podía enfrentarse a una simple amenaza, entonces no era digno del tiempo de su hermana. Audrey necesitaba un hombre de verdad, no uno que soltara tonterías en las cenas familiares y en las reuniones navideñas. ¡Y los niños! No dejaría que Audrey procreara una descendencia de un imbécil sin carácter. Eso ocurriría sobre su cadáver.

Luego estaba Horatia. ¿Cómo podía ignorar ese irritante problema? No le importaría en absoluto que ella permaneciera bajo su techo y no se casara nunca, pero sabía que eso era egoísta. Además, percibía una profunda infelicidad en ella. Si supiera qué hacer para hacerla feliz. Había visto destellos de emoción en sus ojos desde la boda de Godric, pero no estaba muy seguro de qué los había provocado.

La puerta de su estudio se abrió. El mayordomo entró, vio a Cedric y se dirigió a él.

—Tiene una visita, milord.

—¿Oh? ¿Quién es? —se puso en pie. ¿Quizás la noche estaba mejorando?

—Lord Lennox, milord.

—Hazlo pasar.

Cedric sonrió cuando Ashton entró. Su amigo era una visita grata.

—Ash, demonio. ¿Qué te trae por aquí? —Cedric le estrechó la mano en un cálido saludo. Aunque solo había pasado un día desde la última vez que se vieron, parecía que habían pasado años. La melancolía a menudo tenía ese efecto en él.

—Pensé que podría disfrutar de la noche contigo. Jonathan está cenando con Emily y Godric.

—Y Horatia —añadió Cedric. Su hermana le había dicho que había hecho planes para cenar en la residencia Essex.

—¿Oh? Él no mencionó... —las cejas de Ashton se juntaron —. Debió de olvidarlo.

—Fue a última hora, según tengo entendido. ¿Quieres un brandy?

—Sí, gracias —Ashton se quitó el abrigo azul oscuro. De haber estado Audrey presente, habría jadeado y suspirado con el diseño de pájaros bordados en hilo de oro del chaleco plateado. Una bandada de golondrinas, si Cedric podía juzgarlo. Mientras que Charles era el más interesado en la moda entre ellos, Ashton siempre estaba elegante y presentable. Cedric, en cambio, tendía a ponerse cualquier cosa que su ayuda de cámara le preparara para el día. No le daba mucha importancia a su aspecto más allá de eso, y eso horrorizaba a su ayuda de cámara. El pobre hombre probablemente deseaba tener un amo que apreciara más el tiempo y el cuidado que se tomaba para arreglar su atuendo, pero Cedric no podía encontrar en sí mismo la forma de interesarse por ello.

Cedric le sirvió una copa y los dos hombres ocuparon sillas cerca del fuego.

—¿Y dónde está la joven Audrey esta noche? —preguntó Ashton.

—Está cenando en casa de Charles.

—¿Oh? —la única sílaba contenía una insinuación tan fuerte que Cedric parpadeó y observó a su amigo con más atención. Él estaba tramando algo.

—Ya ha ido a cenar a su casa —señaló Cedric.

—Ya no es una niña, Cedric. Es una joven de la sociedad. Una cena con Charles sin una chaperona adecuada es una ruina tentadora —el tono severo de Ashton estaba lleno de advertencia.

Cedric se enfureció ante la insinuación.

—Fue a cenar allí por invitación de la Condesa de Lonsdale, y se llevó a su dama de compañía —la madre de Charles había de proteger a Audrey de cualquier acto impropio, pero supuso que incluir una chaperona habría sido mucho mejor. Nunca se era demasiado cuidadoso.

—A propósito —Ashton esperó hasta que Cedric levantó la mirada—, resulta que he querido hablar contigo sobre Audrey.

Cedric alzó una ceja mientras sorbía su brandy. El cálido ardor en su garganta lo calmó.

—¿De qué diablos se trata?

—Creo que deberías acomodarla pronto.

Cedric sabía a qué se refería Ashton, pero fingió ignorancia para conseguir un momento y mantener la calma.

—¿Acomodarla?

—Casarla —la palabra resonó como el fuego de un cañón.

Cedric dejó su brandy a un lado para fruncirle el ceño a su amigo.

—No es que mis hermanas sean de tu incumbencia, pero ¿por qué?

—He estado hablando con Emily y...

—Oh, Dios —musitó Cedric. ¿El sufrimiento de todos a manos de esa Duquesa entrometida nunca cesaría? Por mucho que adorara a Emily, ella podía volverlo loco.

—Emily domina estos asuntos mucho mejor que tú o yo, Cedric —Ashton se acercó al borde de su silla, apoyando las manos en las rodillas—. Y ella se ha convertido en una de las confidentes de Audrey. Emily acudió a mí, si eso te hace sentir mejor. Yo no tenía intención de sacar un tema tan delicado contigo, pero ella insistió en que solo yo podía hacerlo.

—¿En serio? —Cedric no ocultó su sarcasmo.

—Sí, en serio. Ella cree que, entre todos los hombres, es menos probable que saques una pistola contra mí por sugerir algo tan escandaloso como el matrimonio —Ashton tampoco se privó de un poco de sarcasmo.

—¿Te estás ofreciendo para esto? —preguntó Cedric con cuidado, con sus dedos tensos alrededor de su vaso.

—Por supuesto que no. Audrey es una mujer encantadora, pero no tengo ningún interés en sentar cabeza con alguien como ella.

—¿Demasiado bueno para mi hermana, Lennox? —Cedric depositó bruscamente su bebida en la mesilla entre sus sillas.

Ashton le dedicó una sonrisa arrepentida.

—Sabes que mi compañía naviera requiere una atención constante y viajes frecuentes, y ella es una dama que pertenece a Londres, como ninguna otra. Eso sería muy injusto para una joven y dulce novia. Y tú, amigo mío, estás intentando hacer esto sobre mí, y no sobre ella.

—Bien, bien. Pero no me estás diciendo esto sin tener una sugerencia preparada, ¿verdad? —no era una pregunta. Ashton había pensado en esta discusión con mucho tiempo de antelación, por lo que se presentó aquí con opciones.

—Había pensado que Jonathan sería un candidato adecuado. No es mucho mayor que ella. Dieciocho y veinticuatro años no es gran cosa.

Cedric estuvo a punto de escupir su brandy, lo que con toda seguridad habría arruinado las alfombras.

—¿Jonathan? —espetó—. ¡No puedes hablar en serio!

—Hablo muy en serio. No tienes ninguna inconveniencia con él por su origen?

La pregunta era insultante. Cedric nunca había prestado atención a los títulos y no le importaba un bledo el origen de Jonathan.

—No, por supuesto que no.

—Entonces, ¿qué te ha molestado? Él necesita una forma más fácil de entrar en la sociedad. El matrimonio con Audrey aseguraría adecuadamente su lugar.

—¿Asegurar su lugar? ¡Mi hermana no es un peldaño en una maldita escalera social! —vociferó.

—No estoy diciendo que lo sea, así que puedes parar esos malditos gritos —Ashton mantuvo la calma como siempre—. Escucha, Cedric. Audrey está muy enamorada de Jonathan. Le ha dicho a Emily que está dispuesta a enamorarlo. ¿Por qué no dejarla? Jonathan es un buen sujeto.

—Es un St. Laurent.

Con seguridad, Ashton sabía que no debía sugerirle a Audrey que se casara con un libertino. Necesitaba un hombre bueno y leal que pudiera lidiar con ella cuando su temperamento se encendiera y, sobre todo, que no buscara acostarse con otras mujeres. Seguramente debía haber en Inglaterra un hombre que fuera un candidato más apropiado.

Ashton asintió.

—Es cierto que Godric ha tenido unos años difíciles. Pero es feliz con Emily, y le es leal. Tú lo sabes.

—¿Pero quién dice que Jonathan será igual?

—Últimamente, he pasado bastante tiempo con él y se ha tomado su nueva vida muy en serio. No es inocente, por supuesto. Como has dicho, es un St. Laurent. Pero ya no persigue activamente a las mujeres, no como nosotros a su edad. Si se casara con Audrey, creo que se adaptaría a la vida de casado sin ningún problema.

—Y yo que pensaba que realmente deseaba verme esta noche —Cedric entrecerró los ojos—. ¡No, en lugar de eso has llamado a mi puerta para hablar de los pretendientes de Audrey y del matrimonio! Esto bien podría ser una reunión de negocios. ¿Te interesa la creciente tendencia del cerdo salado? ¿O debería invertir en el nuevo plan ferroviario del señor Stephenson en Stockton?

—¿Qué es lo que realmente te preocupa, Cedric?

—No hay nada que me preocupe —su respuesta malhumorada le hizo sonar como un oso herido, pero no le importó.

Ashton se reclinó en su silla, como si se estuviera acomodando.

—Eres un terrible mentiroso —¿por qué eso enfureció a Cedric? No tenía ni idea, solo tuvo el repentino impulso de golpear uno de los ojos de Ashton.

—Y tú eres un amigo terrible.

Los ojos de Ashton se abrieron de par en par, siendo el único indicio de su sorpresa.

—Quizás tengas razón. He venido a discutir el futuro de Audrey y no pensé en cómo te afectaría.

La incomodidad de Cedric era cada vez mayor. Sabía que su amigo tenía razón, pero, maldito sea, se sentía fatal por no poseer un mayor grado de autocontrol.

—¿Quieres que me vaya? —preguntó Ashton.

Cedric volvió a mirar hacia el fuego. El tenso silencio se volvió sofocante. Ashton se levantó de su silla.

—No es necesario que me acompañes a la salida —asintió a modo de despedida.

Solo cuando Ashton llegó a la puerta del salón, Cedric lo llamó.

—No has terminado tu brandy.

Ashton observó la solitaria copa sobre la mesa.

—Sería descortés por mi parte dejarlo a medias, supongo.

—Increíblemente descortés —Cedric esbozó una sutil sonrisa. Ashton regresó y montó un gran espectáculo al sentarse profundamente en su silla, como si no fuera a marcharse pronto.

—Ahora, ya que no he terminado con mi bebida, tenemos mucho tiempo para hablar.

Cedric tardó unos momentos en ordenar bien sus pensamientos.

—Estoy fallando como hermano, Ash. Horatia es terriblemente infeliz, Audrey está angustiada por mi trato grosero hacia sus posibles pretendientes y la verdad es que estoy haciendo todo lo que está a mi alcance para no quedarme aquí solo —esa era la clave del problema. Él no quería tener una casa vacía, sin familia, solo silencio y sirvientes. Lo temía por encima de todo, salvo perder a sus seres queridos.

—Examinemos un problema a la vez, ¿de acuerdo? En primer lugar, no estarás solo. La Liga se infiltra constantemente en tu vida, y en ocasiones en tu casa, para nuestros nefastos propósitos —el brillo en los ojos de Ashton fue un consuelo más allá de las palabras—. El hecho de que tus hermanas puedan marcharse algún día, no te sumerge en una soledad eterna. Sabes que puedes llamarnos a cualquiera de nosotros en cualquier momento si te sientes un poco melancólico. Ahora, en cuanto a Audrey, ya sabes mi opinión al respecto. Cásala pronto con un buen hombre, y si es Jonathan, la verás con frecuencia. Te quiere demasiado como para abandonarte por cualquier marido. ¿Acaso nuestra política no ha sido siempre la de mientras más, mejor?

Cedric refunfuñó.

—Al diablo con todo. Odio lo malditamente sensato que eres. Sueno como un petimetre que teme perder el control sobre algo que nunca ha controlado.

—No eres un petimetre. Un terco sí, absolutamente, pero ¿un petimetre? Nunca.

—Tienes mucha suerte de que me agrades. De lo contrario, estaría tentado de apuntarte con una pistola después de todo.

Ash sonrió ampliamente.

—Sí, sí. Ahora, sobre Horatia. ¿Qué la hace infeliz?

—Esa es la cuestión. No tengo ni idea.

—¿Ni una? —Ashton parecía sorprendido.

—Está abatida, suspira y sus ojos a menudo parecen rojos, como si hubiera estado llorando. Y luego está lo de esta mañana con Charles.

—¿Charles otra vez? —Ashton reflexionó.

—Se ofreció a llevarla a montar a caballo, algo que a ella suele gustarle, pero al principio se negó. Solo cuando mencioné que Lucien y Audrey bajarían pronto a desayunar, ella se fue muy rápido.

—Parece que ya tienes la respuesta a su infelicidad.

—¿La tengo?

¿A qué demonios estaba jugando Ash?

—Por supuesto. Horatia no tiene ningún problema con su hermana, ¿verdad?

Cedric agitó su copa de brandy, considerando el extraño giro de los acontecimientos de la mañana.

—Bueno, no, aparte de las habituales disputas entre hermanas.

—¿Y la otra persona que mencionaste fue...? —Ashton lo motivó a hablar.

—¿Lucien? Pero por qué ella iba a... —Cedric no quiso considerar lo que eso significaba.

—Eso es lo que debemos descubrir.

—Pero Lucien apenas se fija en ella.

—Quizá ese sea el problema. A nadie le gusta que lo ignoren, especialmente a propósito.

—Pero ella no ha tenido problemas con ello durante años. Solo desde septiembre, cuando Emily llegó aquí, Horatia empezó a mostrar signos de infelicidad.

Los ojos de Ashton se entrecerraron.

—Qué curioso.

—La verdad es que no. Lucien la culpa de haber arruinado su matrimonio con Melanie Burns. Eso fue hace muchos años.

Esto pilló al barón de pelo rubio completamente desprevenido.

—¿Cómo dices?

Cedric explicó el secreto largamente enterrado de aquel día en los jardines cuando había llevado a sus hermanas a la finca de Lucien en Kent.

—¿Ella dijo que lo amaba? Tal vez sea eso. Todavía lo ama —sugirió Ashton.

—¿Cómo podría amar a alguien que no le dedica ni un momento de atención? —su hermana era más inteligente que eso. Ella no pondría sus esperanzas en un hombre así. Horatia era sensata, no una tonta.

Ashton suspiró.

—¿No conoces el término 'amor no correspondido'?

—Esto no es una broma, Ash.

—No estoy bromeando. Es probable que Horatia siga enamorada de Lucien. Últimamente lo ha visto demasiado y ha sufrido por su frialdad, y eso la ha trastornado.

—Si ese es el caso, entonces es mi culpa. Lo he presionado para que se quede más tiempo aquí y no me ha importado pensar en sus sentimientos al respecto, ni en los de ella, al parecer.

—No te castigues. Hay muchas posibilidades de que Lucien vea a Horatia como una especie de tentación, y tratarla con frialdad es una forma de mantener su distancia.

—¿Qué diablos quieres decir?

Ashton sorbió su brandy.

—Tenemos nuestras reglas, recuerda, y Lucien tiene una hermana. Entiende el instinto fraternal de proteger a los que están a su cargo. Es posible que tema que algún día Horatia se convierta en un objetivo, aunque no intencionado, de su encanto natural —Ashton se acarició la mandíbula—. Por eso se muestra frío con ella, con la esperanza de que su vieja declaración de amor nunca reaparezca.

—No te entiendo. ¿Estás diciendo que él *desea* a mi hermana? —la idea de que Lucien pensara en Horatia como lo haría con cualquier otra mujer, enfureció a Cedric, quien se negaba a creerlo.

El otro hombre se limitó a sonreír.

—No importa, Cedric. No nos preocuparemos más por eso esta noche —Ashton dio otro sorbo a su bebida.

Unos repentinos y violentos golpes en la puerta principal alertaron a ambos hombres del mundo que había más allá de sus pensamientos.

—¿Quién diablos puede ser? —musitó Cedric. Él y Ash abandonaron su brandy y se dirigieron al vestíbulo, donde un cansado lacayo ya se estaba moviendo para abrir la puerta.

Charles entró furioso, arrastrando a una Audrey desaliñada con los labios hinchados y molesta. Cedric, inusualmente atento a su hermana esta noche, evaluó de inmediato la situación claramente peligrosa. Alguien había estado besando a su hermana con la suficiente fuerza como para que sus labios estuvieran singularmente gruesos. Además, estaba alterada, aunque no como si quisiera llorar. No, estaba furiosa, como una gata loca de remate.

—¿Qué demonios? —comenzó Cedric.

—¡Sheridan! —espetó Charles mientras empujaba a Audrey hacia el pasillo. El lacayo cerró la puerta.

—¿Charles? —respondió Cedric sorprendido.

—¡Tienes que hacer algo con tu hermana! Cásala con el primer zoquete de Hyde Park si es necesario, pero, por el amor de Dios, ¡cásala! —tras el violento arrebato de Charles, la sala quedó en un silencio sepulcral.

—Oh, cielos —comentó Ashton. Esto no iba a terminar bien.

CAPÍTULO 9

—Ni un céntimo hasta que se cumplan las condiciones y haya tierra cayendo sobre una tumba.

Horatia sintió el corazón en la garganta mientras se esforzaba por escuchar la voz grave al otro lado del jardín de setos.

—¡Dios mío! —siseó Horatia al mismo tiempo que Lucien gruñía—: ¡Ese cabrón!

Lucien tiró a Horatia de la mano para que volvieran a atravesar los setos y regresaran a la habitación.

—Tenemos que irnos ya —dijo él en un tono áspero.

—Puedo irme sola a casa —no pudo evitar que le temblara la voz.

—Eso no ocurrirá, Horatia. Te voy a llevar a casa de Godric.

Horatia se congeló.

—¿Cómo... desde cuándo lo sabes? —sus manos volaron hacia su máscara, la cual seguía firmemente en su lugar.

—¿Desde cuándo sé qué? —preguntó Lucien mientras cogía su propio abrigo y cubría los hombros de Horatia.

—¿Desde cuándo sabes que soy yo? —ella luchó por mantener la calma, a pesar de la velocidad desenfrenada de su corazón. Se aferró a su abrigo con más fuerza.

—Desde que entraste por la puerta.

El estómago de Horatia dio un vuelco.

—Lo que hicimos... eso fue... —se había quedado sin palabras—. ¡Y tú lo sabías! —su tono salió más acusatorio de lo que pretendía. Después de todo, ella había querido *seducirlo*.

—Esta noche fue una lección para que tengas cuidado con los hombres —respondió Lucien—. Una dama de tu categoría no debería estar aquí. ¿Qué pensaría Cedric si se enterara?

—¿Y el jardín? ¿Las estrellas? ¿Todo fue una mentira? —a Horatia le tembló el labio inferior, pero la ira que deseaba despertar no apareció. Estaba magullada y dolida por dentro. ¿Por qué cada vez que Lucien estaba cerca para herirla, ella perdía las ganas de luchar? ¿Era porque él le importaba demasiado y no quería pelear?

—Todo lo que ha pasado esta noche ha sido una mentira. En el fondo lo sabías. Te di lo que buscabas sin renunciar a tu virtud, al menos en el sentido más literal. Otros no serían tan considerados. Te seguí el juego para beneficiarte.

—¿Beneficiarme? No te atrevas a minimizar lo que pasó entre nosotros —Horatia se estremeció ante la estridencia de su propia voz. Su mano derecha se levantó como si fuera a abofetear a Lucien—. ¡No te lo permitiré!

—Adelante, querida. Golpéame por mis métodos crueles y mis planes malvados. Pero tenemos asuntos más serios por resolver —Lucien esperó pacientemente a que le diera una bofetada, pero Horatia, con lágrimas en los ojos, se limitó a sacudir la cabeza y dar un paso atrás.

—Aunque te lo merezcas, nunca podría hacerte daño voluntariamente —se apartó de él. Sin embargo, eso solo pareció enfurecerlo. La persiguió hasta la puerta, cogió sus hombros y la hizo girar.

—No quiero que sientas nada por mí —siseó—. Ni amor, ni compasión, ni siquiera amabilidad. ¿Lo entiendes?

Horatia logró esbozar una triste sonrisa.

—Lo entiendo. Pero eso no cambia lo que siento —sus palabras parecieron encender un fuego dentro de él.

Se apretó con fuerza contra ella, recorriendo su cuerpo con las manos. Lucien forzó su boca sobre la de ella, quemándola con la violencia de su beso. Horatia se fundió contra él, sabiendo que él la odiaba por ello. Sujetó sus nalgas y la apretó más contra él, exigiendo con su agresividad que ella gritara y se defendiera. Era como si le doliera herirla, pero nada podía compararse con la traición al corazón de Horatia.

—¡Pelea conmigo, maldita sea! —gruñó—. Golpéame. Ódiame —pero Horatia solo le ofreció unos labios suaves y unas caricias complacientes hasta que él se apartó.

Ella levantó la barbilla, sin miedo y decidida a demostrárselo.

—No lo haré. Intentas asustarme a propósito. No funcionará. Nunca me harías daño.

El gruñido en el fondo de su garganta era salvaje y le advertía que se alejara.

Con una mirada furiosa, la apartó para poder abrir la puerta y luego la arrastró por la muñeca hasta que salieron del Jardín Midnight. Lucien llamó al lacayo que estaba junto a la puerta principal para que solicitara un coche de caballos.

Cuando el vehículo llegó, Lucien la empujó dentro y le indicó al conductor que fuera a Half Moon Street. No se disculpó. No dijo ni una sola palabra. Se arrancó la máscara y, cuando la sorprendió mirando, se inclinó y también le quitó la suya, tirándolas al suelo. Ella no le quitó los ojos de encima.

—¡Deja de mirarme! —gritó Lucien. Horatia se estremeció, pero no apartó la mirada—. ¿Me has oído?

—Sospecho que todo Londres te ha oído —su tono era sorprendentemente frío. Se sentía bastante orgullosa de sí misma, al enfrentarse así a él.

—Entonces haz lo que te digo.

—Puede que me importes, pero eso no significa que tenga que obedecerte. Especialmente cuando estás siendo muy grosero. No es como si estuviéramos casados.

—Que el cielo me libre de sufrir ese destino.

A pesar de sus crueles palabras, Horatia no podía hacer lo que Lucien le pedía. Era incapaz de apartar la mirada de la profundidad de sus ojos color avellana. Él no tenía ni idea de lo viva que se sentía cuando la tocaba. Incluso su rudeza la hacía arder de deseo. Ella ansiaba contraatacar, igualar su pasión, pero hasta que él la amara también, no podía ceder a esa parte de sí misma. No habría vuelta atrás si alguna vez le mostraba el lado más oscuro de su naturaleza, los deseos secretos y prohibidos que anhelaba consumar en sus brazos. Era mejor que él nunca supiera cuánto se parecían de verdad.

El resto del viaje en carruaje transcurrió en silencio. Cuando llegaron a la residencia Essex, Lucien le ordenó que no se moviera. Horatia obedeció esta vez, pero solo porque necesitaba un momento para sí misma, para controlar sus emociones.

Una vez que Lucien descendió, empezaron las lágrimas. Resolló y se secó los ojos, intentando disolver el doloroso nudo en su garganta. Esta noche había sido un sueño maravilloso hasta que Lucien lo arruinó. El muy idiota. ¿Cómo había podido fingir unas emociones tan dulces? ¿No volvería a llamarla su adorable observadora de estrellas? ¿También eso había sido una mentira?

Dios, yo soy la tonta.

Esta noche, ella admitió dos veces que se preocupaba por él solo para que Lucien la despreciara por ello. Horatia ya no era una niña, pero era evidente que Lucien aún la consideraba el enemigo. Ni siquiera era digna de una segunda oportunidad.

Su mente regresó a ese momento en la cama, cuando él la había llevado a la cima del placer para después consolarla mientras experimentaba la espantosa espiral de sensaciones. ¿Cómo iba a relacionar a ese hombre dulce y seductor con el tirano autoritario en el que se convirtió cuando se quitó la máscara? Él podía ser tan diferente como la luz y la oscuridad, y el constante cambio la estaba volviendo loca.

Horatia se limpió apresuradamente la cara cuando oyó que varias voces se acercaban. Se movió para permitir que Emily,

Jonathan, Godric y Lucien entraran en el carruaje. Los tres caballeros se apiñaron en un lado, permitiendo que las damas tuvieran el asiento opuesto.

—¡Ay, Jonathan, esa es mi rodilla! —siseó Lucien.

—¿No es esto acogedor? —Jonathan se rio. Godric gruñó cuando Lucien le clavó un codo en las costillas al intentar acomodarse en el asiento.

Horatia se encontró sonriendo de mala gana mientras los tres hombres adultos se retorcían el uno contra el otro como colegiales inquietos.

—¿Vas a decirnos de qué se trata, Lucien? —preguntó Godric una vez que el carruaje volvió a ponerse en marcha, esta vez en dirección a Curzon Street.

—Lo explicaré cuando estemos en casa de Cedric. Será mejor que se lo diga a todos a la vez. Así, si alguien tiene preguntas, no tendré que repetirlo —sus ojos advirtieron a Horatia que no dijera nada.

—Muy bien —refunfuñó Godric, intentando de nuevo acomodarse y luciendo malhumorado.

Emily se inclinó hacia Horatia y preguntó en un susurro bajo:

—¿Dónde estuviste esta noche? Creía que ibas a venir a cenar.

—Es una larga historia que solo puedo compartir cuando estamos a solas. Pero, ¿podrías cubrirme? Si Cedric pregunta, ¿podrías decir que estuve en la cena contigo?

—Por supuesto —le aseguró Emily—. Se lo haré saber a los demás.

—¿Qué estáis susurrando vosotras dos? —Godric las observó con curiosidad.

—Probablemente el derrocamiento del Parlamento —comentó Lucien con amargura.

—No seas tonto. Eso fue hace semanas. Ahora hemos pasado a Europa —respondió Emily con una sonrisa oscura.

Godric resopló.

—Está claro que tienes demasiado tiempo libre, querida.

Tendré que corregirlo cuando volvamos a casa —le mostró a su esposa una sonrisa que Emily devolvió con interés.

—Ahora, ¿qué es lo que *realmente* pretendes?

—No es de tu incumbencia, cariño —entonces, Emily se atrevió a sonreírle dulcemente a su marido, quien frunció el ceño.

—Tú eres de mi incumbencia.

—Por supuesto, cariño —ella asintió como si ya hubieran tenido esta discusión muchas veces.

—Emily —Godric cruzó los brazos sobre el pecho.

—No es de mi incumbencia; por lo tanto, tampoco es de tu incumbencia.

Cuando él empezó a protestar, ella le dio una patada en la espinilla con la punta de su bota.

—¡Ay! —él jadeó con indignación más que con dolor.

—Oh, lo siento mucho, ¿te ha dolido? ¡Qué torpe soy! Este carruaje está terriblemente lleno.

—Pagarás por ello, querida.

—Y supongo que lo disfrutaré bastante —por un breve instante, Horatia se preocupó de que la pareja de recién casados olvidara que había otras tres personas en el carruaje y se dedicara a hacer demostraciones de afecto en público.

Horatia envidiaba el amor que tan claramente unía a Godric y a Emily. ¿Podría ella tenerlo algún día? Las probabilidades no parecían estar a su favor.

Cuando el carruaje llegó a la casa de ciudad de Cedric, Lucien se bajó de un salto y subió corriendo las escaleras. Godric lo siguió, ayudando a su mujer a bajar. Jonathan fue el siguiente, pero esperó pacientemente para ayudar a Horatia. Ella notó el par de máscaras tiradas en el suelo del carruaje y las recogió, una negra y otra plateada. Se mordió el labio inferior. Esta noche, el último de sus sueños de la infancia había sido aplastado. Nunca más volvería a tener pensamientos absurdos de amor y felicidad. Deseó tener fuerzas para deshacerse de las máscaras, pero sus dedos no las soltaron. Bajó del carruaje y cogió la mano de Jonathan para sostenerse.

—Gracias —susurró.

—De nada —respondió él, con una sonrisa de genuino afecto en su apuesto rostro.

Jonathan era un verdadero caballero, y era una pena que Audrey estuviera demasiado encaprichada con él. Horatia debería haberse enamorado de un hombre como él. Al menos así sería respetada; tal vez no amada, pero iba a tener que aceptarlo. Estaba condenada a no volver a amar.

—Parece que no somos los primeros en llegar —observó Jonathan mientras se unía a ella en la puerta abierta.

Se encontraron con una imagen desagradable. Ashton tenía los brazos alrededor de la cintura de Audrey, sujetándola. Cedric estaba estrangulando a Charles contra la pared, con sus pies despegados del suelo. La cara del pobre Charles tenía un tono morado bastante desconcertante.

—¿Qué demonios? —soltó Jonathan. Godric ya se había apresurado a apartar a Cedric de Charles.

—En nombre de Dios, ¿qué está pasando? —habló Lucien.

Audrey asestó un fuerte codazo en las costillas de Ashton mientras luchaba por liberarse. Cuando ella intentó lanzar otro golpe, Ashton la hizo girar con delicadeza hacia los desprevenidos brazos de Jonathan.

—¡Sujétala, hombre! —ordenó Ashton—. ¡Y cuidado con los codos, son como atizadores! —los brazos de Jonathan se cerraron alrededor de la cintura de Audrey, manteniéndola cautiva. Ahora que Ashton estaba libre, suspiró y se frotó una mano sobre las costillas.

—Parece que Charles comprometió a Audrey esta noche —dijo Ashton, respondiendo finalmente a las preguntas de Godric y Lucien.

—¿Qué? —la cabeza de Emily giró hacia Ashton con incredulidad.

Godric finalmente logró apartar a Cedric, y Charles se desplomó sobre sus manos y rodillas, resollando.

—Cedric, no tenemos tiempo para esto —interrumpió Lucien—. Ha ocurrido algo importante. No me mires así, es más importante que el honor de tu hermana.

—¿Qué puede ser más importante que eso?

—La seguridad de ti mismo y de todos tus seres queridos.

—¿De qué demonios estás hablando? No te refieres a esa nota en mi puerta, ¿verdad? Creí que habíamos acordado que eran más bien amenazas vacías.

—Estaré encantado de explicarlo, pero deberíamos enviar a las mujeres arriba. Hay mucho por discutir y no tengo tiempo para lidiar con la histeria femenina —continuó Lucien.

Su insensible comentario provocó una ceja arqueada de Emily y una mirada fulminante de Audrey.

Godric se acercó, preparado para que su mujer discutiera con él.

—Coincido plenamente. Es un asunto que no se puede compartir con las damas.

Emily levantó una mano.

—Nos retiraremos arriba como tan amablemente habéis pedido. Prefiero estar en compañía de mujeres histéricas antes que estar con hombres ridículos. ¿Damas? —Emily les indicó a Audrey y a Horatia que la siguieran. Horatia fue la primera en subir las escaleras, pero Audrey aún tenía que liberarse de Jonathan.

—¡Suéltame! —gruñó.

Él la miró, sosteniéndola en sus brazos, como si se sorprendiera de que siguiera allí. Audrey le pisó los dedos de los pies y él retrocedió de un salto, gritando. Ella resopló y subió detrás de Emily y su hermana. Cedric las siguió hasta la habitación de Horatia y, una vez dentro, aseguró la puerta. Audrey gritó vulgares palabrotas que ninguna dama y pocos marineros debían conocer, algunas de ellas en francés, y terminó con una fuerte patada a la puerta. Desgraciadamente, sus zapatillas de casa no eran las armas más eficaces y soltó un aullido de dolor. Saltó locamente de un lado a otro, agarrándose los dedos de los pies magullados.

—¿Por qué demonios dejaste que nos encerraran? —protestó Audrey.

—Porque no habéis sido sometidas a las indignidades que yo padecí cuando esos hombres de allí abajo no se salieron con la suya. Es muy desagradable que te manoseen, y es mucho más indigno que esto —Emily alisó sus faldas de terciopelo azul oscuro y se sentó en la cama de Horatia, mirándola expectante —. Además, creo que Horatia sabe exactamente lo que está pasando.

Audrey miró a su hermana mientras cojeaba y se unía a Emily en la cama.

—¿Y bien?

Horatia suspiró.

—De acuerdo. Pero no debéis decir ni una palabra hasta que termine. No, Audrey, ni una sola palabra.

Audrey, cuyos labios ya se habían abierto, se detuvo y volvió a cerrarlos.

Después de una breve narración de los acontecimientos de la noche, fuertemente modificada por razones de decoro, Horatia esperó a que alguna de sus acompañantes hablara. La preocupación ensombreció los ojos de Emily, volviéndolos de un tono púrpura más intenso. Audrey simplemente parpadeó, se quedó boquiabierta y volvió a parpadear.

—Esto es más grave de lo que pensaba. ¿Hay una amenaza de muerte contra tu hermano?

Horatia asintió.

—Lucien parece saber quién está detrás, pero no logra entender por qué los hombres estaban hablando de eso en ese lugar.

—Los Jardines Midnight son famosos por su secretismo —dijo Emily—. Todo el mundo lo busca y por eso nadie escucha los asuntos privados de los demás.

Horatia frunció los labios por un momento.

—Hay otra posibilidad. ¿Quizá querían ser escuchados?

—Pero, ¿por qué? —preguntó Audrey—. ¿Qué ventaja les daría eso? Ahora sabemos que Cedric está en peligro y podemos protegerlo.

Horatia se encontró con la mirada de Emily, leyendo los pensamientos de la otra mujer.

—Audrey, ¿recuerdas cuando Cedric te llevó a cazar una vez? Hizo que un jardinero golpeara la maleza para sacar a los faisanes de sus escondites. Tal vez ellos están sacudiendo los arbustos, esperando que todos salgan volando.

Audrey palideció.

—Oh, cielos, entonces eso significaría que él tiene algún plan en marcha y probablemente sabe cómo reaccionarán Cedric y los demás hombres.

—Exactamente —dijo Emily—. Como ellos no reconocerán la trampa, ni sabrán cómo escapar de ella aunque les avisemos, puede que nos corresponda a nosotras protegerlos de sí mismos.

Durante un largo momento, ninguna de las damas habló. Estaban contemplando la peligrosa tarea que les esperaba.

—¿De verdad estás enamorada de Lucien? —preguntó Emily, cambiando afortunadamente de tema.

El calor que se apoderó de la cara de Horatia traicionó cualquier negación que pudiera haber hecho.

—Lo estoy. Es una estupidez y una locura amar a alguien como él, pero no puedo evitarlo.

Emily se rio, el sonido era delicado, pero sus ojos eran afilados.

—Yo me enamoré de Godric de la misma manera. Estuve convencida todo el tiempo de que iba a terminar en desastre y desamor, pero no fue así.

Mordiéndose el labio inferior, Horatia lo consideró.

—Pero Godric te ama. Lucien no. Creo que ni siquiera le gusto, para nada.

Emily resopló, aunque no sin elegancia.

—Creo que hay una buena posibilidad de que se enamore de ti. He aprendido algunas cosas sobre estos hombres. Lucien no te habría besado si no hubiera querido. No solo eso, también he visto signos de posesividad y celos en lo que a ti se refiere, no de disgusto.

El corazón de Horatia palpitó emocionado, aunque intentó ocultarlo.

—¿De verdad?

—Oh, sí. Mira con malos ojos a cualquier hombre que te bese la mano, y siempre te escolta a la cena cuando cenamos juntos.

Eran buenos argumentos, pero no probaban exactamente el amor incondicional de Lucien.

—Ahora, volvamos a este asunto del ataque. Sabemos que Waverly quiere la muerte de la Liga, y parece que ahora quiere empezar con vuestro hermano. Estoy segura de que Lucien estaba molesto.

—No sé si fue Waverly —replicó Horatia—. Lucien dijo que reconoció la voz, pero no dijo de quién era.

—Waverly es el único hombre que conozco que parece surgir en sus conversaciones cuando hablan de enemigos —comentó Emily.

—No me extraña que nos hayan mandado arriba —reflexionó Horatia—. Sin duda esos insensatos están haciendo planes para ir a la guerra y quieren mantenernos fuera de peligro. Es un gesto considerado.

—¿Considerado? —objetó Audrey—. Quieren arruinar nuestra diversión.

—Difícilmente calificaría a esa amenaza como divertida —comentó Emily—. Pero mantenernos fuera, independientemente de las buenas intenciones, es un error.

—Bueno, entonces deberíamos formular nuestro propio plan —declaró Horatia—. Somos capaces de mucho más de lo que nos dan crédito —si la vida de su hermano estaba realmente en peligro, no iba a dejar que los hombres se encargaran solos. Protegería a su hermano bajo sus propios términos.

—¡Es una idea excelente! —Audrey se puso en pie de un salto, como si estuvieran planeando una fiesta.

Emily ya estaba sumida en sus pensamientos.

—Lo es. Pero primero, me gustaría saber por qué Cedric intentaba acabar con Charles. Este es el peor momento posible para que la Liga esté dividida, y no puedo evitar recordar nuestra última conversación, Audrey.

Audrey se sonrojó.

—Yo... sé que dijiste que hablarías con Ashton sobre Jonathan, pero no pude esperar.

Horatia soltó una risa.

—Siempre fuiste demasiado impulsiva.

Emily frunció los labios, como si se estuviera preparando para el desastre.

—Audrey, ¿qué hiciste exactamente?

—Convencí a Charles para que me ayudara.

Horatia entrecerró los ojos.

—¿Ayudarte *cómo*?

—Puede que me haya enseñado las claves de los besos —confesó Audrey.

—¡Audrey! —jadeó Horatia. ¿Su hermana nunca aprendería que las acciones tenían consecuencias? Aunque era cierto que ella misma no era una persona muy habladora, dados los acontecimientos de su propia noche, sabía que Lucien nunca se vería obligado a casarse con ella. Audrey y Charles podrían acabar comprometidos si Audrey no tenía más cuidado.

—Fue una experiencia intrigante, dado que no siento ninguna atracción real por Charles.

—Audrey, ¿no dejaste que te besara? —presionó Emily. No era de extrañar el comportamiento agresivo de Cedric—. Te advertí sobre...

—No pasó nada, excepto que lo besé. Ni siquiera me devolvió el beso. Para ponerme así —señaló su aspecto desaliñado—, me arregló la ropa y el pelo y me dijo que me mordiera un poco los labios. Yo quería que Cedric pensara que había sido comprometida. Esperaba que me permitiera casarme con Jonathan...

Horatia aspiró una bocanada de aire ante el descarado comportamiento de su hermana. *¿Soy la única persona cuerda de la familia Sheridan?* Tan pronto como la pregunta pasó por su mente, reprimió un gemido de vergüenza. En realidad, no era mejor que Audrey.

—¿Y él hizo esto para ayudarte? —Emily sonó escéptica.

—Oh, sí —Audrey asintió—. Pero fue difícil convencerlo. Estaba bastante enfadado conmigo, sobre todo después de que lo atacara en su propio salón. El pobre hombre se escondió detrás de un sofá para escapar de mí.

Era una imagen demasiado divertida, Charles saltando entre los muebles para escapar de los besos de una bonita debutante. Horatia tuvo que morderse el puño para contener las ganas de reírse a carcajadas.

Emily no se contuvo tanto.

—¡Habría dado cualquier cosa por ver eso! —dijo, jadeando y riendo.

Horatia se limpiaba las lágrimas de los ojos. Audrey había vuelto a ser la misma de siempre, imitando la caída de Charles del sofá cuando lo había besado. Lanzó un chillido dramático y cayó al suelo con un golpe seco. Ahora, Horatia se reía tanto que apenas podía respirar.

Un piso más abajo, Lucien y los demás miembros de la Liga miraban el techo del salón. Con los brazos cruzados sobre el pecho, levantó una ceja mientras escuchaban los extraños ruidos de arriba.

Se oyó un fuerte chillido, un ruido sordo y carcajadas salvajes.

—¿Qué demonios está pasando ahí arriba? —preguntó Charles.

—Probablemente saltan sobre las camas —refunfuñó Cedric.

—Ya no son niñas —dijo Lucien—. Alguien debería avisarles.

—¿Creéis que fue prudente dejarlas solas allí arriba? —preguntó Godric. Tenía la cabeza inclinada como un perro escuchando sonidos extraños.

—Ellas están bien —ahora que los había puesto àl día de los acontecimientos más relevantes, Lucien debía recordarles el objetivo de la reunión. Había vidas en peligro—. Ahora, ¿qué vamos a hacer con esta amenaza?

—Waverly no tendrá éxito —dijo Cedric con confianza—. Podemos defendernos.

—Sin embargo —comenzó Godric—, sería prudente que uno de nosotros te vigilara a ti y a tus hermanas. Incluso si Waverly tiene la intención de matarte, ellas podrían resultar heridas como consecuencia directa de la lucha.

—No pienso dejarlas salir de la casa —declaró Cedric—. Si es absolutamente necesario, tendrán una escolta.

—No debemos olvidar la facilidad con la que nuestras defensas fueron derribadas en otoño —recordó Ashton a los demás—. El hombre que robó a Emily estuvo muy cerca de ganar. Esto es una casa, no una fortaleza.

Lucien juró no sentirse nunca tan indefenso al proteger a Horatia.

Pero Cedric no podía librarse tan fácilmente de su anterior fuente de rabia.

—Antes de hablar de Horatia, tengo que defender a Audrey de ese maldito canalla —Cedric disparó un dedo hacia Charles—, ¡que la sedujo en un maldito carruaje!

—Yo no la seduje, Cedric —Charles levantó las manos para defenderse en caso de que Cedric volviera a abalanzarse sobre él—. Te advertí que ella debía casarse pronto. Tienes suerte de que haya acudido a mí primero. Otro hombre podría haberse aprovechado de ella.

—¿Estás diciendo que no la tocaste? —exigió Cedric.

—¿Tocarla? Sí, pero no la besé. Me pidió ayuda para que pareciera comprometida.

—¿Comprometida? *¡Bastardo!* —Cedric parecía listo para ir

tras Charles de nuevo—. Las mujeres se han arruinado por algo tan simple como una mirada lujuriosa, ¿y tú vas y estropeas a mi hermana? ¿Y si el Monóculo de Cristal se enterara de su aspecto? Entonces nunca encontraría un pretendiente.

Ashton se interpuso entre los dos, levantando una mano para evitar que Cedric avanzara.

—Por favor, caballeros —el tono severo de Ashton detuvo a los dos hombres—. ¿Necesitamos resolver esto en un ring?

—Yo no lo recomendaría —respondió Godric con una sonrisa irónica—. Pero si llegamos a eso, apuesto diez libras por Charles.

Tanto Cedric como Charles compartieron miradas cautelosas antes de negarse, quizá en parte porque ninguno de los otros aceptaría esa apuesta. Ashton bajó la mano cuando consideró que Cedric no volvería a intentar matar a Charles. Lucien suspiró. No tenía ningún deseo de interponerse entre sus amigos. Charles era un campeón de boxeo y Lucien no quería un ojo morado simplemente por intentar imponer la paz. Si Ashton deseaba arriesgar su cara, eso dependía enteramente de él.

Jonathan, quien se había quedado atrás del grupo, habló de repente:

—¿Así son todas las reuniones de la Liga? Quizás podríamos volver a centrarnos en el verdadero problema y en la importancia de proteger a las damas.

Ashton se volvió hacia Cedric, con voz dura.

—Muy bien, Jonathan. Volvamos al asunto que nos ocupa. Creo que lo mejor, Cedric, sería que te llevaras a Horatia y a Audrey lejos de Londres, al menos hasta que el resto de nosotros resolvamos esto.

—¿Quieres que dé media vuelta y huya? —Cedric parecía sorprendido e indignado.

—Sabes que nunca te pediría eso —la voz de Ashton era más suave ahora—. Pero por el bien de tus hermanas, sí. Las cogerías y correrías hasta el fin del mundo con tal de protegerlas. Todos lo sabemos.

La feroz resistencia de Cedric vaciló ante el poder persuasivo de la razonable petición de Ashton.

Los hombros de Cedric se desplomaron.

—Entonces, ¿a dónde quieres que vaya?

Godric intervino.

—Algún lugar donde Waverly no pensara inmediatamente en buscarte.

Los latidos del corazón de Lucien se aceleraron al darse cuenta del lugar perfecto para mantener a Horatia a salvo.

—¿Qué tal mi finca en Kent? Podrías llevar a tus hermanas allí y quedarte hasta el Año Nuevo. Mi madre está en la residencia junto con Lysandra y Linus, así que estarías bien entretenido —no necesitaba añadir que, si los hombres de Hugo hacían discretas averiguaciones sobre su paradero, la finca de Lucien sería el último nombre en sus listas.

Sacar a las hermanas Sheridan de Londres parecía un buen plan. Cualquier cosa para alejarlas del peligro, y a Horatia de él. Matar a dos pájaros de un tiro, según decían.

—Esa es una excelente idea —coincidió Ashton—. El resto podemos quedarnos aquí e intentar solucionar este lío. Lucien, tú acompañarás a Cedric y a sus hermanas, por supuesto.

—¿Qué? —espetó Lucien. Esa era la peor idea en la historia del mundo. *¿Ponerlo* en su finca con Horatia, donde conocía todos los rincones a los que podía llevarla a escondidas? ¡Maldición!—. Yo podría ser más útil lidiando con los hombres de Hugo —replicó.

—Es tu finca —le recordó Ashton en tono firme—. Y también fuiste el primer objetivo de estos ataques. Acompañarás a Cedric y a sus hermanas. Con suerte, este asunto se resolverá antes de Navidad. Si no, entonces pasarás las festividades con tu familia.

Eso no hizo que la situación fuera más atractiva. Lucien luchó contra el impulso de patalear como un niño enfadado. Jonathan le dedicó una mirada compasiva, como si pareciera saber exactamente el efecto que tendría para él estar cerca de

Horatia. ¿Jonathan se sentía de la misma manera cuando estaba cerca de Audrey? ¿Acaso tenía interés en la joven Sheridan, como ella lo tenía en él?

Lucien estaba intentando hacer lo decente y mantenerse alejado de la tentación, y Ashton prácticamente le estaba entregando a Horatia en bandeja de plata. Necesitaba que ella estuviera a salvo, no solo de Waverly, sino de él mismo. Tenerla tan cerca de su cama en casa era lo opuesto a un lugar seguro.

Sin embargo, ¿qué otra opción tenía?

—Bien —dijo Lucien con poca elegancia—. Iré con Cedric.

Él no quería pasar horas en un carruaje con Horatia y, desde luego, no quería quedarse atrapado en su finca con ella durante las festividades. Era peor saber que su madre estaría allí. Tenía una forma irritante de entrometerse en sus asuntos, y temía que interfiriera con Horatia. Su madre tenía debilidad por los Sheridan, y por Horatia en particular. Dejar que su madre se acercara a Horatia le causaría más problemas de los que quería afrontar.

—¿Cuándo deberíamos irnos? —le preguntó Cedric a Ashton.

—Tan pronto como sea posible. ¿Crees que tus hermanas podrían estar listas al amanecer?

Cedric soltó una fuerte carcajada.

—¿Mañana al amanecer? Por supuesto que no. Al menos debes darle a Audrey un día para empacar, o la diablilla me acosará por ello hasta llegar a Kent.

—Un día entonces, pero los quiero a todos listos y en sus carruajes antes de que salga el sol —Ashton estaba muy serio—. Godric y yo iremos mañana temprano al Jardín Midnight y veremos si podemos atrapar a los dos hombres de anoche durante su encuentro de negocios. Me gustaría ver por mí mismo si hay alguna prueba de que fue Waverly. Necesitamos saber a qué nos enfrentamos.

—Ahora que todo está resuelto —gruñó Cedric—, ¿os importaría a todos salir de mi casa?

—Gran idea —respondió Godric. Sus ojos se desviaron hacia el techo.

—Está terriblemente silencioso allí arriba —observó Jonathan.

—Demasiado tranquilo —coincidió Lucien. Súbitamente ansiosos, los seis hombres salieron del salón y subieron las escaleras hacia la habitación de Horatia. La puerta seguía cerrada. Lucien se apoyó en la madera y escuchó. Ni un solo ruido provenía del interior.

CAPÍTULO 10

—¿**O**ís algo? —preguntó Charles.

Cedric se llevó un dedo a los labios.

Lucien se esforzó por escuchar el más mínimo crujido o chirrido, pero no oyó nada. Con cautela, Cedric abrió la puerta. La alcoba estaba vacía. Las ventanas estaban cerradas con pestillo y no había rastro de las mujeres.

—¿Ash? —susurró Godric. Ashton asintió con la cabeza y se dirigió al interior, con su aguda mirada revisando cada rincón. No había evidencia de que las mujeres estuvieran escondidas. No había señales de que se hubiesen marchado apresuradamente. Simplemente habían desaparecido.

—¿Dónde diablos está mi esposa? —exclamó Godric.

Como respuesta, un lacayo subió las escaleras y le entregó a Cedric un papel. Atónito, lo abrió y lo leyó en voz alta.

ESTIMADOS CABALLEROS,

Os esperamos en el comedor. Por favor, no os unáis a nosotras hasta que hayáis decidido un curso de acción con respecto a la amenaza a Lord Sheridan. Estaremos más que encantadas de ofrecer nuestras opiniones sobre el asunto, pero, de hecho, sospechamos que no deseáis escuchar nues-

tros pensamientos. Es un defecto de la especie masculina, y no os lo repro-
charemos. En el futuro, sin embargo, sería recomendable no encerrarnos en
una habitación. Simplemente no podemos resistir un desafío, algo que ya
deberíais haber aprendido. Con las mujeres inteligentes no se juega.

Saludos cordiales,

-La Sociedad de Damas Rebeldes-

—¿SALUDOS CORDIALES? —SE MOFÓ LUCIEN.

Un desconcertado Jonathan añadió:

—¿Sociedad de Damas Rebeldes?

—¡Que el Señor nos ayude! —gimió Ashton mientras se pasaba una mano por el pelo—. Se han nombrado a sí mismas.

—Apuesto cien libras a que Emily está detrás de esto. Riéndose a nuestra costa —dijo Charles con toda seriedad.

—Veamos qué tan rebeldes que son cuando acabemos con ellas —Cedric se arremangó la camisa blanca de linón mientras él y los demás bajaban las escaleras hacia el comedor. Lo encontraron vacío. El lacayo volvió a aparecer y Cedric se preguntó si tal vez el hombre nunca se había ido. Ante la cortés tos del sirviente, le entregó a Cedric una segunda nota.

—¿Otra maldita nota? ¿A qué están jugando? —prácticamente rompió el papel por la mitad mientras lo abría. De nuevo la leyó en voz alta.

¿DE VERDAD CREÍAIS QUE ÍBAMOS A EXHIBIR NUESTRO INGENIO DE
una forma tan sencilla? Seguramente nos habéis subestimado. Es bastante
injusto por vuestra parte suponer que no podríamos desconcertaros
durante al menos unos minutos. Tal vez deberíais buscarnos en el lugar
donde deberíamos haber estado y no en el que nos habéis puesto.

Saludos,

-La Sociedad de Damas Rebeldes-

. . .

—Voy a matarla —dijo Cedric. No parecía importar a cuál de las tres damas rebeldes se refería.

La Liga de Pícaros se dirigió de nuevo al salón. Cedric abrió la puerta de golpe. Emily estaba sentada frente al fuego con un bastidor de bordado levantado mientras atravesaba la tela con una aguja de punta fina. Audrey leía detenidamente una de sus muchas revistas de moda, con los ojos fijos en las láminas ilustradas, ajena a cualquier interrupción.

Horatia se había colocado en el asiento de la ventana, cerca de una vela, para poder leer su novela. Incluso a esa distancia, Lucien pudo ver el título, *Lady Eustace y el Dichoso Marqués*, la novela que le había comprado la pasada Navidad. Por alguna razón, la idea de que ella se burlara de él con su propio regalo le hizo mucha gracia. Maldita sea. Tuvo el repentino impulso de reírse, especialmente cuando vio que un suave rubor se abría paso en ella. Lucien había escogido ese libro en particular solo para sorprenderla, sabiendo que era bastante explícito en algunas partes, ya que él mismo lo había leído el año anterior.

—Ejem —Cedric se aclaró la garganta. Tres pares de ojos femeninos se fijaron en él, cada uno reflejando solo una leve curiosidad.

Emily sonrió.

—Oh, ahí estáis.

—¿Habéis terminado con vuestra pequeña reunión? —preguntó Audrey, apartando su revista y sonriéndole a su hermano.

La forma en que dijo "pequeña reunión" hizo que Lucien no dudara de que se estaban divirtiendo a costa de ellos, o tal vez lo que la delataba era que se estaba mordiendo el labio inferior para evitar la risa. En cualquier caso, las hermanas de Cedric habían desafiado a los hombres y ellos no estaban de humor para juegos. Especialmente Cedric.

—Tú —Cedric señaló a Audrey—. ¡A la cama, ahora! —entonces, su dedo acusador se dirigió hacia Emily—. ¿Desde cuándo bordas? Recuerdo claramente que una vez me dijiste que tal cosa era una completa y absoluta pérdida de tiempo.

—Teniendo en cuenta vuestro comportamiento bastante insensible de esta noche al excluirnos de vuestras decisiones, decidí retomar el hábito un tanto inútil —respondió Emily como si estuviera hablando del clima. Levantó cortésmente el bastidor de bordado que estaba adornado con flores, las cuales rodeaban una simple frase que todos los hombres presentes pudieron leer: *Nunca desafíes a una mujer*. Lucien solo podía imaginar cómo debió bordar eso en tan poco tiempo.

—Os hemos excluido porque este asunto no os concierne a ninguna de vosotras, señoritas. Además, es una situación delicada y peligrosa —declaró Cedric.

—Mmm —respondió Emily, el sonido femenino salió extrañamente condescendiente—. Tal vez nosotras, las señoritas, os estamos protegiendo de una situación peligrosa y no nos hemos molestado en informaros de nuestras intenciones. Si insistís en mantenernos al margen, persistiremos en nuestros esfuerzos por manteneros a todos con vida, independientemente de que creáis que somos mujeres incapaces.

Godric frunció el ceño.

—Nadie ha dicho que seáis incapaces. Sabes que no pensamos eso, Emily.

Horatia acudió en defensa de Emily.

—Ella tiene razón. Estáis guardando secretos que solo nos dividirán y nos pondrán en peligro. Explícate, Cedric. No me iré de esta casa hasta que me digas lo que tú y los demás habéis planeado.

—Bien, mañana temprano te lo diré, pero esta noche no. Es tarde y todo el mundo necesita descansar —replicó su hermano.

—Tonterías, puedes decírnoslo ahora mismo —insistió Emily.

—Godric, coge a tu mujer y llévala a casa antes de que la utilice como alfiletero —amenazó Cedric.

Godric, quien intentaba ocultar una sonrisa de satisfacción, pareció encontrar muy divertido el hecho de que su mujer estuviera superando a los hombres. Sin embargo, ante el tono impaciente de Cedric, Godric se puso en acción.

—Vamos, Em. Creo que por ahora has dejado claro tu punto de vista —cogió el bastidor bordado y lo arrojó sobre una silla vacía cercana. Luego le rodeó la cintura con un brazo para atraerla hacia él, dándole un beso en la frente.

—No dejarías que me usara como alfiletero, ¿verdad, cariño? —preguntó ella, entrelazando su brazo con el de Godric después de que la soltara.

—Nunca, querida. Solo está molesto porque no puede entender cómo saliste de la habitación de Horatia cuando te encerró, o cómo llegaste aquí sin ser descubierta.

Emily le lanzó una mirada arrogante a Cedric.

—Y nunca lo sabrá.

—Pero me lo dirás a mí, ¿verdad? —Godric miró a su esposa con adoración.

—Tal vez, si me convences lo suficiente.

—¿Me estás pidiendo que te seduzca?

—¿Qué otra cosa estaría pidiendo? —Emily se rio.

—¡Oh, por el amor de todo lo que es sagrado! Llévatela Godric —suplicó Cedric. Las muestras de semejante burla cariñosa siempre parecían afligirlo.

—Tiene razón, Emily, deberíamos ir a casa —la acercó más mientras la escoltaba fuera de la habitación.

—Yo también debería irme —Ashton se inclinó ante los demás y partió detrás de Godric y Emily.

—Jonathan, ¿serías tan amable de hacer subir a Audrey? Parece no haberme escuchado cuando le dije que se fuera a la cama —dijo Cedric.

Jonathan intentó discutir.

—Dadas las circunstancias, esta noche preferiría no hacerlo, dada tu reacción ante Charles...

—A diferencia de Charles, tú tienes sentido del honor. Confío en ti lo suficiente como para acompañarla arriba.

Charles y Lucien observaron la escena con mucha diversión. Cedric parecía ajeno a la posición que le estaba otorgando a Jonathan. Lucien abrió la boca para decir algo, pero lo pensó mejor al notar el ceño fruncido de Cedric.

—¡Y tú! —Cedric finalmente dirigió su ira hacia Horatia, pero se vio incapaz de hacer algo con ella—. Bueno, eh, ya te lo diré —se volvió hacia Charles y, sin previo aviso, le dio un puñetazo en el ojo—. Esto es por comprometer a mi hermana, sinvergüenza. Espero que se oscurezca bien y advierta a las mujeres de que no se desvíen de su brújula moral en tu presencia, al menos durante siete días.

Charles gimió y sujetó su rostro.

—Estaba ayudando a Audrey. Si no lo entiendes, me iré y volveré a verte cuando tu temperamento se haya enfriado —se inclinó burlonamente hacia ellos y se marchó. Sin decir nada más, Cedric salió del salón, azotando la puerta tras de sí.

Audrey observó a los dos hombres restantes, Lucien y Jonathan, quienes se encontraban en el extremo opuesto del salón. Jonathan miró a Audrey con duda y luego observó a Lucien, quien se encogió de hombros con indiferencia. Ella se mordió el labio, intentando no sonreír. Verlo sufrir era más que divertido.

—Señorita Audrey, ¿podría acompañarme arriba? Me gustaría...

Audrey lo interrumpió.

—No, no creo que pueda —declaró. Esta noche, todos los hombres habían sido muy groseros y no estaba dispuesta a ceder, ni siquiera por él.

Volvió a coger su revista de moda. Los ojos de Jonathan se entrecerraron. Ella fingió un bostezo, observando la forma en que sus fosas nasales se encendían y sus puños se cerraban. Era un placer perverso poder irritarlo. Sabía que él solo quería asegurar su puesto en la Liga y ella se lo estaba poniendo difícil.

—Necesita una mano firme, Jonathan. Enséñale quién manda —lo animó Lucien mientras se apoyaba en la pared, sonriendo ampliamente.

Jonathan hizo una mueca y se acercó a la silla de Audrey.

—Señorita Audrey —esta vez su tono era claramente de advertencia—. Vendrá conmigo de inmediato.

Levantando la barbilla, Audrey le declaró la guerra.

—No te *atreverás* a tocarme, no después de lo que mi hermano le hizo a Charles —en secreto, ella esperaba que fuera lo suficientemente atrevido. La emoción de hacerlo esforzarse por su atención provocó que su corazón latiera con locura.

—Audrey, no lo animes —interrumpió Horatia. Era evidente que ella estaba viendo la tormenta que se avecinaba. Su hermana abandonó el libro y se dispuso a levantarse, pero Lucien se apartó de la pared, bloqueándola. Horatia se dejó caer de nuevo en su asiento cuando se encontró con la mirada de Audrey, sacudiendo la cabeza en señal de advertencia.

—Me atrevería a tocarte, y más, mocosa rebelde —dijo Jonathan. Antes de que ella tuviera tiempo de reaccionar adecuadamente, la cogió en sus brazos.

Audrey pataleó y se retorció. Él estaba arruinando la forma en que ella había planeado su encuentro. No debía ser así. ¡Quería ser seducida! Cuando sus forcejeos resultaron inútiles, se defendió de una manera que funcionaba contra los niños pequeños y las mascotas indisciplinadas.

Convirtió su revista en un tubo y empezó a golpear la cabeza del hombre mientras gritaba:

—¡Ten esto, malvado! —a pesar de la agresión, Jonathan no se inmutó, ni siquiera cuando ella lo golpeó sonoramente entre los ojos.

La fulminó con una mirada cargada de irritación que pareció echar chispas.

—Malvado, ¿eh?

Jonathan salió de la habitación con Audrey en brazos y subió las escaleras. Cuando llegó a su dormitorio, casi derribó la puerta de una patada. Ella abandonó la revista y continuó con sus forcejeos.

Dios, qué fuerte es, pensó con una repentina punzada de deseo. No había esperado sentirse abrumada de esta manera, ni tampoco que lo disfrutara en exceso. Tal vez había algo interesante en el hecho de ser maltratada. ¿Y si él perdía el control y le arrancaba la ropa? Jadeó ante la vertiginosa excitación que la invadió.

Él empezó a acercarse a su cama y, de repente, Audrey se encontró volando por los aires. ¡El horrible hombre la había lanzado! Ella impactó contra el colchón con un chillido de sorpresa y rodó hasta caer en el suelo con un doloroso golpe.

—¡Ay! —jadeó. Le dolía la cadera izquierda. Ya se había caído al suelo dos veces y una tercera no ayudaba. Intentó levantarse y se le escapó un pequeño sollozo. Sin duda, esta vez se había lastimado. En un instante, Jonathan llegó a ella, cogiéndola una vez más en sus brazos y depositándola más suavemente en su colcha color rosa.

—Lo siento mucho, señorita Audrey. Me dejé llevar, no era mi intención... —un fuerte rubor de mortificación se extendió por el rostro de Jonathan. Un mechón rubio pálido cayó sobre su frente y Audrey se acercó para apartarlo. Él se estremeció ante su contacto, pero ella estaba demasiado fascinada por la proximidad de sus labios.

No había olvidado las innumerables conversaciones con algunas de las criadas más abiertas. La habían ilustrado sobre muchas de las intimidades secretas entre un hombre y una mujer. La forma en que las lenguas podían tocarse, la forma en que el cuerpo de un hombre se endurecía; incluso cómo un hombre y una mujer podían besarse por debajo de la cintura para aumentar el placer. Audrey había absorbido sus historias con fascinación, y el apetito por sus propias experiencias era cada vez mayor.

Pero no fue hasta que se reunió con Evangeline Mirabeau que aprendió más específicamente cómo atraer a un hombre a la cama. Las formas de incitarlo a responder, de tentarlo con lujuria...

Como una mujer hambrienta mirando un plato de comida, Audrey hundió los dedos en su pañuelo y tiró hacia abajo. La boca de Jonathan, sorprendida, impactó contra la suya y ella lamió la comisura de su boca, intentando que él separara los labios. Él se resistió solo un momento antes de gemir contra ella y subirla a la cama. Sus manos le subieron el vestido por encima de las rodillas y ella abrió las piernas debajo de él.

Él sabía cómo besar y Audrey estaba aprendiendo rápidamente. La lengua y los labios de Jonathan bailaron frenéticamente contra los suyos de una forma salvaje con la que ella ya había soñado.

—Sabes muy dulce —dijo él mientras le besaba la mandíbula y la oreja.

Audrey estaba atrapada en una tormenta de pánico, placer y fascinación. Todo al mismo tiempo. ¡Más, justo ahora ella necesitaba más! Audrey liberó su pañuelo y le deslizó las manos por el cuello, por los hombros y por debajo del chaleco, para luego empezar a quitárselo. Sin dejar de besarla, Jonathan se quitó la chaqueta y volvió a inmovilizarla debajo de él.

Una de sus callosas palmas le acarició el muslo; notó que eran las manos de un trabajador, y por alguna razón eso la complació. Él no se limitaba a existir, sino que vivía, y eso la quemaba por dentro y la llenaba de una extraña insensatez. Quería estar con él, vivir a su manera y experimentar cosas con él. No se trataba de un caballero holgazán, sino de un hombre que se ganaba la vida, así como ella deseaba ganarse la suya.

Una punzada de deseo la recorrió hasta la unión entre sus muslos. Se tensó, asustada por la aterradora sensación de perder el control sobre las reacciones de su cuerpo. En ese mismo momento, Jonathan ejerció una fuerte presión sobre ella, como si supiera cómo iba a reaccionar. Audrey gimió y arqueó su cuerpo mientras sus propias manos recorrían su fuerte cuerpo lleno de músculos. No había vivido una vida de ocio; él era un trozo de acero reforzado con una sensualidad primitiva. Jonathan le mordió duramente el labio inferior, rozó su pelvis contra su núcleo y Audrey se fundió contra él por completo. Una de sus manos descendió más allá de su cintura, buscando el bulto de sus pantalones que él empujó violentamente contra ella. Jonathan gimió sin poder evitarlo. Eran una sinfonía de instintos antiguos, sensaciones exóticas y sonidos excitantes en un momento perfecto que debería haber sido eterno. Pero no fue así.

Recordando lo que Evangeline le había dicho que hiciera, Audrey bajó una de sus manos hasta su ingle y frotó el duro eje que presionaba la parte delantera de sus pantalones. Él siseó contra sus labios, y luego casi gruñó al devorar su boca con avidez. Ella intentó rodear con sus dedos la mayor parte posible de su longitud cubierta. Entonces, la estrujó. Le habían dicho que era la mejor manera de estimular el deseo de un hombre, así que se aseguró de estrujar con todas sus fuerzas.

Algo pareció moverse un poco en sus manos, como las esferas chinas.

Jonathan jadeó. Su cara se había convertido en un grito silencioso. Pero esa cara no debía aparecer hasta más tarde, ¿verdad? Rápidamente, ella se dio cuenta de que no era una expresión de placer. Todo lo contrario.

Jonathan se separó de Audrey y se lanzó a por su chaqueta. Sin mirar atrás, salió corriendo de la habitación. A decir verdad, más bien cojeó con las piernas arqueadas. Audrey permaneció tumbada en la cama durante un minuto, luchando por respirar e intentando aliviar el fuerte jadeo y la decepción que ahora sentía. Había estado muy cerca. ¿Qué había salido mal? Sin embargo, una cosa estaba clara: besar a Charles no se había sentido así.

EL SALÓN ESTABA LLENO DE VELAS, UNA CHIMENEA ENCENDIDA y dos personas que no deberían estar en la misma habitación. Horatia, quien no estaba dispuesta a admitir la derrota, se había acurrucado de nuevo en su asiento de la ventana, con el vestido plateado enrollado alrededor de las zapatillas de casa y las rodillas apoyadas debajo de la barbilla. Estaba aferrada a su novela, *Lady Eustace y el Dichoso Marqués*, intentando concentrarse en sus páginas y no en el marqués de la vida real sentado junto al fuego. En el breve lapso de tiempo transcurrido entre la batalla de deseos de Jonathan con Audrey, y la precipitada partida de Jonathan poco después, Horatia y Lucien tuvieron su propia batalla. Aunque la mirada de Lucien estaba en las llamas rojas de la chimenea, Horatia podía sentir su atención en ella, como si sus pensamientos se hubieran vuelto físicos y acariciaran su piel. Era consciente de que él la hacía arder y, aunque quería ignorar la sensación, no podía.

—¿Qué te parece tu novela? ¿Divertida? ¿Trillada? ¿Imposiblemente sensacionalista? —el frío silencio de la habitación sucumbió ante la sorprendente calidez de su voz.

Horatia no debería haber contestado, pero no pudo evitarlo.

—Puede que no sea una obra maestra de la literatura, pero...

—¿Pero? —Lucien se giró en su silla, descansado un codo en el reposabrazos y apoyando la barbilla en la palma de su mano, pareciendo realmente interesado en lo que ella tenía que decir.

—Bueno, es que Lady Eustace es una heroína de lo más irritante —Horatia hojeó perezosamente las páginas que ya había leído antes de volver a mirar a Lucien.

—Estoy de acuerdo. Eustace es un ejemplo muy pobre de un personaje femenino. Carece de todas las grandes cualidades que atraerían a un hombre.

—Dime por favor, ¿cuáles serían esas cualidades? —Horatia cerró el libro y lo miró con curiosidad.

—Astucia, sagacidad, inteligencia.

—¿No prefieres que las mujeres sean dulces, recatadas y obedientes?

—Una mujer así sería un tremendo aburrimiento. Tal vez una mujer podría ser dulce, pero si también fuera recatada y obediente, eso privaría a un hombre de todas las alegrías que ofrece una mujer compleja, y una mujer debe ser compleja. Las cosas sencillas y las personas sencillas están muy sobrevaloradas. Ahora volvamos a este libro. Seguro que la trama te atrae a seguir leyendo, a pesar de la decepcionante falta de complejidad de Lady Eustace, ¿no es así?

—Ciertamente, sí. Eustace siempre se encuentra en los más absurdos aprietos. Por ejemplo, en la página catorce, se queda encerrada en una torre. ¡Una torre! ¿Qué mujer es tan tonta como para confiar de esa manera en los caprichos de un hombre al principio de la historia?

—Es una tontería quedarse encerrada en una torre, pero en cuanto a confiar en un hombre... dadas ciertas circunstancias, puede ser de lo más emocionante. ¿No estás de acuerdo?

Los ojos de Lucien eran como la miel, pero sus palabras le recordaron el escozor que a menudo acompañaba a esa dulzura.

—Emocionante, sí, pero nada satisfactorio, dado que la confianza parece acabar en traición —Horatia volvió al libro, intentando concentrarse en la loca huida de Lady Eustace del castillo del marqués en plena noche. ¡Qué tontería! Sin embargo, el personaje del Dichoso Marqués también atrajo su atención, probablemente más de lo que debería, al igual que el marqués muy real que estaba sentado a pocos metros de ella.

—¿Nada satisfactorio? Creo recordar tus gritos de placer cuando mis dedos...

—¡Para! —siseó ella, cerrando de golpe su libro—. ¿O es que has olvidado cómo terminó eso?

Él sonrió diabólicamente.

—Tendrás que obligarme.

—¿Oh? ¿Ahora quién es el niño?

Lucien cerró los ojos y se lamió los labios.

—Todavía puedo saborearte. Aunque han pasado horas, no puedo evitar preguntarme si mi memoria te hace justicia. ¿Te estremecerías debajo de mí? Gemirías mi nombre en un placer involuntar...

Lady Eustace y el Dichoso Marqués tuvieron su venganza al golpear a Lucien justo en la cara. Maldijo, agarrándose la nariz y lanzándole una oscura mirada a Horatia, quien seguía sentada en el pequeño asiento de la ventana que daba al jardín trasero, con los ojos ahora fijos en el techo. Él se levantó de la silla y se dirigió hacia ella con un brillo depredador en los ojos.

—¿Qué estás haciendo? —Horatia se presionó contra el frío cristal de la ventana. Apoyó las manos en él.

—Creo que es hora de que te dé una lección, y como ya no puedes arrojarme nada más, ésta parece la oportunidad perfecta —avanzó hasta el asiento de la ventana con las manos en la cadera.

Horatia levantó la barbilla.

—El solo hecho de estar en la misma habitación contigo es suficiente castigo —se cruzó de brazos y adoptó una pose que pretendía ser imponente, pero solo consiguió que los ojos de Lucien se dirigieran a sus pechos.

—¿Estar conmigo es un castigo?

Horatia se preguntó si había dicho algo malo.

—Supongo que la mejor pregunta es: ¿por qué me ves como un castigo si afirmas amarme? Y no lo niegues. Incluso ahora tus pupilas están dilatadas y tu respiración está acelerada.

El pícaro arrogante tenía razón. Los latidos de su corazón eran rápidos y su respiración vacilaba.

—¿Sigues deseándome incluso después de todo lo que he hecho? —se inclinó hacia ella y cogió su rostro, rozando burlonamente sus labios sobre los de Horatia, quien se balanceó hacia él, deseando algo más que ese tortuoso y breve contacto entre sus labios—. ¿Por qué? —repitió él, con un tono bajo mientras le mordía el labio inferior.

Horatia se negó a responder. Él sabía muy bien por qué. La aprisionó contra la ventana y el cristal helado le quemó la espalda. Sus manos se deslizaron por la parte exterior de sus muslos, desnudando sus piernas y acomodando las faldas plateadas alrededor de su cintura. Lucien introdujo una rodilla y luego la otra entre las de Horatia mientras se arrodillaba en el asiento, aprisionándola contra la ventana. Le abrió las piernas para poder levantarla contra él y la obligó a sentarse a horcajadas sobre su regazo. Sus rodillas se aferraron a sus caderas, amoldándola a él.

—No has respondido a mi pregunta.

—¿Qué pregunta? —preguntó, aturdida por el placer. Ella sintió que el cuerpo de Lucien se llenaba de risas silenciosas y, por alguna razón, eso la enfureció, provocando una ráfaga de claridad. Horatia se inclinó hacia atrás y cerró el puño, golpeándolo en el estómago. En un santiamén, él se dobló y ambos cayeron del asiento de la ventana. Horatia oyó cómo su vestido se rasgaba al caer al lado de Lucien. Él estaba de espaldas, con una mano aferrada a la zona lesionada.

—¡Dios mío! —exclamó—. Estoy bastante seguro de que me has destrozado las entrañas. ¿Tu hermano te enseñó a golpear así? Quizás Charles estaba en más problemas de los que pensaba; yo debería haber aceptado la apuesta de Godric.

—Te lo mereces por ser un insufrible provocador. Tienes suerte de que admire demasiado tu cara, o te sacaría los ojos —sus propios ojos se entrecerraron mientras se ponía de rodillas, fulminándolo con la mirada.

—Te estás convirtiendo en una arpía a tu vieja edad, ¿eh? —Lucien se rio.

—¿Arpía? *¿Vieja?* —la voz de Horatia era vergonzosamente chillona. Apretó los puños, dispuesta a darle otro puñetazo.

—¿Cuánto tiempo llevas? ¿Tres temporadas? Eres prácticamente una anciana, querida. Incluso tienes los gatos a tu favor —Lucien miró hacia la puerta del salón, donde Manguito estaba sentado ociosamente lamiendo una pata de punta blanca. El animal se detuvo cuando los sorprendió mirándolo.

—*¿Miauuu?*

Sin poder evitarlo, Horatia se rio. Eso molestó claramente a Manguito y se alejó, con su densa cola negra agitándose como un penacho. Horatia recuperó el control de sí misma y se levantó para coger a la pobre Lady Eustace de su lugar en el suelo. Varias páginas estaban dobladas, como alas rotas. Se le hizo un nudo en la garganta. Se había esforzado mucho en mantener sus libros en buen estado, especialmente los que Lucien le había regalado. ¿Por qué el hombre siempre tenía que confundirla?

EN EL SUELO, LUCIEN SE APOYÓ SOBRE LOS CODOS, CON LAS piernas cruzadas por los tobillos mientras la observaba con los ojos entrecerrados. Había disfrutado estimulándola, pero el dolor resignado de sus ojos lo hacía sentir incómodo. Ella estaba intentando arreglar las páginas de la novela y su falta de éxito la angustiaba.

—Es solo un libro. Puedes comprar uno nuevo.

Los ojos marrones de Horatia se empañaron.

—No sería lo mismo.

—No me digas que te has encariñado extremadamente con Lady Eustace en los últimos minutos —intentaba burlarse de ella, pero estaba sonriendo.

—Mi cariño no le pertenece a Lady Eustace.

Horatia se puso en pie, sin parecer notar el corte de su vestido cerca del hombro. La tela plateada se desprendía de su hombro izquierdo, dejando al descubierto parte de su cremoso pecho. Lucien suplicó en silencio que el vestido cayera más. ¿Su sería pezón un suave melocotón, o una dulce baya? Moría por conocer su sabor, explorar aquel pezón con su boca, con su lengua. ¿Le gustaría que la lamieran, la mordieran o la succionaran? De repente, todas estas preguntas le parecieron muy importantes. Necesitaba conocer las respuestas. Lucien gimió en señal de protesta cuando Horatia volvió a subirse la manga rota, ocultándole aquel pecho provocativo.

—Si me disculpas —se dispuso a marcharse, pero él se levantó de golpe y sujetó la parte trasera de su vestido, deteniéndola en seco. Ella giró y cogió la muñeca que sostenía su vestido, clavándole las uñas en su piel. Lucien ni siquiera se inmutó ante el dolor.

—Suéltame.

—Responde a mi pregunta —se encontró sonriendo, sabiendo que ella se quebraría. De lo contrario, no la dejaría partir.

—Ya sabes la respuesta —respondió ella, soltando su muñeca y cruzándose de brazos. Apartó el rostro de Lucien.

—Esta noche no estás siendo divertida —musitó él.

—¿Desde cuándo quieres que sea divertida, o incluso que *me divierta*? Según creo recordar, la misión de tu vida es arrancarme el corazón y el alma y aplastarlos con los tacones de tus botas. Y enhorabuena Lucien, lo has conseguido. Bravo. Ahora, por favor, déjame ir, para que cuando empiece a llorar lo pueda hacer en paz. Por favor, ahórrame la humillación de quebrarme en tu presencia.

Lucien no habría creído que estaba a punto de llorar, su tono era demasiado fuerte. Pero el temblor casi invisible de sus labios color rosa pálido lo dijo todo.

—Prometo dejarte ir si respondes directamente a mi pregunta —bajó la voz, hablando con más suavidad—. ¿Aún me deseas después de todo lo que te he hecho?

—¿Y tú qué crees? —Horatia parpadeó para contener el brillo de sus lágrimas—. Me siento como un ratón manipulado por un gato. Eres peor que Manguito. Me golpeas con tus patas, me arañas, me excitas y emocionas con tus travesuras salvajes, pero todo es un juego para ti. Me seduces porque estás aburrido. Obtienes placer al ofrecerme la esperanza de un afecto correspondido, y luego destruyes mis sueños. Te lo ruego, Lucien. O me matas ahora o me dejas en paz para siempre, pero por el amor de Dios, detén esta horrible farsa. Agonizo cada minuto de cada hora de cada día, temiendo qué harás después con mi corazón. Sácame de mi miseria y acaba con esto.

Lucien se quedó atónito. Nunca pensó que ella sería así de honesta en algo muy privado. Sus cálidos ojos marrones lo cegaron. El dolor de su voz lo hirió, dejándole cicatrices bien merecidas. Ella tenía razón. Él se había esforzado por ignorarla estos últimos años, solo para burlarse de ella cuando no podía soportar la distancia que los separaba, ¿y de qué había servido?

¿Por qué se empeñaba en torturar a Horatia? Al tratarla con semejante insensibilidad, se había sentido satisfecho de su capacidad para controlar el deseo que sentía por ella; aunque, últimamente, eso se había vuelto cada vez más difícil. Poco a poco, fue soltando su vestido. Transcurrió un momento sin que ninguno de los dos se moviera y, entonces, Horatia, aferrándose a su libro como un escudo, huyó de la habitación y subió las escaleras. Lucien cerró los ojos al oír el sonido lejano de su puerta al cerrarse.

Esta noche, algo había cambiado. No sabía muy bien qué era, pero lo sentía en lo más profundo de sus huesos. Era como si le hubieran fijado un rumbo y ahora fuera imposible dar marcha atrás. Además, él no quería hacerlo. Lo único que sabía era que, la misión de su vida, como la había llamado Horatia, había cambiado.

A partir de mañana, no volvería a molestar ni a burlarse de Horatia, ni a ser frío con ella. Mantendría una distancia cortés con ella y, con suerte, también cálida. Y una vez que este nefasto asunto con Waverly terminara, comenzaría a buscar una esposa. Si Godric pudo sentar cabeza, Lucien también podría. Solo que no con Horatia.

Cedric nunca aprobaría ese matrimonio. Si Lucien estuviera en su lugar, tampoco lo habría permitido. Cedric lo había visto acostarse con dos mujeres a la vez, y sabía que Lucien había hecho cosas en la cama que incluso algunos de la Liga evitaban. Estúpidamente, se había jactado de tales conquistas y de sus astutos métodos de seducción.

No, Cedric nunca permitiría que su hermana se casara con un hombre como él. Lucien tampoco encontraría una mujer que despertara sus pasiones, pero siempre había sabido que estaría condenado a un matrimonio sin amor. Encontraría alguna chica tranquila y discreta, se casaría rápidamente con ella y acabaría con esto. Si Horatia lo veía casado, entonces ella misma podría seguir adelante. *Y el pasado quedará verdaderamente enterrado,* pensó.

Un cuerpo negro, peludo y liso apareció en la puerta del salón. Manguito había vuelto. Lucien, demasiado cansado para llamar a un coche de caballos y volver a Half Moon Street, decidió quedarse aquí, abrigado por el fuego que aún ardía con el recuerdo del cuerpo de Horatia contra el suyo. Avanzó hasta el sofá junto a la pared, acomodó unas cuantas almohadas y se tiró en él. El fuego crepitaba, siendo la única luz de la habitación después de haber apagado las velas. Manguito emitió un extraño sonido y se abalanzó sobre el pecho de Lucien.

Lucien, al igual que Cedric, era un amante de todos los animales. Rascó al viejo gato detrás de las orejas. Su ronroneo fue fuerte, pero tranquilizador. Mientras el sueño empezaba a invadirlo, se preguntó si podría pasar el resto de sus días como soltero, con nada más que un gato como Manguito de compañía. O tal vez pasaría sus días en el Jardín Midnight, cuyas damas siempre estaban deseosas de hacer realidad los sueños de Lucien.

Sin embargo, él no soñaba con esas mujeres, sino con una belleza de ojos llorosos con un roto vestido plateado. Una Cenicienta cuyo Príncipe Azul no había bailado con ella en el baile, ni la había besado antes de que el reloj marcara la medianoche. En el oscuro palacio de sus sueños, iluminado por la luna, Lucien sostenía una sola zapatilla suave y plateada. Y lloraba, ¿por qué? No lo sabía.

CAPÍTULO 11

A la mañana siguiente, Horatia se puso un vestido para el día a base de seda de sarga francesa en color rosa oscuro y bajó la escalera principal. La casa estaba en silencio, lo que significaba que Cedric y Audrey seguían durmiendo. Sus pasos, normalmente suaves, se tornaron sigilosos al recorrer la casa. Pasó por el salón, se detuvo desconcertada y retrocedió unos metros para mirar discretamente a través de la puerta abierta.

En el rincón más alejado, Lucien estaba tumbado de espaldas, dormido en el sofá cama. Manguito, el pequeño demonio felino, se hallaba de espaldas sobre el estómago de Lucien, con una pata extendida en el aire y la punta de su cola en movimiento. Lucien tenía una mano sobre el vientre del gato y sus dedos, sorprendente gráciles, lo acariciaban. Era el tipo de caricias que hacía una persona medio dormida, o medio despierta.

Horatia sintió un dolor en su interior mientras lo observaba. Nunca sabría si Lucien la acariciaría así en la cama. Solo entonces comprendió que Lucien no se había ido anoche. Una ráfaga de remordimiento la atravesó. Había sido una anfitriona horrible. Debería haberle preparado una habitación y una cama. Lucien no debería haber sufrido las incomodidades de un sofá cama.

Horatia dio un paso tentativo hacia el interior, pero Manguito se removió al verla y comenzó a ronronear. Temiendo despertar a Lucien, se retiró al comedor donde ya la esperaba una comida caliente. El café estaba fresco y el rico aroma bailaba en el vestíbulo. Horatia, que prefería el té, se ocupó de prepararse una taza caliente con abundante azúcar. Apenas había empezado a morder su tostada cuando un Lucien con ojos soñolientos se le unió.

Incluso cuando bostezó y se pasó una mano por el pelo rojo revuelto, era un dios entre los mortales. Él le dedicó una sonrisa sorprendentemente tímida que, de no haber estado sentada, la habría mandado directo al suelo. Reflejaba una timidez por haber hecho algo diabólicamente íntimo la noche anterior. Horatia se quedó sin aliento cuando él se acomodó el chaleco arrugado e intentó enderezar su pañuelo. ¿Así lo veían sus amantes después de una noche de pasión? En ese caso, ellas habrían insistido en devolverlo a la cama. Al menos, ella habría querido eso. La idea la hizo sonrojarse, pero Lucien no pareció notarlo.

—Buenos días —dijo él, ocupando una silla frente a ella.

—Buenos días —consiguió responder Horatia. Le sorprendió ese cambio, esa falta de hostilidad fría o de coqueteo casual. ¿A qué estaba jugando?

—¿El café sigue caliente?

—Sí, está recién hecho —ella se inclinó hacia delante para servirle una taza.

—Maravilloso. Dos de azúcar, por favor —pidió él cuando ella empezó a deslizarle la taza y el platillo.

Horatia se apresuró a dejar caer dos cubos en su taza. Qué raro, ella siempre pensó que él lo prefería solo y cargado.

Lucien notó su mirada de desconcierto y sonrió ampliamente.

—Nunca puedo digerirlo, a menos que sea dulce. Según mi hermano Lawrence, es uno de mis mayores defectos.

Horatia soltó una risita, a pesar de su intención de permanecer estoica.

—Entonces, tal vez deberías saber que una tarde de la primavera pasada, vi a Lawrence poner *tres* cubitos de azúcar en su té —lo contó en un susurro conspirativo—. Él intenta hacerlo cuando nadie está mirando.

—¡Ese canalla! Yo puedo beber el té directamente, ¿y la pequeña comadreja se atreve a fastidiarme? ¡Oh, las cosas que soporto! —se lamentó escandalosamente, agarrándose el pecho—. Me vengaré de él la próxima vez que lo enfrente en el ring de boxeo —Lucien soltó esto con dramatismo.

Horatia se estremeció ante la imagen de Lucien golpeando a su hermano menor en la nariz con la suficiente fuerza como para sacarle sangre. Pero los hombres a menudo hacían las cosas más tontas. Su propio hermano era una clara prueba de ello.

—Confío en que hayas dormido bien —Lucien cambió el tema de conversación.

—Sí, bastante bien, pero oh... deberías haber hecho que los criados te prepararan una habitación, Lucien. Dormir en ese sofá cama debe haber sido terriblemente incómodo —Horatia podía sentir que su cara se calentaba mientras hablaba. Era una clara confirmación de su fracaso como anfitriona. Menos mal que su madre no estaba viva para presenciarlo.

Él se encogió de hombros y probó su café.

—Tonterías, no estuvo mal. Un poco duro, pero nada menos de lo que merecía. Lo que me lleva al punto del que debo hablarte.

Horatia negó con la cabeza mientras intentaba evitar que dijera algo que arruinara este agradable comienzo del día.

Lucien levantó una mano y toda protesta de Horatia murió en sus labios.

—Ahora escúchame, Horatia. Lo que pasó anoche, todo lo que dije, me disculpo sinceramente. Fui infantil y cruel. No tengo ninguna razón para ignorarte o ser tan frío. Así que, por favor, acepta mis disculpas y dime que estás de acuerdo en que *lo pasado, pasado*.

Lucien se inclinó sobre la mesa del desayuno, ofreciéndole

una de sus manos. Antes de que Horatia pudiera detenerse, deslizó sus dedos en su firme agarre.

—¿Amigos?

Esta simple conexión era más íntima para ella que cualquier beso que él le hubiera dado antes. Era un contacto que Lucien le ofrecía por amistad y con buenas intenciones, no porque estuviera jugando con ella, y eso la asustaba. Entonces, recordó que ella siempre querría más, pero aceptaría esto con gusto.

—Amigos —aceptó.

—Excelente —miró el periódico que estaba cerca del codo de Horatia—. ¿Es el *Morning Post*?

—Sí, ¿te gustaría leerlo? —ella deslizó el periódico.

A Lucien le encantaban las noticias. No estaba segura de si le interesaban los últimos cotilleos políticos o sociales, o si simplemente utilizaba el papel como escudo en el desayuno, pero era un hábito que había tenido desde que lo conoció. Horatia lo observó coger el periódico y agitarlo, escondiéndose del mundo. Ella entendía esa necesidad mejor que nadie. Todos los años utilizaba sus regalos de Navidad, los libros que él le regalaba, como una especie de refugio. Había pasado más de una tarde encerrada en la biblioteca leyendo, en lugar de acompañar a Audrey y a Cedric a dar una vuelta por Hyde Park. Era más fácil esconderse que enfrentarse a la realidad del mundo. No quería estar buscando marido, no cuando ya estaba enamorada de un hombre.

—¿Quieres una tostada? —ofreció ella, empujando una bandeja en su dirección. Su pared de papel se agitó sobre las yemas de sus dedos, permitiéndole mirar por encima de las páginas para observar la bandeja.

—Suena muy bien —alcanzó la bandeja y, tras coger un trozo, volvió a su papel. Horatia parpadeó. ¿Era posible que se llevaran bien? Por desgracia, su tranquila reflexión sobre esta cuestión se vio interrumpida cuando Audrey y Cedric llegaron al comedor, riñendo como niños.

—¿Un día? ¿Un solo día? Cedric, ¡no puedo estar lista para

entonces! Apenas es tiempo suficiente para que mi criada empaque mis sombreros, ¡y ya ni hablar de todo mi guardarropa! ¿Tenemos que irnos tan pronto?

—Lo siento. Iré con los asesinos al acecho y les pediré que te den más tiempo para prepararte, ¿de acuerdo?

—No seas tan dramático —replicó Audrey—. No va contigo.

—¿Qué pasará en un día? —preguntó amablemente Horatia, con la esperanza de calmar el creciente mal humor de Audrey. Su hermana menor giró hacia ella, buscando una aliada.

—Dile, Horatia. Dile que un día para empacar con destino a Kent no es tiempo suficiente.

—Lucien, ayúdame y dile que no es necesario que se lleve *hasta la última* prenda —suplicó Cedric mientras se lanzaba al asiento junto a su amigo.

—¿Por qué vamos a Kent? —continuó Horatia. Ella solo había estado en un lugar de Kent y seguramente Cedric no las iba a enviar allí. No después de lo que ella había hecho la última vez. Era una niña, pero esa vergüenza regresaba a ella como si hubiera sido ayer.

Lucien agitó su café con una cuchara, se lo llevó a los labios y se encontró con la mirada de Horatia por encima del borde.

—Tú, Audrey y Cedric habéis sido invitados a uniros a mi familia durante las fiestas de Navidad. Mañana, antes del amanecer, partiremos hacia mi finca.

—¡Veis! ¡No hay tiempo para nada! —Audrey puntualizó su queja con una mirada furiosa a Lucien, quien había dejado de lado su periódico para devolverle la sonrisa con demasiada dulzura.

Horatia conocía bien esa mirada. Era mejor que su hermana pequeña tuviera cuidado, o Lucien la engañaría para que hiciera algo que no quería hacer.

—Seguramente seríamos una carga innecesaria, especialmente durante las festividades —Horatia le lanzó una mirada suplicante a su hermano, buscando su apoyo.

—Lo siento, Horatia, pero Ashton me ha dado órdenes.

—¿Siempre dejas que él dicte tu vida? —espetó Audrey.

Cedric no contestó, pero Lucien sí.

—Tu hermano escucha las razones de sus amigos cuando vuestra seguridad puede depender de nuestra intervención. Yo no me alteraría demasiado, señoritas. Mi madre insistirá en llevaros de compras a la ciudad hasta que tengáis más ropa de la permitida en vuestros baúles. ¿No os gustaría eso? —Lucien tenía mucho encanto.

Audrey se acomodó en la silla junto a Horatia y suspiró.

—Supongo que puedo soportarlo. Adoro a Lady Rochester. Ella lee *La Belle Assemblée,* como sabéis.

Lucien sonrió y el corazón de Horatia dio un vuelco. Todos los que conocían a Lady Rochester sabían de sus obsesiones, entre ellas la moda.

—Mmm... efectivamente —musitó él mientras sorbía su café.

Audrey inició una larga conversación sobre las distintas opciones de pañuelos y los estilos adecuados para una salida nocturna. Los hombres respondían con gruñidos bajos de aprobación cada vez que ella parecía detenerse y esperar sus reacciones. En realidad, a ella no le interesaban sus respuestas, y a ellos tampoco. Si Audrey pedía mil libras y un caballo nuevo, ellos sin duda habrían accedido también, solo para mantener las apariencias de que la estaban escuchando.

Horatia terminó su desayuno y se escabulló silenciosamente de la habitación, algo que le resultaba fácil de hacer siempre que Audrey hablaba de moda. Horatia haría las maletas y estaría lista para partir en solo dos horas. Pero no pudo hacer nada para evitar el cosquilleo en su estómago cuando comprendió que los cuatro estarían incómodamente apiñados en un carruaje durante varias horas. A pesar del nuevo deseo de Lucien de ser civilizado con ella, Horatia seguía teniendo una profunda inquietud en su interior. Él tenía que estar tramando algo, y ella estaba aterrada.

CAPÍTULO 12

Algo no iba bien. Ashton se removió incómodo sobre sus botas negras hasta la rodilla. Los verdaderos jardines detrás del Jardín Midnight estaban fríos, y su aliento se expandía en pequeñas nubes pálidas mientras esperaba en una zona oculta entre los altos arbustos. Quería ver si los dos hombres de la noche anterior se volverían a reunir.

Lucien estaba seguro de haber oído la voz de Waverly dándole órdenes al sicario. Pero era fácil dejar que los prejuicios influyeran en la memoria de un hombre. Desde que la Liga se había enfrentado a Waverly aquella noche junto al río Cam, cuando había intentado ahogar a Charles, Waverly fue transformado de simple mortal a "el hombre del saco". Un hombre inocente había muerto durante el enfrentamiento entre ellos, originando así su enemistad. Era solo cuestión de tiempo para que alguien pagara por la vida perdida durante esa noche.

Ashton sabía que no tenía sentido culpar a Waverly de todas las desgracias, pero el hombre parecía tener un don para sembrar dolor y problemas. Ashton había hecho todo lo posible por mantenerse alejado de esos pensamientos. Sin embargo, si Lucien había escuchado correctamente, entonces Waverly finalmente estaba intentando cumplir su amenaza.

Ashton aún podía oír el cruel grito de Waverly desde la orilla opuesta a ellos después de que sacaran a Charles del río.

—¡Vais a pagar! ¡Todos y cada uno de vosotros! ¡Ninguno de vosotros, pícaros, conocerá la paz o una larga vida! ¿Me oís? ¡Estáis todos condenados! —su enemigo había estado aferrado al cuerpo del hombre fallecido. Era una imagen que Ashton no podía borrar de su mente, y tampoco podía ignorar la culpa que se escondía detrás de ella. Tal vez Waverly tenía razón. Tal vez estaban condenados.

Charles se llevó la peor parte. En ocasiones, todavía se despertaba entre gritos, incapaz de reconocer un alma a su alrededor y chillando por el agua que le llenaba los pulmones. Cuando pasaban una noche bajo el mismo techo, Ashton era experto en tranquilizar a Charles, en hacerlo rápidamente para no despertar a nadie más. Por eso el pobre hombre siempre se dormía hasta muy tarde.

Godric se unió a él, encorvado, con sus botas resonando en la nieve.

—No me gusta esto, Ash. Este lugar es demasiado tranquilo —los dos habían llegado a primera hora de la mañana para ver si alguien había visto a Waverly, o si existía alguna prueba que pudiera conducirlos hasta el hombre o a sus secuaces. De momento, no habían encontrado nada, aunque Ashton no esperaba otra cosa. La mayoría de los visitantes de la noche anterior se habían marchado en carruaje o a pie durante las horas previas al amanecer para volver a sus vidas cotidianas.

—Yo tampoco. Esto es muy arriesgado, demasiada coincidencia que Lucien los haya escuchado —Ashton se puso en cuclillas, equilibrándose sobre las puntas de sus pies mientras deslizaba la punta de un dedo enguantado sobre las marcas de una bota. Un patrón de huellas se alejaba del lugar de encuentro de la noche anterior justo por la zona donde él y Godric esperaban y se escondían ahora.

—¿Crees que él tiene otro objetivo en mente? —preguntó Godric.

—¿Te refieres a tenernos corriendo para proteger a Cedric, cuando en realidad planea matar a otro de nosotros? —Ashton levantó una ceja—. Ciertamente es posible. Ojalá supiera cómo protegernos mejor. Si nos dispersáramos, nuestra fuerza disminuiría en número, pero seríamos más difíciles de encontrar. Si nos mantenemos juntos, es más fácil para él concentrar sus recursos. De cualquier manera, estaremos en peligro.

—A veces es una pena que tengamos valores morales. Por mi parte, me encantaría enterrar a ese llorica pedazo de basura —los ojos de Godric estaban afilados como dagas de jade.

—Si no me preocupara por el estado de mi alma inmortal, habría acabado con su vida allá en Cambridge —coincidió Ashton con solemnidad.

Godric le puso una mano en el hombro.

—Nuestras almas se mancharon lo suficiente esa noche, y tuvimos que rescatar a Charles de morir en el agua. Si tuviéramos que volver a hacerlo, dejaría que Waverly escapara. Siempre elegiría la vida de Charles antes que la muerte de Waverly —declaró Godric.

—No es una elección de la que me arrepienta, pero Waverly es una amenaza. Hay que hacer algo.

—Estoy de acuerdo —Godric se frotó las manos enguantadas para calentarlas.

—Ya son las diez y media —comentó Ashton, examinando su reloj de bolsillo—. Deberíamos avisarle a Lucien antes de que él y Cedric se vayan. Creo que el resto de nosotros debe permanecer en Londres, pero manteniendo en estrecho contacto. Quiero que todos se presenten en tu casa de ciudad, Godric, todas las noches a las diez. No quiero que nadie salga herido por falta de cuidado.

—Haré que Jonathan se mude con Emily y conmigo para que no tengas que preocuparte por él —sugirió Godric.

—Él está bien donde está. De hecho, prefiero mantenerlo bajo mi techo. Tiene unos instintos excelentes. Creo que haré que Charles se mude también para las festividades. Los mantendré a ambos conmigo hasta que esto termine. ¿Continuamos investigando aquí?

—Entonces solo tendremos que defendernos de Waverly desde tres frentes.

Mientras Godric y Ashton empezaban a caminar de regreso por los setos, un hombre con capa y sombrero salió de la puerta más cercana, dirigiéndose directamente hacia ellos. Se ocultaron detrás de un alto grupo de árboles cuando el hombre pasó junto a ellos con la capa extendida detrás de él como una bandera negra. Se dirigió al lugar donde Ashton y Godric habían estado momentos antes. Parecía estar esperando, muy impaciente.

—¿Crees que es uno de los hombres? —Godric señaló con la cabeza a su sospechoso.

—Es muy probable —susurró Ashton—. Quédate aquí y vigila la puerta de la casa del Jardín. Me esforzaré por ver de cerca a nuestro misterioso compañero.

Ashton utilizó la protección de más árboles para ocultarse mientras se desplazaba sigilosamente por el camino más cercano creado por los arbustos. A través del espeso follaje pudo distinguir el movimiento de la capa del hombre mientras se paseaba de un lado a otro. No había una imagen lo suficientemente clara del hombre, así que tenía que arriesgarse a levantar la cabeza o a asomarse por el último arbusto situado al final del camino. Optó por asomarse por los alrededores en lugar de hacerlo por encima de los arbustos.

Una rama caída crujió bajo su bota y el sonido hizo que el hombre se detuviera en seco. Se giró y sus ojos se encontraron, no por mucho tiempo, pero sí lo suficiente como para que Ashton viera cómo la fría cautela se convertía en una acción decisiva. El hombre sacó una pistola de su capa y abrió fuego. El disparo sonó como un trueno y una ráfaga de fuego atravesó a Ashton. Maldijo y se aferró a su brazo izquierdo. Cuando apartó la mano, su guante de cuero negro reflejaba el brillo de la sangre.

—¡Ash! —Godric corrió en su dirección, mirando a su alrededor en busca de señales del tirador, pero el hombre había desaparecido. No había regresado a la casa del Jardín, ni había ido en ninguna dirección visible para ellos.

—¿Debemos ir tras él? —preguntó Godric—. No vi por dónde se fue.

—Yo tampoco. Debe haber planeado una ruta de escape.

—Astuto bastardo. ¿Por qué te disparó?

Ash se encogió de hombros, haciendo una mueca.

—Me vio asomarme por el borde del arbusto y reaccionó. Creo que disparó porque me reconoció.

—Menos mal que falló.

Ashton se tambaleó y sujetó a Godric por la manga, buscando apoyarse en algo.

—Él... él en realidad no falló —la sangre comenzó a fluir abundantemente por su brazo izquierdo. Ambos desaparecieron rápidamente dentro del Jardín Midnight.

—¿Qué? Ash, ¡estás sangrando! Demonios, ¿por qué no me dijiste que te habían disparado? —Godric palideció.

—Perdóname si mi mente está un poco borrosa por el dolor en este momento —respondió Ashton con sarcasmo—. También duele una barbaridad. ¿Te importa si salimos de aquí antes de que pierda más sangre?

—Claro, por supuesto. Vamos —su amigo lo sujetó por el brazo bueno y lo ayudó a llegar a la puerta que conducía al interior de la casa del Jardín.

La dueña del Jardín Midnight, Madame Chanson, corrió hacia ellos.

—¿He oído un disparo? —preguntó asustada.

—Sí. Parece que el hombre que buscábamos no quería ser encontrado.

—¿Debo contactar con los corredores de Bow Street?

—Me temo que él ya se ha ido, y tenemos que considerar su anonimato. ¿Podría llamar inmediatamente a mi carruaje? Y que envíen un médico a mi residencia, y rápido —Godric sujetó firmemente el brazo derecho de Ashton para mantener a su amigo herido en pie. Mientras hablaba, se quitó el pañuelo y realizó un torniquete improvisado.

El carruaje de Godric se detuvo y él ayudó a Ashton a entrar. La bala, fuera cual fuera el siniestro camino que había seguido, había dejado una fea herida en el brazo de Ashton.

—Mi casa no está lejos, podemos esperar al médico allí. Emily puede cuidarte hasta entonces.

—¿Me someterías a los mimos de tu mujer? —Ashton soltó una risita de dolor mientras aplicaba presión sobre su herida con la mano derecha.

—Por supuesto que lo haría.

—¿Te he ofendido de alguna manera? ¿Por qué dejas que Emily me cuide? Podría perder todo el brazo como consecuencia de su deseo de jugar a la niñera.

—Temo más lo que Emily me haría si no le permito ayudar.

Ashton gimió de dolor y sus ojos se nublaron. Godric le gritó al cochero para que fuera más rápido.

—Mantente despierto, Ash —vociferó Godric mientras Ashton cedía ante la tentación de cerrar los ojos por un momento.

—Lo intento —musitó Ashton—. En todas las veces que nos hemos metido en líos, nunca me habían disparado. Escuchas a los soldados hablar de ello con cierto grado de orgullo y bravuconería. En mi opinión, la experiencia está muy sobrevalorada —frunció el ceño hacia su brazo vendado—. ¿Tal vez deberías distraerme?

—Pudo hacer eso. Entonces, pasé toda la noche anterior intentando seducir a mi mujer para que me contara cómo ella y sus amigas lograron escapar de su habitación y entrar en el salón sin que las viéramos. Pero a pesar de mis esfuerzos, ella no reveló nada. ¿Cuáles son tus teorías?

Ashton apretó los dientes, intentando formular una respuesta.

—Diría que convencieron a uno de los criados para que las dejara salir y luego se deslizaron hasta el comedor mientras nosotros seguíamos en el salón. Una vez que subimos, ellas volvieron a moverse y nos esperaron allí.

—Yo también supuse eso. Aunque todavía no me explico cómo Emily bordó tan rápidamente esa frase de *Nunca desafíes a una mujer*. Sé que no ha estado bordando, para nada —Ashton sonrió, pero su expresión se transformó en una mueca de dolor cuando el carruaje se detuvo en la residencia Essex. Un lacayo se acercó a la puerta del vehículo, la abrió y ayudó a Godric a bajar a Ashton. Luego, subieron los escalones hasta la puerta de la casa.

—Gracias, Timmons. Estamos esperando a un médico. Llévalo con nosotros de inmediato.

Godric hizo que el brazo bueno de Ashton rodeara sus hombros y ayudó a su amigo a entrar.

Emily estaba esperando en lo alto de la escalera y, con un grito de pánico, bajó corriendo a ayudarlos.

—¿Qué le ha pasado?

Godric le indicó que abriera la puerta del salón. Emily lo hizo y luego llamó a una criada para que llevara agua y paños.

—Acuéstalo en el sofá, Godric —Emily señaló un mueble con brocado azul y dorado. Se apresuró a ayudar a Ashton a sentarse. Él respiró profundamente y con dificultad, lo que hizo que Godric y Emily compartieran una mirada de preocupación.

—Hemos solicitado un médico —anunció Godric.

—Eso está muy bien, si no se desangra antes —espetó Emily.

Godric cogió los hombros de Ashton y miró a su amigo a los ojos.

—¿Piensas desangrarte, Ash? —preguntó, un poco en broma. Ash sacudió la cabeza, temblando,

—No, Su Excelencia —soltó una risita. Perder sangre lo hacía sentir un poco tonto, no porque estuviera perdiendo mucha, sino porque el hecho de ver sangre a veces lo mareaba. Además, su amigo discutiendo con su esposa era demasiado divertido.

—¿Ves? Se pondrá bien, cariño —Godric le pasó un brazo por los hombros y la acercó a su lado.

—No me digas *cariño*, Godric. Si se atreve a morir en mi

salón, ¡lo reviviré solo para volver a matarlo yo misma! —Emily ayudó a quitarle la vieja venda del brazo y luego lo despojó de su abrigo—. Y tú serás el siguiente.

La criada volvió con paños y un cuenco de agua. Emily no tardó en quitarle la camisa a Ashton para luego utilizar una gruesa tira de tela como torniquete nuevo. Godric la ayudó, comprobando el estado de la herida.

—Al parecer, no hay problemas. No hay daños óseos a simple vista —habló Godric, pero Emily estaba demasiado ocupada mimando a Ashton mientras le colocaba un paño húmedo en la frente.

Ashton la miraba fijamente, admirando la forma en que lo atendía. Godric era un hombre afortunado. No pudo evitar preguntarse si alguna vez tendría la misma suerte. Siempre había visto las relaciones con el propósito de conseguir beneficios en los negocios y eso le había hecho ganar muchas asociaciones en la cama, pero nunca un amor. Tal vez se estaba convirtiendo en un tonto sentimental.

Solo estoy perdiendo sangre, nada más. Un hombre se enfrenta a la muerte y comienza a pensar en todo tipo de cosas salvajes.

—¿Cómo sucedió esto? —preguntó Emily.

—Ash y yo estábamos en el Jardín Midnight, esperando atrapar a los hombres que Lucien escuchó anoche. Dijeron que se reunirían allí esta mañana. El hombre contratado vio a Ash espiando y le disparó antes de huir. Ni siquiera tuvimos la oportunidad de perseguirlo.

—¿Viste quién era? —Emily acarició el pelo rubio pálido de Ashton para apartarlo de su cara. Él se inclinó hacia su delicado toque con un suave suspiro.

—No lo reconocí, pero tal vez él sí me reconoció.

Emily cerró los ojos.

—¿Sigues creyendo que Waverly está detrás de esto?

Asintió con la cabeza.

—A muchos les agradamos, unos cuantos nos desprecian, pero solo Waverly ha proclamado que nos quiere muertos.

. . .

EMILY PERMANECIÓ CALLADA POR UN MINUTO. SE SENTÓ JUNTO a Ashton, manteniendo el paño frío en su cabeza.

Ashton ocupaba un lugar importante en el corazón de Emily. Había defendido su causa ante Godric, y había sido el primero en ver que ella y Godric estaban enamorados. Sin su sangre fría y su corazón cálido, ambos nunca habrían creído lo suficiente en su amor.

Ashton empezó a cerrar los ojos y Emily le dio una fuerte bofetada en la mejilla.

—¡No te atrevas a dormirte, Ashton!

Su mirada atónita ante la agresión pareció divertir a Godric. Se necesitaba mucho para conmocionar a Ashton.

—¿Me has dado una bofetada? —preguntó, sorprendido por el comportamiento de Emily.

—Y lo volveré a hacer si cierras los ojos —amenazó.

Ashton tuvo el descaro de soltar una ronca carcajada.

—Ahora sé cómo debe sentirse Charles a diario. De todos modos, estoy seguro de que los beneficios lo compensan con creces.

A pesar de su preocupación, Emily sonrió. Sin duda, si Ashton tenía suficiente energía para burlarse de ella, aún no estaba muerto.

Un lacayo apareció en la puerta del salón, informándoles que tenían una visita.

—Debe ser el médico —supuso Emily mientras se levantaba de un salto y corría hacia la puerta. Pero no lo era. Era Anne Chessely, la hija del Barón Chessely y una de las mejores amigas de Emily—. ¿Anne? —dijo decepcionada.

La mirada abatida en el rostro de Anne no era difícil de ignorar, incluso desde donde estaba Godric.

—¿Me voy? No quisiera molestar —Anne se mordió el labio inferior, con expresión dubitativa, mientras Emily la acompañaba al interior.

—No, por favor, pasa. Solo estaba esperando a alguien más — Emily intentó ocultar la verdad, pero Anne era demasiado inteligente.

—¿Era sangre lo que había afuera, en la nieve, en los escalones? Yo también la veo aquí —Anne señaló un rastro de gotas que se dirigía hacia el salón.

—Eh, ¿qué?

—Eso *es* sangre —Anne se despojó de su manguito y se inclinó para sumergir un dedo en la mancha más cercana. La punta de su dedo enguantado se tiñó de rojo intenso—. Emily, tú no *mataste* a Godric, ¿verdad? Estoy segura de que tenías una buena razón, pero es una tontería dejar un rastro de sangre —la mirada de Anne examinó el pasillo, buscando la verdad.

—¿Asesinarlo? Cielos, no, Anne. ¿De dónde sacas esas tonterías? —Emily intentó llevarla a otra habitación, pero Anne, quien era bastante fuerte para ser mujer, se liberó y abrió la puerta del salón.

Emily se congeló detrás de ella, temiendo que Anne se desmayara al contemplar la escena de Godric atendiendo a un Ashton semidesnudo. Una camisa ensangrentada yacía en el suelo cerca de sus pies.

—Oh, Dios... —exhaló Anne conmocionada.

Ashton giró la cabeza en su dirección, con sus brillantes ojos azules ahora débiles por el dolor.

—Señorita Chessely, le ruego que me disculpe por mi falta de vestimenta adecuada. Como puede ver, me han disparado esta mañana. Duele muchísimo —terminó Ashton en una disculpa sin aliento—. Así que, si no le importa, le agradecería un poco de privacidad.

—Perdóneme, Lord Lennox, he sido yo quien ha importunado —Anne retrocedió tan rápidamente que pisó los dedos de los pies de Emily. Ella chilló y se apartó de un salto.

—Lo siento —musitó Anne mientras se retiraba al pasillo, lejos de Ashton y de toda esa sangre—. ¿Qué pasó con Lord

Lennox? ¿Se batió en duelo? —preguntó en un susurro escandalizado.

—No seas tonta. Es demasiado sensato para eso. No, me temo que es una historia mucho más larga. ¿Quieres venir al gabinete a beber un té? —comentó Emily.

—Si no es mucha molestia.

En ese momento, el lacayo Timmons entró por la puerta principal. Un médico lo seguía. Los dos hombres fueron directamente al salón y cerraron la puerta. Emily respiró aliviada.

—A él lo estaba esperando cuando tú llegaste —explicó Emily mientras ella y Anne entraban en el gabinete—. Seguro que la herida no es tan grave. Al menos no lo pareció una vez que Godric la limpió —volvió a mirar el camino que había recorrido el médico. La sangre la había asustado, pero ahora estaba segura de que Ashton estaría bien. Si tenía el ánimo suficiente para burlarse de ella y hablar con Anne, el hombre no estaba listo todavía para el otro mundo. ¿Lady Society no decía siempre en sus artículos que ninguna bala podía matar a un pícaro?

Una criada les llevó una bandeja de té y Emily narró rápidamente los inquietantes acontecimientos de la noche anterior, así como el incidente de esta mañana con Ashton. Emily siempre se sentía cómoda hablando con Anne, especialmente en los asuntos relacionados con su marido y la Liga.

Fue Anne quien le habló por primera vez, o más bien le advirtió, sobre la Liga de Pícaros. Anne conocía a Cedric y sabía de los demás solo por sus reputaciones, ya que tanto ella como la Liga evitaban por completo los eventos sociales de la temporada.

Cedric había cortejado brevemente a Anne, el año anterior al secuestro de Emily. No había tenido éxito en seducirla y, lamentablemente, había abandonado por completo sus esfuerzos. Emily pensó que era una pena, pero Anne no quería casarse. Era feliz viviendo con su padre y criando caballos pura sangre para las carreras. Así conservaba su fortuna y sus tierras, pero también se sentía sola. Al menos, Emily sospechaba que lo estaba.

—Entonces, ¿dónde están los otros pícaros? —preguntó Anne mientras daba un sorbo a su té.

—Charles, Jonathan, Ashton y Godric siguen en Londres. Pero Cedric y Lucien están de camino a la finca de Lucien en Kent. Pero no debes contarle esto a nadie.

Un destello de emoción cruzó muy brevemente el rostro de Anne y Emily pensó que tal vez lo había imaginado. Después de todo, ¿era posible que Anne sintiera algo por Cedric? Ella nunca había manifestado más que una leve irritación por sus intentos de cortejarla. Pero en el momento en que había dejado de buscarla, Anne había empezado a aparecer en la puerta de la residencia Essex con una frecuencia sorprendente. Anne nunca preguntaba por Cedric, al menos no directamente, pero sí preguntaba por el paradero de los demás miembros de la Liga cada vez que llegaba.

—¿Tú y tu padre van a pasar las festividades en Londres? —preguntó Emily.

—Sí. Aunque me gustaría que no fuera así. La nieve es mucho más bonita en el campo en esta época del año, y normalmente me gusta dar un paseo en la mañana de Navidad.

Emily suspiró con nostalgia.

—Eso suena encantador. Es una pena que Cedric esté en Kent. Podría haberlo convencido para que nos llevara a pasear por la ciudad en su carruaje con su pareja de yeguas árabes.

Al mencionar los animales árabes de Cedric, los ojos de Anne se iluminaron.

—¿Es cierto que las ganó en una apuesta contra un jeque?

—¿No te ha contado él mismo la historia? —Emily estaba realmente sorprendida. Sabía que parte del propósito de Cedric al cortejar a Anne era lograr su deseo de cruzar sus yeguas con los sementales de ésta.

—Solo había oído los rumores en los periódicos —Anne pareció indignada ante esto.

—La próxima vez que lo veas, él te lo contará. Yo le diré. Yo nunca podría hacerle justicia a la historia —eso era ciertamente la verdad. En cuanto Cedric le contó la historia, Emily había estado bastante distraída por Godric y el resto de la Liga, por ser su prisionera en ese momento.

—Si no estuviéramos tan preocupados por la seguridad de Cedric ahora mismo, insistiría en que tú y yo fuéramos a Kent. Pero tal como están las cosas, Godric está a un minuto de encerrarme en una maldita torre por mi propia seguridad.

—¿Imagino que Lord Sheridan no quería ir a Kent? —preguntó Anne con astucia.

Emily asintió. Le sorprendía que Cedric no hubiera luchado con más fuerza para quedarse en Londres, al menos por lo que contaba Godric. Cedric era increíblemente valiente y debía de matarlo el hecho de darle la espalda a una pelea, especialmente cuando Waverly estaba involucrado.

Cuando las damas terminaron el té, Anne se levantó y se dirigió a la puerta.

—Anne, ¿os gustaría a ti y a tu padre venir a cenar esta noche? Lamento avisarte con tan poca antelación. Prometo tener mi salón limpio de sangre para entonces —bromeó Emily.

Su amiga sonrió y dio un pequeño asentimiento.

—Mi padre y yo estaremos encantados. Nos vemos esta noche.

Anne se marchó y Emily volvió a centrar su atención en el salón. Enderezó los hombros y entró, deseosa de ver cómo estaban Ashton y su marido.

CAPÍTULO 13

La finca de la familia Russell en el norte de Kent, a cuatro millas al este del pueblo de Hexby, era un caos. Jane, la Marquesa de Rochester, estaba a punto de estrangular a su penúltimo hijo, un tal Linus Winston Russell. A pesar de saber que había dado a luz a aquel problemático muchacho veintiún años atrás, a veces juraba que no había madurado más allá de los ocho años.

El joven en cuestión se balanceaba peligrosamente sobre una desvencijada escalera portátil en el vestíbulo de Rochester Hall. Sostenía una ramita y Lady Rochester temía que fuera muérdago. Aquel niño iba a recibir una paliza cuando ella le pusiera las manos encima. Había encontrado su obra por toda la casa. Cada una de las puertas, ventanas y rincones estaban adornados con esa temida planta venenosa. El caos y la indecencia que se derivarían de su pequeña travesura podrían derribar las mismísimas piedras de Rochester Hall.

Dios sabía que la descendencia de la mujer era lo suficientemente malvada como para no necesitar la ayuda del muérdago. Ellos lo llevaban en la sangre y, por desgracia, no era un rasgo heredado de su marido.

Linus, quien era pelirrojo como todos sus hijos, se limpió el sudor de la frente y volvió a acercarse a la jamba superior de la puerta para colocar el muérdago. Su chaleco verde oscuro y sus bombachos de color hueso se ajustaban bien a él; el cuerpo de un hombre, ya no era su bebé.

Lady Rochester parpadeó y retuvo una lágrima rebelde. ¿Cómo había crecido su hijo tan rápido? ¿Acaso no fue ayer cuando puso una rana en la cama de Lysandra y tachuelas en la silla del estudio de Lucien? Las festividades debían ser el origen de todas estas tontas emociones.

Ella bajó furiosa las escaleras para ocuparse de las travesuras de su hijo.

—¡Linus Winston Bartholomew Russell! —gritó su nombre con un tono tan imperioso que Linus dejó caer el muérdago con un chillido alarmado y se esforzó por estabilizarse en la escalera que ahora se tambaleaba.

—¿Mamá? —se giró vacilante en su dirección mientras ella lo fulminaba con la mirada desde el suelo y con un pie repiqueteando de rabia.

—Baja de una vez —vociferó.

Linus prácticamente se cayó de la escalera y sus botas golpearon estrepitosamente el suelo de mármol.

—¿Qué crees que estás haciendo?

—Nada —intentó esconder con una patada despreocupada el muérdago debajo de un armario. ¡Como si ella no se hubiera dado cuenta!

Lady Rochester lo agarró por la oreja. Estaba a dos segundos de llevarlo a la vieja habitación de niños cuando la aldaba de la puerta principal sonó cuatro veces. Linus sonrió ampliamente ante su aparente prorroga y se liberó del agarre de su madre.

—Todavía no he terminado contigo. *Habrá* consecuencias — ella le dirigió una de sus miradas asesinas antes de que su rostro adoptara una sonrisa cordial y apropiada para los invitados. Le indicó al mayordomo, quien ya avanzaba hacia la entrada, que se alejara—. Yo iré, señor Jenkins —abrió la puerta y se encontró con una grata sorpresa. Su hijo mayor, Lucien, estaba allí, así como su amigo íntimo, el Vizconde Sheridan, y sus dos hermanas.

—¡Madre! —Lucien la saludó calurosamente, inclinándose para besar su mejilla.

—Lucien, mi querido muchacho, es maravilloso verte. Pero habría sido más maravilloso si me hubieras enviado una carta primero. Sobre todo si traías invitados —esto último lo dijo en un tono bajo de advertencia.

Lucien bajó la cabeza.

—Nos disculpamos por aparecer de esta manera, madre, pero era importante venir de inmediato —Lucien le ofreció el brazo a Horatia para acompañarla al interior y Cedric hizo lo mismo con Audrey.

—¿Oh? —los ojos de Lady Rochester se entrecerraron.

—Es una larga historia, madre, pero la explicaré más tarde. ¿Podríamos beber un poco de té? El viaje ha sido condenadamente largo y pesado.

—Sí, por supuesto. Por aquí. Encantada de veros a todos, Lord Sheridan, señorita Sheridan y señorita Audrey —Lady Rochester dejó que Cedric le besara la mano antes de abrazar calurosamente a las dos chicas. Luego los condujo al salón más cercano, donde un lacayo joven y fornido esperaba sus órdenes: Gordon, si ella no recordaba mal. Uno de los recientes reemplazos que había tenido que reclutar.

—Té y bollos, por favor, Gordon.

El sirviente asintió y se marchó para ocuparse de sus deseos.

Lady Rochester divisó a su hijo más joven intentando atravesar la puerta abierta del salón sin ser visto.

—¡Linus! —se congeló a medio camino, con los hombros encorvados en señal de resignación, antes de suspirar y volver a entrar en el salón. Ella le lanzó una mirada que prometía sufrimiento si intentaba escapar de nuevo—. Saluda a nuestros invitados.

—Buenas tardes —respondió, haciendo una reverencia hacia Cedric y sus hermanas.

A Lady Rochester no le pasó desapercibida la mirada de Audrey mientras intentaba luchar contra el impulso de reír. Linus y Audrey eran muy buenos amigos, tan buenos como los hombres y las mujeres podían serlo sin que las complicaciones de sus géneros interfirieran. Tal vez la descripción de cómplices era más adecuada. Sin embargo, ya estaban en esa edad en la que no sería prudente dejarlos solos.

Lucien se reclinó en la silla que había elegido, perfectamente relajado. Lady Rochester observó cómo el mayor de sus diablillos interactuaba con el más joven.

—¿Cómo estás, Lucien? —preguntó Linus.

—Bien. ¿Y tú? ¿Cómo estuvo Cambridge?

—Bien. Pero me alegra mucho haber regresado —admitió Linus.

—Seguro que sí —dijo Cedric con una risita. No era un secreto que le había encantado todo lo relacionado con el colegio, excepto estudiar.

Gordon regresó con una bandeja de té y Linus se dirigió a sentarse junto a Audrey en el sofá biplaza. Con mucha diversión, Lady Rochester estudió con el rabillo del ojo la interacción entre ambos mientras ellos creían que todos los demás estaban mirando hacia otro lado y hablando. Audrey lo golpeó con un pequeño codo afilado. Él miró detenidamente el arma de ataque y, en cuanto se le presentó la oportunidad, le pellizcó el brazo a modo de venganza. Audrey soltó un pequeño sonido ahogado que se oyó como una mezcla de *ah* y *ay*.

Se sonrojó y sostuvo su taza de té para defenderse.

—El té está bastante caliente.

—¿De verdad? —Lady Rochester miró la tetera, intentando no reírse de las travesuras de los jóvenes—. Ahora, Lord Sheridan, ¿puedo ofrecerle habitaciones en la casa durante Año Nuevo? Sería encantador teneros aquí para celebrar la Navidad. La casa estará felizmente llena. Acabo de invitar a los Cavendish a venir desde Brighton.

—Estaremos encantados de quedarnos, Lady Rochester —respondió Cedric.

—¿Los Cavendish vendrán? —preguntó Audrey con entusiasmo.

Los Cavendish eran viejos amigos de las familias Russell y Sheridan. No era muy difícil adivinar por qué Audrey estaba emocionada. Los hombres disponibles siempre eran emocionantes para una joven.

—Toda la familia estará aquí. Tengo la esperanza de que la señora Cavendish y yo consigamos casar a uno de nuestros hijos antes de que alguna de las dos muera —declaró con evidente euforia, esperando el inicio de las reacciones furiosas.

—¡Madre! —Lucien se atragantó con el bollo que se encontraba comiendo.

—Oh, no pongas esa cara de horror, Lucien. Hace años que me di por vencida contigo. Pero tal vez pueda convencer a Lysandra de que se fije en Gregory Cavendish. Es un joven bastante atractivo y bien dotado, ya sabéis.

Linus la observó aterrorizado.

—Mamá, el hecho de que sea un fulano cojonudo no significa que Lysa vaya a tenerlo, ni siquiera que él vaya a tenerla a ella —Linus parecía muy insistente en defender a su hermana, probablemente porque creía que no había peor destino que el matrimonio.

—¿Un fulano cojonudo? ¿Dónde aprendes ese lenguaje? —Lady Rochester suspiró y miró hacia arriba, implorándoles a los cielos que le explicaran por qué había sido víctima de una descendencia tan obstinada.

Linus sonrió ampliamente y cogió un bollo. Madre e hijo sabían que fastidiarla era una de las verdaderas alegrías de la vida de Linus.

Él abrió la boca mientras se terminaba el bollo.

—Lord Sheridan, ¿puedo acompañar a la señorita Audrey afuera? Estoy seguro de que le gustaría un poco de aire fresco después del largo viaje en carruaje hasta aquí.

—No sin una chaperona —sentenció Lady Rochester.

—Pero mamá —protestó Linus.

Audrey le puso una mano en el brazo, indicándole que se callara.

—Mi hermana será nuestra chaperona. ¿Verdad, Horatia?

—Sí, por supuesto.

—Si yo no estoy preocupado, Lady Rochester, entonces usted no debería estarlo —Cedric la tranquilizó.

—Supongo que es lo suficientemente seguro.

—Vamos entonces —Linus le ofreció el brazo a Audrey. Horatia los siguió fuera del salón y hacia el vestíbulo. Linus y Audrey bajaron inmediatamente la cabeza, susurrando ahora que estaban lejos de los ojos de Lady Rochester.

Horatia gimió al oír a Audrey reírse con malicia. Linus debía de tener un plan en marcha y estaba decidido a involucrar a Audrey. Conociendo a Linus como lo conocía, que por desgracia era bastante bien, Horatia supuso que se trataría de algún tipo de broma. De vez en cuando, Linus y Audrey la miraban por encima del hombro, como si les preocupara que pudiera estar escuchando sus planes.

Horatia levantó las manos en señal de rendición.

—Mientras yo no sea la víctima de lo que sea que estéis planeando, no os estropearé la diversión.

—No prometo nada —dijo Linus. El canalla era un año mayor que ella en edad, pero no en madurez. Por eso a él siempre le había agradado más Audrey. Horatia no podía ni empezar a contar cuántas tardes ella y Lysandra habían sido el blanco de las bromas de esta infame alianza.

—Linus, ¿dónde está Lysa? —preguntó Horatia. Prefería buscar a su amiga que permanecer con ellos. Su papel de chaperona no tenía sentido y todo el mundo, excepto Lady Rochester, parecían saberlo.

—La última vez que la vi, estaba en la biblioteca —con eso, él y Audrey subieron las escaleras y desaparecieron de la vista.

Horatia se encontró sola en la enorme entrada de Rochester

Hall. Era una hermosa mansión de estilo georgiano con piedras de color arena en el exterior y mármol en el interior. Admiró los tapices de las paredes que representaban diversas escenas de felicidad pastoral. Al contemplar las vistas, perdió la noción del tiempo, recordando la última vez que estuvo aquí. El recuerdo aún estaba tan fresco que lo sintió emerger de la penumbra de su memoria para luego envolverla por completo.

CAPÍTULO 14

R*ochester Hall, Kent, 1815*

Era un día perfecto de mayo, con el embriagador aroma de las flores que llenaban los jardines. Horatia se abría paso perezosamente entre el laberinto de altos setos mientras buscaba a Linus y a Audrey. A los catorce años, ya era demasiado mayor para disfrutar del juego del escondite, pero seguía complaciendo a los demás niños. Había contado hasta cien y ahora le costaba muchísimo encontrar a los demás en los vastos terrenos de la finca de Lord Rochester. *Lord Rochester*, suspiró en voz alta al pensar en su nombre. Tenía veintiséis años, era amigo íntimo de su hermano y era increíblemente atractivo.

También sabía que Lucien era un "rastrillo"; había oído rumores al respecto en la sala de la servidumbre, entre otros lugares. Al principio, le pareció extraño que al Marqués se le comparara con una herramienta de jardinería, pero después de escuchar a su hermano hablar con sus amigos, supo que un rastrillo; en realidad libertino, tenía otro significado sin ninguna conexión botánica. Después de rogarle a una de las sirvientas encargadas de lavar la ropa en su casa de ciudad en Londres, Horatia aprendió el significado de la palabra "libertino" en ese contexto particular.

Desde ese momento, se sintió irremediablemente fascinada por el marqués. A los catorce años, sabía que era demasiado joven para él, pero a su corazón no le importaba la edad. Casi había chillado de alegría cuando Cedric llegó a casa el día anterior y le dijo que visitarían a Lucien en su finca durante el fin de semana.

Por desgracia, cuando llegaron, Horatia se enteró de que una hermosa y joven heredera llamada Melanie Burns también estaba de visita. Con gran indignación, una anciana criada había llevado a Horatia a la habitación de los niños —ide entre todos los lugares!—, mientras Cedric, Lucien, Lady Rochester y la señorita Burns bebían el té aquella mañana. Por la tarde, Lysandra estaba practicando su bordado y los otros niños, Linus, Audrey y ella misma habían sido enviados a jugar a los jardines mientras el clima lo permitiera. Horatia soltó un pesado suspiro, pero fue interrumpido cuando un par de manos grandes le cubrieron los ojos.

—¿Adivina quién es? —preguntó una fuerte voz con una suave risita juguetona. El corazón de Horatia se detuvo por un momento y luego se agitó como un colibrí.

—¿Lord Rochester? —ella sabía que era él. Podría estar ciega durante mil años y seguiría reconociendo esa voz, y su aroma a sándalo y pino. Estar cerca de él le recordaba a la Navidad, incluso en primavera.

—¿Cómo diablos supiste que era yo, tú pequeño marimacho? —normalmente, no le habría gustado que la llamaran así, pero cuando él la soltó para tirar de sus rizos castaños, observando cómo rebotaban mientras ella lo miraba, ese apodo apenas pareció importar. Horatia echó la cabeza hacia atrás. Era gloriosamente alto, como Aquiles en *La Ilíada*. Con su pelo rojo intenso y sus cálidos ojos color avellana, era un dios, o casi.

Horatia sintió que su cuerpo se retorcía por dentro de un modo que no comprendía. Con cualquier otra persona, esta ráfaga de sensaciones físicas la habría asustado profundamente, pero no con Lucien. Siempre que estaba a su lado, confiaba en él, lo adoraba y nada podía arrebatarle esa confianza, ni siquiera el despertar de la mujer que llevaba dentro.

—¿Estás disfrutando del sol, pequeña Horatia? —le pasó una mano por el pelo; el precio que ella pagaba por negarse a llevar una de esas horribles capotas.

—Sí, el clima es encantador —respondió, esperando sonar madura. Incluso se atrevió a levantar la barbilla a la defensiva, pero Lucien soltó una carcajada, como si la hubiera descubierto.

—Me paso el día hablando de negocios, política y otros temas aburridos con adultos. No te atrevas a crecer conmigo —sonrió ampliamente y le tendió la mano. Ella aceptó sin dudarlo—. Ahora, demos una vuelta por el jardín y hablemos de cualquier otra cosa. ¿Qué dices?

—Solo si prometes contarme sobre tus perversas conquistas —dijo Horatia con audacia y con un brillo en los ojos.

Lucien estrujó su mano y la detuvo de un tirón, mirándola sorprendido.

—Y dime, ¿qué sabes sobre mis perversas conquistas? —preguntó, un poco nervioso.

—Me temo que no mucho. Nadie me cuenta nada —Horatia se mordió el labio inferior, temiendo que su atrevimiento la hubiera metido en problemas.

—Y así seguirá siendo —contestó él mientras reanudaban su paseo.

—Entonces, ¿de qué hablamos? —Horatia casi tuvo que saltar para seguirle el ritmo. Cuando doblaron por la esquina del seto más cercano, Lucien se paralizó. La señorita Burns estaba sentada en un banco de piedra con las manos cruzadas sobre su regazo. Estaba muy bien vestida, con su vestido de un azul encantador que favorecía su pelo rubio pálido y sus ojos marrones. Horatia ahogó una ráfaga de celos, sabiendo que nunca llegaría a ser tan hermosa. Su propia barbilla era demasiado afilada, su nariz demasiado prominente; no tenía ninguno de esos rasgos clásicos que la señorita Burns exhibía por debajo de su capota.

—Perdone la intromisión, señorita Burns —dijo Lucien, sonriéndole a la joven. A Horatia le dolió el pecho. Algo se sentía mal. Sentía... sentía que le costaba respirar.

—Milord, qué gusto verlo —la señorita Burns le devolvió la sonrisa. El agarre de Lucien sobre la pequeña mano de Horatia se relajó.

Una abrumadora sensación de temor la inundó. Sus instintos le gritaban que esto no estaba bien.

—Eh, deberías continuar, Horatia. Seguro que los otros niños te están buscando —le soltó la mano y le dio una palmadita fraternal en la cabeza, sellando su destino. No obstante, sintió el gesto como una bofetada por todo el dolor que le produjo su desinteresada despedida.

—Sí, ve a jugar —dijo la señorita Burns antes de devolver su amplia sonrisa a Lucien, quien se unió a ella en el banco.

Horatia se sintió como si le hubieran quitado un soporte vital. Sin embargo, Lucien ya no le estaba prestando atención. Él se acercó y colocó su mano sobre una de las de la señorita Burns, con la yema del pulgar acariciando lentamente su muñeca. La señorita Burns se sonrojó y soltó una risita.

Horatia huyó.

Un momento más y estaba segura de que moriría.

Corrió tan frenéticamente que no miró por dónde iba y se estrelló contra Lady Rochester. La encantadora matrona cogió la barbilla de Horatia y le alzó la cara.

—¿Qué pasa, querida?

Horatia estaba casi al borde de las lágrimas.

—No es nada —jadeó, intentando respirar.

—Ciertamente pasa algo. Ahora dime qué es lo que te molesta. Debe ser algo serio si una joven muy calmada como tú está angustiada —Lady Rochester siempre había sido muy amable con ella y con Audrey. Era como si supiera que no podía reemplazar a la madre de Horatia, pero lo intentaba de todos modos, y Horatia la amaba por eso.

—Es la señorita Burns. No la soporto. ¡Y a él le *gusta*! —no parecía haber una forma más clara de decirlo.

—Por él, ¿te refieres a Lucien?

Horatia logró asentir temblorosamente.

—Está con ella ahora mismo. Estaban cogidos de la mano.

Lady Rochester enarcó las cejas.

—¿De verdad? Oh, cielos. Bueno, no podemos permitirlo.

—¿Qué? —Horatia no había esperado esa respuesta de Lady Rochester. Después de todo, la señorita Burns era su invitada.

—No podemos permitir que Lucien se involucre con las de su clase. De ninguna manera.

—¿Su clase? —repitió Horatia sin entender. ¿Procedía secretamente de un entorno común? O peor, ¿era francesa?

Lady Rochester suspiró y cogió la mano de Horatia.

—La señorita Burns es bonita, rica y consumada, pero no es una buena mujer. Soy amiga de su madre, pero ¿ella? No la quiero como nuera. Ella desprecia a los niños. Una vez la vi retorcer el brazo de Linus para que se comportara. La disciplina y el maltrato existen, y ser un buen padre significa distinguir la diferencia. Me estremece pensar lo que mis nietos sufrirían en sus manos. Por eso debemos detenerlos.

—¿Vamos a detenerlos? —preguntó Horatia, con la esperanza creciendo en su pecho.

—Por supuesto que sí. Mi hijo está demasiado cegado por los encantos de la señorita Burns como para entender las necesidades de su corazón.

—¿Cómo? —Horatia se puso seria ahora. Lucien era la necesidad de su corazón y ella haría cualquier cosa para protegerlo de una mujer tan horrible.

—No lo sé. Tendremos que pensar en algo. Ahora sécate los ojos, sé una buena chica y ve a buscar a los demás. Estoy seguro de que Linus y Audrey no están tramando nada bueno. Espero que impidas cualquier travesura que hayan planeado —Lady

Rochester le sonrió, tratándola siempre como la adulta que Horatia deseaba ser.

Horatia volvió a entrar en los jardines y evitó el camino que la llevaría nuevamente hasta Lucien y la señorita Burns. Finalmente, se encontró con una glorieta pintada de blanco y adornada en uno de sus lados con un enrejado cubierto de rosas. Allí, estropeando la visión de felicidad, había un niño cercano a su edad y con la mitad de su madurez. Linus. Estaba trepando por el enrejado con un gran balde de metal con agua, la cual iba cayendo a medida que subía. Terminó por llegar hasta el techo de la glorieta y luego se perdió de vista. Audrey estaba al pie del enrejado, esperando a que volviera. Su delantal blanco estaba cubierto de tierra y sus mejillas estaban encendidas mientras observaba el descenso del campeón de las travesuras.

—Linus, ¿qué estás haciendo? —exigió Horatia.

Linus se rio.

—Vamos a dejar caer estos baldes de agua sobre la próxima persona que entre en la glorieta —su tono era arrogante mientras mostraba el segundo cubo en sus manos.

—No lo harás. Tu madre me dijo que parara cualquier travesura que estuvierais haciendo. Ahora vuelve a subir y baja ese otro balde —Horatia golpeó su pie sobre el suelo.

—No. Hazlo tú —la retó—. A menos que tengas miedo.

—Bien. Lo haré —Horatia pasó junto a él y comenzó a subir el enrejado—. Los dos, volved a la casa —se resbaló un par de veces y sufrió cortes y rasguños en las manos a causa de las espinas que se clavaron en su piel. Antes de llegar a la cima, oyó voces. Linus y Audrey le sacaron la lengua y salieron corriendo, abandonándola frente a la persona que estuviera a punto de llegar. Se metería en problemas por subir hasta allí, aunque estuviera intentando frustrar el perverso plan de Linus. Lo mejor era esconderse. Escaló los últimos centímetros hasta el techo. El balde de agua estaba cerca del agujero en el centro del techo. Horatia vio a Lucien y a la señorita Burns acercarse a la glorieta y entrar hasta situarse en su centro, justo debajo de ella.

Horatia contuvo la respiración, temiendo moverse por si la oían.

—Señorita Burns, ¿puedo preguntarle algo? —comenzó Lucien.

—Sí —respondió la melodiosa voz de la señorita Burns. Horatia observó la escena con una mezcla de horror y repulsión.

—Llevamos dos meses conociéndonos y me he encariñado con nuestros momentos juntos. Por impropio que sea preguntarle sin hablar primero con su padre, ¿consideraría casarse conmigo?

Horatia sabía que Lucien debía estar dedicándole a la señorita Burns una de sus más hermosas sonrisas.

—¿Desea casarse conmigo? —fue la respuesta no tan sorprendida de la señorita Burns.

Horatia se llevó un puño a la boca para no gritar. No podía casarse con ella, ¡simplemente no podía! Había que evitar que cometiera un error. Horatia cogió el balde de agua y lo inclinó. El agua cayó en una cascada caótica sobre la cabeza de la señorita Burns. Luego, sin poder evitarlo, Horatia dejó caer también el balde por el agujero. Por la gracia de Dios o del diablo, cayó perfectamente sobre ella, acomodándosele como un casco medieval.

—¡Joder! —gritó Lucien mientras la señorita Burns lanzaba un chillido como de arpía que retumbó en el metal.

Incapaz de detenerse, Horatia soltó una risita. La señorita Burns se quitó el balde solo para tropezar con los escalones y caer de cara en un parterre. Con otro grito de rabia, ella volvió a adentrarse en los jardines. Lucien corrió unos pasos como si fuera a perseguirla, pero luego levantó la mirada y se encontró con los ojos de Horatia a través de los listones de madera del techo de la glorieta.

—¡Horatia Sheridan, baja aquí ahora mismo! —salió furioso de la glorieta.

Horatia bajó del techo, con el cuerpo temblando de miedo. Cuando estuvo a su alcance, Lucien la cogió por la cintura y la apartó violentamente del enrejado. Horatia sintió que se le clavaban más espinas, pero no se atrevió a emitir ningún sonido, ni siquiera de dolor.

—¿Por qué has hecho eso? —gruñó. Sus ojos color avellana estaban encendidos.

Su tono la aterrorizó y tragó saliva.

—Yo... —metió las manos en sus faldas y se alejó de él.

—¡Escúpelo!

Él nunca le haría daño, no físicamente, pero la idea de que estuviera enfadado con ella provocó que su corazón se sacudiera contra sus costillas.

—No puedes casarte con ella —suplicó.

—¿Qué? —Lucien parecía enfadado y confundido.

—Ella es horrible. No puedes casarte con ella. No puedes.

—Con quién me case es asunto mío y solo mío. ¿Entiendes? No es de tu incumbencia.

—Pero te amo —nunca había dicho ese pensamiento en voz alta, ni siquiera sabía que lo sentía con esa intensidad. Pero una vez que soltó las palabras, supo que eran ciertas. A los catorce años, Horatia se había enamorado de Lucien.

Las palabras hicieron callar a Lucien, pero no por mucho tiempo.

—No sabes nada del amor. Eres una niña —le espetó.

Ella lo miró con dolor en los ojos. La humillación la atravesaba, intensificando el desgarramiento de su corazón. Se llevó una mano a la boca para ahogar su grito de agonía, tanto de su cuerpo como de su alma.

—Yo... lo siento —dijo ella. Las lágrimas le nublaban los ojos y el dolor se reflejaba en cada uno de sus movimientos.

Lucien no la miraba, sino que tenía los ojos fijos en el frente. La señorita Burns había vuelto a la glorieta, viéndolo todo. Les dirigió a ambos una mirada de odio y se dio la vuelta.

Lucien maldijo en voz baja.

—No te molestes en disculparte. Lo que has hecho hoy no tiene perdón.

Giró sobre sus talones y persiguió a la señorita Burns.

Durante varios minutos, Horatia permaneció sentada en el suelo de la glorieta, temblando. Algo en lo más profundo de su pecho pareció romperse y, solo cuando por fin se acordó de respirar, se dio cuenta de que seguramente había sido su corazón.

CAPÍTULO 15

Horatia odiaba cómo aquel recuerdo siempre lograba ahogarla en los peores momentos. Parpadeó y se giró al oír un carraspeo cortés. Lucien estaba apoyado en la pared a unos metros de distancia, observándola.

—¿Estás bien? —preguntó, apartándose de la pared y acercándose a ella.

—Estoy bien.

Lucien frunció el ceño y le cogió la barbilla con una mano, volviéndola hacia él.

—Siempre me doy cuenta cuando mientes —dijo, como si el hecho de saberlo lo sorprendiera.

—Sí. Odio eso —necesitaba alejarse de él. Necesitaba espacio para respirar.

La persiguió cuando Horatia se marchó y eligió una habitación al azar para intentar esconderse de Lucien. Ella cerró la puerta y la aseguró, relajándose cuando él intentó abrirla y no pudo. Apoyada contra la puerta, lo escuchó alejarse. Los latidos de su corazón se ralentizaron en su pecho.

De repente, una de las estanterías del estudio se abrió. Lucien salió y volvió a colocar la estantería en su sitio, sonriendo ampliamente. Horatia se quedó boquiabierta. ¿Rochester Hall tenía pasadizos secretos? ¿Por qué no había escuchado hablar de ellos? Debería haber sido más curiosa de niña.

—¿Por qué odias que pueda leerte con mucha facilidad? —preguntó él.

Horatia estudió la habitación con el ceño ligeramente fruncido. Era el estudio de Lucien. Su olor llenaba el aire y una pila desordenada de cartas cubría su gran escritorio. No podía haber elegido una peor habitación para intentar escapar de él. Lucien estaba en todas partes. Y ella no podría esconderse de él en ningún lugar de la finca. Probablemente había pasillos por toda la casa que conectaban todas las habitaciones.

—Lucien, ¿podrías dejarme en paz, por favor? Has hecho las paces conmigo y yo contigo. ¿No podemos dejarlo así? —ella le dio la espalda, pero él se rio, acercándose.

—Mi querida Horatia, me temo que tú y yo somos Inglaterra y Francia. Discutimos y luchamos, y ahí radica el placer de nuestra relación —le apartó un rizo suelto que había caído sobre su hombro. Ella se estremeció, aunque no de disgusto. Incluso la más mínima insinuación de calor por parte de Lucien era algo que no podía soportar durante mucho tiempo sin querer girar entre sus brazos y rogar que la besara.

—Estoy cansada de pelear contigo, Lucien. No me ha causado más que dolor —se acercó a la ventana que había detrás de su escritorio y miró los jardines cubiertos de nieve. Las flores estaban marchitas y cubiertas de hielo, y se dio cuenta de lo mucho que se identificaba con esas flores. Su corazón se sentía igual, marchito y congelado. Pero Lucien no la dejaría sola. Estaba allí, detrás de ella, con su calor emanando en dulces ráfagas, calentando su espalda.

—Entonces te dejaré, pero solo si me permites honrar la tradición primero. He oído que es de mala suerte ignorar esas cosas —su aliento le acarició el cuello, provocándole escalofríos de expectación. ¿Quién habría pensado que la palabra *tradición* podría ser tan seductora? Horatia se giró para mirarlo y sus narices se rozaron, ya que no había notado lo cerca que estaban.

—¿Tradición?

Los ojos de Lucien se dirigieron a algo que estaba sobre sus cabezas. Una ramita de muérdago clavada en la madera sobre la gran ventana.

—Pero si alguien entrara y nos viera... —calló mientras se concentraba en sus labios.

—Este es mi estudio. Nadie nos molestará. Además, has cerrado la puerta con llave —levantó la mano para acariciarle la mejilla con los nudillos, y luego las puntas de sus dedos bailaron hasta su cuello, donde rodearon la parte posterior de su cabeza. Le masajeó el cuero cabelludo con lentos y delicados movimientos mientras la acercaba. Cuando Horatia estuvo pegada a su cuerpo, le rodeó la cintura con la otra mano. Ella gimió y él atrapó el sonido con sus labios, devorándola con una lengua posesiva—. He querido hacer esto todo el día —dijo entre besos.

—¿De verdad? —preguntó débilmente y se inclinó más hacia él, incluso más de lo que era prudente o apropiado.

—¡Dios, sí! —la mano sobre su cintura bajó hasta su culo y lo estrujó con fuerza, presionándola contra la evidencia de su propio deseo—. ¿Te he dicho lo bien que sabes? —musitó, rozando sus labios de forma provocativa. Horatia negó ligeramente con la cabeza—. Tienes un sabor celestial y a la vez pecaminoso —comenzó a lamerla hasta llegar a su oreja izquierda, tirando de su lóbulo con los dientes.

Las rodillas de Horatia se doblaron. Se aferró a los brazos de Lucien para no desplomarse como una muñeca de trapo. Dios, ¡las cosas que podía hacer para debilitarla! ¿No acababa de decidirse esta mañana a seguir adelante?

—Lucien —jadeó.

—¿Lucien sí, o Lucien detente? —acarició su pezón derecho, el cual ya estaba erecto, a través de la seda del vestido.

—Más —fue todo lo que pudo decir.

Con un gruñido de deseo, la arrinconó contra la esquina entre sus estanterías y la pared. Bajó una mano hasta sus faldas, subiéndolas para coger uno de sus muslos. Con un rápido movimiento, Lucien dejó al descubierto la pierna de Horatia y la colocó alrededor de su cadera para poder acercarse más a la cálida estructura de su cuerpo. La cabeza de Horatia cayó hacia atrás, permitiéndole acceder a la parte baja de su barbilla y de su cuello. Como un hombre hambriento, devoró su piel con besos.

La proximidad de sus cuerpos era tan sorprendente como encantadora. Horatia se perdió a sí misma frente a la seducción de Lucien. ¿Cómo pudo haber querido que la dejara en paz? A cambio de un solo beso, caminaría a través del fuego; por una mirada ardiente, desafiaría sus más oscuras pesadillas. Todo lo que Horatia podía pensar más allá de esto, mucho más, era que haría cualquier cosa por él. Incluso después de todos estos años, eso no había cambiado, así que ¿cómo había podido convencerse de lo contrario?

LUCIEN NO PUDO CONTENERSE. LAS MANOS DE HORATIA se aferraron a su pelo y su boca sedosa recibió a su lengua con una intensidad desenfrenada que nunca antes había experimentado de ninguna mujer. Había tenido innumerables parejas y amantes, pero ninguna había abandonado completamente su control como Horatia. Ella no se perdió a sí misma. Seguía siendo Horatia, desde las suaves ondas de su pelo castaño hasta la punta de sus zapatillas de casa azules. Pero cuando lo besó, ella abandonó la prudencia, sus valores morales y cualquier duda de una manera que provocó que él estuviera desesperado por poseerla.

Lucien siempre se había enorgullecido de su autocontrol. Por supuesto, últimamente parecía tener poco y Horatia lo había estado poniendo a prueba hasta sus límites. Quería hundirse profundamente en ella y nunca salir, quería perderse en sus ojos y ahogarse en la sinfonía de sus sollozos ahogados. No pensó en otra cosa durante todo el viaje en carruaje hasta Kent. Cada vez que un rizo de su pelo era sacudido por el camino lleno de baches, él observaba con envidia cómo acariciaba la parte superior de sus pechos. Cuando se quedó dormida, sus labios se suavizaron en un arco de cupido. Por lo general, ella mantenía esos labios fruncidos en una línea estrecha cuando estaba con él. Las cosas que deseaba que hicieran esos labios provocaron en él un gemido involuntario mientras se presionaba aún más contra ella.

A través de la confusión de su deseo, Lucien fue repentinamente consciente de una voz que lo llamaba por su nombre, y no era Horatia. Fue como si un balde de agua fría cayera sobre su cabeza, seguido del balde. Era Cedric, del otro lado de la puerta del estudio.

—¡Lucien, maldito! ¿En dónde te has metido?

Se apartó a regañadientes de Horatia, llevándose un dedo a los labios para indicar silencio.

—Rápido, bajo mi escritorio —dijo Lucien con un ronco susurro.

Horatia se refugió debajo del escritorio, agradeciendo como nunca de que se tratara de una inmensa y voluminosa bestia y no de una creación delicada de patas frágiles. Acomodando sus faldas debajo de ella, se encorvó justo cuando Lucien quitó el seguro de la puerta antes de moverse hacia la parte frontal del escritorio para bloquear el pequeño espacio abierto entre el mueble y el piso. Horatia contuvo la respiración cuando su hermano abrió la puerta del estudio y entró.

—¡Ahí estás! He pensado que podríamos jugar una partida de billar para matar el tiempo antes de la cena. ¿Qué te parece? —comentó Cedric, esperanzado.

Horatia oyó que Lucien se aclaraba la garganta.

—Eh, sí. Excelente. Ve tú. Yo te alcanzo. Solo tengo que leer una carta primero.

—¿Estás bien, Lucien? Pareces un poco agitado.

—Por supuesto. Es una reacción natural a los despotriques de mi madre sobre el matrimonio, sin importar quién sea su objetivo actual.

Cedric se rio.

—Eso lo entiendo perfectamente. Te espero en la sala de billar —ella oyó cómo se cerraba la puerta.

Lucien exhaló un largo y lento suspiro. Horatia respondió con uno propio. No quería pensar en lo que habría pasado si Cedric hubiera encontrado la puerta sin llave. Lucien la ayudó a salir del escritorio. La mantuvo quieta mientras la inspeccionaba con una mirada crítica. Luego, sus manos se dirigieron a su pelo, colocando los mechones sueltos en su sitio y asegurando los pasadores.

—Mejor —dijo mientras trabajaba.

—¿Tienes mucha práctica en esto? —Horatia se arrepintió de las palabras en el momento en que las pronunció.

Lucien levantó una ceja.

—¿Quieres que lo niegue?

Ella nunca podría pedirle que negara lo que él era. Amaba todo de él, incluso las partes perversas.

—No.

—Ya está. Creo que es suficiente —él retrocedió para examinarla, frío y distante una vez más. Sus cambios de ánimo eran imposiblemente frustrantes—. Puedes usar el pasaje secreto. Te lleva al pasillo. Me disculpo. No debería haberte hecho esto. No mereces ser manoseada en mi casa. Te prometo que no volverá a ocurrir —antes de que Horatia pudiera responder, él se fue.

—Esa es una promesa que desearía que no hubieras hecho —le dijo al estudio vacío.

Horatia esperó en el estudio de Lucien y se encontró mirando las estanterías. Había una sección, cerca de la ventana, que le llamó la atención. Seis libros estaban colocados ordenadamente en una fila, y cada título le resultaba familiar. Entre ellos estaba *Lady Eustace y el Dichoso Marqués*. Estos seis títulos en particular eran un conjunto de libros que coincidían con los que ella había recibido en las últimas seis navidades. Curiosa, Horatia introdujo un dedo índice en el lomo de *Lady Eustace* y sacó el volumen de la estantería. Lo abrió, encontrando una anotación en la portada que decía "Regalado a Horatia Sheridan, 1819". ¿Lucien estaba documentando sus regalos? ¿Con qué fin?

Examinó los otros cinco libros, encontrando notas similares

en su interior, y cada libro parecía bien leído. Horatia tuvo la imagen más asombrosa de Lucien leyendo cada libro como ella, como si pretendiera observar las experiencias que ella tendría con cada libro. Sin duda, era satisfactorio saber que él se esforzaba por conectar con ella, incluso de manera muy indirecta. El dolor de la promesa de Lucien sobre no reincidir en su seducción, disminuyó ante estos pequeños tesoros.

Cuando Horatia finalmente salió del estudio de Lucien, no se encontró sola en el pasillo. Lady Rochester salía de la recámara al otro lado del pasillo.

—Horatia —hizo un gesto para que se acercara a ella. Tragó saliva incómodamente mientras se acercaba a la madre de Lucien —. Te estás sonrojando, querida —observó Lady Rochester—. No debes preocuparte de que te presione en cuanto al motivo. Sospecho que mi hijo está involucrado.

—¿Linus?

Lady Rochester le lanzó una mirada que parecía preguntar: *¿Por qué género y especie de tonta me tomas, Horatia?*

—Ambas sabemos que amas a Lucien desde que eras una niña. No nos engañemos más con esto. Ahora, ven por aquí. Tú y yo vamos a tener una pequeña charla.

—Pero...

—No protestes, Horatia. Soy una mujer mayor y estoy acostumbrada a salirme con la mía.

Horatia intentó ocultar su incredulidad. Lady Rochester podía tener más de cincuenta años, pero no parecía en absoluto vieja. Siguió a Lady Rochester hasta una habitación situada a unas puertas de distancia, a una pequeña recámara personal de Lady Rochester.

—Siéntate, Horatia. Por el amor de Dios, cambia tu cara de enferma. No pretendo morderte —Lady Rochester ocupó un diván azul pálido frente a ella—. Así que sigues enamorada de mi hijo —Horatia no respondió—. ¿Deseas conquistarlo?

—Creo que es justo decir que nunca tendré ninguna oportunidad de conquistarlo.

Lady Rochester golpeó su reposabrazos con una fuerza sorprendente.

—Tonterías. Es perfectamente susceptible de ser conquistado por gente como tú.

—¿Gente como yo? —a Horatia no le gustó precisamente eso, dado el contexto de su conversación.

—Eres inteligente, hermosa y un desafío para él. Puede que no se dé cuenta, pero no estará satisfecho hasta que te haya tenido. ¿Estoy en lo cierto al suponer que no te ha reclamado del todo?

Horatia sintió que la cabeza le daba vueltas, y ella nunca había tenido la predisposición a desmayarse en su vida.

—Lo siento, Lady Rochester, pero su pregunta...

—Oh, vamos, Horatia. Somos mujeres mundanas. La sociedad quiere hacerte creer lo contrario, pero estos temas deben ser discutidos, y con frecuencia. Nunca he animado a mis hijos para que oculten su curiosidad o su disfrute con respecto al acto de hacer el amor. Al diablo con la sociedad educada y su cerrado y absurdo decoro. Un poco más de audacia y mucha más franqueza en estos asuntos, y la gente lo tendría mucho más fácil a la hora de buscar pareja.

La leve sonrisa de Lady Rochester hizo que Horatia recordara a Lucien. Era igual a su madre en apariencia y características.

—Así que no te ha comprometido entonces. Completamente, quiero decir.

—No, Lady Rochester, nosotros no... —logró decir finalmente.

—Eso hará que esto sea mucho más fácil para nosotras.

—¿Qué cosa? —preguntó Horatia.

—Todavía no te ha tenido. Está claro que te desea. Si usamos ese señuelo de la fruta prohibida a nuestro favor, puede que aún tenga una boda antes de llegar a la tumba.

—No deseo atraparlo en un matrimonio. Me despreciaría. Yo no haría ni una sola cosa para provocar su ira de nuevo.

Esta declaración tuvo un gran efecto en Lady Rochester.

—¿Qué has hecho para provocar su ira?

Horatia se rio amargamente.

—Me imaginaba que toda la casa lo sabía. ¿De verdad no sabe por qué Lucien ha sido frío conmigo estos últimos seis años? —Lady Rochester negó con la cabeza—. ¿Recuerda la última vez que estuve aquí, cuando tenía catorce años?

—Naturalmente. A menudo me preguntaba por qué tú y Audrey no volvisteis cuando Cedric vino de visita después de aquello. Pero, bueno, tu hermano siempre fue un poco sobreprotector, y he visto a padres y a hermanos cometer errores similares a causa de las buenas intenciones.

—El día que usted me encontró en los jardines angustiada por Lucien y la señorita Burns, yo encontré a Linus colocando un balde de agua en lo alto de la glorieta y subí a bajarlo. Pero Lucien eligió ese momento para llevar a la señorita Burns a la glorieta y proponerle matrimonio. Actué precipitadamente, de forma infantil, y le tiré el balde en la cabeza. Ella salió corriendo y Lucien me gritó. Le dije que lo amaba y se rio en mi cara. Me culpa del rechazo de la señorita Burns, y desde entonces he sufrido en todo momento. Por eso no puedo conquistarlo.

Durante toda la explicación, Lady Rochester permaneció quieta y callada, pero al final del relato estaba extraordinariamente pálida.

—Lady Rochester, ¿está usted bien?

—Querida, fui yo. Por Dios, fui yo.

—¿A qué se refiere? ¿Qué hizo?

—Cuando la señorita Burns entró en la casa, mojada y furiosa, Linus y Audrey la vieron. Mi hijo se burló de ella agitando un balde vacío y supuse que le había echado el agua encima. Entonces la vi golpear a mi hijo y le dije, en términos muy claros, que debía abandonar inmediatamente Rochester Hall. Le dije que, si Lucien seguía cortejándola o proponiéndole matrimonio y ella no lo rechazaba, la destruiría, y me mostré firme sobre mi promesa. No tenía idea de que mi tonta prole terminaría relacionada contigo y con tu partida de una manera tan estúpida.

Horatia no sabía qué decir. Durante los últimos siete años, había creído ser la única responsable de lo ocurrido aquel horrible día. La visión de su mundo se inclinó sobre su eje como un inestable globo terráqueo y no pudo evitar preguntarse si ella estaba a un horrible giro de salir despedida al vacío.

Lady Rochester se acercó a Horatia y le rodeó los hombros con sus brazos.

—Arreglaré esto. Tenía tantas esperanzas de que te casaras con uno de mis hijos y... maldita sea, no me quedaré de brazos cruzados y corregiré mis errores. Tú y yo le mostraremos a Lucien lo maravillosa que eres y te prometo que entrará en razón. Entonces yo podría tener nietos y dedicarme a ellos durante mi vejez.

Horatia parpadeó y retuvo sus lágrimas. Lady Rochester lo había dicho con mucha convicción y por un momento Horatia creyó completamente que podría hacer exactamente eso.

—Ahora, vamos a secarnos los ojos y a buscar a tu hermana. Estoy segura de que lo que todos necesitamos es un buen viaje. A Hexby, quizás. Hay una tienda de modas decente y un sombrerero con talento que seguro que tu hermana aprobará.

Lady Rochester acompañó a Horatia al salón principal e insistió en que esperara allí hasta que pudiera localizar a Audrey. Ya sola, Horatia tuvo un momento para serenarse. Escuchó las risas lejanas de Lucien y Cedric mientras jugaban. Era muy bueno oírlos felices, divirtiéndose. A ambos.

CAPÍTULO 16

En un salón privado del club de caballeros Boodle, Sir Hugo Waverly estaba reclinado en una silla mientras agitaba una copa de brandy y escuchaba el informe de Daniel Shefford. Shefford era su hombre desde hacía años. Leal, muy hábil y capaz de hacer cualquier cosa encomendada por el rey, el país o sus caprichos más... personales. Shefford estaba de pie frente a Waverly, narrando con calma los acontecimientos ocurridos la mañana antepasada cuando Lord Lennox evitó por poco la muerte.

—Me las arreglé para localizar al hombre que me enviaste a encontrar en el Jardín. Él dijo que Lord Lennox estaba esperando en el Jardín. Sospechó que era porque te habían escuchado la noche anterior. Nuestro hombre allí confirmó que Rochester estuvo en el Jardín ayer por la noche. Parece un escenario probable.

—¿Rochester estuvo allí? —Hugo frunció el ceño. ¿Acaso no había ningún lugar en Londres donde pudiera refugiarse de esos malditos pícaros? ¿Cómo se suponía que iba a llevar a cabo sus negocios sin tropezar con uno de esos hombres?

—¿Y qué hizo cuando vio a Lennox?

—Le disparó. Actué como amigo preocupado de Lennox y la

señora del Jardín me dijo que le habían disparado en el brazo. No pareció ser mortal, pero tampoco fue un rasguño.

Menos mal que Lennox solo había sufrido una herida menor. Era solo cuestión de tiempo para que Lennox y sus amigos fueran cadáveres putrefactos en el suelo. Pero no antes del momento oportuno.

Shefford se cruzó de brazos.

—He vuelto a mi puesto frente a la casa de los Sheridan. Parece que ellos han abandonado Londres, y mi fuente allí me informó que su destino era Rochester Hall en Kent.

—¿Lord Rochester se adjudicó el honor de hacer de niñera de las hermanas de Sheridan? Qué divertido. Me atrevo a decir que eso facilita mucho las cosas, tener a la Liga dividida. ¿Alguno de tus hombres se ha asegurado un puesto? —preguntó Waverly.

Shefford asintió.

Dos meses atrás, Shefford había conseguido cinco hombres para infiltrarse en los puestos de la Liga. Muchos ya lo habían hecho y le estaban proporcionando información valiosa, y a menos que se les dijera lo contrario, eso era todo lo que harían. Uno de ellos, sin embargo, hasta ahora solo había podido encontrar empleo en el club de caballeros que ellos frecuentaban, pero esa persona en particular tenía un potencial único y, a diferencia de los demás, la cantidad justa de desesperación.

—Excelente. Ahora me gustaría que enviaras un mensaje a Sheridan y a Lonsdale. Creo que es hora de dejarles a ambos un pequeño regalo.

—¿Deseas enviar este mensaje a la casa de Lonsdale en Curzon Street?

—Sí. Estoy seguro de que el tonto de Lennox está vigilando de cerca la residencia Sheridan, ya que está cerca de la suya. Quiero que entres en ambas casas y hagas lo que mejor sabes hacer.

Todo estaba encajando en su sitio. Con el tiempo, el núcleo de la Liga sería destruido y los poderes de los miembros terminarían repartidos entre hombres más débiles y herederos menos unificados. ¿Y entonces? Entonces, el resto sería fácil.

—Entregaré un mensaje apropiado, señor. ¿Eso es todo?

—Sí, sobre ese asunto. Todavía tenemos asuntos más serios por discutir —Waverly volvió a prestar atención a su bebida.

Matar a la Liga sería fácil, aunque nunca podría hacerlo con premura porque se arriesgaría a ser descubierto. Pero la prisa no era su objetivo. Tenía preocupaciones más apremiantes, como proteger a Inglaterra, ya que así se había ganado su título de caballero. Dirigir redes de espionaje a través del continente no era una tarea fácil. Incluso uno de los hermanos de Rochester estaba involucrado en los diversos tentáculos de sus operaciones. La ironía de esto no le pasó desapercibida.

Lo que realmente le interesaba a Waverly era proteger las cosas que le importaban. La Liga le había quitado mucho. Se habían perdido dos vidas por su culpa. Los consideraba una amenaza para él y, por ende, una amenaza para Inglaterra.

Normalmente, una amenaza para la nación sería tratada con rapidez y sin piedad. Pero con ellos, bueno, su intención era diferente. Estos hombres merecían... una atención especial. Sabía que era una debilidad caer en semejante melodrama y treta. Peor aún, era una imprudencia. Pero entonces, tales riesgos hacían que la vida valiera la pena. Eran un vicio, pero uno que lo había sostenido, que le dio un propósito. Un árbol de odio crecía dentro de su corazón y pronto daría un fruto amargo.

Volvió a centrar su atención en Shefford.

—Ahora, ¿en qué punto nos encontramos con respecto al asunto español? Hace casi un mes que Panamá declaró su independencia. Necesitamos saber qué repercusiones tendrá esto en toda Europa. Quiero hombres en cada corte y casa noble a la que podamos llegar. Si España desea ir a la guerra para reclamar Panamá, podríamos tener la oportunidad de soltar el control de España sobre sus otras colonias y destruir sus fortalezas.

—Por supuesto —Shefford cambió de tema sin esfuerzo, pero

Waverly apenas estaba escuchando. Su mente ya había vuelto a pensar en la Liga y en sus planes para ella.

CEDRIC SE INCLINÓ SOBRE LA MESA DE BILLAR Y APUNTÓ A UNA bola.

—Dime la verdad, Lucien.

—¿Sobre qué? —Lucien se reclinó contra el borde de la mesa, con los brazos cruzados.

—¿Te parece bien que Horatia esté aquí? Sé que te he estado presionando para que la aceptes de nuevo en tu vida, pero puedo detenerme. Yo esperaba que hubiera pasado suficiente tiempo y que tal vez pudiéramos dejar todo esto atrás —Cedric frunció los labios mientras realizaba el disparo. Metió la verde y sonrió ampliamente. Cedric era competitivo y destacaba en casi todos los juegos y deportes.

—Tienes todo el derecho a presionarme. Estoy siendo obstinado y tonto —después de todo por lo que habían pasado, resistirse a la hermana de Cedric no iba a separarlos, no si él podía evitarlo.

—Me alivia oírte decir eso —admitió Cedric.

Ninguno de los dos habló, ambos perdidos en sus pensamientos. A Lucien lo visitó el horrible recuerdo del día en que murieron los padres de Cedric.

Lucien sabía que Cedric había estado vigilando a Audrey en la casa de ciudad de los Sheridan en Curzon Street en el momento en que un lacayo había llegado corriendo. Cedric le dijo una vez que todo pareció ir más despacio a partir de ese momento. El lacayo tenía la cara roja y balbuceaba sobre un accidente de carruaje para finalmente soltar:

—Muertos, señor. Tanto Lord como Lady Sheridan han muerto. Su hermana ¡tiene un brazo roto, pero está viva. Lord Rochester estaba cerca y ayudó a rescatar a su hermana.

Lucien nunca olvidaría aquel momento en que había llevado a Horatia a casa después del accidente. Cedric dio dos pasos hacia la puerta y sus piernas cedieron, cayendo de rodillas. Lucien se ocupó del cuidado de Horatia y luego volvió al accidente para ocuparse de los cuerpos.

Los cuerpos... ya no eran Lord y Lady Sheridan. No pudo permitirse pensar en ellos de esa manera. No hasta más tarde.

Cuando Lucien regresó, encontró a Cedric sentado en el salón, en un sofá brocado, el lugar favorito de Lady Sheridan cuando solía bordar o leer. Tenía en sus brazos a una pequeña Audrey de diez años. Ella no dijo, no diría nada a nadie durante tres largos meses. La luz de sus pequeños ojos marrones se había apagado hasta el punto de temer a diario su muerte.

Nunca olvidaría haber tenido a Horatia en sus brazos. Su pecho sostenía su brazo roto, el cual había sido vendado y tenía un entablillado. Se acurrucaba contra él y no la soltaba hasta que Cedric comenzó a susurrarle suavemente para consolarla. Desde aquel día, Horatia nunca le había contado nada de lo sucedido en el carruaje, ni antes ni después del accidente. Hasta ahora. Algunos recuerdos no debían ser recordados nunca, y Lucien no la había presionado.

El propio Cedric se había perdido, tan joven para ser el jefe de su hogar. No sabía nada sobre criar niños, y la pobre y dulce Horatia había renunciado a su infancia un día después del funeral de sus padres para ayudar a Cedric con la crianza a Audrey. Lucien había estado junto a Cedric, ayudándolo a poner en orden el patrimonio de su padre y a asumir el título y las responsabilidades. Nadie más, salvo sus hermanas, había sido testigo de su dolor. Lo había sobrellevado bien con sus otros amigos, pero Lucien había visto llorar a Cedric como si fuera un niño recién sacado de las cuerdas principales. Ese vínculo, esa fuerza de su amistad tenía que resistirlo todo. Si no podía... Él no contemplaría esas oscuras reflexiones.

Los pensamientos de Lucien volvieron al presente, aunque no al juego.

—Horatia ha crecido en estos últimos años.

—Ya no es la niña de antes —coincidió Cedric—. Hace

tiempo que dejó de serlo —la nota de melancolía en su voz hizo que el ambiente de la habitación fuera más pesado.

—Desde luego que ya no lo es. Es lo suficientemente mayor como para considerar el matrimonio. ¿Nadie ha preguntado por ella? —Lucien intentó la pregunta casual, preparó y realizó su tiro, metiendo una roja.

Cedric negó con la cabeza.

—No. Hubo algunos al principio, pero ella tiene esa forma tranquila de ser, ya sabes. A la mayoría de los hombres les desagrada la idea de una mujer con sus propios pensamientos. No siguieron cortejándola. No tuve que ahuyentarlos como lo hago con los de Audrey. Conozco demasiados hombres que prefieren a las parlanchinas complacientes como esposas. ¿Y tú? Sé que no has buscado una mujer desde Melanie Burns. ¿Te has dado por vencido? —Cedric abandonó su taco y dirigió toda su atención a Lucien.

Lucien se aclaró la garganta.

—Ya sabes... Después de septiembre...

—¿Después de Emily Parr, quieres decir? —añadió Cedric con una risa baja y divertida—. Deberíamos marcar un nuevo calendario con esa fecha: Antes de Cristo, Después de Cristo, y ahora Después de Emily Parr.

—Totalmente de acuerdo. Pero después de ver cómo Emily y Godric se enamoraban, me di cuenta de que nunca había amado a Melanie. Simplemente interpretamos muy bien nuestros papeles. El encantado y la encantadora. Creo que me encantaba la idea de estar enamorado de ella. ¿Tiene algún sentido?

Cedric se rio, fijando sus ojos marrones en Lucien, unos ojos que, en ese momento, le recordaron mucho a Horatia. Era algo más que el simple parecido familiar. Tanto Cedric como su hermana sonreían a menudo con los ojos, estaba en su naturaleza.

—Tiene mucho sentido. Estabas enamorado de un ideal, de una mujer criada en un pedestal. Uno puede adorar a las mujeres en los pedestales, pero esas mujeres nunca pueden devolverle a uno el amor de la misma manera. En cambio, una mujer de carne y hueso es un asunto totalmente distinto, o eso me han dicho —la risa irónica de Cedric lo decía todo.

Lucien asintió.

—En cuanto me di cuenta de eso, se me ocurrió que tal vez debería estar más agradecido con Horatia por su oportuna intromisión.

Cedric sonrió ampliamente.

—Esa es quizá la cosa más inteligente que te he oído decir.

Los dos hombres terminaron su juego en un agradable silencio. Era una de las cosas que más le gustaban de Cedric. No era un hombre que hablara demasiado. Charles era propenso a narrar historias fantásticas, Ashton siempre se ponía filosófico. Pero Godric y Cedric eran más bien callados, perdidos en cualquier juego que se estuviera jugando o consumidos por sus propios pensamientos. Lucien valoraba eso, el agradable apoyo de los buenos amigos. No era necesario ir de fiesta en fiesta para divertirse. Aquellos días habían quedado atrás y se alegraba de ello. Estaba agradecido de tener muy buenos amigos.

Un bullicio en el vestíbulo los alertó de la presencia de otras personas.

—Parece que el grupo de compradoras ha vuelto —dijo Lucien—. Me atrevo a decir que deberíamos esfumarnos —pero antes de que alguno de los dos hombres pudiera escabullirse a un lugar más oculto, Audrey irrumpió con un Linus disgustado a sus espaldas.

—¡Cedric! Tienes que corregir a Linus y decirle que mi nueva capota es encantadora. Dice que parece una paca de heno mal construida —Audrey señaló su gran sombrero de ala ancha que utilizaba un estilo muy peculiar de trabajo con paja.

—Creo que mis palabras exactas fueron 'un pajar precipitadamente ensamblado' —Linus sonrió ante la expresión de asombro de Audrey, pero su diversión duró poco. Audrey cogió el taco de billar de las manos de Lucien y le clavó el grueso mango en las costillas a Linus, haciendo que se doblara.

—Y ese es mi *taco* para irme —Lucien soltó una risita y desapareció, dejando a Cedric a cargo de su hermana y Linus.

—¡Esto es terriblemente canalla de tu parte, Russell, abandonarme a la muerte por un taco de billar! —gritó Cedric, esquivando el palo de Audrey mientras ella intentaba pinchar a Linus con el extremo puntiagudo.

Lucien esperaba encontrar a Horatia en algún lugar del pasillo, pero su madre era quien lo estaba esperando. Parecía más peligrosa que una cobra metida en una cesta.

—Me gustaría hablar contigo en privado, Lucien.

Su tono no presagiaba nada bueno. Era demasiado parecido al que utilizaba para engatusarlo y transmitirle una falsa sensación de seguridad antes de azotarlo de niño. Ya había superado la edad de los azotes, pero si su madre volvía a tener esos pensamientos, Lucien no dudaría en escapar por la ventana o la puerta más cercana antes de que ella pudiera ponerle las manos encima.

A menudo se había preguntado si existía algún panfleto secreto que una madre recibía al dar a luz a su primer hijo y que contenía instrucciones sobre cómo infundir miedo a su hijo con solo una mirada. Si existía, su madre había aprendido rápido. Tal vez había escrito la última edición.

—Lucien, no te distraigas. Tu atención en mí ahora —su madre se dirigió a sus habitaciones personales. Se sentó y esperó a que él la siguiera. Él lo hizo, mirando a regañadientes la puerta que había cerrado tontamente tras de sí.

—¿Qué pasa, madre? —una sensación de nerviosismo se apoderó de él al reconocer la mirada decidida de la mujer.

—Me he dado cuenta de que he cometido un grave error. Uno que ha tenido repercusiones invisibles durante los últimos años.

Lucien se quedó boquiabierto. ¿Su madre estaba admitiendo un error? Seguro que era la primera vez que el mundo veía esto. Miró a su madre con cautela, esperando que continuara.

—El día que le propusiste matrimonio a la señorita Burns...

Lucien se puso en pie, sin querer oír a su madre decir otra palabra.

—Ese día —esas fueron las palabras que dijo. Sin embargo, el tono dijo—: Siéntate.

Lucien la fulminó con la mirada y volvió a su silla.

—Me encontré con la señorita Burns después del accidente en la glorieta. Linus la vio y empezó a burlarse de ella con un balde vacío. Ella lo golpeó, Lucien. Golpeó a tu hermano, y no era la primera vez que lo hacía. Le informé que debía negarse a casarse contigo o yo me aseguraría de que lo lamentara. Era poco amable con los que estaban por debajo de ella, y era especialmente cruel con los niños. Yo no toleraría un matrimonio así, ni que una mujer como ella diera a luz a mis nietos. Te lo digo ahora porque acabo de descubrir que has culpado a una víctima inocente todos estos años.

Lucien sintió como si le hubieran disparado cuando sus palabras lo penetraron. *Has culpado a una víctima inocente todos estos años.* La señorita Burns lo había rechazado, le había dicho que si no era capaz de enfrentarse a una simple niña para defenderla, entonces no era un hombre digno para el matrimonio. Se había enfurecido en ese momento, pero vio la verdad del carácter de la señorita Burns más tarde, cuando se casó con Waverly.

No podía decirle a su madre que la señorita Burns prácticamente ya no le importaba. No se atrevía a confesar que eso era una excusa conveniente para mantenerlo alejado de la tentación, aunque últimamente se había vuelto ineficaz. El dolor que le produjeron las palabras de su madre fue enteramente culpa suya. Apenas había comenzado a intentar revertir el daño causado a Horatia y, el hecho de que su madre le echara en cara sus pecados, era peor de lo que podría haber imaginado.

—Veo que necesitas algo de tiempo para asimilar lo que te he dicho —la mujer se levantó—. Por el momento, te dejaré. Pero Lucien, no pospongas tus disculpas con ella.

Lucien miró a su madre.

—¿Qué podría hacer para enmendar siete años de frialdad?

No había visto en años unos ojos más suaves y maternales en Lady Rochester.

—Para empezar, una palabra cariñosa. A pesar de tus intentos por alejarla, ella se ha aferrado al recuerdo de tu bondad como un trozo de madera a la deriva en una tormenta. La lucha la ha desgastado, pero un poco de ternura aliviará su sufrimiento y volverá a fortalecer su fe en ti.

Lucien entendió, no por primera vez en su vida, que su madre era muy sabia. A pesar de sus obsesiones por las últimas tendencias de la moda y sus horribles intentos de casar a sus hijos, era una mujer muy comprensiva e inteligente.

—Gracias, madre —susurró.

Lady Rochester inclinó la cabeza, le colocó una suave mano en la mejilla y lo dejó solo. Lucien se desplomó en su silla. ¿Qué iba a hacer? ¿Por dónde empezar? Pero antes de que pudiera reflexionar sobre su rumbo, fue interrumpido por una imagen desconcertante y ridícula en la ventana más cercana que daba a los amplios jardines.

—¿Qué demonios? —musitó y se acercó a la ventana.

CAPÍTULO 17

La tarde parecía estar durando horas. A Linley le dolía la espalda por esconderse en las afueras del Salón Jackson. El traje oscuro que llevaba era prestado y un poco grande, al igual que el chaleco y los pantalones bombachos. Todo el conjunto estaba prácticamente deshilachado y no protegía del frío del viento invernal. Con cada ráfaga, se aferraba velozmente a los bordes de su peluca blanca, manteniéndola en su cabeza.

Rezó para que el hombre al que había sido enviado a vigilar apareciera pronto. Sus dedos se estaban poniendo azules y su sangre estaba helada en sus venas. Su presa, el Conde de Lonsdale, un hábil boxeador, podía pasar horas en el salón. Linley no se sabía cuándo tendría la oportunidad de escapar del frío y buscar refugio en el interior. Se frotó las manos, intentando generar calor. No sirvió de nada.

Una repentina ráfaga de cansancio lo atravesó. No quería estar aquí. Su amo le había hecho venir aquí. Sir Hugo Waverly. Un verdadero bastardo como pocos. Tom intentó no pensar en ello, pero no lo consiguió.

Él era el hombre que se había aprovechado de él... y le había robado algo precioso. En realidad, le robó todo. Incluyendo su libertad.

El mes siguiente al ataque de su amo, la esposa de Waverly lo había despedido sin referencias. Eso por sí solo eso había amenazado su futuro y ahora tenía a alguien que dependía de él. Pero Hugo siempre podía empeorar las cosas. Había sido fácil para su amo aprovecharse de su desesperación y forzarlo a este trabajo. Esta nueva identidad. Esta nueva vida de sombras y tretas.

Mi pobre niña. Pensó con dolor en Katherine, la niña que estaba bajo su cuidado. Kate era lo más importante en la vida de Tom. Waverly había amenazado con llevársela, y solo Dios sabía lo que haría con ella...

A menos que se ganara la confianza del Conde de Lonsdale y se infiltrara en su casa. Tom intuía que algo más oscuro y horripilante estaba a punto de ocurrir, pero no podía hacer nada para detener lo que su amo había planeado. Sus órdenes eran sencillas, aunque nada fáciles: ser contratado por Lonsdale para reemplazar al ayuda de cámara que había dejado recientemente su empleo e informarle con regularidad a Waverly.

Tom no quería mentirle a nadie, y menos al conde. Tras una semana de discreta vigilancia, había aprendido lo suficiente sobre Lonsdale como para no querer traicionarlo. Era un libertino, pero no un canalla. Era un hombre que ofrecería una mano para ayudar a los necesitados. Tom lo había visto en más de una ocasión arrojar varias monedas a los indigentes, y nunca tenía una palabra violenta para los demás, ni siquiera cuando los hombres sumidos en sus copas intentaban iniciar discusiones. Pero para salvar a la pequeña Kate, Tom tendría que condenarse a sí mismo y perjudicar a un buen hombre por el bien de uno malo.

LUCIEN NO PODÍA APARTAR LOS OJOS DE LA EXTRAÑA IMAGEN de Audrey y Linus persiguiendo a una cabra descarriada vestida con un *spencer* de mujer. La prenda, que antes era de un precioso tono azul celeste, ahora presentaba varios desgarros y empezaba a deshilacharse en los bordes.

Lucien observó desde la ventana cómo Audrey gritaba como una loca. Se abalanzó sobre la cabra y cayó al suelo congelado mientras ésta se alejaba corriendo. Linus había cogido una azada de jardín y estaba embistiendo al animal, pero un grito lo detuvo. Horatia llegó, vestida apresuradamente para el frío, e instó a Linus a alejarse de la cabra enfurecida.

Lucien se rio de la criatura que balaba y cuyos ojos salvajes prometían venganza a quien se atreviera de nuevo a molestarla.

Horatia se agachó y le tendió una zanahoria, convenciendo a la terca criatura de que la mirara con menos violencia. El animal se acercó con cautela y mordisqueó la zanahoria. Cuando Horatia dejó el vegetal en el suelo, la cabra no le prestó atención y ella le quitó casualmente el *spencer*. Luego le devolvió la prenda arruinada a una angustiada Audrey.

Lucien contuvo la respiración desde su posición privilegiada, disfrutando del espectáculo. Horatia tenía el pelo un poco agitado por el viento y las mejillas sonrojadas por la emoción de la persecución. Su cuerpo femenino, con amplias curvas, estaba hecho para hacer el amor con pasión y para las fantasías perversas. Era, en verdad, la mujer que siempre había deseado, que siempre había necesitado. Incluso después de las revelaciones de su madre, eso nunca podría suceder.

Era la hermana de Cedric y la Liga tenía reglas.

Lucien no podía confiar en sí mismo cuando estaba con Horatia. Quería hacer el amor con ella a la luz de las velas para ver mejor las sombras que jugaban con las curvas de su cuerpo. Disfrutaba atando a una mujer y excitándola hasta los límites del placer. Nunca para lastimarla, no. Pero le encantaba tener poder sobre una mujer y, sobre todo, su confianza. Podía aprender sobre cada lugar sensible y cada oscuro deseo que ella albergara para poder satisfacerlo. Nunca había dejado a una mujer insatisfecha después de una noche atada a su cama, y se negaba a disfrutar hasta que su pareja estuviera completamente saciada.

Ahora, este talento finamente perfeccionado se echaría en saco roto. La única mujer que anhelaba era la única que nunca podría tener. Quería estar con ella de una forma que nunca había experimentado con otras mujeres. Quería mostrarle una parte de sí mismo que siempre le había ocultado a los demás. Tal vez el encanto de Horatia provenía de su condición de inalcanzable. Un fruto prohibido. Solo podía rezar para que ella permaneciera protegida de él, siempre y cuando Lucien ejerciera ese maldito autocontrol que últimamente se había deteriorado.

Lucien se apartó de la ventana cuando oyó la estridente voz de Audrey resonando en el salón principal.

—¡Te juro, Linus, que eres la peor clase de hombre! ¿Cómo has podido darle a una cabra mi mejor *spencer*?

—Pensé que la pequeña tenía frío.

—Tiene pelaje. ¿Qué más necesita?

—Es la época de los regalos. Deberías agradecer que haya ejercido mi buena voluntad para asegurarle a la cabra un poco de calor.

—¿La época de los regalos? ¡Yo te daré algo!

Hubo un golpe y un grito de dolor como respuesta.

—¿Qué demonios has puesto allí... piedras? —vociferó Linus.

Lucien salió a tiempo de la habitación de su madre y Audrey se escondió detrás de él, usándolo como escudo contra la venganza de Linus.

—¡Sálvame, Lucien! —suplicó Audrey, cuyas pequeñas manos se agitaban en torno a sus hombros, junto con un *reticule* bastante pesado.

—Entrégala, Lucien. Ya es hora de que azote su trasero —Linus sonó verdaderamente vulgar mientras la fulminaba con la mirada.

—Arruinaste su *spencer* con esa cabra, Linus, y estoy seguro de que era uno muy costoso —Lucien se cruzó de brazos y le devolvió la mirada asesina a su hermano menor, sintiéndose afortunado por tener la ventaja de la edad, ya que Linus lo igualaba en altura.

—Esa chaqueta era el dinero guardado de seis semanas que nunca recuperaré —habló Audrey—. ¿Quizás deberías comprarme uno nuevo con tu pago trimestral? —sonrió maliciosamente.

Linus enfureció.

—Por qué tú... —avanzó un paso, pero Lucien lo detuvo con una palma firme.

—Me parece una idea excelente. Deberás devolver el importe íntegro del *spencer*, ¿verdad, Linus?

Linus gruñó, pero asintió bruscamente y se marchó.

—Oh, y Linus —llamó Lucien—. Tienes una semana, o lo pagaré yo mismo y lo descontaré de tu paga.

Audrey aplaudió y bailó alrededor de Lucien.

—¡Oh, eres un encanto! ¡Mi campeón! —Audrey se puso de puntillas para besar su mejilla antes de salir corriendo, sin duda para continuar provocando a su hermano y causar más problemas. Que así sea.

—Ha sido increíblemente amable de tu parte —la voz de Horatia hizo que Lucien se sobresaltara. Había estado escondida cerca de la puerta del jardín trasero.

—Es justo. Linus ya tiene más de veinte años. Debería crecer. Los años de las bromas se acabaron, pero parece decidido a aprenderlo por las malas. No puedo entender por qué sigue actuando como un niño. Mamá lo mima demasiado, supongo.

—La provocación de Audrey no ayuda en nada —añadió Horatia—. De niños, jugaban demasiado tiempo juntos como para adaptarse realmente a sus roles más maduros en la vida. Es una de las razones por las que nunca me preocupa mi falta de diligencia como su chaperona —Horatia lo confesó con una pequeña sonrisa.

El pecho de Lucien se apretó cuando una ráfaga de culpa lo atravesó. Un silencio incómodo surgió entre ambos. La cálida sonrisa de Horatia vaciló y luego se desvaneció cuando el silencio se prolongó.

—Perdóname —dijo Lucien con brusquedad y se dio la vuelta para marcharse. Ya no podía soportar estar cerca de ella. Atrapado entre el sentimiento de culpa merecido y el deseo perverso, era un maldito si la reclamaba y un maldito si no lo hacía.

Lucien llamó a un lacayo, Gordon, para que enviara un mensaje a los establos y prepararan su caballo. Luego fue en busca de su gabán y sus guantes de montar. Un paseo le vendría bien. El aire frío y la soledad apagarían su fuego y le darían tiempo para pensar. Por suerte, Horatia no le siguió.

Un caballerizo llevó al semental de Lucien a los escalones del Hall. La bestia movió su cola. Lucien agradeció a Gordon con un asentimiento de cabeza y luego montó al animal. Salió trotando del patio principal y cruzó el prado nevado al este de la residencia. Su caballo avanzó sobre la nieve frágil, pisando con cuidado hasta que la nieve se volvió más espesa. Entonces, Lucien lo convenció para que acelerara el paso. El viento azotó su abrigo mientras cabalgaba por el prado.

Las nubes grises formaban un grueso muro invernal y la tierra frente a él parecía un mundo sombrío entre nevadas intermitentes. Había algo hermoso en la desolación de Kent durante el invierno, especialmente este año. La mayoría de las veces, la nieve era escasa, pero este año los terrenos estaban cubiertos de ella. La desintegración de la vida yacía unos centímetros por debajo de la nieve, imperceptible. Ese mundo guardaba secretos, como el momento previo a que un nadador saltara la superficie para respirar; las semillas en el suelo esperaban su momento de oxígeno, su momento de revelación. Lucien se sentía igual, esperando respirar, esperando liberarse.

Recordó la multitud de besos que le había robado a Horatia, tanto por rabia como por deseo. Ahora, sin ira para alimentar su ceguera emocional, podía ver la verdad. No era simplemente deseo, ni lujuria por la fruta prohibida, era algo más. Algo secreto se escondía bajo las llamas de su pasión.

No debería, pero... Vio cómo su aliento se convertía en una pálida nube mientras examinaba sus confusos pensamientos sobre sus sentimientos por Horatia.

El caballo de Lucien había disminuido la velocidad hasta

detenerse por completo, algo que la bestia nunca había hecho sin estímulos.

Qué extraño.

Clavó los talones en los flancos del caballo para estimularlo con una patada. La bestia giró violentamente la cabeza. Lucien volvió a patear y esta vez el caballo corcoveó y relinchó. Lucien se aferró a las riendas para intentar mantenerse en la silla. El animal reaccionó con más fuerza y, en esta ocasión, Lucien fue incapaz de actuar. Salió disparado del caballo, con sus brazos atrapados en las riendas mientras aterrizaba con un estruendo en el suelo helado. El dolor estalló en su cabeza y en su cuerpo. Su visión giró en lentos círculos y luego comenzó a apagarse...

CAPÍTULO 18

Ver a Ashton herido había sacudido los cimientos de la existencia de Charles. Necesitaba restaurar algún sentido de orden en su mundo, reafirmar su fuerza y su defensa. Estaba de pie en el ring del Salón de Jackson practicando su técnica de boxeo. El sudor brillaba en su frente y humedecía su cabello.

Luchaba como un hombre poseído. Golpe tras golpe, oponente tras oponente y, de todos modos, siguió luchando, ignorando sus músculos doloridos. Mientras golpeaba y esquivaba, todo lo que veía era a Ashton. Pálido por la pérdida de sangre, descansando en la residencia Essex mientras se recuperaba de su lesión. El médico les había asegurado a todos que no había nada de qué preocuparse y que Ashton recuperaría el control de su brazo con el tiempo.

Muchos de los hombres de los mejores círculos disfrutaban jugando al boxeo, pero no Charles. Él se tomaba el arte muy en serio. Un combate pugilístico era su forma de luchar contra sus miedos e inseguridades.

Conquista el cuadrilátero y conquista tus demonios.

Hoy lucía un ojo morado, uno que se había merecido pero que no había conseguido en el ring. Charles sonrió ampliamente mientras resistía las provocaciones de los otros caballeros en Jackson. Todos habían asumido que por fin había perdido un combate y él no iba a decirles la verdadera razón.

Su oponente actual era un hombre llamado Everard Ralph, un joven novato comparado con Charles, deseoso de poner a prueba su coraje contra el campeón no oficial de Jackson. Los dos intercambiaron golpes durante unos veinte minutos antes de que Ralph empezara a debilitarse.

—¿Ya tuviste suficiente? —preguntó Charles. Su tono, habitualmente ligero, estaba agitado.

Ralph retrocedió un paso cuando Charles aprovechó su ventaja.

—¡Basta, Lonsdale, basta! —Ralph jadeó mientras esquivaba otro golpe de Charles—. Dios, hoy has luchado como el mismísimo diablo.

Era un sujeto bastante decente con el tipo de sonrisa que hacía que las doncellas vírgenes se desmayaran y las viudas dejaran sus tarjetas de visita en los bolsillos de su abrigo. Pero no tenía nada que ver con Charles. Charles había sido un libertino desde los diecisiete años y, cuanto más se manchaba su reputación, más mujeres parecían "cruzarse" en su camino. Sin embargo, el juego estaba empezando a cambiar.

Una cosa era secuestrar a una chica como Emily Parr y deleitarse con un plan depravado. Pero otra cosa era subir a su carruaje después de una noche de juerga y encontrar a una dama esperando dentro para ser comprometida por él. Así no debía jugarse el juego. Se suponía que él debía perseguir y la dama huir, pero desde hacía un par de años sentía más bien que él estaba huyendo.

Las madres casamenteras conspiraban cuando él entraba en los salones de baile, e incluso parecía oír campanas de boda cuando su nombre era anunciado en Almack. A pesar de su notoria reputación, siempre lograba obtener invitaciones a los salones de actos del club, probablemente porque el riesgo de permitirle la entrada valía la oportunidad de que alguien lo atrapara.

Cuando Charles le había comunicado a Ashton este desafortunado giro de acontecimientos, el hombre le había dicho con su habitual sabiduría: "Quizá un poco de honor y restricción atenuaría tu atractivo para las damas solteras". En ese momento, Charles se había mofado. "Ash, tú y yo sabemos que soy capaz de muchas cosas, pero el honor y la restricción no están entre ellas". A lo que Ashton había señalado: "Eso ha hecho maravillas con Godric. Míralo a él y a Emily".

Charles había resoplado y se había alejado.

—Gracias por el combate, Lonsdale. Ha sido muy revelador —Ralph le ofreció una mano a Charles, quien la estrechó antes de salir del ring y coger su toalla. Se limpio la cara y contempló el mal estado de su ropa. Su ayuda de cámara acababa de abandonarlo para casarse con una criada de una casa vecina. A Charles le gustaba vestir de forma inmaculada y necesitaría rápidamente un nuevo ayuda de cámara. Era un problema más en una lista que no dejaba de aumentar.

Necesitaba un trago. Ahora. Con esto en mente, se dirigió a su club de caballeros, Berkley. Ninguno de sus amigos estaría allí esta noche, lo cual era una bendición. No estaba en condiciones de tener compañía. Estaba de muy mal humor y pronto bebería lo suficiente como para alcanzar un estado de olvido para el resto de la noche. También podía preguntar por ahí para ver si alguien sabía de algún ayuda de cámara en busca de un nuevo puesto.

Después de media hora, se encontraba sentado a solas en una habitación privada con una copa en mano mientras escuchaba el crujido del fuego en la chimenea. Las voces que se oían en los pasillos eran alegres, muy contrarias a su propio espíritu. La puerta de la habitación se abrió y un criado entró. Berkley empleaba a muchos jóvenes y recaderos. Charles rara vez se relacionaba con ellos, a menos que estuviera decidido a sumirse en sus copas y los necesitara para mantener en marcha el brandy.

—Buenas tardes, milord. ¿Le gustaría otro decantador? —

preguntó el muchacho. Era pequeño para su edad, con el pelo claro oculto por una peluca blanca y unos ojos azules. Sus rasgos eran tal vez demasiado delicados y su contextura un poco extraña en algunas partes. Eran las señales de una juventud incómoda. Su cuerpo crecería, como todos los hombres. Curiosamente, nunca había pensado mucho en los sirvientes de aquí. Sin embargo, algo en este chico le llamó la atención.

—¿Ya he terminado el primero? —Charles parecía sorprendido. Miró hacia la mesilla donde se hallaban la bandeja de brandy y las copas adicionales. Efectivamente, estaba vacía. El muchacho le acercó el segundo decantador a Charles y llenó su vaso con el cálido líquido color ámbar.

—Gracias —Charles se precipitó a inclinar la copa hacia atrás para beber su contenido.

Los ojos del chico se abrieron de par en par por la sorpresa.

Charles se limitó a soltar una risita.

—¿Has probado el brandy?

El chico negó con la cabeza y un mechón se escapó de su peluca blanca, cayendo sobre sus ojos. En ese momento, algo melancólico se agitó en el interior de Charles, como fantasmas en movimiento. ¿Alguna vez había sido así de joven? En ese caso, no recordaba cuándo.

—¿Cuántos años tienes? —le preguntó Charles al muchacho.

—Veinte, milord.

—¿Veinte? Eso es una mentira, y puedo reconocerlas. Estás demasiado... escuálido —Charles sabía que estaba demasiado ebrio para contener su lengua. Los ojos del chico se entrecerraron. Charles levantó las manos en señal de defensa—. Mis disculpas, muchacho. Estoy decidido a beber hasta perderme y tú eres la víctima de que yo esté a punto de hacerlo. Ven, siéntate. Confío en que no te necesitarán abajo durante un tiempo —Charles señaló una silla vacía junto al fuego. No había creído necesitar la compañía de alguien, pero el joven parecía necesitar un descanso. Sus ojos estaban ensombrecidos por unas ojeras derivadas de la falta de sueño. Charles podía darle un descanso al muchacho y aliviar su repentino deseo de compañía esta noche.

—¡Oh, no podría, mi señor! —protestó el muchacho—. Va contra las reglas.

Charles rebuscó en su bolsillo, sacó un puñado de chelines y se los tendió.

—Soy miembro de este club. Como tal, las reglas se modifican cuando lo necesito. Te pido que atiendas mis necesidades. Una de esas necesidades es que te sientes y me hagas compañía.

El chico soltó un suspiro y aceptó los chelines ofrecidos con una sonrisa de agradecimiento. Parecía que estaba muy necesitado de dinero. Charles sabía que el orgullo de un hombre podía impedirle aceptar la ayuda.

—¿Cómo te llamas?

El chico dudó.

—Linley, mi señor. Tom Linley.

—Dime, ¿has trabajado aquí mucho tiempo?

Linley negó con la cabeza.

—Solo unos meses. Solía trabajar como ayuda de cámara, pero no he podido encontrar un nuevo empleo. Mi antiguo amo no quiso darme una referencia.

—¿Oh? —Charles se incorporó un poco—. ¿Por qué?

Linley frunció el ceño.

—Él y yo no coincidíamos con el mantenimiento de su guardarropa. La ropa está pensada para ayudar a definir el carácter de un hombre, y mi amo no respetaba la importancia de eso.

Este joven tenía ideas afines a la mente de Charles. Un guardarropa adecuado era crucial para que un hombre causara una poderosa impresión en la sociedad. Este muchacho bien podría ser la respuesta a su problema de ayuda de cámara.

—¿Te gusta tu empleo en Berkley? Sé honesto. No les diré a los dueños del club nada de esto —mientras esperaba la respuesta del chico, una extraña desesperación por salvar a este muchacho lo invadió. No sabía por qué. Tal vez quería transmitir la amabilidad que sus propios amigos le habían mostrado. Linley estaba muy necesitado de alguien que lo cuidara. Era sencillo deducir que el padre del muchacho no estaba presente, y tampoco parecía haber ningún hermano.

—No es prudente confiar en un hombre ebrio —habló cautelosamente el muchacho.

—¡Ja! ¡No hay palabras más ciertas! —Charles se rio y divisó una sonrisa de satisfacción en el muchacho—. Ahora, estoy lo suficientemente ebrio como para considerar ofrecerte un puesto, pero lo suficientemente sobrio como para jurar sobre la tumba de mi padre que mis intenciones son buenas y que no olvidaré mis promesas por la mañana. ¿Te interesa? Pagaría el doble de lo que te pagan ahora.

—¡Pero, milord, no sabe cuánto me pagan actualmente! —exclamó el muchacho con los ojos muy abiertos.

—Créeme, Linley, lo que sea que estés recibiendo aquí, no es nada comparado con lo que pagaría por un sirviente decente. Necesito a alguien que me atienda mientras estoy en la ciudad. Para mí un ayuda de cámara es más que un asistente personal.

—Seguramente usted posee lacayos para tales deberes.

—Los tengo, pero sus deberes los mantienen en casa. Son muy trabajadores, pero no es muy divertido estar con ellos. Hay un límite de profesionalidad que puedo soportar. Prefiero contratar a un bribón como tú para que me entretenga —Charles se había fijado en el discurso elocuente y la gracia controlada de Linley, algo que solo procedía de una persona criada en un buen ambiente—. Parece que eres lo suficientemente educado como para proporcionar una conversación entretenida.

—Soy el hijo de la dama de compañía de la Condesa viuda de Haverton —comentó Linley.

—¿Haverton? Conozco al Conde, un buen hombre. Ahora, ¿qué dices, Linley? ¿Te gustaría aceptar el trabajo? —un delicioso zumbido calentaba sus venas mientras él se relajaba. Linley ya estaba demostrando ser una útil distracción.

—Antes de aceptar... permítame una pregunta, milord.

—Adelante.

Linley se removió en su silla.

—No soy el tipo de hombre que aceptaría... bueno, no permitiría que me *utilizara* —el rostro del joven se sonrojó mientras buscaba las palabras para aclarar su significado—. Es decir, no me interesan los hombres y no permitiré que me utilice para... cosas físicas. Si esa es su intención, entonces debo declinar respetuosamente.

—¿Qué? No seas ridículo —Charles se rio. Sus intereses sexuales siempre habían sido hacia las mujeres y las suposiciones del hombre lo divirtieron—. Sé que tengo una cierta reputación escandalosa, pero no es por eso. Señor Linley, la verdad es que usted me recuerda a mí mismo cuando era más joven. Asustado, solo y necesitado de un amigo —hizo una pausa, sorprendido por la facilidad con la que la verdad surgió—. Solo le ofrezco un puesto y algo de compañía. Nada más. ¿He superado la prueba con éxito?

Linley lo estudió antes de responder.

—Me gustaría saber exactamente cuánto me pagaría y dónde podría alojarme. Además, tengo un problema —las cejas de Linley se fruncieron. Hizo una pausa para respirar lentamente—. Soy el único cuidador de mi joven hermana, una bebé de solo un año. Debo disponer de un medio para cuidarla también.

Charles contempló esta noticia con un sorprendente nivel de seriedad. Quería que el muchacho trabajara para él, y un bebé parecía ser parte de las condiciones. Indudablemente, había espacio en la casa de Charles.

—Muy bien —golpeó ligeramente sus manos contra sus muslos y se levantó—. Me gustaría que empezaras ahora mismo. No tiene sentido que te quedes aquí un momento más. Hablaré con la dirección para que te liberen en buenos términos. Puedes acompañarme a cenar esta noche a la casa de St. Laurent. Después podemos ver cómo trasladarte a mi casa y encontrar una niñera para tu hermana. Me atrevo a decir que mi ama de llaves estará a la altura del desafío mientras tú te ocupas de tus deberes conmigo. Su propio hijo acaba de irse a la escuela y me temo que se está sintiendo sola —Charles dejó su copa de brandy —. Estoy dispuesto a ofrecerte treinta y cinco libras al año como salario. ¿Qué te parece?

Los ojos de Linley se desorbitaron mientras articulaba en respuesta, asombrado.

—¿Puedo interpretar su atónita reacción como una aceptación?

Linley asintió en silencio.

—Excelente. Bebe un trago de brandy para celebrar tu nuevo empleo —Charles le entregó a Linley su vaso y éste bebió un pequeño sorbo, escupiendo casi de inmediato. Charles se rio y le dio una palmada en la espalda mientras el chico tosía—. No tienes mucha experiencia con el licor, ¿verdad?

La cara de Linley palideció.

—Solo para recibir las palizas de los hombres ebrios.

A Charles se le contrajo el pecho. Despreciaba a los que utilizaban la bebida como excusa para desatar sus demonios sobre los demás.

—Si no le importa que le pregunte, señor, ¿cómo consiguió ese ojo morado? —preguntó Linley en voz baja.

—¿Esto? —Charles se tocó el ojo morado—. Ayudé a una amiga.

—¿Alguien intentó lastimarlo cuando ayudó a una joven? — Linley parecía escéptico.

Bueno, si este joven iba a ser su ayuda de cámara, sería mejor que Linley entendiera qué tipo de aventuras —o más bien desventuras—, podía esperar presenciar durante su servicio.

—La dama en cuestión es hermana de un amigo íntimo — hizo una pausa, sin saber cómo explicar un comportamiento que parecía terrible—. Ella desea casarse con alguien, pero su hermano está comportándose como un idiota, por así decirlo. Así que ella me pidió que la hiciera parecer comprometida para que su hermano se mostrara dispuesto a discutir su matrimonio con este otro sujeto.

—¿Oh? —los ojos de Linley brillaron con curiosidad—. ¿Ella tuvo éxito?

—Un poco. Su hermano ha accedido a hablar del matrimonio una vez que haya terminado con algunos, eh... negocios —Charles se encontró limitando sus comentarios. Nunca se podía ser demasiado cuidadoso. Waverly tenía un gran alcance en el bajo mundo londinense y Charles sabía mejor que los demás hasta qué punto caería para consumar sus malvados planes.

—Qué suerte, para la dama quiero decir. Tiene suerte de que su hermano sea muy amable y comprensivo.

—Yo no diría eso. Después de todo, tengo esto —señaló de nuevo su ojo—. Pero al final todo se arreglará. Confío en ello.

La mirada resignada con la que el chico había entrado en la habitación ya no estaba. Charles sintió un calor en el pecho que pareció extenderse por todo su cuerpo y que no tenía nada que ver con el brandy. Ayudar al chico lo había hecho sentir bien de una manera que no había experimentado en años. Recordó aquel día cuando los otros miembros de la Liga lo salvaron, la forma en que lo hicieron.

Linley se aclaró la garganta.

—Gracias por la oportunidad, milord.

—Ni lo menciones, muchacho.

Linley hizo un extraño ruido antes de probar otro sorbo de su brandy. Esta vez pareció gustarle. Charles disfrutó del agradable silencio mientras esperaba a que Linley terminara su copa.

—Bueno, si quiero cenar en la residencia Essex esta noche, será mejor que nos vayamos. Primero, visitaremos a tu empleador y luego tendré que volver a casa para cambiarme.

HORATIA CONTEMPLABA EL CABALLO SIN JINETE DE LUCIEN mientras galopaba por el costado de la casa y encontraba el camino de regreso a los establos. A pesar de la rapidez de sus movimientos, su pata delantera izquierda parecía lastimada. Las riendas colgaban sueltas delante de él.

¿Dónde estaba Lucien? Corrió a coger su capa y salió por una puerta lateral cercana a los establos. Se precipitó al exterior y cogió las riendas del caballo. El animal le clavó una mirada torva. Fue entonces cuando Horatia vio el hilo de sangre cerca de la parte trasera de la silla de montar. Liberó la cincha y levantó la silla con dedos temblorosos.

Una ramita de espino estaba incrustada en la piel del caballo, y las espinas provocaban una dolorosa herida. Si Lucien se hubiera echado hacia atrás con demasiada fuerza, habría clavado más profundamente las espinas. Horatia miró hacia el campo. ¿Dónde estaba Lucien? Tal vez el caballo se le había escapado a su regreso.

Llevó al animal a los establos, donde un caballerizo cogió las riendas.

—Tenía un poco de espino metido debajo de la silla —le informó.

—¿Qué? —el joven parecía mortificado. Retiró la silla del caballo para inspeccionar los daños—. Maldición, las espinas debieron clavarse en la manta de la silla de montar de alguna manera. ¿Su señoría encontró esto?

—No. Pensé que Lucien estaba aquí. ¿No ha vuelto?

Cuando el caballerizo negó con la cabeza, Horatia sintió que el corazón le saltaba a la garganta. Corrió hacia el cubículo más cercano, donde un grueso caballo se alimentaba alegremente. Ella cogió una brida suelta y la arregló rápidamente antes de sacarlo de su sitio.

—Lo ensillaré de inmediato. Permítame acompañarla —el hombre se apresuró a echar una manta y una silla de montar sobre el lomo del caballo, sujetando todo—. Usted necesitará ayuda si él ha tenido un accidente.

Horatia negó con la cabeza.

—No. Si él ha tenido un accidente, necesito que traigas al médico de Hexby inmediatamente. No podemos perder tiempo —ella levantó una mano cuando él empezó a protestar—. Tú cabalgarás más rápido hasta el pueblo para traer al médico.

—Muy bien —el caballerizo frunció el ceño, pero obedeció.

Una vez arriba del caballo, Horatia lo condujo fuera de los establos y buscó huellas de cascos en el suelo. Solo un conjunto de éstas se alejaba de la residencia. Ella las siguió, instando al animal a galopar. Sus grandes y pesados cascos golpeaban incesantemente la nieve.

Lucien, ¿dónde estás?

Después de lo que parecieron hectáreas de nieve infinita, Horatia divisó un cuerpo oscuro en la distancia. Al acercarse más, descubrió con horror que se trataba del cuerpo de Lucien.

—¡Oh, Dios! —jadeó—. ¡Más rápido, maldito caballo! —le gritó al caballo de tiro y éste aceleró su marcha.

Cuando estuvo a pocos metros, se bajó de la silla y corrió hacia Lucien. Estaba boca abajo en la nieve, envuelto en su capa. Horatia lo puso de espaldas y palideció al ver la herida con sangre sobre su frente. Tenía los ojos cerrados y sus labios pálidos estaban entreabiertos.

No podía perderlo ahora, no después de todo por lo que habían pasado. Los recuerdos parpadearon en sus ojos; la forma en que él alzaba los labios en una sonrisa perversa, el roce de sus labios con los de ella, las palabras dulcemente susurradas en la habitación del Jardín Midnight.

—¡Lucien! —acercó la oreja a sus labios, implorando sentir el calor de su aliento. Lo sentía, pero muy poco. Horatia colocó las palmas de sus manos en las mejillas de Lucien, permitiendo que su calor se filtrara en su fría piel. Una vez que sus propias manos se enfriaron demasiado, ella arrastró el cuerpo de Lucien hacia su regazo y lo abrazó, frotándolo, rezando para que su calor corporal tuviera algún efecto. Después de lo que pareció una eternidad, las oscuras pestañas de Lucien se agitaron. Cuando sus ojos color avellana lograron enfocarse en algo, no lo hicieron en el rostro de Horatia, sino en sus pechos a escasos centímetros de él. Logró una débil sonrisa.

—El cielo se ve muy hermoso desde este ángulo —la sonrisa

se transformó en una mirada lasciva y juguetona, incluso cuando los ojos de Horatia se entrecerraron.

—Solo ignoraré eso porque estás vivo —le cogió la mejilla y presionó sus labios temblorosos contra su frente en un beso de agradecimiento. Ella podría haber llorado de alivio, pero reprimió las lágrimas. Lucien todavía no estaba fuera de peligro. Tenía que llevarlo a la casa y hacer que el médico lo atendiera.

—Te he asustado, ¿verdad? —bromeó Lucien, pero Horatia no podía dejar de temblar.

—Más de lo que me gustaría admitir. ¿Qué ha pasado?

—No estoy seguro, estaba cabalgando y de repente mi caballo me tiró.

—Había espinas debajo de la manta de la silla de montar, clavadas en tu caballo.

—¿Espinas? —Lucien se esforzó por sentarse.

—Debieron atascarse en la manta mientras lo ensillaban —Horatia permitió que se apartara mientras desenrollaba su capa e intentaba ponerse en pie. Avanzó con tal inestabilidad que ella le echó uno de sus brazos sobre los hombros para sostenerlo mientras lo guiaba hacia el caballo.

—¿Puedes montarlo?

—Prefiero montarte a ti —dijo él con una sonrisa. Su mirada pareció desenfocarse de nuevo.

Horatia sujetó el cuello y la crin del caballo mientras se subía a la silla.

—¡Este no es el momento ni el lugar, tonto! —le pellizcó el brazo, devolviéndolo a la realidad—. ¡Ahora, concéntrate! ¿Puedes subir o no?

—Mantenlo firme y lo averiguaré —Lucien consiguió alzarse. Inmediatamente se desplomó contra la espalda de Horatia y su cabeza cayó sobre su hombro.

—Quédate despierto, Lucien. Sujétate a mí —él le rodeó la cintura con los brazos y ella aceleró la marcha del caballo hacia Rochester Hall.

El trayecto pareció durar una eternidad. Durante algunos

momentos más, Lucien amenazó con perder la conciencia. Horatia sabía poco de medicina, pero le habían dicho que no debía dejarlo dormir con una herida en la cabeza.

—¡Mantente despierto!

—Lo estoy intentando —su voz frustrada vibró contra su oído—. Estás demasiado caliente, maldita sea. Solo quiero abrazarte y dormirme... —sus palabras se suavizaron en un murmullo somnoliento.

—¿Qué te mantendría despierto? —siseó Horatia—. Si pudiera darme la vuelta, te abofetearía con gusto... —las manos de Lucien se deslizaron desde su cintura hasta sus pechos, cogiéndolos y luego acariciándolos suavemente. Horatia se arqueó de sorpresa, no exenta de placer.

—Esto sí que me mantiene despierto.

—¡Quítame las manos de encima!

Él le apretó los pechos, soltó una risita y se acercó aún más a ella por detrás. Horatia sintió un distintivo pellizco en su trasero.

Miró al cielo. A pesar de su grave peligro físico, el hombre era un canalla.

—Bien. Si te ayuda a mantenerte despierto... pero te juro por Dios, Lucien, que en cuanto nos acerquemos a la casa, moverás las manos, ¡a menos que quieras que mi hermano nos vea!

Ese comentario hizo que él volviera a dejar caer las manos en la cintura de Horatia, pero se mantuvo despierto el resto del viaje a casa. El dolor de la decepción de que Lucien no hubiera intentado provocarla más, la sorprendió. ¿Quería que él la abordara y la obligara a admitir que quería, no, que anhelaba su toque? Sí. Le encantaba que él hiciera eso.

Cuando acercó el caballo a las puertas principales, se sintió aliviada al ver que un carruaje y otro par de caballos les habían ganado el paso. Reconoció enseguida a los dos jinetes.

—¡Avery, Lawrence, ayuda! —los dos hermanos menores de los Russell saltaron de sus caballos y corrieron hacia ella.

—¿Qué ha pasado? —Avery se acercó para ayudarla a descender. Horatia dejó que la cogiera por la cintura y la bajara delicadamente.

—Su caballo lo tiró. Lo encontré en el prado, bastante lejos —Horatia señaló a Lucien, quien se desplomó inmediatamente al no poder apoyarse en su cuerpo—. Estaba inconsciente y tiene una fea herida en la cabeza. Antes de irme, hice que el jefe de los establos fuera a buscar al médico de Hexby.

—Bien hecho, señorita Sheridan. Vamos, Lucien. Por aquí, hacia mí —Lawrence persuadió a su somnoliento hermano mayor para que bajara del caballo.

Avery parecía poco dispuesto a soltar a Horatia.

—Y tú, ¿estás bien?

—Estoy bien, de verdad. Ayuda a Lawrence.

Los hermanos cargaron a Lucien hasta el interior de la casa como si hubiera llegado ebrio de una taberna. Horatia le entregó las riendas a un caballerizo y luego siguió a los hombres.

El vestíbulo de Rochester Hall estaba lleno de gente. Al parecer, Lady Rochester estaba recibiendo a los Cavendish, quienes habían llegado al mismo tiempo que Lawrence y Avery.

—¡Apartaos del maldito camino! ¡Hay un herido! —gritó Avery mientras él y Lawrence cargaban a su hermano a través de la multitud en dirección a las escaleras y a la alcoba de Lucien.

Lady Rochester comenzó a seguirlos, pero Lucien negó con la cabeza.

—Estoy bien, madre. Por favor, quédate con los invitados. Horatia se ocupará de mí y te hará subir cuando yo esté acomodado —su tono, aunque sin aliento, no permitió objeciones.

—Subiré a verte en breve, querido —le prometió.

Horatia intentó seguir a Avery y a Lawrence, pero Lady Rochester la cogió del brazo, exigiendo respuestas. Con una premura que le impedía respirar, explicó los acontecimientos en un intento de calmar a la multitud. Extrañamente, eso también la calmó por el momento.

—Tiene buen aspecto —dijo Sir John Cavendish—. No os

preocupéis. Si está caminando y hablando, entonces estará bien. Yo sufrí más durante la guerra.

Sir John Cavendish y su esposa Marie eran viejos amigos de las familias de los Sheridan y los Russell, hasta que Sir John trasladó a su familia a Brighton cuatro años atrás. Las tres familias solían pasar juntas las vacaciones.

Sus tranquilas palabras provocaron un tembloroso asentimiento de Horatia. Tenía razón. Sir John siempre tenía razón. Nunca había conocido a un hombre más juicioso.

—Sir John, encantada de verlo de nuevo —Horatia lo saludó con auténtica calidez y abrazó a la encantadora y rechoncha Marie. Los Cavendish tenían dos hijos, Gregory y Lucinda, con ellos. Lucinda era de la edad de Horatia, con el pelo rubio y los ojos azules. Era una versión más femenina de su increíblemente atractivo hermano Gregory, quien había sido compañero de colegio de Avery en Eton y Cambridge, con una diferencia de un año en la edad.

—Con vuestro permiso, debo ir a ver a Lucien —Horatia se las arregló para escabullirse de todos y subir corriendo las escaleras.

La puerta de Lucien estaba abierta y él estaba acostado en su cama sin su ropa mojada. Tenía los ojos cerrados y el pecho desnudo con las mantas solo hasta la cintura. Sus músculos eran firmes y definidos y, por un segundo, su mente se bloqueó antes de que la realidad se estrellara contra ella. Tres pares de ojos la estudiaron y Horatia sintió que su rostro se calentaba.

—Yo... —balbuceó.

Lucien se removió.

—¿Horatia? —su voz era ronca.

—¿Sí?

Lawrence se apartó, permitiendo que la mirada de Lucien la encontrara.

—Entra, por favor. Quiero hablar contigo. A solas —les lanzó miradas penetrantes a sus dos hermanos.

Ambos intercambiaron una mirada de desaprobación,

dudando, hasta que finalmente Lawrence hizo un gesto hacia la puerta para que él y Avery salieran. Lawrence, quien seguía con el ceño fruncido, montó un gran espectáculo al dejar la puerta entreabierta. Lucien, por su parte, frunció el ceño cómicamente ante la puerta abierta.

—Si supiera que estuvo a escasos centímetros de ti en el Jardín Midnight —Lucien se rio secamente—. Me atrevería a decir que se desmayaría al saber que se ofreció a violarte allí.

Horatia se sonrojó, aunque una sonrisa se dibujó en sus labios. El recuerdo de aquella noche debería haber sido doloroso, vergonzoso, pero no era así. Había una parte de ella que lo disfrutaba. Tal vez era el precio de enamorarse de Lucien. Su picardía se le estaba impregnando.

—¿Cómo te sientes? —Horatia se levantó un poco la falda para poder sentarse en el borde de la cama. Se inclinó, le cepilló el pelo hacia atrás y examinó mejor su herida. La habían limpiado y parecía más propensa a presentar moretones que a desarrollar una infección, como ella había temido.

Lucien cerró los ojos y se frotó los párpados con el pulgar y el índice.

—Creo que viviré.

Cuando Horatia intentó apartar su propia mano, él la atrapó y besó su palma. Levantó la mirada hacia ella, con sus ojos color avellana oscuros y cálidos.

—Tengo que darte las gracias. Si no fuera por ti, aún estaría en la pradera. Vaya uno a saber qué hubiera pasado.

Horatia se estremeció ante la repentina sensación de miedo que la invadió. Incapaz de controlarse, le rodeó el pecho con los brazos y enterró la cara en su cuello, temblando. Se preguntaba cómo podía dolerle tanto perderlo si él nunca le había pertenecido. Parecía que amar a alguien que nunca había sido suyo incrementaba su miedo a perderlo. Perder a Lucien a manos de la muerte habría sido peor que perderlo por otra mujer.

Los brazos de Lucien rodearon su cuerpo, acercándola, manteniéndola contra él cuando debería haberla alejado. Cuando

Horatia volvió a controlarse, levantó la cabeza con valentía y su nariz rozó su mejilla. Los brazos de Lucien alrededor de su pecho se tensaron y su respiración se agitó.

—Deberías agradecerle a Dios por mi debilidad como la de un gatito recién nacido, querida. De lo contrario, te estaría dando las gracias de manera apropiada por haberme salvado la vida y esa maldita puerta estaría cerrada con llave —musitó Lucien mientras depositaba un suave y lento beso en su mandíbula.

La sangre de Horatia se calentó ante las imágenes que sus palabras crearon. Un dolor demasiado familiar surgió en su interior. Se apartó cuando las manos de Lucien se dirigieron a sus pechos.

—No —fue todo lo que ella dijo. Se aclaró la garganta y se limpió los restos de lágrimas de los ojos, luego se alisó las faldas y atravesó la puerta abierta. Se detuvo en el pasillo y se volvió hacia él—. Le deseo una pronta recuperación, milord —hizo una reverencia, algo que nunca había hecho con él, y se marchó. La ausencia de los brazos de Lucien a su alrededor ya estaba creando un dolor lleno de nostalgia en su interior, pero Horatia no se atrevió a quedarse allí.

CAPÍTULO 19

La cena en Rochester Hall era siempre un acontecimiento grandioso, tal como le gustaba a Jane. Había algo maravilloso en tener a sus hijos y amigos reunidos alrededor de su mesa, comiendo, bebiendo y hablando. La mesa del comedor formal tenía capacidad para treinta personas cuando todas las alas se desplegaban, pero esta noche estaba perfecta para acomodar al grupo más íntimo de trece.

El médico había llegado y luego se había ido, asegurándole a Jane que su hijo estaba lo suficientemente bien como para cenar con ellos si así lo deseaba, y que solo había sufrido una leve conmoción cerebral. Con las instrucciones de guardar reposo durante los próximos días, Lucien exhibió la terquedad que había heredado de su padre y bajó a cenar. Jane le dirigió una mirada disimulada, todavía preocupada por su palidez.

Ella había dispuesto los asientos de manera que los niños más pequeños quedaran juntos. Cedric y Horatia se sentaron uno frente al otro en la punta de la mesa, a ambos lados de Lucien. Lucinda y Linus eran los siguientes, y a continuación estaban Avery, Lawrence, Audrey, Gregory, Lysandra y finalmente John, Marie y ella misma.

Ella había notado muchas cosas a lo largo de la velada y no

estaba segura de si debía preocuparse por cómo afectaría a todos la cercanía de las tres familias durante las festividades. Linus no dejaba de mirar sigilosamente a Lucinda al otro lado de la mesa. Por su parte, Lucinda intentaba educadamente incluirlo en su conversación con Cedric, pero Linus solo escupía una respuesta rápida y miraba hacia otro lado, cualquier cosa que diera la impresión de que no tenía ningún interés real en la chica.

Jane no se dejó engañar, pero estaba preocupada. Aunque tenía veintiún años, Linus todavía era lo suficientemente joven como para actuar precipitadamente. Su interés por Lucinda Cavendish, si se manifestaba, podría obligar a ambos a pasar por el altar y, en el caso de Linus, ella temía que fuera demasiado pronto. Por mucho que deseara que al menos uno de su prole se casara, él no estaba preparado, y nadie deseaba un matrimonio por escándalo. Todavía era inmaduro y volvería loca a su esposa si se casara ahora.

No era sorprendente ver a Linus intrigado por una mujer. Al fin y al cabo, era un Russell y llevaba su sangre caliente corría por sus venas. Sin embargo, el acontecimiento más interesante de la noche fue Lysandra. La única hija de Jane siempre había parecido una anomalía milagrosa después de tantos chicos problemáticos, pero Lysandra se las arreglaba para ser igual de molesta que sus hermanos. La chica no tenía ningún interés en la moda y pasaba demasiado tiempo en la biblioteca, aunque los libros eran una actividad saludable para una mujer. Era importante ser inteligente. Consideraba que el deber de una mujer era ser más lista que la mayoría de los hombres, pero una mujer no podía casarse con los libros, ni los libros podían darle a Jane los nietos que anhelaba.

No había nada más importante en un momento determinado de la vida de una persona que ver a sus hijos crecer, casarse y tener sus propios hijos. Los nietos eran un regalo especial, y Jane envidiaba a sus amistades que los tenían. Ansiaba volver a tener en sus brazos a un bebé dormido, respirar el dulce y limpio aroma de su piel y susurrarle dulces canciones de cuna. Vería a todos sus hijos casarse y tener hijos aunque fuera lo último que hiciera en la tierra.

A medida que la cena avanzaba, Jane vio algo nuevo en su hija. Había un rubor en sus mejillas, un brillo en sus ojos y una mirada sorprendida, como si Lysandra hubiera despertado de un sueño de pálidos colores pasteles para ver finalmente el mundo en su verdadera intensidad. Solo el deseo del corazón podía formar esa nueva visión. Y la forma en que Gregory Cavendish bebió su vino con imprudente desenfreno le dijo a Jane todo lo que necesitaba saber. Lysandra era oficialmente una Russell si estaba causando tales efectos en el elegante joven con simples miradas. Sería un excelente partido para su hija.

Jane resistió el impulso de pavonearse al saber que ella y su amiga Marie pronto serían familia después de que sus hijos se casaran. Era solo cuestión de tiempo.

Sin embargo, independientemente de lo que hubiera sucedido entre ambos —y algo había sucedido, intuía ella—, no había salido según lo previsto. Un beso dado, o tal vez robado, nunca podía anularse. Jane solo rezaba para que las acciones de su hija, fruto de su pasión, no hubieran sido demasiado atrevidas. Sería muy inaceptable tener que casar a su hija por razones que resultarían obvias dentro de unos meses. Que sus hijos varones se casaran bajo semejantes circunstancias era algo que casi se esperaba de ellos. Ninguno tenía siquiera una pizca de autocontrol, pero Lysandra debía ser más fuerte. Después de todo, era una mujer.

Mientras presentaban un abanico de postres, Jane dirigió su atención a Lucien y a Horatia. Estaban hablando entre ellos y la mujer odiaba no poder oír ni una sola palabra.

Era más que evidente que Horatia lo amaba. ¿Qué haría falta para que él reconociera su amor? Ninguna otra mujer podía contener una emoción tan profunda, ni manejar los estados de ánimo de Lucien como lo hacía Horatia. La mujer debería ser premiada con la santidad por su valentía al amar a un hombre así.

No debo interferir... bueno, no demasiado.

Esta noche habría baile y se tocaría el pianoforte, y Jane reuniría aliados para su misión de empujar a Horatia a los brazos de Lucien.

Una vez terminada la cena, se puso de pie y se dirigió a sus invitados.

—He pensado que podríamos pasar todos al salón de baile durante el resto de la velada y disfrutar de un poco de música y baile —esta sugerencia fue recibida con aprobación y el grupo se dirigió al salón de baile. Jane interceptó a sus tres hijos menores, reteniéndolos en el comedor a solas con ella una vez que los demás se marcharon.

—Mamá, ¿qué te traes entre manos? —preguntó Linus, olvidando que ella aún le debía una reprimenda por su travesura más temprano ese día.

—Sentaos todos —había pasado veinte años perfeccionando ese tono de voz y Avery, Lawrence y Linus corrieron hacia las sillas más cercanas. Una vez sentados, ella comenzó a caminar de un lado a otro, sabiendo muy bien que se estaba comportando como una comandante de las fuerzas armadas de Su Excelencia.

—He decidido que esta noche vosotros tres debéis seducir a Horatia —anunció.

Avery palideció, Lawrence frunció el ceño y Linus, quien había estado balanceándose sobre las dos patas traseras de su silla, cayó estrepitosamente.

—¿Qué? —Lawrence empezó a levantarse.

—¿Dije que podías ponerte de pie?

Lawrence se dejó caer de inmediato.

—¿Te has vuelto loca, madre? —preguntó Linus, enderezando su silla y sentándose de nuevo—. ¿Mando a buscar al doctor Lambert en Hexby?

—Cielos, no —ella se rio—. Estoy más cuerda que nunca y pienso estar aquí todo el tiempo que sea necesario para ver a todos mis hijos felizmente casados, así que más vale que os acostumbréis a mi presencia.

—¿De eso se trata? —Lawrence se cruzó de brazos de tal

manera que de repente le recordó a su difunto marido. Era el hombre más gentil que había existido, pero ciertamente podía parecer tan enfadado como el mismísimo diablo cuando quería, un rasgo que Lawrence había heredado—. ¿Deseas que uno de nosotros se case, así que has ido a seleccionar a Horatia con la esperanza de que a uno de nosotros nos guste? —el desagrado en su tono era tan claro como un tiro de cañón.

—No seas tonto. Ella está enamorada de Lucien.

—Entonces, ¿por qué hacer que la seduzcamos? —replicó Linus—. Me parece que deberías haber arrinconado a tu primogénito para esto —se reclinó en su silla, olvidando su accidente de hacía menos de un minuto. Una sonrisa apaciguadora se extendió por sus labios como si estuviera siguiéndole la corriente a un niño pequeño. Jane estaba al borde de la exasperación. ¿Acaso ninguno de ellos había heredado su sentido común o su astucia?

—Os juro que, por la forma en que actuáis los tres, podría haberos dejado caer de cabeza cuando erais bebés. Si Lucien os ve compitiendo por las atenciones de Horatia, se pondrá celoso y actuará conforme a sus sentimientos por ella. Necesita estímulo y la rivalidad entre hermanos en esta casa nunca ha faltado. Creo que ya es hora de que utilicemos esas energías de forma positiva.

—Inteligente —dijo Avery, quien había permanecido callado hasta ahora en todo esto.

Linus resopló.

—¿Quién dice que Lucien siente algo por ella? Yo creía que no la apreciaba en absoluto después de la señorita Burns y el desastre de la glorieta —su tono irritable era probablemente el resultado de un sentimiento de culpa, ya que él había causado el apropiadamente denominado "desastre".

—La señorita Burns se fue ese día por algo que yo le dije, Linus. Acabo de contarle la verdad a Lucien y ha cambiado su opinión sobre Horatia para mejor, creo.

—Un cambio de opinión no significa campanas de boda, madre —dijo Lawrence.

—Se preocupa por ella y la desea —insistió Jane. Lawrence y Linus refunfuñaron con incredulidad.

Avery se acomodó en su silla.

—En realidad, creo que mamá puede tener razón en esto. Estoy más que dispuesto a creer que Lucien siente algo por Horatia.

Sus hermanos azotaron la cabeza en su dirección.

—¿Y cómo lo sabes? —preguntó Lawrence.

Avery sonrió ampliamente.

—¿Recuerdas aquella noche que te encontraste con Lucien en el Jardín Midnight, Lawrence?

Jane dejó escapar un grito horrorizado, pero Avery la ignoró.

—¿Cómo diablos sabes dónde estaba? —preguntó Lawrence.

Avery siguió sonriendo.

—¿Recuerdas a la mujer del vestido plateado y la máscara por la que Lucien estaba muy interesado?

—Por supuesto —continuó Lawrence—. Era muy bella. Había en ella una ingenuidad encantadora que... oh, Dios.

La sonrisa de Avery se intensificó.

—Sí, esa mujer era Horatia. Pagó a Madame Chanson para que esa noche la enviara con Lucien.

Jane soltó un pequeño grito y se desmayó a medias en una silla. Miró a su hijo por debajo de las pestañas. Ninguno de ellos le estaba prestando atención. En cambio, estaban más interesados en la fuente de información de Avery. ¿Acaso no se daban cuenta del daño que sus conductas salvajes e imprudentes le estaban causando a sus nervios? Bueno, si iban a actuar como demonios, entonces... ¡por Dios! Ella los obligaría a utilizar sus talentos malvados para satisfacer sus fines.

LAWRENCE SE SENTÍA DISPUESTO A SACAR SUS PROPIAS conclusiones. Recordaba cada detalle de aquella noche y sus celos cuando Lucien se había ofrecido a dejar que la mujer, Horatia, lo eligiera a él antes que a su hermano. Lawrence casi había empujado a su propia mujer de su regazo con la esperanza de llevarse el premio de Lucien. Una mujer en la que nunca había pensado románticamente. Era difícil de aceptar.

—¿Me estás diciendo que la mujer a la que prácticamente le rogué para que dejara a mi hermano aquella noche, a la que seduje descaradamente delante de mí, era...

—Efectivamente —dijo Avery—. Pero debo volver al punto de esta revelación. Lucien supo, durante toda la noche, que era ella. Fue muy evidente al declarar su deseo por ella, y viceversa.

Su madre se había incorporado de su desvanecimiento dramático y volvía a participar en la conversación.

—¿Él... ellos... Horatia me dijo que no habían...?

—No, en absoluto —la tranquilizó Avery—. Bueno, no del todo —luego hizo movimientos bruscos con los dedos.

Linus se levantó y extendió los brazos, esperando que esta vez su madre se desmayara de verdad.

Su madre chilló.

—¡Dios mío, he criado a una manada de libertinos y hedonistas! Darse un capricho es una cosa, ¿pero esto?

Lawrence ignoró las exclamaciones de su madre sobre la condenación de las almas de sus hijos y se centró en su hermano menor.

—Avery, ¿cómo sabes todo esto? No estabas en el Jardín esa noche.

—Tengo mis fuentes —respondió misteriosamente Avery. Ni siquiera era la primera vez que les hacía ese comentario.

—Tú y tus malditas fuentes. Uno de estos días te meterás en problemas —le advirtió Lawrence—. La guerra ha terminado. ¿No crees que tu línea de trabajo debería terminar también?

—Las guerras nunca terminan —dijo Avery—. Solo cambian los campos de batalla y los objetivos.

Las misiones de Avery en el continente eran un secreto familiar muy bien guardado que destacaba por lo poco que sabían de él. Era un trabajo peligroso, y él no quería que Avery arrastrara el peligro y los problemas a la puerta de la familia.

—Lucien y Horatia deben casarse —habló su madre—. A estas alturas mi conciencia no permitirá otra cosa. 'No del todo', en efecto...

Lawrence reflexionó sobre esto.

—¿Realmente supones que él la querrá más simplemente por celos? —ya no eran niños, ya no se peleaban por soldados de juguete en los jardines. Las mujeres eran un asunto serio.

—Conociéndoos a los tres, si hacéis lo posible por tentarla a la pasión, él se dará cuenta y responderá.

—No con balas, espero —musitó Avery—. Que me desafíe mi propio hermano... eso sería muy embarazoso.

—No te preocupes, Avery —bromeó Linus—. Asistiré a tu funeral. Será un servicio precioso. Haré que en la lápida se lea: 'Aquí yace Avery Russell, ladrón de corazones y secretos'. Estoy seguro de que habrá al menos unas cuantas personas que llorarán por ti.

—¡Cállate, novato! —espetó Avery.

Lawrence estiró las piernas y las cruzó por los tobillos.

—Yo estaría más preocupado por Cedric —no habría forma de evitarlo. Lawrence sabía lo protector que era el hombre con sus hermanas—. Se verá obligado a ver nuestras insinuaciones amorosas hacia su hermana. Imaginaos su reacción.

—Yo me encargo de él —comentó su madre.

Lawrence supuso que ella solicitaría la ayuda de Audrey para mantener a Cedric distraído. Que Dios los salve a todos si no funciona.

Jane esperó a tener de nuevo toda la atención de sus hijos e hizo un gesto para que Avery hablara.

—Ahora, vayamos a los detalles, madre. ¿Qué esperas que hagamos para que se ponga celoso? —Avery miró a su madre con falsa inocencia y ojos abiertos, ¡el muy pícaro quería que ella lo dijera! Él no la creía capaz de exponer su plan con detalles explícitos. Estaba muy equivocado.

—No me mires con esos ojos dulces de cordero, niño —le advirtió Jane—. Los tres habéis pecado lo suficiente como para llenar el segundo círculo del infierno vosotros solo sin dejar espacio para los demás. Haréis lo que hacéis con cualquier dama de nacimiento noble. Halagarla. Seducirla. Alimentar el fuego dentro de ella. Atraerla a la pasión. Pero no hagáis nada que me preocupe dentro de un mes. ¿Entendido? —si hubiera estado de mejor humor, ella se habría reído del rubor en sus rostros—. ¿Qué? ¿Esperáis que me haga la desentendida sobre estas cosas? He dado a luz a cinco hijos, y os aseguro que no lo he hecho sola. Vuestro padre jugó un papel importante en el nacimiento de vuestras miserables existencias. Está ese pequeño libro de la India que creo que todos tenéis. El que tiene todas las ilustraciones. No pretendáis que no lo conocéis, porque yo también lo he leído.

—¡Madre! Por el amor de Dios! —suplicó Lawrence, interrumpiéndola.

Jane se permitió una sonrisa.

—No es muy divertido cuando uno está en el otro extremo de los pensamientos desagradables, ¿verdad? —aplaudió—. Ahora, pues, al salón de baile. Y recordad, haced lo que os he encargado o pediréis clemencia, y no os daré nada. Yo os traje a este mundo, y si me decepcionáis, os sacaré de él con mucho gusto —hizo la amenaza en un tono tan dulce que sus tres hijos se estremecieron.

En el momento en que Avery, Lawrence y Linus entraron en el salón de baile, Lawrence se volvió hacia sus hermanos, hablando bajo para que los demás no lo oyeran.

—¿Qué os parece si probamos el juego del trile?

—¿Quién será el jugador principal? —preguntó Avery en un susurro bajo.

Lawrence habló:

—Yo lo haré. ¿Recordáis qué hay que hacer?

El trile era algo que los tres habían hecho juntos en numerosas ocasiones. No importaba el formato del juego, cada uno conocía su papel. Linus y Avery asintieron y los tres se separaron. Linus fue directamente hacia su presa desprevenida, mientras que Avery y Lawrence se separaron en direcciones opuestas.

CAPÍTULO 20

Horatia estaba sentada en una silla contra la pared, escuchando la interpretación de Lady Rochester en el pianoforte. Cedric la asistía, pasando las páginas mientras seguía sus pasos en las partituras. Audrey estaba bailando con Gregory Cavendish, quienes parecían estar aprovechando al máximo la amplia extensión del salón de baile. Avery y Lucinda bailaban cerca de ellos y Lysandra lo hacía con su hermano menor.

Una sonrisa se dibujó en los labios de Horatia. Le reconfortaba ver a Audrey tan felizmente comprometida. Su primera temporada había sido bastante decepcionante después de que se corriera la voz sobre la naturaleza prepotente de Cedric entre los jóvenes de la *alta*. Audrey había llorado durante días al no recibir flores ni cartas. No había nada más cruel que ver sufrir a un hermano. El matrimonio era todo lo que la pobre chica quería, y con los ojos vigilantes de Cedric, bueno, simplemente no tenía ninguna posibilidad.

Horatia divisó a Lucien al otro lado de la habitación con Lawrence y sus invitados. Parecía muy recuperado, aunque seguía pálido. Sus ojos tenían una expresión de angustia y eso le provocó un nudo en el corazón. Lucien se pasó una mano por el pelo, agitando los brillantes mechones rojos mientras hablaba con John y Marie. Sir John se rio a carcajadas, con una voz que se elevó por encima de la música.

Lucien era un hombre maravilloso, cálido y cariñoso con un encanto raro e irresistible. Los ojos de Horatia ardieron un poco. Quería llorar porque él estaba herido, y también quería llorar de alivio porque él se estaba recuperando de su herida.

Estaba tan concentrada en Lucien que no se dio cuenta de que un Russell completamente diferente competía por su atención.

—¿Horatia? —preguntó Linus, añadiendo una tos cortés.

Estaba de pie frente a su silla, mirándola con una expresión que la puso ansiosa. Con él, los planes y las bromas siempre llegaban después de ese tipo de mirada.

Horatia se dio cuenta de que él parecía estar esperando que ella dijera algo.

—¿Perdón?

—Te estaba invitando a bailar. ¿Te gustaría? —Linus le ofreció su brazo y una sonrisa encantadora. Eso sacó a Horatia de su ensimismamiento con Lucien.

—¿Deseas bailar conmigo? —no había querido sonar tan incrédula, pero Linus nunca había mostrado el menor interés en bailar con ella. Le hizo preguntarse qué era exactamente lo que pretendía este bromista.

—¡Por supuesto! Eres una bailarina consumada, y se sabe que yo bailo una cuadrilla o dos cuando la ocasión se presenta.

Él movió las cejas y ella reprimió una risita. Linus era un demonio, pero uno encantador.

—¿Y un vals? —preguntó Horatia mientras la melodía de Lady Rochester cambiaba a una más alegre y ligera—. ¿Cómo te desenvuelves en ellos? —en un baile formal en Almack, a una dama soltera no se le permitiría bailar un vals sin el permiso de la chaperona. Sin embargo, Lady Rochester no establecía tales normas entre los amigos. Era algo que le gustaba de la familia

Russell y de Rochester Hall. Horatia era libre de esas molestas sutilezas sociales.

—Los valses son mi especialidad. Debes dejar que te lo demuestre —Linus le guiñó un ojo, como si le estuviera confesando un secreto.

—Pues vamos. A nuestros lugares —Horatia aceptó el brazo de Linus. Seguía sospechando que él estaba tramando algo, pero no podía empezar a adivinar qué era.

La condujo a la pista de baile y la hizo girar lentamente antes de atraerla de nuevo a sus brazos. Ella apoyó la palma de la mano en su pecho, intentando poner algo de distancia entre sus cuerpos.

—No creo que tengamos que bailar tan cerca —le advirtió.

—Tonterías. Un hombre nunca renuncia a la oportunidad de tener cerca a una mujer bonita.

—¿Mujer bonita? —repitió ella—. De verdad, Linus, estás muy raro esta noche. ¿A qué estás jugando? —su tono, aunque suave, le advirtió que sabía sobre su falta de honestidad. Hasta ahora, nunca había habido un indicio de que estuviera interesado en ella románticamente.

—A veces un hombre se despierta un día y se da cuenta de lo que ha tenido frente a sus ojos todo este tiempo —su mirada se apartó de ella durante un breve segundo, una traición a sus verdaderos pensamientos. Ella no era la mujer que él anhelaba, pero por alguna extraña razón, él fingía que sí.

A medida que el vals ganaba velocidad, Horatia comenzó a sentirse algo mareada por los constantes giros. Apenas se había acostumbrado al ritmo con Linus cuando éste la alejó hábilmente de él y otro hombre la atrapó en la pista de baile.

LUCIEN ENTRETENÍA A SUS INVITADOS, DISFRUTANDO DE LAS divertidas bromas de los caballeros de más edad de los Cavendish. Sir John había sido un buen amigo del padre de Lucien, así que escuchar sus historias sobre su imprudente juventud siempre lo llenaba de una profunda calidez. Echaba mucho de menos a su padre y todavía lo lloraba a pesar de los años transcurridos.

—Tu padre estaría orgulloso de lo bien parados que están todos sus hijos —dijo Sir John, asintiendo seriamente hacia Lucien—. Os quería mucho a cada uno de vosotros y debe estar sonriendo dondequiera que esté.

Los ojos de Marie se humedecieron y se apoyó en su marido.

—Oh John, querido, me estás poniendo muy triste. No debes hablar así, especialmente esta noche —metió su mano en el brazo de Sir John y miró a Lucien en señal de disculpa—. ¿Te hace ilusión llevar a Lysandra a Londres el año que viene para la temporada? Creo que conseguirá muchos pretendientes.

Lady Rochester soltó una risa de satisfacción.

—Puede que al principio gane interés, pero dudo que algún caballero se interese por Lysandra.

Cuando los rostros de Marie y Sir John se fruncieron de confusión, Lucien se rio.

—Ella es un poco intelectual. Le interesan más los libros. Creo que preferiría experimentar cosas con un pretendiente que bailar con él.

Lawrence se unió a su grupo.

—¿Estáis hablando de Lysa? —sacudió la cabeza—. Lamentablemente es cierto, me temo.

—Oh, cielos —Marie rio suavemente—. Pero supongo que cuando llegue el caballero adecuado, estará tan desconcertada como el resto de nosotras cuando nos enamoramos.

El grupo pasó a otras cuestiones y Lawrence desvió la atención de Lucien con un comentario inesperado.

—Horatia se ve muy bien esta noche.

Lucien contempló a su hermano con ojos incrédulos.

—¿Muy bien? Está espectacular, como siempre.

La expresión de Lawrence se volvió ilegible.

—Por supuesto, tienes toda la razón. Eso me recuerda que Linus quiere hablar contigo en privado. Está en tu estudio.

—¿Hablar en privado? ¿Qué quiere?

Su hermano se encogió de hombros.

—Creo que desea preguntarte algo sobre cortejar Horatia. Sabe que ella sintió algo por ti en el pasado, pero desea asegurarse de que tú no tengas nada a cambio, para poder perseguirla.

—Ni de coña lo hará —gruñó Lucien y se fue a buscar a su hermano. Horatia seguía bailando con Avery y, por ahora, estaría a salvo de su hermano menor.

—¿AVERY? —TARTAMUDEÓ HORATIA, SORPRENDIDA POR LA nueva pareja de baile que la sostenía. El hermano de en medio de los Russell le sonrió ampliamente.

—¿Y cómo estás, encantadora Horatia? —el diablo se atrevió a encantarla. Era el único que menos se parecía a sus hermanos, todos los cuales eran idénticos en aspecto a su madre. Avery salió como su padre y, por lo tanto, siempre parecía estar a un paso del resto de la prole de los Russell.

—Yo estoy bien, ¿y tú? —intentó mantenerse centrada en la conversación, pero su mente estaba en otras cosas.

—Perfecto ahora que te tengo en mis brazos.

Horatia lo miró boquiabierta antes de recuperarse.

—¿Qu... qué? —primero Linus, ¿ahora Avery? Todo esto era muy extraño.

El ritmo del vals cambió y Horatia encontró la mano de Avery acariciando delicadamente su cintura en suaves pero sensuales movimientos que la hicieron sonrojarse profundamente.

—Creo que mi hermano ha sido un tonto. Has suspirado por él demasiado tiempo, querida. ¿Por qué no le das a otro de nosotros la oportunidad de cortejarte?

—Sinceramente, esto es bastante... —no pudo terminar porque él la interrumpió.

—Ya veo, todavía te preocupas demasiado por él. Bueno, sospechaba que ese podría ser el caso. Te está esperando en el pasillo. ¿Quieres encontrarte con él?

Ella miró disimuladamente por encima del hombro y comprobó que, efectivamente, Lucien había salido de la habitación.

—¿Realmente desea verme? —era demasiado esperanzador suponer que era cierto.

—Por supuesto. Lo convencimos para que no negara lo que había en su corazón.

—Muy bien, entonces me gustaría ir.

Avery los acercó a ambos a la puerta del salón de baile, la cual estaba entreabierta, e hizo girar a Horatia a través de la oscura entrada. Ella habría tropezado, pero un par de brazos la atraparon y la estrecharon contra un cuerpo duro y cálido. Bajo la escasa luz del pasillo, miró al hombre que la mantenía escandalosamente cerca.

—¿Lucien? —susurró.

El hombre que la sujetaba se deslizó suavemente por el oscuro pasillo con pasos que aún conservaban el ritmo de un baile. Los criados no habían encendido las lámparas, o alguien las había apagado. Un escalofrío de inquietud se apoderó de ella.

—Lucien, no deberíamos seguir —ella tiró de su mano y sus zapatillas de casa se clavaron en la alfombra mientras intentaba frenarlo.

—Vamos, Horatia. Lucien y yo no somos tan parecidos, ¿verdad? —la risa divertida de Lawrence la detuvo en seco. Él volvió a tirar de su brazo y ella estuvo a punto de tropezarse.

—Lawrence, déjame ir. Deberíamos volver al salón de baile. Esto no es... ¿a dónde me llevas? —su pulso se aceleró cuando Lawrence eligió una puerta a mitad del pasillo y la abrió, llevándola al interior. Horatia tropezó con una arruga en la alfombra y cayó contra el mueble más cercano, el cual resultó ser una cama. Lawrence la había llevado a un dormitorio... a solas—. Lawrence, ¿qué pasa? ¿Por qué me has traído aquí? —luchó por levantarse, oyendo cómo su vestido se rompía en el dobladillo mientras intentaba apartarse de la cama.

Lawrence ignoró sus preguntas.

—Creo que esto saldrá muy bien. No tenemos mucho tiempo para hacerlo, y hay que hacerlo bien.

Horatia se enderezó y se volvió hacia él. Su corazón tartamudeó cuando él sonrió y montó un espectáculo al dejar la puerta abierta unos centímetros. No había luz en la habitación, salvo un par de velas sobre la chimenea. Había sombras danzando en el rostro de Lawrence mientras se despojaba del abrigo y lo dejaba caer sobre el respaldo de la silla más cercana. Horatia dio dos pasos lentos hacia la puerta, pero él reflejó sus movimientos con una expresión divertida.

—¿Vas a alguna parte? —bromeó.

—Lawrence —dijo ella en voz baja, con una nueva sensación de inquietud. Se sentía acorralada y un poco asustada. En este momento, no confiaba en absoluto en él—. Deja que me vaya —Horatia esperaba que él entrara en razón—. Seguramente sabes que esto no es nada apropiado, ni siquiera para tu familia.

Se apoyó en la pared junto a la puerta, con los brazos cruzados sobre el pecho mientras sus ojos recorrían el cuerpo de Horatia.

—Mi familia es indecente incluso en los mejores momentos, y mi querida y dulce señorita Sheridan, te has convertido en el nuevo juguete por el que mis hermanos y yo nos estamos peleando. ¡Felicidades! Lucien es un tonto si no te quiere, pero yo no soy tonto.

—No lo harías... ¡No podrías! —Horatia observó, casi aturdida, cómo Lawrence se quitaba el pañuelo y se desabrochaba la camisa.

Esto no podía estar pasando. Era un amigo, alguien en quien había confiado, respetado.

—No me tocarás. No lo harás —su sonrisa, cada vez más amplia, la hizo estremecerse—. Acércate más y gritaré... —a decir verdad, haría mucho más que eso, pero sus instintos le advirtieron que se reservara esa intención. No tenía sentido advertir al hombre de lo que ella era capaz.

Lawrence la observó con una expresión muy salvaje y Horatia

se apresuró a alejarse mientras él se apartaba de la puerta y avanzaba hacia ella. Deseaba que sus manos dejaran de temblar. Sabía que la reputación del hombre era tan mala como la de Lucien. También recordaba su presencia en el Jardín Midnight y cómo había seducido a la mujer que había elegido aquella noche. Ella no sería su próxima conquista. ¡No podía!

Una parte de Horatia seguía asombrada por el hecho de que Lawrence la estuviera tratando así. Siempre había sido muy protector, casi tanto como Cedric. ¿Qué había cambiado en él para que intentara seducirla a la fuerza?

Como si le hubiera leído la mente, Lawrence dijo:

—Sé que aquella noche estuviste en el Jardín Midnight. Eras la hermosa mujer que estaba en el regazo de mi hermano. Todavía puedo ver ese vívido rubor debajo de tu máscara plateada cuando cierro los ojos. Me persiguen los sueños de tu cuerpo ágil bajo el mío... Te calienta la sangre, ¿verdad? ¿La idea de esa danza por un placer exquisito?

Lawrence parecía expresar exactamente lo que estaba ocurriendo en el cuerpo de Horatia, pero ella estaba imaginando una sumisión diferente ante otro hombre.

Horatia comenzó a aterrorizarse e intentó hacer lo más sensato posible, que era gritar a todo pulmón. Pero el sonido se ahogó en sus labios cuando Lawrence avanzó en su dirección. Forcejeó con ella, cubrió su boca con una mano y ella reaccionó.

Horatia lo mordió.

Él grito sorprendido y dio un paso atrás.

—¡Hostia, mujer! ¡No voy a hacerte daño! —su mirada de genuino asombro la sobresaltó, como si realmente no hubiera tenido la intención de tocarla, e incluso más asombrada de que ella misma se hubiera asustado lo suficiente y mordido como un turón acorralado—. Horatia... —dijo él, como si intentara calmar a un caballo asustado—. Escúchame. Él ya viene. Tenemos que fingir que nos besamos... —se abalanzó sobre ella y la inmovilizó contra la pared.

Horatia no pudo quitárselo de encima. El pánico le nubló los ojos. ¿Él viene? ¿Avery o Linus iban a unirse a esta locura? ¡Estaba atrapada e indefensa! Él no hizo ningún movimiento para desvestirla, pero su cálido aliento salió en suaves jadeos.

—¡Deja que te bese durante un maldito segundo, mujer! ¡Es por tu propio bien! —él bajó la cabeza hacia la de ella.

Horatia lanzó su cabeza hacia delante, colisionando su frente con la de Lawrence.

Él retrocedió unos pasos, llevándose una mano a la frente.

—¡Santo cielo! Si me dejaras explicarte…

Ella misma salió perjudicada por el golpe y se tambaleó hacia atrás, sorprendida por el dolor.

En ese momento, Lucien irrumpió en la habitación con un ceño fruncido. Horatia nunca había visto esa expresión en él.

—¡Maldito bastardo! —la voz de Lucien se convirtió en un gruñido mientras se abalanzaba sobre su hermano.

Los dos colisionaron y se estrellaron contra la pared. Lucien tenía una mirada asesina, pero Lawrence se miraba como si hubiera estado esperando que Lucien entrara en la habitación y lo estrangulara.

Horatia gritó:

—¡Lucien! ¡Detente! ¡Por favor! Solo llévame a mi habitación… por favor.

Solo la última palabra pareció afectarle. Soltó a su hermano, musitando una sarta de sucios insultos. Lawrence se acomodó la ropa mientras Horatia se acercaba a él. Su palma ansiaba abofetearlo, pero no antes de decir lo que tenía que decir.

—No sé qué intentabas hacer esta noche, Lawrence, pero debes saber esto: te enfrentarás a mi ira y ésta hará que la de Lucien parezca insignificante en comparación —apenas pudo evitar gritarle. Sus ojos se entrecerraron y un estímulo acabó con el control que le quedaba. Abofeteó a Lawrence tan fuerte como pudo; el áspero sonido resonó en la habitación.

A pesar de la marca roja en su cara, Lawrence no emitió ningún sonido. Horatia alzó su temblorosa barbilla y se dirigió a la puerta. Se detuvo al darse cuenta de que Lucien no la había seguido. Todavía miraba a su hermano con intención asesina.

—Lucien, déjalo. Te necesito.

Apartó la mirada y la siguió hasta la puerta, deteniéndose solo para lanzarle una última mirada furiosa a su hermano antes de rodear la cintura de Horatia con un brazo protector y acompañarla a sus aposentos. Un lacayo apareció con una expresión de preocupación.

—Milord, he oído una conmoción. ¿Necesita algo? ¿O la señorita Sheridan? ¿Mando a buscar a la doncella de la señorita Sheridan?

—No. No es necesario. Gordon, ¿verdad? —Lucien aún se estaba familiarizando con el nuevo personal de su madre.

—Sí, milord.

—Gracias, Gordon. No hace falta que busques a Úrsula, pero haz que los demás sirvientes no entren en mi habitación ni en la de la señorita Sheridan, por favor. Necesita ser atendida y no deseo que su reputación salga perjudicada.

El lacayo enderezó los hombros.

—Por supuesto, milord. Me encargaré de que no os molesten —el lacayo les dio las buenas noches y se escabulló por el pasillo, desapareciendo por una de las puertas que conducían a las alcobas del servicio.

En cuanto la puerta se cerró, Horatia se dejó caer en la silla más cercana. Su cuerpo temblaba por las secuelas del susto. Tuvo el repentino impulso de llorar, pero ahogó los sollozos que intentaban brotar en su garganta. Quiso agradecer a Lucien por su intervención, pero, en lugar de ello, se echó a llorar, incapaz de mantenerse firme por más tiempo. No era precisamente por lo que Lawrence había hecho, o casi hecho, sino por algo más profundo, algo más doloroso que ella no comprendía del todo. Mirar a Lucien era como meter el dedo en la llaga. ¿Por qué siempre se derrumbaba cerca de él?

. . .

LUCIEN SE ACERCÓ A HORATIA, ODIANDO LA DISTANCIA QUE los separaba, y la levantó de la silla para estrecharla contra su pecho. Ella se aferró a su chaleco y enterró su rostro en su cuello. La íntima búsqueda de protección y seguridad hizo que el corazón de Lucien diera un vuelco. Incluso después de haber sido fría con ella durante mucho tiempo, seguía confiando en que él la cuidaría. Ella lo sorprendía.

Lucien le rodeó la espalda con los brazos y la sujetó fuertemente contra su cuerpo. Depositó suaves y reconfortantes besos en la parte superior de su cabeza y la tranquilizó con sonidos cálidos y relajantes. Su rabia contra Lawrence y Linus seguía siendo fuerte, pero Horatia era más importante ahora, y ella lo necesitaba a su lado. Castigaría a sus hermanos por alejarlo cuando ella necesitaba su protección. Incluso Avery estaba involucrado de alguna manera. Se encargarían de todos ellos al día siguiente.

—¿Por qué... por qué tuvo que hacer eso? No tiene ningún interés en mí, entonces ¿por qué? Fue cruel al jugar conmigo, ¿y con qué fin? —preguntó entre sollozos ahogados.

—No lo sé, amor. No lo sé.

Durante unos minutos, ninguno de los dos dijo nada. Él deseaba tener respuestas. Las tendría para mañana y, una vez que Lucien terminara con él, Lawrence tendría suerte de seguir respirando.

Lucien la abrazó con fuerza, asombrado por lo bien que se sentía incluso ahora: cada curva, cada aroma, cada dulce aliento que exhalaba. No podía concebir la posibilidad de dejarla marchar. Nunca. Ni que él pudiera existir en un mundo en el que ella no fuera suya.

LLORÓ HASTA QUEDAR EXHAUSTA. HORATIA SE HUNDIÓ EN LOS brazos de Lucien, quien la levantó y la llevó a su cama. De alguna manera, el hecho de que la pusiera en la cama disipó sus lágrimas y la necesidad de seguir llorando. Sus pensamientos se alejaron de Lawrence y volvieron a centrarse en el mayor de los Rochester.

—¿Te sientes mejor? ¿Por qué no voy a buscar a Úrsula para que te desvista y te acueste? —sugirió Lucien.

La mano de Horatia salió disparada y envolvió su muñeca.

—No. Por favor, quédate.

—Alguien tiene que acomodarte y desvestirte —él frunció el ceño, extrañamente aún más atractivo por su determinación de cuidarla.

—Tú puedes desvestirme —ella le sonrió—. Has tenido mucha práctica.

—Horatia, ¿te das cuenta de lo inapropiado que sería que yo...? —él agitó la mano de arriba abajo, señalando su ropa.

Ella puso los ojos en blanco y suspiró.

—Lo inapropiado es tu fuerte, Lucien. Quiero que *tú* me desvistas. Confío en ti.

Después de bajarla, empezó a desvestirla con una ternura similar a la de un bebé recién nacido. No había nada sensual ni seductor en sus movimientos.

Horatia se limpió las mejillas bañadas de lágrimas con el dorso de la mano, preguntándose si su cutis se había manchado. Contempló el cuerpo inclinado de Lucien mientras le quitaba las zapatillas de baile de casa y deslizaba las manos por sus piernas para sacarle las medias. Su pelo atrapaba la luz de la lámpara y los mechones de color carmesí oscuro eran brillantes y llamativos. Le apetecía pasar los dedos por ellos, para ver si coincidían con su recuerdo de aquella noche en el Jardín Midnight.

Sus dedos se extendieron hacia él en el momento en que éste se levantó de nuevo. Horatia dejó caer la mano sobre su regazo cuando Lucien comenzó a deslizar el vestido sobre sus hombros. Estaba demasiado cansada para protestar, así que él la levantó y le quitó el vestido hasta dejarla solo con el corsé y la camisola. Luego liberó los lazos, le retiró la prenda y la dejó caer al suelo. La respiración de Horatia se agitó y cruzó los brazos sobre los pechos, esperando ocultar su cuerpo con la camisola de gasa.

Entonces, Lucien se dirigió al armario y buscó entre la ropa hasta encontrar una gruesa bata de franela. La sostuvo para ella. Horatia la cogió y se dispuso a quitarse la camisola. Él le dio la espalda, de forma inusualmente caballerosa. Eso la hizo sonreír, aunque solo un poco, mientras se despojaba de la camisola por la cabeza. Lucien giró y su mirada la dejó sin aliento. Parecía devastado y aliviado a la vez, como si todo lo que ella había estado sintiendo en su interior estuviera ahora pintado en las hermosas facciones de Lucien. Sus rodillas cedieron y se sentó en la cama, agradecida por el apoyo que le proporcionó.

Cuando Lucien se sentó en el borde de la cama junto a ella, la colocó suavemente de lado y comenzó a extraer los pasadores de su desprolijo peinado con una delicadeza que Horatia no creía posible. Con el último pasador colocado en la mesita de noche, Lucien pasó los dedos por su abundante cabello oscuro. La sensación de sus manos liberando los nudos y cepillando los mechones, despertó en ella una ráfaga de anhelo. Cuando apartó finalmente las manos, Horatia se enfrentó a él y a sus ojos insondables.

—Lucien...

—¿Sí? —la palabra vaciló en sus labios.

—Por favor, no me dejes esta noche —su propia petición la sorprendió. Solo quería agradecerle por haberla salvado.

—Horatia, sabes que no debo quedarme... —su voz se apagó con impotencia, pero no se retractó. En cambio, se inclinó y le apartó el pelo de la cara.

—Me sentiría mejor si te quedaras. Más segura —acercó la mano a su mejilla y le pasó un dedo por los labios, recordando cómo se sentían sobre los suyos. Lucien levantó la mano y le cogió la muñeca, frotando el pulgar sobre la sensible piel interna de su muñeca, justo por encima de su pulso, ahora acelerado.

—Por favor, quédate. Te necesito aquí —Horatia se sintió de nuevo como una niña, atrapada en los restos destrozados y hechos astillas del carruaje de sus padres, escuchando gritos de dolor y comprendiendo más tarde que eran los suyos. Necesitaba que él la consolara, que se quedara y la abrazara ahora como lo había hecho antes.

Algo en su súplica hizo que Lucien asintiera, apartando las mantas de su cama.

—Vamos, entra —la instó a meterse bajo las sábanas mientras las retiraba. Lucien se levantó de la cama y comenzó a desvestirse. Horatia respiró con dificultad cuando se quitó la camisa y cerró con llave la puerta de su habitación.

Por lo general, él tenía un aire natural de control y dominio, pero esta noche parecía haber perdido esas cualidades. Le temblaban las piernas y respiraba con más rapidez, como si lo estuvieran poniendo a prueba y se encontrara al borde del fracaso.

La luz de la lámpara jugaba con su esculpido cuerpo mientras él permanecía de pie vestido solo con sus calzoncillos. Podría pasarse toda la vida memorizando el toque, la forma y el sabor de aquel cuerpo y nunca sería suficiente para satisfacerla. Lucien era una adicción perversa y ella no tenía ninguna esperanza, ni ningún deseo de librarse de la influencia adictiva de su cuerpo.

Cuando él se acercó a la cama, Horatia se apartó un poco para dejarle espacio suficiente para unirse a ella. Apagó la lámpara con un soplido, envolviéndolos a ambos en la oscuridad mientras se metía en la cama junto a ella. Acomodó una almohada detrás de su cabeza y luego, sin dudarlo, acercó su cuerpo al de Horatia y sus brazos la anclaron a él.

Para bien o para mal, él estaba aquí con ella, consolándola como no lo había hecho en siete años. La precipitación de Lawrence justificaba este momento de tranquilidad e intimidad con Lucien. Horatia saboreó su cálido aliento abanicando su cuello y el calor de su cuerpo contra el suyo. No era consciente de nada, excepto de él, mientras el sueño la invadía.

Lucien estaba tumbado y despierto, muy consciente de que compartir la cama con Horatia era peligroso. Solo el susto de

Horatia con Lawrence le había permitido mantener el control con ella. En cambio, se concentró en su hermano. ¿En qué demonios había estado pensando Lawrence? Lucien conocía a sus hermanos mejor que a sí mismo. Lawrence nunca habría lastimado a Horatia, ni a ninguna mujer. Entonces, ¿por qué la había puesto en una situación tan aterradora? ¿Una broma? Eso estaba más relacionado con Linus. Lucien repasó la noche en su mente, buscando cualquier pista, cualquier detalle que explicara las acciones de su hermano. Lawrence lo había atraído con el pretexto de reunirse con Linus, quien supuestamente tenía intenciones de enamorar a Horatia. Pero cuando Lucien llegó a su estudio, la habitación estaba vacía, así que volvió al salón de baile. Y cuando vislumbró a Linus metiéndose en una habitación al final del pasillo, comenzó a seguirlo hasta que pasó por una habitación que llevaba algunos minutos desocupada.

Fue entonces cuando se encontró con Horatia y Lawrence.

Lucien nunca olvidaría esa imagen de ellos. El miedo le arañó las entrañas y la preocupación le hizo un nudo en el estómago. Fuera cual fuera el plan de sus hermano... mañana lo pagarían. Lucien se encargaría de ello, sin importar las razones. Horatia le pertenecía a él, no a Lawrence ni a ningún otro hombre. Y nadie dañaba lo que era suyo. Una mujer tan maravillosa y amable como Horatia merecía ser apreciada, protegida y... amada.

La estrechó con más fuerza contra él. Ella se removió, susurró algo y volvió a quedarse quieta. No ignoró el hecho de que su cuerpo encajaba bien con el suyo, como si ella siempre le hubiera pertenecido.

Solo entonces comprendió que él mismo llevaba muchos años perteneciéndole, y esta revelación le inquietó profundamente, y esta epifanía le preocupó mucho.

Nada bueno saldría de tener esos sentimientos hacia ella. Las reglas de la Liga no podían romperse y las amistades no podían resistir semejante transgresión. Lucien no quería elegir entre Horatia y Cedric. Rezó en silencio para no tener que hacerlo.

Capítulo Veintiuno

LAWRENCE SE TIRÓ EN UN PROFUNDO SILLÓN DENTRO DE UNA recepción privada con sus hermanos a ambos lados de él. La cabeza le dolía horrores. Probablemente tendría una contractura en la frente por la mañana. Avery frunció el ceño y lo miró fijamente mientras Linus se paseaba de un lado a otro. Los demás invitados se habían retirado a dormir y los tres Russell ahora se encontraban solos para discutir la posible victoria de su plan.

—Bueno, Lawrence, ¿cómo te fue? —preguntó Linus.

Lawrence gruñó en respuesta. No quería pensar en lo que acababa de hacer.

—Tengo el mal presentimiento de que Lucien me atravesará con una bala mañana. Y si Cedric se entera, podrían ser dos.

—¿Qué? —los ojos de Avery se abrieron de par en par.

—He ido demasiado lejos. Lucien tardó demasiado en encontrarnos —Lawrence se frotó los ojos con cansancio.

—¿Qué tan lejos has ido exactamente? —preguntó Linus.

—Al intentar retrasar las cosas, quizá fui demasiado convincente en mis intenciones y asusté a la pobre mujer. Estrelló su cabeza contra la mía cuando intenté besarla. Nunca quise asustarla. Pensé que podía convencerla de que me siguiera el juego y me devolviera el beso para que Lucien se pusiera celoso, pero se asustó antes de que pudiera explicárselo —Lawrence se estremeció al ver la conmoción en los rostros de sus hermanos—. Lucien llegó justo a tiempo. O en el peor momento posible, supongo. ¿Por qué demonios tardó tanto?

—¿De verdad le has hecho eso a Horatia? —replicó Linus—. Tú casi...

—Por supuesto que no. Pero ella pensó que lo iba a hacer. Estaba aterrorizada y siento... —se pasó la mano por la cara—. Dios. Dudo que alguna vez me perdone. Espero no haberle provocado un daño permanente. Más vale que Lucien se case con ella o yo habré arruinado inútilmente una encantadora amistad —Lawrence se levantó, se dirigió al armario más cercano de la recepción y sacó una botella de brandy—. Necesito un trago —declaró. Sus dos hermanos se unieron a él, todos tristes por el espectáculo que habían ayudado a crear esa noche.

—¿Sabemos cómo se lo tomó Lucien? —le preguntó Avery a Lawrence.

—No. La ha llevado a su habitación y no lo he visto desde entonces. He ordenado a los sirvientes que se mantengan alejados de la habitación de Horatia hasta después del desayuno. Espero que pretenda pasar la noche con ella. Si lo hace, lo más probable es que hayamos ganado. Todos sabemos que es un hombre bondadoso, especialmente si pensó que eso animaría a una dama abatida.

—Eso es muy cierto. Es demasiado compasivo como para dejarla sola esta noche después de... —Avery calló.

—¿Después de que Lawrence casi la arruinara? —añadió útilmente Linus.

—Los Russell no arruinan —afirmó Avery—. Estamos muy bien dotados para la persuasión natural. No hay necesidad de forzar a una mujer cuando, tras unas cuantas caricias bien colocadas, te dará lo que le pidas.

—No animes al muchacho, Avery —dijo Lawrence, observando la expresión de Linus—. Ya tiene suficientes problemas con la señorita Cavendish.

Linus dejó de mirar a Avery y clavó sus ojos en Lawrence.

—¿Qué quieres decir con que *tengo* problemas?

—Después de que ella te viera bailar con la señorita Sheridan, bueno, se lo tomó bastante a pecho. Después de todo, tú no la invitaste a bailar.

Los labios de Linus se separaron mientras balbuceaba.

—Pero nosotros estábamos... ¡maldición! ¿Crees que estaba muy disgustada?

Avery sonrió ampliamente.

—Creo que ella pasó la velada mirándote con desprecio. Me

sorprendió que no te convirtieras en una estatua de sal. Me temo que lo has estropeado bastante —Avery palmeó el hombro de Linus en un gesto rudo, pero afectuoso—. ¿Quizás puedas volver a cortejarla mañana?

Lawrence continuó bebiendo su brandy mientras observaba el juego con diversión, pero el sentimiento de culpa por sus acciones todavía lo atormentaba.

—Supongo que tendré que hacerlo. Quiero decir, se lo debo a la chica, después de besarla. Supongo que también debería hablar con su padre. Sé que soy un poco joven para declarármele, pero... Tal vez podamos disfrutar de un periodo de compromiso más largo hasta que yo esté preparado para acomodarme a una esposa.

La mirada esperanzadora de su hermano menor impidió que Lawrence volviera a llenar su vaso.

—¡Tranquilo, Linus! —advirtió Avery—. ¿Qué es eso de declarártele? No hace falta, sobre todo a tu edad.

Lawrence miró a su hermano con curiosidad.

—Pero, ¿la has besado? —la expresión casi boba en los ojos de Linus era un poco inquietante. Lo había visto antes, y siempre en los jóvenes.

—Sí. Aunque fue uno bastante púdico. Creo que fue su primera vez —comentó Linus en voz alta y un rubor tiñó sus mejillas.

—¡Te gusta! —dijo Avery con perspicacia.

—Hay... algo innegablemente dulce en ella —admitió Linus.

Lawrence gimió. Su hermano estaba en el proceso de enamorarse de una mujer. Una mujer. Pero había muchas en el mundo para degustar, sentir y explorar. No debería limitarse tan pronto. Linus tenía que ser salvado de sí mismo.

—Por muy dulce que sea, un beso no anuncia campanas de boda —habló Lawrence mientras dejaba su copa de brandy—. Si así fuera, me habría casado mil veces con cien mujeres diferentes. Los padres tal vez esperan ofertas después de un solo beso, pero los Russell no caemos tranquilamente en las ataduras del matrimonio.

—Entonces, ¿por qué ayudamos a Lucien con Horatia? ¿No acabarán casados?

—Ese es el plan —dijo Avery.

Linus frunció el ceño, totalmente perplejo.

—Entonces, ¿por qué...?

—El mejor momento de Lucien ya ha pasado. Debería sentar cabeza y podría ser con alguien que lo adora. La señorita Sheridan es la joven perfecta para prepararlo para ser padre del tan necesario heredero del marquesado.

—No necesitamos un heredero —replicó Linus—. Hay tres más de nosotros en la línea.

—No me digas que *quieres* toda esa responsabilidad, Linus —Avery se rio entre dientes.

—Prefiero que Lucien tenga un pelotón de chicos y un ejército de chicas —habló Lawrence—. Así habrá un heredero y suficientes nietos para que mamá los adule, y el resto de nosotros haremos lo que nos plazca —la sola idea de que Lucien tuviera hijos reconfortó un poco a Lawrence. Qué maravillosa sensación de alivio tendría cuando mamá lo dejara por fin en paz. Haría cualquier cosa para conseguir esa libertad, incluso provocar la ira de su hermano. Pero, en vista de los últimos acontecimientos, su libertad podría durar poco.

—Supongo que eso tiene sentido, en cierto modo. A mamá le encantaría tener todos esos nietos —Linus soltó una risita.

Lawrence sirvió brandy para sus hermanos y levantaron las copas para brindar.

—¡Por Lucien, Horatia y todos los nietos que mamá quiera!

CHARLES LES DESEÓ BUENAS NOCHES A SUS AMIGOS DE LA residencia Essex antes de ir a recoger a su nuevo criado, Tom Linley. Charles estaba reclinado en los lujosos cojines de su carruaje mientras Linley ascendía con dificultad para sentarse junto al cochero. Entonces, dio instrucciones para ir a la casa donde su hermana pequeña se encontraba. Era casi medianoche y lo más probable era que a la cuidadora del bebé no le causaría ninguna gracia la interrupción. Charles estaba dispuesto a pagar por cualquier problema que pudiera surgir tras su llegada a altas horas de la noche. Cuando Linley se unió finalmente a Charles en el interior del carruaje, levantó una ceja inquisitiva.

—Le pedí que nos llevara a Bennett Street, milord.

—¿Bennett Street? —Charles se incorporó—. ¿Dónde vives exactamente?

—Alquilo una pequeña habitación arriba de Dandy House, milord.

—¿Dandy House? ¿Quieres decir que vives encima de un infierno de juego? —los infiernos de juego no eran precisamente infernales, a pesar del término, pero a menudo eran lugares bulliciosos y ocasionalmente peligrosos. Era espantoso pensar en Linley intentando criar a un bebé en un lugar así.

—Era todo lo que podía permitirme, milord —el rostro de Linley se ensombreció y Charles sintió que se había equivocado al reaccionar.

—Simplemente me sorprendió que vivieras allí. Admito que he estado en Dandy en varias ocasiones. Algunos de mis amigos y conocidos son miembros y les gustan especialmente las apuestas altas. Les divierte. Solo me asombró saber que has sido capaz de cuidar a una niña allí.

Linley se relajó, pero se estremeció cuando Charles intentó una vez más palmear su brazo.

—Lo siento. No quería asustarte.

—Es mi culpa, mi señor. Mi último amo solo me tocaba cuando necesitaba golpear algo para aliviar su temperamento.

—¿Quién era tu anterior amo antes de empezar a trabajar en Berkeley?

—No debería decirlo. No sería apropiado hablar mal de él —protestó Linley.

Charles levantó las manos.

—Tranquilo, muchacho, no te exigiré que reveles todos tus secretos. Al menos no esta noche. Todos tenemos demonios en nuestras espaldas —Charles se quedó en silencio, con un raro estado de ánimo reflexivo.

Ni él ni Linley dijeron nada más hasta que llegaron a la calle Bennett. Linley intentó insistir en que Charles esperara en el carruaje, pero se bajó de un salto y miró el garito de juego con leve interés.

Llevaba tiempo sin intentar apostar su vasta herencia. Hombres con uniformes rojos y otros con rasgos aristocráticos se arremolinaban en la entrada del club, hablando y riendo. Algunos hombres reconocieron a Charles y lo saludaron. Les devolvió el gesto con la mano y siguió a Linley por el callejón más cercano hasta una puerta trasera.

Linley entró y Charles lo siguió, disfrutando de esta curiosa y pequeña aventura. Escuchó los ruidos estridentes al otro lado de las delgadas paredes mientras subían las escaleras traseras. Había gritos y carcajadas de mujeres que animaban a los ganadores y consolaban a los perdedores. Esas cosas nunca habían preocupado a Charles, pero de pronto comenzó a ver su estilo de vida a través de los ojos del joven frente a él. Alguien que cargaba con una gran responsabilidad al cuidar de su hermanita por su cuenta. Era admirable, y ahora mismo él se sentía más bien lo opuesto.

Linley se detuvo frente a una única puerta en lo alto de la escalera y golpeó los nudillos con un extraño patrón. Después de un momento, la puerta se abrió un poco.

—Soy yo, señora Bertie.

La puerta se abrió más, permitiendo que Linley entrara. Cuando Charles se movió para seguirlo, una mujer robusta de unos treinta años le bloqueó el paso.

—Eh, Linley, ¿quién es, cariño? Creía que te habías mantenido alejado de los lores a los que les gustaban los chicos... —la insinuación de la mujer hizo que Charles se sobresaltara.

Charles no tenía inconvenientes con las acciones de otros hombres en sus vidas privadas, pero era fácil que se produjeran abusos y, a veces, cuando había deseos perversos y vicios de por medio, la gente salía herida.

—Este es Lord Lonsdale. Es un conde, señora Bertie, así que por favor compórtese lo mejor posible y déjelo entrar —Linley se dirigió directamente a la cuna de madera contra la pared. Un bulto se agitó cuando él inclinó la cabeza sobre el borde de la cuna. La señora Bertie miró a Charles con profunda sospecha antes de dar un paso atrás y permitirle entrar.

—Así que, Linley amor, llegaste tarde, te esperaba hace horas. Te costará el doble ya que me perdí el tiempo con los caballeros de abajo.

La señora Bertie pareció no inmutarse por la presencia de Charles y volvió a centrar su atención en Linley, quien había empezado a recoger sus pocas pertenencias en un saco de tela.

—Yo... yo no puedo pagarle un extra esta noche a la señora Bertie, pero en una semana tendré la cantidad suficiente para saldar mi deuda.

—¡Quiero mi dinero ahora! —siseó con molestia la mujer.

Linley palideció justo cuando Charles se situó entre la mujer y el muchacho.

—Mi querida y encantadora señora Bertie, estoy seguro de que podemos llegar a un acuerdo. El muchacho está ahora a mi cargo. Le adelantaré su salario a él para que usted reciba un buen pago por sus servicios —Charles cogió la mano de la señora Bertie y le entregó varias monedas. Los ojos de la mujer se abrieron de par en par antes de inclinarse alrededor de Charles para mirar a Linley.

—Para lo que sea que te esté usando, muchacho, ¡déjalo! —la señora Bertie susurró estas dos últimas palabras, pero Charles la escuchó y levantó los ojos hacia el cielo, suplicando silenciosamente un poco de paciencia.

—Eh, gracias por todo, señora Bertie. Pero realmente debemos irnos ya —con una mano, Linley se echó el saco de tela al hombro y luego cogió el bulto que se retorcía con una facilidad natural.

Linley hizo malabares con el bebé y la bolsa mientras se dirigía a la puerta. Charles lo siguió, riéndose de la expresión de asombro de la mujer mientras bajaban las escaleras.

Una vez en el carruaje, Linley bajó la bolsa y se ocupó del cuidado del bebé. Los rizos dorados y enredados de la niña eran ligeros como plumas y parecían brillar, incluso en la penumbra.

Charles pasó una mano por sus rizos y siguió observándola el resto del camino hasta su casa de ciudad en Curzon Street. Había algo en la niña, algo que le resultaba familiar justo en el límite de su memoria, pero era incapaz de recordar qué era.

El carruaje se detuvo frente a su casa.

Un lacayo se apresuró a recibirlos cuando bajaron del vehículo.

—Timothy, luces muy mal, ¿qué ha pasado? —preguntó Charles mientras el pálido lacayo les cogía los abrigos.

—Es terrible, milord, terrible. Venga adentro —Timothy guio el camino. Charles sentía que su sangre se convertía en hielo en sus venas.

Cuando entraron en la casa, varios sirvientes estaban allí, todos con el mismo aspecto de angustia que Timothy. Una joven sirvienta del piso superior se adelantó y les tendió un fardo de tela.

—Milord, hemos encontrado esto en su bañera —cuando él cogió el fardo de sus manos, ella se secó las lágrimas y volvió a hablar—. Estaba ahogado, milord.

¿Ahogado? Charles retiró la tela y aspiró con fuerza. Un gato negro yacía muerto en sus manos. El pequeño cuerpo estaba rígido, frío y todavía húmedo. A pesar de todo, reconoció las características del animal. Era Manguito. Uno de los dos gatos de la casa Sheridan.

—¡Pobrecito! —los ojos de Linley brillaron mientras estrechaba el cuerpo de Kate contra su pecho. La niña estaba dormida y Linley la alzó más en sus brazos mientras hablaba—. ¿Quién mataría a un gato? —preguntó mientras protegía al bebé.

—Un enemigo. Un enemigo que quiere enviarme un mensaje.

—¿Qué mensaje?

—Quiere que sepa que él puede llegar a mí y a mis amigos. El gato nunca salió de la casa de los Sheridan. Alguien lo cogió y lo trajo aquí. Mi enemigo, el enemigo de la Liga, podría estar listo para atacar.

—¿La Liga?

—Sí. Es mejor que te acostumbres al nombre. Mis amigos, el Vizconde Sheridan, el Barón Lennox, el Duque de Essex, el Marqués de Rochester y yo, a veces somos conocidos por las páginas de sociedad como la Liga de los Pícaros. Adoptamos el título en broma, pero parece que se ha quedado.

—Así que este enemigo, ¿desea destruir esta Liga? —preguntó Linley.

—Sí.

—¿Usted sabe quién es?

Charles asintió lentamente mientras miraba el cuerpo cubierto por la tela. En su interior presentía dolorosamente que Manguito era la primera víctima de la guerra que llevaba años desatándose poco a poco.

—Sir Hugo Waverly. Creo que pretende matarnos a todos en algún momento —pronosticó Charles. Una pesada sombra cayó sobre el rostro de Linley—. Lo peor será darle la noticia a Cedric y a sus hermanas. Están malditamente encariñados con este diablillo. Es una bendición que estén en Kent. No podría soportar ver a las chicas mientras reciben la noticia. El llanto de las mujeres es lo peor de lo peor. Nunca digo o hago lo correcto para detener las dichosas lágrimas —Charles echó la cabeza hacia atrás, lanzando un suspiro.

Intentó no pensar en cómo había muerto el gato. La elección de la ejecución no fue casual. Charles se estremeció, recordando la sensación del agua fría que lo estrangulaba, que obstruía su nariz y su boca, que cegaba su visión mientras se hundía en las aguas oscuras con unas pesas adheridas a sus piernas y las manos atadas para que no pudiera nadar. Sí. No había duda de quién había cometido este pecado contra una criatura inocente.

—Ojalá pudiéramos enterrarlo, pero el suelo está congelado. Tendremos que incinerarlo. Podría ayudar a consolar a Lord Sheridan y a sus hermanas saber que la pobre criatura fue cuidada —sugirió Linley.

—Es una idea muy considerada. Nos ocuparemos de ello mañana —Charles se pasó una mano temblorosa por el pelo. Waverly estaba subiendo la apuesta—. Parece que has elegido un mal momento para aceptar un nuevo jefe, Linley —musitó Charles. Linley enterró la cara en las mantas que rodeaban a la pequeña Katherine, depositando un beso en la frente de la niña como si quisiera alejar el mal. Pero Charles sabía que no era así. Los delicados besos y los pensamientos de amor no salvarían a nadie de Hugo Waverly.

Capítulo Veintidós

LOS SUEÑOS ERAN COSAS MARAVILLOSAS, NADIE PODÍA discutirlo. ¿Pero cuando una visión intangible con los propios deseos de alguien se convertía en realidad? Eso era algo infinitamente más poderoso y hermoso que las visiones inspiradas por la luna y entretejidas en la noche. Y aquí estaba Horatia, despertando junto a Lucien. Parpadeó un par de veces para limpiar sus ojos y vislumbró la nieve que caía afuera de la gran ventana frente a ella.

Los copos se habían agrupado en manchas del tamaño de un centavo y caían como plumas. Todavía era temprano. La luz del cielo se reducía a un pesado gris por las voluminosas nubes invernales. Horatia estaba acurrucada junto a él, con el calor de su cuerpo calentándole la espalda. Rodó, acomodándose más en el lecho de plumas mientras lo estudiaba bajo la tenue luz de la mañana.

Lucien estaba tumbado sobre su estómago. Una de sus manos

sujetaba la base de la almohada, presionándola contra su mejilla. Su otro brazo colgaba sobre un lado de la cama. Sus amplios hombros y su espalda estaban al descubierto mientras las sábanas le cubrían las caderas. Tenía la cara girada hacia ella y sus pestañas oscuras le salpicaban las mejillas mientras dormía. Aunque Lucien tenía treinta y tres años, Horatia podía ver al niño en sus rasgos mientras se suavizaban con el sueño. Anhelaba pasar la mano por sus cejas y seguir el recorrido desde su fuerte, recta y aristocrática nariz hasta sus pecaminosos labios.

Las líneas de su cuerpo estaban talladas con músculos. Una larga cicatriz de color rosa pálido le recorría el costado del pecho y se detenía en la parte superior de su cadera. Sin pensarlo, Horatia pasó la punta de un dedo por su superficie elevada. Lucien se agitó ante su contacto y sus ojos se abrieron. Ella deseaba conocer los detalles más íntimos sobre él —las cosas que una amante o una esposa sabrían—, como por ejemplo, si se despertaba con facilidad o no.

—Lucien, ¿tienes el sueño ligero?

Su mirada se tranquilizó mientras parecía considerar su pregunta.

—¿Por qué quieres saberlo? —él permaneció quieto, observándola. La cercanía entre ellos abrumaba los sentidos de Horatia.

—Tenía curiosidad.

Ella se dio cuenta de que su dedo seguía tocándolo cerca de la cadera izquierda. No apartó la mano.

Debería dejar de tocarlo, se dijo a sí misma. Pero en lugar de eso, dejó que el resto de sus dedos se extendieran desafiantemente sobre su piel, con un toque íntimo y posesivo. Lucien no apartó la mirada de ella.

—Tengo el sueño ligero. ¿Y tú? —él parecía consciente de la intimidad del momento y de la conversación.

—A veces cuando estoy preocupada o enfadada, me cuesta dormir.

—Anoche dormiste profundamente —observó Lucien.

—Eso es porque... —Horatia sintió que sus mejillas se calentaban.

—¿Porque?

—Porque me siento segura cuando estás cerca —no podía decirle lo que realmente sentía; que estar cerca de él la inquietaba y la tranquilizaba a la vez, que le confiaba su cuerpo, su corazón y su alma. Cuando Lucien estaba con ella, los oscuros recuerdos que la atormentaban no podían penetrar el aro de luz que él proyectaba sobre ella.

Lucien no respondió. En cambio, levantó la cabeza, la apoyó en una mano y apartó la mano inquisitiva de Horatia de su cadera. Estudió los dedos y la palma de la mano de Horatia, con su pulgar acariciando los patrones de su piel. Separó sus dedos y colocó su propia palma contra la de ella, haciendo coincidir sus manos, aunque sus dedos eran mucho más largos que los de Horatia. Luego unió sus dedos y la atrajo hacia él.

Una vez más, Horatia se vio afectada por su cercanía, dejándola sin aliento. ¿Y si él se alejaba de nuevo, como siempre lo había hecho? La idea era insoportable. Emocionalmente, tuvo que dar un paso atrás a través de la conversación.

—Lucien, ¿cómo te has hecho esa cicatriz?

—¿Cuál?

—La... la de tu cadera —no podía creer que estuviera en la cama con Lucien hablando de sus caderas. Si no fuera por la apasionante fascinación que el cuerpo de Lucien le producía, Horatia se habría reído de la timidez mojigata que se encontraba sintiendo.

—Oh, esa —Lucien se rio y depositó un suave beso en la parte posterior de sus dedos.

Horatia se estremeció ante la calidez de sus labios. El hombre era irresistible. Su corazón se desbordó, estallando de amor y tristeza a la vez.

—Recibí esa cicatriz en particular estando en la universidad. Ashton y yo acabábamos de conocernos y no nos agradábamos.

—¿Ashton y tú? ¡Pero si sois muy buenos amigos! —Horatia

no podía imaginar un mundo en el que Lucien y Ashton se despreciaran.

—Es cierto. Pero al principio, él y yo no coincidimos. Ashton cree en las reglas y en los principios. Para él, yo era el tipo más inescrupuloso que había conocido. Me atrevo a decir que no estaba del todo equivocado.

Horatia se inclinó hacia él, encantada con su forma de hablar.

—¿Y qué tiene eso que ver con tu cicatriz?

La cara de Lucien se puso inusualmente roja.

—Bueno, es bastante embarazoso.

—Bueno, ahora tengo que oírlo.

—Era estudiante en Cambridge y se me ocurrió seducir a la joven esposa de uno de nuestros profesores. Él estaba interesado en, bueno... en los hombres, y ella estaba bastante sola —Lucien sonrió ampliamente, con malicia—. Llámalo venganza por los malos resultados de los exámenes que había recibido. No sé cómo se enteró Ashton de lo que pretendía hacer, pero me siguió una noche. Estaba a mitad de camino en el enrejado hacia la habitación de la mujer cuando Ashton saltó de los arbustos y me asustó. Perdí el control y el enrejado de madera me cortó mientras caía.

Horatia jadeó. Él soltó una risita ante su sorpresa.

—Ya lo creo. Cuando aterricé, yo estaba muy mal, y Ashton fue demasiado noble para abandonarme. Me ayudó a ponerme en pie y, cuando vio lo profunda que era mi herida, me ayudó a llegar a la posada más cercana para buscar un médico. En algún momento entre mi caída y las siete suturas que recibí sin una gota de brandy para calmar mi dolor, Ashton decidió que, después de todo, yo le agradaba. Pensó que yo debía comportarme más como el caballero que era, pero también sabía que no siempre podría luchar contra mi naturaleza más indómita. Aceptó la idea de nuestra amistad y desde entonces somos amigos —la boca de Lucien volvió a posarse en la piel de Horatia, esta vez en su muñeca para besar la sensible piel donde su pulso latía aún más rápido.

Ella tenía cientos de preguntas, pero cuando sintió el movimiento de la lengua de Lucien, todo pensamiento racional se esfumó. Con un lento y sensual deslizamiento, él estrechó el cuerpo de Horatia contra el suyo.

—Horatia, no soy bueno en esto —susurró, con sus labios a escasos centímetros de los de ella.

—¿Bueno para qué? —su voz temblaba un poco, pues temía escuchar lo que él diría a continuación.

—En ser un caballero. En Londres te prometí que estarías a salvo de mí, pero dejé que Lawrence te hiciera daño y ahora estoy compartiendo tu cama y teniendo los pensamientos más retorcidos sobre ti.

Su corazón saltó dentro de su pecho.

—¿Oh?

Lucien dejó que sus labios rozaran los de ella, sonriendo como si disfrutara de la aturdida respuesta de Horatia.

—Oh, sí. Sigo pensando en aquella noche en el Jardín Midnight y en lo valiente que fuiste al enfrentarte a mí. ¡Qué sabor tan dulce tenías! Y ahora mismo, desearía haberte tenido ayer por la noche sola en un dormitorio a mi merced. Pero ese no fui yo —Lucien le mordió el labio inferior y el lugar entre sus piernas comenzó a arder.

—Lucien, siempre estoy a tu merced —Horatia le pasó la mano por el pelo rojo oscuro mientras él la provocaba aún más —. Y ahora me tienes a solas en un dormitorio.

—Mmm, así es, ¿no? —cogió su rostro con ambas manos y devoró su boca de una manera que la dejó aturdida y agitada—. ¿Qué te parece si nosotros...? —alguien llamó a la puerta cerrada del dormitorio.

Horatia frunció el ceño.

—Rayos. Debe ser mi criada, Úrsula. Llega temprano.

Lucien la soltó y se deslizó fuera de la cama con un lento suspiro.

—Quizá sea lo mejor. Yo... Maldita sea. Esto es un error, Horatia. Maldición, nunca puedo pensar con claridad cuando estoy contigo —la voz de Lucien era ronca mientras se vestía rápidamente.

Cuando Lucien abrió la puerta, la criada lo miró con desaprobación. Aunque se había enfrentado a cosas mucho peores, no quería que esta mujer le causara problemas a Horatia.

—Confío en que guardarás silencio sobre lo que has visto aquí.

—Por supuesto, milord —dijo Úrsula en tono frío—. La reputación de mi dama lo es todo para mí. No me atrevo a preguntar cuáles son sus intenciones.

—Mi intención es seguir viendo a Horatia sin que nadie lo sepa. Por su bien, no por el mío. No me avergüenza estar con ella, pero si su hermano se entera, nos pondría a todos en una situación difícil.

La dama de compañía asintió.

—Lord Sheridan se pondría ciertamente furioso. No me gustaría ser la causa de su mal genio. Guardaré silencio mientras usted la trate bien.

Lucien se despidió de Horatia con una inclinación de cabeza y luego salió al pasillo para llamar a su ayuda de cámara, Félix.

Tuvo que borrar de su mente la imagen de Horatia en la cama. La forma en que se veía tan cálida, suave y perfecta, con su cabello cayendo en ondas alrededor de sus hombros, sus ojos todavía un poco cansados por el sueño y sus labios rosados y listos para los besos... Era suficiente para volver loco a un hombre.

Después de bañarse y vestirse, Lucien encontró a sus tres hermanos saliendo de la sala de desayunos en dirección a la puerta más cercana que los llevaría al exterior.

—¡Los tres, alto! —vociferó. Había llegado la hora de la verdad.

Lo vieron y salieron corriendo como conejos. Lucien consiguió agarrar a Linus por el cuello de su largo abrigo negro.

—¡Avery, ayuda! —Linus arañó a su hermano, quien lo esquivó. Él y Lawrence miraban a Lucien como lo haría un tigre devorador de hombres.

Una rabia asesina comenzó a bullir en la sangre de Lucien y estaba más que dispuesto a desatarla después de lo ocurrido con Horatia.

—Quiero hablar contigo, Lawrence —gruñó Lucien—. Con *todos* vosotros, de hecho.

Linus lanzó patadas, pero el agarre de Lucien lo dejó indefenso. Avery y Lawrence se miraron entre sí, asintieron y regresaron con Lucien, quien relajó la presión sobre Linus, pero no lo soltó del todo.

—Anoche. Lo que hiciste, Lawrence, más vale que forme parte de algún plan tonto que hayas tramado, porque si me entero de que pretendías hacerle daño a Horatia, no volverás a ser bienvenido en esta casa.

—Tranquilo, Lucien —dijo Avery con suavidad, como si le hablara a un semental asustado.

—¡Fue obra de mamá! —jadeó Linus—. ¡Ella tiene la culpa!

—¿Qué?

—¡Cállate! —siseó Lawrence.

—Mamá nos dijo que sedujéramos a Horatia para que te pusieras celoso y la desearas más —Lucien liberó a Linus, haciendo que cayera de rodillas.

—¿Habéis intentado ponerme celoso? Los tres la alejasteis hasta... —Lucien fijó su mirada en Lawrence, quien tragó saliva de modo audible.

—¡Se suponía que debías encontrarnos a los dos mucho antes! —replicó Lawrence—. Intenté explicarme, pero ella no dejó de... Nunca quise llevarlo tan lejos.

—Díselo a la joven a la que asustaste. Dios, Lawrence —Lucien avanzó y pasó por delante de Linus—. Pensé que tenías más sentido común. ¿Sus súplicas no significaron nada para ti?

—Me arrepiento de cada segundo —espetó Lawrence—. Pero

ya está hecho. Te quedaste toda la noche con ella, como esperábamos que hicieras.

Lucien contuvo su puño cuando una voz en el pasillo lo interrumpió.

—¿Todo bien aquí? —preguntó Cedric mientras se acercaba por el pasillo, poniéndose los guantes y el abrigo.

Lucien cambió su movimiento por un estiramiento y se frotó el pelo.

—Sí. Todo está bien —Lucien examinó el pesado abrigo y los guantes de Cedric—. ¿Adónde vas?

—A construir los fuertes. Ya sabes, ¿para la batalla de bolas de nieve que organizó tu madre? Tus hermanos y yo vamos a construir dos fuertes a cada lado del jardín. Las damas saldrán en una hora más o menos para acompañarnos.

—¿Las damas? —Lucien estaba desconcertado. Hacía años que su familia no tenía una pelea de bolas de nieve, al menos desde que él tenía dieciséis años. ¿Qué estaba tramando su madre?

Cedric sonrió ampliamente.

—¿Quién más? Anoche decidimos que, si caía una nevada decente, tendríamos que celebrar una batalla. Hombres contra mujeres, por supuesto. Incluso Sir John y Lady Cavendish han aceptado participar. Los números nos favorecen, pero imagino que algunos de los caballeros desertarán al bando enemigo cuando nuestra caballerosidad nos supere.

Por suerte, parecía que Cedric no había escuchado nada de su discusión. Lucien podría ocuparse de sus hermanos más tarde. Por ahora solo quería un poco de paz y pasar tiempo con Cedric.

—Bueno, entonces, guíanos, Avery —Lucien llamó a un lacayo cercano para que le llevara el abrigo y los guantes. Avery, Cedric y Linus se dirigieron al exterior, pero Lawrence se quedó atrás.

—Lucien, sobre Horatia...

Lucien lo interrumpió con un dedo levantado, pero Lawrence extendió una mano y evitó que su hermano se marchara.

—Nunca le habría hecho nada más. Lo juro. Ella es... bueno, es Horatia —el tono de Lawrence transmitió el mensaje que sus palabras no pudieron expresar.

Lucien le apartó la mano.

—Nunca, y me refiero a *nunca,* la vuelvas a tocar. Si la haces sentir incómoda aunque sea por un momento... —no terminó la frase porque supondría una amenaza y no deseaba arruinar su día con pensamientos tan oscuros.

Lawrence estudió el rostro de su hermano.

—Mamá tenía razón. Realmente te preocupas por ella. Es una buena mujer y será una maravillosa esposa y madre.

La repentina imagen de Horatia sosteniendo a un niño, a *su* hijo en sus brazos, le serenó el corazón. El dolor, ese dulce dolor y anhelo, ardieron en su interior. Pero Cedric nunca aprobaría la unión. Lucien siempre parecía olvidarlo cuando estaba cerca de ella.

—No hables más de ello. Espero que encuentres un momento hoy más tarde para disculparte con Horatia. Y si vuelves a dejar que mamá te obligue a hacer algo tan estúpido, no te salvaré, sean cuales sean las consecuencias —advirtió Lucien.

—Me disculparé con ella —Lawrence se colocó el abrigo y pareció esperar el permiso de su hermano para marcharse.

Lucien pasó por delante de él y se puso su propio abrigo y sus guantes.

—Vamos, Lawrence. Estos fuertes de nieve deben estar bien construidos, y si dejamos a Linus a cargo, construirá una tontería que parecerá impresionante pero que se derrumbará con un viento fuerte —centrándose en las frivolidades que se avecina-ban, rezó para poder desprenderse del anhelo que sentía por Horatia. Lo de anoche no podía repetirse nunca más.

CAPÍTULO 21

Una hora después, Horatia y las demás damas estaban reunidas en el lado este, admirando el fuerte que los caballeros habían construido para ellas. Era un muro a la altura de la cintura que se arqueaba en un semicírculo de unos tres metros de ancho, proporcionando una amplia protección a las mujeres que ahora se apiñaban detrás de él mientras preparaban sus arsenales. Los vastos jardines que se extendían al fondo de Rochester Hall se habían convertido en un blanco campo de batalla dispuesto para la guerra que se avecinaba.

Lady Cavendish estaba ayudando a Lady Rochester a fabricar sus municiones. Horatia, Audrey, Lysandra y Lucinda estaban reunidas en un círculo estrecho, todas con capas rojas forradas de piel y con pesadas capuchas en alto. Audrey había comentado que eran el ejército más a la moda de Europa. Discutieron sobre las distintas trampas y lugares que debían evitar en el jardín, las zonas en las que podrían quedar acorraladas y alcanzadas por las armas del enemigo.

—¿Deberíamos intentar atraerlos para que salgan de su fuerte? —preguntó Lucinda.

Horatia miró por encima del hombro hacia el fuerte contrario situado a quince metros. Los hombres estaban escondidos y no se veían, salvo por alguna cabeza que salía a la superficie para mirar cautelosamente a su alrededor. Su mirada se cruzó con la de Gregory Cavendish cuando éste se asomó por el borde del fuerte y luego se agachó. Ellos parecían un grupo de ardillas, subiendo y bajando así. Horatia sonrió ampliamente al pensar que unos caballeros así de nobles se estuvieran comportando de forma atípica.

—Creo que atraerlos no es una mala idea —declaró Audrey—. Pero debemos actuar con inteligencia. Solo cuando uno de ellos esté decentemente separado, deberíamos tender una trampa. De lo contrario, podrían aplastarlos fácilmente.

—Y alguien debería vigilar cuidadosamente el fuerte —les recordó Lysandra. Se separó del grupo para mostrarles a las otras damas algo que había cubierto con una manta de tela marrón. La apartó para revelar un sencillo pero ingenioso trabuquete de madera de aproximadamente un metro y medio de largo que estaba contrapesado por una pesada funda de piedras—. Esto debería ayudar a quienquiera que permanezca aquí.

—¿Eso es un trabuquete? —preguntó Horatia, tan divertida como agradecida por el ingenio de Lysandra.

Lysandra sonrió ampliamente, señalando con la mirada a sus hermanos.

—Pensé que podríamos necesitar un poco de ayuda extra, ya que nos superan en número y pueden lanzar más lejos. Encontré un libro en nuestra biblioteca que detallaba su construcción y mandé a construir una réplica a escala el verano pasado. Me costó mucho evitar que Linus se enterara.

Ella cogió una bola de nieve de la creciente pila que su madre y Lady Cavendish estaban haciendo y la colocó en la honda unida al largo brazo de madera del trabuquete. A continuación, Lysandra preparó la bolsa de piedras y, ante la mirada de todas las damas, apuntó hacia el fuerte de los hombres y dejó caer la bolsa. El trabuquete lanzó la bola de nieve en un hermoso arco antes de que se estrellara contra un árbol a unos metros por detrás de los hombres.

—¡Eh! ¿Quién ha lanzado eso? —la cabeza de Linus se asomó, frunciendo hacia ellas mientras gritaba.

Horatia se mordió el labio inferior para no reírse.

—¡Lo siento, Linus! Solo estamos practicando —Lysandra agitó una mano enguantada con nieve en su dirección y luego se volvió hacia las damas—. Como podéis ver, es posible que necesitemos una bola de nieve más grande, pero es una forma decente de obligarlos a mantener las cabezas abajo.

—¡Muy bien pensado! —dijo Lucinda y las otras damas asintieron.

En ese momento, Sir John Cavendish habló desde el otro lado del jardín.

—Pregunto, damas, ¿estáis listas para comenzar?

—¡Lo estamos! —Lady Cavendish se dirigió a su marido.

—Bien, bien. Me han informado de que ahora debo exponer las reglas —continuó Sir John—. Las cuales son las siguientes: Quien capture el fuerte enemigo, será declarado vencedor. Los cautivos podrán ser capturados y marcados con cintas rojas proporcionadas por el líder de su bando. No se puede negociar por los cautivos, permanecen cautivos hasta el final de la batalla y, por último... no hay otras reglas. ¡Adelante! —vociferó Sir John antes de ocultarse en su fortaleza.

Las damas cayeron detrás de su muro de nieve mientras una enorme lluvia de bolas se dirigía hacia ellas. Audrey chilló cuando un montón de nieve y hielo cayó sobre su cabeza con capucha. Hubo un coro de risas lejanas desde el otro lado. Audrey se levantó para gritarles, ya que se suponía que las armas debían estar hechas de nieve suave y no de hielo duro y aguanieve, pero Horatia la empujó hacia abajo cuando otra ráfaga se desató. Las bolas pasaron volando por el espacio vacío donde Audrey había estado de pie momentos antes.

—¡Qué desgraciados! —siseó Audrey mientras se arrastraba hacia el trabuquete—. Rápido, que alguien los distraiga mientras añado más contrapeso.

—¡Pero las bolas volarán demasiado lejos! —exclamó Lady Cavendish.

—No necesariamente.

Lady Rochester se asomó por el borde del fuerte y su rostro estaba iluminado por una sonrisa encantadora.

—¡Por aquí! —gritó Lady Rochester de manera poco elegante y agitó los brazos mientras actuaba como señuelo para que Horatia y Lysandra pudieran devolver el fuego. Por desgracia, los quince metros de distancia entre los dos fuertes parecían asegurar que sus lanzamientos se quedarían cortos.

—¿Veis? No tenemos nada de qué preocuparnos. ¡Ni siquiera pueden alcanzarnos! —bromeó Linus mientras se levantaba desvergonzadamente para tomarse su tiempo en apuntar a su madre. Entretanto, Audrey ajustó la puntería del trabuquete y, con una rápida inclinación de cabeza hacia Lady Rochester, dejó caer el contrapeso más pesado y lanzó su nevada venganza. Las mujeres observaron con regocijo cómo una bola de nieve del tamaño de la cabeza de un hombre golpeaba fuertemente a Linus en el pecho, tirándolo al suelo.

—¿Qué demonios? —escucharon débilmente desde detrás del fuerte.

Todas las damas se echaron a reír.

Lucien y sus camaradas guerreros miraban el cuerpo tendido de Linus. Entonces, se levantó y se sacudió.

—¿No habíamos puesto una distancia de quince metros? —preguntó Lawrence—. Creí que Avery había dicho que no podrían lanzar nada tan lejos.

—O tan pesado —añadió Avery.

—Quizá no tan lejos —dijo Linus—. Uno de ellas debió acercarse y no la vimos. Buscad espías en los árboles. Mamá tiene un brazo sorprendentemente poderoso.

Los labios de Sir John se contrajeron.

—¿Queréis decirme que habéis puesto a las damas en desventaja física y numérica a propósito?

—Está claro que nunca se ha enfrentado a nuestras mujeres en una pelea de bolas de nieve, Sir John —dijo Lucien con una risa baja—. Ellas hacen trampa y, por lo tanto, cualquier medida que adoptemos es simplemente una precaución para protegernos contra lo inevitable.

Sus hermanos asintieron con la cabeza.

—Son despiadadas —dijo Avery con toda seriedad.

—¿Cómo podemos alejarlas de su fortaleza? —preguntó Gregory.

Cedric se asomó por el borde del muro de nieve mientras expresaba una idea.

—Deberíamos enviar nuestro propio espía. Uno que pueda ver cómo están sus suministros y cómo se están organizando. El resto podemos quedarnos aquí.

—Yo iré —comentó Gregory.

—Dirígete al sur y haz un amplio reconocimiento por detrás —aconsejó Lucien—. No queremos que adivinen cuál es nuestro juego.

Cuando Gregory salió, las mujeres aprovecharon su ventaja. Varias flanquearon desde un lado, distrayéndolos de entre los árboles y, de vez en cuando y de la nada, caía una bala de cañón blanca o una tormenta de otras más pequeñas a la vez que parecían caídas del mismísimo cielo.

Poco después, Gregory regresó con un premio. Lawrence y Avery fueron los primeros en verlos y se rieron al comprobar que Lysandra lo seguía con una cinta roja en la muñeca.

—He conseguido una cautiva cuando volvía del campamento enemigo —declaró y le indicó a Lysandra que se sentara detrás de un árbol a unos metros de distancia—. Intentó acercarse sigilosamente a mí, pero su disparo falló y la amenacé con meter mi bola de nieve en su capucha si no se rendía.

—Bien hecho. ¿Cuál es la situación de las fuerzas contrarias? —exigió Avery.

—Lady Rochester y mi madre están produciendo la munición. Luce y la señorita Sheridan son las principales lanzadoras, pero tal y como habíamos planeado, no pueden alcanzarnos desde allí. Dejaron el fuerte para flanquearos.

—Lo sabemos. Acabamos de hacer retroceder a esas dos.

—Entonces, ¿cómo diablos nos están golpeando tan fuerte? —preguntó Lucien.

—Parece que las damas disponen de un pequeño trabuquete —Gregory ahogó una risa cuando su cautiva resopló.

—Así es como nos están bombardeando —dijo Linus.

Una gran bola golpeó el lado del fuerte, haciendo que la muralla se doblara.

—Maldita sea. Pronto dispararán balas de cañón reales —comentó Lawrence.

Linus le lanzó una mirada deliberada a Lysandra y luego estudió a los demás hombres acuclillados detrás de la muralla. Sacó un pañuelo blanco del bolsillo de su abrigo y se puso en pie de un salto.

—¿Qué demonios estás haciendo? —preguntó Lawrence.

Linus saltó para atrás y después salió corriendo hacia el fuerte de las mujeres, agitando el pañuelo en señal de rendición. Lucien lo observó alejarse por el césped cubierto de nieve.

Traidor. Sacudió la cabeza ante la rápida deserción de su hermano menor hacia el otro bando.

—¡Piedad, señoritas! ¡Busco refugio! —gritó Linus mientras Horatia y Lucinda se levantaban de un salto, dispuestas a golpearlo con bolas de nieve.

—¡Maldito traidor! —gritó Lucien al otro lado del jardín.

—¡Hay que seguir el progreso de la tecnología! ¿Por qué luchar con palos cuando el otro bando tiene armas de bronce? —él se zambulló detrás de la protección del fuerte femenino mientras una violenta lluvia de bolas de nieve de los enfurecidos hombres lo seguía.

Linus rodó por el suelo y aterrizó sobre las puntas de los pies como un guerrero experimentado. A Horatia le resultó imposible evitar reírse de él. Podía ser muy impresionante cuando no estaba gastando bromas, y ella no pasó por alto el brillo de emoción en los ojos de Lucinda con respecto a su nuevo aliado.

Horatia les gritó a ambos que se agacharan. Entonces, se cubrieron la cabeza cuando una ráfaga cayó sobre ellos.

—Siempre causando problemas, ¿verdad? —Lucinda se rio de Linus.

—Así soy yo —respondió, y luego se levantó para contra-atacar—. ¡Qué os den, canallas! —lanzó tres bolas de nieve una tras otra. Era el mismísimo caballero andante de las mujeres dispuesto a atacar a sus antiguos aliados.

Lucien se levantó valientemente al otro lado del patio.

—¡Silencio, novato! ¡Vamos a capturar tu fuerte y tendrás que entregar a las encantadoras damas tras cuyas faldas te escondes! —hablaba como un villano de una obra de comedia.

Pero todo lo que Horatia experimentó fue el amor y la alegría que siempre sintió por él. Como si hubiera bebido demasiado vino, estaba mareada y ansiosa por encontrar la manera de volver a sus brazos. Incluso en la distancia, la sonrisa de respuesta de Lucien fue íntima, como si estuviera destinada solo a ella. Elevó una plegaria silenciosa en lo más profundo de su corazón para que el único sueño que había anhelado se hiciera realidad.

La batalla de bolas de nieve duró cerca de dos horas, pero después la emoción se fue apagando y el frío del aire y la humedad de la nieve empezaron a hacer acto de presencia. Declararon la guerra como un empate y Horatia se alegró de que los demás estuvieran de acuerdo en volver al interior. Deseaba poder pasar más tiempo con Lucien, pero no era posible. Siguió al resto del grupo al interior, con el corazón hundiéndose a cada paso.

CAPÍTULO 22

El jinete de Londres llegó poco antes de que anocheciera, justo a tiempo para evitar que todos fueran a cenar. Lucien cogió la nota y él y Cedric volvieron a su estudio para leerla en privado. Horatia y su hermana se quedaron en el pasillo. Ella pensó que tal vez había noticias de sus amigos de Londres.

Presionada contra la puerta de madera para escuchar a escondidas, Horatia se estremeció al oír a Cedric maldecir. Se oyó un fuerte golpe, como si algo hubiera chocado contra la pared. Lucien musitó algo que ella no pudo oír y luego hubo un gruñido de su hermano antes de que unos pasos se acercaran a la puerta. Tanto Audrey como Horatia retrocedieron rápidamente con la esperanza de ocultar sus pobres intentos de escuchar en secreto.

Cuando la puerta se abrió, el estómago de Horatia se contrajo al ver el rostro de Cedric cubierto por una máscara de dolor y rabia muy poco controlada.

—¿Qué pasa? —preguntó Audrey mientras miraba a Cedric y a Lucien.

—Charles ha enviado malas noticias —respondió Lucien con cuidado. Miró a su alrededor, asegurándose de que solo estuvieran ellos cuatro. Horatia sabía con seguridad que se trataba de asunto privado de la Liga si él no deseaba que sus hermanos o cualquier otra persona se enterara.

—¿Qué ha pasado? —se le hizo un nudo en la garganta.

—Ashton fue herido cuando él y Godric investigaban las amenazas que escuchamos —replicó Lucien—. Alguien le disparó, pero se pondrá bien.

Horatia lo observó detenidamente.

—Eso no es todo, ¿verdad? No nos estás contando todo —había tenido demasiado miedo de preguntarle a su hermano o a Lucien, pero había intuido que había algo más en esta situación, algo que ellos estaban ocultando. ¿Todos corrían más peligro de lo que ella había creído en un principio?

—Lo siento. Alguien mató a Manguito —el tono bajo y seco de Cedric hizo que Horatia se estremeciera.

Audrey gritó.

—¡No!

—Waverly de alguna manera se las arregló para entrar en nuestra casa —los puños de Cedric se cerraron mientras hablaba—. Alguien mató a Manguito. Lo ahogaron y lo dejaron en una bañera en casa de Charles.

—Pero ¿por qué? —Audrey gimoteó y sus lágrimas amenazaban con derramarse.

—Porque él pudo hacerlo. Quería que supiéramos que nuestras casas no son seguras. Y lo ha conseguido. Nadie va a volver hasta que esto se resuelva —el tono de Cedric era tétrico, y Horatia jamás le había escuchado algo parecido.

—¿Cómo sabes que fue Waverly? —preguntó Horatia. Se le quebró la voz, pero le salieron las palabras.

Ni su hermano ni Lucien respondieron durante unos largos momentos.

—No tenemos pruebas —dijo Lucien—. Es más bien un presentimiento.

Cedric añadió sus propios pensamientos negativos.

—Una vez intentó ahogar a Charles. Ahora ha ahogado a un gato. Es bastante obvio que es él.

En sus ojos marrones se reflejaba un sentimiento de venganza, y eso asustó a Horatia. Estaba sumido en una rabia que ella comprendía demasiado bien. Horatia apenas podía pensar con claridad porque la ira y el dolor se agitaban con violencia en su interior.

Audrey se arrojó al pecho de Cedric y lloró. Él la abrazó.

—Llévala a su habitación, Cedric —dijo Lucien—. Haré que suban la cena.

Cedric asintió en señal de agradecimiento silencioso antes de llevar a Audrey, quien seguía gimoteando, a su alcoba.

—¿Horatia? —Lucien apareció a su lado. El cansancio tallaba líneas en su rostro. Siempre le había parecido confiado y seguro de sí mismo, pero su aspecto ahora era totalmente nuevo para ella. Parecía vulnerable.

—¿Sí?

—¿Hay algo que pueda hacer por ti? Sé que le tenías cariño a Manguito y que esta noticia debe ser un golpe terrible para ti.

—No... gracias. Me gustaría estar sola ahora —su tono era brutalmente frío, no tenía fuerzas ni siquiera para fingir que estaba bien.

Lucien parecía dolido, como si su tono fuera para él.

—Por supuesto. Te dejaré sola. Hazme saber si necesitas algo —Lucien la dejó sola en el sombrío pasillo. El timbre de la cena sonó, pero muy lejos.

El calor la rodeaba, un calor sofocante que le oprimía la garganta y le dificultaba pensar. Empezó a sudar y se dirigió a trompicones hacia la puerta que llevaba a los jardines. Necesitaba aire fresco. No podía respirar allí dentro. Anhelaba no sentir ninguna emoción. El aire frío del invierno era la única manera de conseguirlo. Sin abrigo ni guantes, se abrió paso entre la nieve que le llegaba a la mitad de las pantorrillas. A los poco minutos de estar en el exterior, pudo procesar esta horrible noticia. Alguien había entrado en su casa. Un lugar seguro. ¿Y si hubiera sido Audrey o ella y no el pobre Manguito? Manguito... su encantador compañero. Ya no estaba.

Intentó no pensar, pero los recuerdos la invadieron: las mejillas rojo cereza de Audrey, tan joven y angelical mientras sostenía el par de pequeños gatitos durante la Navidad. Manguito quedándose dormido en el regazo de Audrey oyendo a Cedric cantar villancicos. La bola de pelo blanquinegra que se esforzaba por subir las escaleras detrás de Cedric, con sus patitas golpeando sus botas de arpillera para llamar su atención. Ella le contaba todas las historias sobre las constelaciones y, siendo todo un encanto, Manguito frotaba su mejilla peluda y bigotuda contra su barbilla, ronroneando con fuerza.

Horatia tropezó en la nieve, cayendo de rodillas. El dolor ascendió hasta su corazón. Sus padres se los habían regalado a ella y a Audrey la Navidad previa a su muerte.

Manguito era más que un gato. Había sido una parte de ella y una de sus últimas conexiones con sus padres. Y ahora una parte más de ellos había sido arrebatada violentamente. ¿Audrey o Cedric serían los siguientes? ¿O ella misma? ¿Cuál de sus seres queridos sería el objetivo del odio de un hombre?

Horatia se tumbó en la nieve, demasiado cansada para preocuparse por el frío.

Todo lo que quiero es paz, por favor, dejadme tener paz. Sus pestañas oscuras rozaron sus mejillas mientras cerraba los ojos.

Pero unos pensamientos horribles la atormentaron. ¿Cuán asustado había estado Manguito cuando su asesino lo capturó? ¿El anciano gato había luchado, o sus garras fueron demasiado débiles? ¿Su muerte había sido rápida? Ella nunca lo sabría.

Un violento escalofrío la recorrió. ¿Quién podía ser tan cruel?

Una explosión de pánico y miedo le atravesó el pecho. No era solo una forma de herir a su familia. Era un mensaje, como había dicho su hermano. Él podía alcanzar a cualquiera de ellos. Ella y sus hermanos no estaban a salvo. Ningún lugar era seguro. Él siempre podía encontrarlos.

La imagen de sus padres muertos en aquel carruaje centelleó en su mente mientras que la imagen de un gato ahogado con el pelaje húmedo y el cuerpo rígido se fusionaba con ésta. El cuello de su padre roto, los labios rosados de su madre cubiertos de sangre y pálidos. Sus cuerpos parecían un par de marionetas deshechas abandonadas por un niño.

Ella los había tocado, la mejilla de su madre, la mano de su padre. Pero se habían ido y ella no podía traerlos de vuelta.

¿Su propia vida pronto se apagaría? Tal vez solo era cuestión de días para que unas manos salieran de las sombras y le rompieran el cuello, dejando su cuerpo sin vida para que Lucien o Cedric lo encontraran.

Luchó por respirar, pero sus jadeos no sirvieron de nada. Solo había dolor y un terror sofocante.

—¡Horatia! —un grito suave, lejano como las propias estrellas.

Algo la levantó de un tirón. Luchó, gritó, mordió, pero estaba muy débil y fría, así que después de un minuto tuvo que rendirse. Los ruidos invadieron sus adormecidos oídos: el crujido de la madera, el chirrido de las botas, el oxígeno entrando en los pulmones. Sintió una suavidad fría debajo de ella. Horatia se removió incómodamente mientras se obligaba a abrir los ojos.

Estaba en una habitación oscura que no reconocía. La decoración no coincidía en absoluto con la de Rochester Hall. Un hombre estaba encorvado ante la chimenea mientras añadía unos cuantos troncos a la leña recién encendida, avivándola con un atizador. Cuando se volvió hacia ella, vio que era Lucien.

Sin decir nada, se acercó a la cama donde la había dejado y la colocó sobre su estómago. Metió los dedos en el cuello del vestido y empezó a liberar los botones. Sus manos estaban calientes y penetraban en su piel fría. Horatia se estremeció.

—¿Te duele?

Horatia negó con la cabeza mientras intentaba hablar.

—Estás muy caliente —logró decir finalmente.

—Bien. Esa es la idea —él alcanzó el último botón de la prenda y lo quitó, liberando sus brazos fríos y débiles de las mangas para luego retirarle el vestido por completo. Lucien no se detuvo ahí. Le quitó el corsé, la camisola, las medias y las zapatillas de casa.

Normalmente, Horatia se habría aferrado a una manta para ocultar parte de su desnudez, pero su dolor interno y su agotamiento la habían insensibilizado a esas preocupaciones intrascendentes. Tumbada boca abajo, miraba al frente y oía que Lucien se estaba despojando de su propia ropa a sus espaldas.

No había nada sensual en sus movimientos. De hecho, casi se tropezó al quitarse los zapatos. En el momento en que quedó desnudo, buscó una gruesa manta de lana que estaba colgada a los pies de la cama y se envolvió con ella a modo capa. Solo entonces volvió a centrar su atención en Horatia mientras la levantaba y la llevaba a la gruesa y suave alfombra cerca del fuego.

Él se sentó y apoyó el cuerpo de Horatia contra el suyo, asegurando la manta alrededor de ellos. Entre el fuego de la chimenea y el fuego de la piel de Lucien detrás de ella, el frío de sus huesos se disipó, seguido de un ardor intenso cuando sus emociones volvieron a cobrar vida. Se removió contra Lucien, cuyo cálido aliento rozó su mejilla.

—Tranquila, amor —le susurró al oído—. No tienes ni idea de cuánto tiempo has estado ahí afuera, ¿verdad? —la ternura de su voz, el suave afecto tan puro de sus labios provocó que temblara con emociones reprimidas—. Déjalo salir, cariño, todo. Estoy aquí.

Fue esta promesa, no contaminada por el mundo exterior y sus intereses, la que derribó la barrera protectora de Horatia. Ella se quebró, se aferró a él como si ella misma pudiera forjar una conexión irrompible entre sus cuerpos, como si no quisiera volver a estar sin él o sin su reconfortante toque. Sus ojos secos se llenaron de lágrimas calientes y pesadas y Lucien limpió cada gota de humedad con el roce de sus dedos.

—Duele —jadeó Horatia mientras el peso de todo descendía sobre ella. Como fragmentos de cuchillo incrustados en sus pulmones, cada bocanada de aire que aspiraba era hiriente y gélida.

—Eso es algo bueno, mi amor. Significa que tu corazón sigue vivo. Déjalo salir —los labios de Lucien rozaron su mejilla manchada de lágrimas y absorbió su temblor con su cuerpo.

Los dos momentos de su vida en los que más necesitó a alguien, cuando se encontraba más débil, él había estado allí. A menudo se había preguntado por qué amaba a Lucien y no a alguien más, incluso cuando él se había empeñado en ser frío con ella. Este momento, este abrazo, era todo lo que importaba. Un hombre que hiciera esto por ella, sería el único hombre que podría tener y desear.

Cuando su agitación disminuyó, Horatia se giró en los brazos de Lucien. Él la miró con una dulce preocupación.

—Hazme el amor —suplicó ella.

—No, cariño, así no —le acarició la sien con los labios y le apartó el pelo de la cara—. Has sufrido demasiado. No voy a añadir más dolor.

—Te deseo, Lucien. Cada segundo que no me besas me mata por dentro —Horatia cogió su rostro. Una ligera barba castaña rojiza había empezado a rasparle las mejillas, y su aspereza contrastaba con la suave piel del pecho de Lucien.

Él sonrió ligeramente.

—Sé que soy muy bueno besando, pero nadie ha perecido por falta de mis besos, que yo recuerde.

Horatia, con el cuerpo lleno de deseo y desesperación por algún tipo de liberación, se soltó de sus brazos y se levantó, completamente desnuda ante él. Caminó alrededor de él y se acercó a la cama.

—No reconozco esta habitación —dijo en voz baja mientras se acomodaba en la cama.

Lucien siguió sus movimientos y sus ojos se centraron en la cima de sus pechos. El aire estaba tensando sus pezones.

—Te encontré muy lejos de la casa. Te traje a la cabaña de

verano del jardinero —explicó Lucien. Se puso en pie, con la manta todavía cubriendo holgadamente su cuerpo.

—¿La cabaña del jardinero?

Había una mirada hambrienta en sus ojos mientras se acercaba, pero aún así parecía que pretendía resistirse a ella.

—Sí, siempre está vacía en invierno —la voz de Lucien era aún más baja, más ronca que antes.

—Así que estamos solos, sin miedo a ser descubiertos —Horatia empezó a alcanzar la manta que rodeaba el cuerpo de Lucien.

—¿Intentas seducirme? —una sonrisa pícara se dibujó en sus labios.

—Eso depende. ¿Está funcionando? —Horatia le pasó el pie por la pantorrilla y él se tensó.

—Tienes los pies fríos, amor. ¿Te los caliento?

Como respuesta, Horatia tiró más fuerte de la manta. Lucien la dejó caer a sus pies, desnudando su cuerpo ante ella. Parecía que toda la vida de Horatia había sido conducida hasta este momento. Cuerpos y almas finalmente al descubierto, frente a frente. Lo miró fijamente, examinando su cuerpo meticulosamente formado, pudiendo ver por fin todas las partes de Lucien que habían estado ocultas.

El lado salvaje que llevaba dentro estaba demasiado cerca de asumir el control. Extendió una mano y Lucien la cogió, besando el interior de su palma antes de que ella lo empujara hacia el borde de la cama. Horatia retrocedió mientras él avanzaba, con sus cuerpos imitando una antigua danza de conquista y sumisión mientras él se deslizaba sobre ella. Lucien dejó caer su cabeza sobre la de ella y sus bocas se encontraron en un lento beso que encendió cada fibra del cuerpo de Horatia. Sus manos se deslizaron hasta sus bíceps flexionados, haciendo presión sobre sus músculos mientras él liberaba su boca para depositar besos a lo largo de su garganta.

—No sabía que una clavícula pudiera ser así de apetecible —

musitó Lucien mientras lamía los desniveles de la parte superior de su pecho.

Horatia no dejó de reír hasta que su boca se posó en la cima de un seno. La saboreó, la succionó y la mordió, provocando espasmos de dolor placentero. Luego trazó círculos con su lengua rodearla con la lengua, consiguiendo que se retorciera debajo de él.

Horatia gimió cuando sus labios danzaron hacia su otro pecho. Pasó los dedos por su espesa cabellera pelirroja, tirando de ella mientras él se deleitaba con su cuerpo.

—Que nunca se diga que te he descuidado, cariño —bromeó él antes de llevarse el otro pecho a la boca.

Sus uñas se clavaron en los brazos de Lucien y arqueó la espalda, anhelando más de él. Al sentir la presión de las manos de Lucien en el interior de sus rodillas, sus muslos se separaron. Un déjà vu pasó frente a sus ojos; un hombre enmascarado, el demonio del placer, un ángel del pecado entre sus piernas.

—Oh, Dios, si vuelves a hacer eso... eso, te mataré —jadeó cuando su boca atravesó su cintura hacia el oscuro triángulo entre sus piernas.

—¿Te refieres a esto? —él asaltó sus sentidos con una lamida fulminante y luego fijó su boca alrededor de ese mismo espacio lleno de fibras nerviosas que ahora mismo estaba tenso. Horatia se agitó. Lucien la clavó más profundamente en la cama mientras la empujaba al borde de la cordura.

—Tú maldito... —olvidó por completo sus palabras mientras su lengua trazaba patrones eróticos y ella se precipitaba al vacío en una caída que pensó que nunca terminaría.

Con el tiempo, fue consciente del movimiento ascendente de Lucien y de que su boca volvía a estar sobre la suya. Pudo saborearse a sí misma en él, un pensamiento pecaminosamente erótico. Gimió cuando el peso de Lucien descendió sobre ella. La presión de su cuerpo fue bien recibida; la inmovilizó contra la cama cuando se sintió lo suficientemente ligera como para dejarse llevar por la brisa invernal. Su miembro estaba duro contra el interior de su muslo y él se balanceaba hacia adelante, con su punta deslizándose sobre ella a un ritmo que los instintos de su propio cuerpo ya conocían, y mucho mejor de lo que Horatia había esperado.

—Sí, Lucien, sí.

—No quiero hacerte daño, nunca más... y esto podría dolerte.

—Si algo no me duele, no sabré que estoy viva —le recordó ella. Estaba desesperada y necesitaba sentirlo. Sus manos se deslizaron por las líneas de su duro abdomen hasta que envolvió posesivamente su mano sobre su longitud. Él gimió contra sus labios con un placer salvaje.

—Juegas con fuego, cariño, y no deseo quemarte —intentó apartarse. Horatia deslizó una mano hasta la base de su miembro y volvió a dirigir su punta hasta su entrada.

—Quémame. Consúmeme, Lucien. Es lo único que siempre he deseado —Horatia besó a Lucien tan profundamente que su ataque pareció volverlo loco. Le apartó la mano y le sujetó las muñecas por encima de la cabeza. Situado en su entrada, comenzó a penetrarla con suavidad y lentitud, a diferencia de lo que ella había esperado de él.

Horatia levantó las caderas, forzándolo a entrar demasiado profundo y demasiado pronto, y él musitó una maldición e intentó apartarse. Ella cerró las piernas alrededor de sus caderas, manteniéndolo cerca. Las caderas de Lucien se sacudieron hacia adelante en na embestida superficial. La repentina intrusión de su miembro en su interior la quemó y una parte de ella se perdió para siempre en la trayectoria de su penetración. Pero estaba contenta. Ella había cambiado. Era suya.

Horatia ignoró sus disculpas mientras la pasión encendía sus movimientos dentro de ella.

Lucien la tenía ahora como prisionera debajo de él, con un ritmo lento y constante que ponían a prueba sus límites. Le rozaba besos en las mejillas, la nariz, los labios y la barbilla, como si no pudiera evitar marcar su esencia en ella de todas las formas posibles.

El dolor se fue apagando a medida que aumentaba la tensión. La sensación que antes había confundido con náuseas estaba de regreso, más fuerte que antes. Horatia se deleitó en ella, comprendiendo ahora su significado, y el latido entre sus piernas se alivió con cada una de las embestidas de Lucien.

A pesar de tener las muñecas sujetas, levantó las caderas, recibiéndolo más en su interior. Lucien soltó sus muñecas y deslizó las manos por los costados de Horatia y por debajo de ella, cogiendo sus nalgas y levantándolas. El ángulo cambió radicalmente las cosas, y su miembro golpeó un nuevo lugar en lo más profundo de ella. El grito que salió de sus labios fue de sorpresa y Lucien se apresuró a repetir el movimiento una y otra vez; los chillidos de Horatia fueron un estímulo primordial para no detenerse. El sudor cubría sus cuerpos mientras Lucien aceleraba el ritmo.

—Lucien, creo que... —Horatia fue silenciada con un beso dominante y posesivo que terminó en el más vibrante estallido de placer de su vida. Oyó un grito y solo después se dio cuenta de que era el suyo. Lucien gritó su nombre mientras se sacudía contra ella. Siguió sacudiéndose y balanceándose, temblando sobre ella. Horatia nunca olvidaría la expresión de sus ojos, tan brillantes de pasión, fuego, ternura y confusión.

—Dios mío, Horatia. Nunca... no sabía que esto podía ser así —parecía asustado, como un niño pequeño enfrentándose al miedo por primera vez. Horatia le pasó los dedos por el pelo y levantó la cabeza para besarlo.

—No tengas miedo, Lucien. Yo te sostendré.

Era demasiado pronto para esperar que él llegara a amarla, pero ella sabía que le importaba. Esto no era un rollo casual. Se trataba de hacer el amor, de forjar una conexión. Lucien se acomodó en los brazos de Horatia. Sus cuerpos seguían unidos mientras sus manos lo acariciaban. Él enterró la cara en su pelo castaño oscuro. Una brisa fresca acarició sus cuerpos y Lucien se separó de ella.

—Por favor, no te vayas —suplicó ella en un susurro ronco.

—Nunca, mi corazón. Nunca —apartó las sábanas de la cama para poder meterse dentro y unirse a ella, envolviendo su cuerpo con el suyo. Los únicos sonidos eran sus respiraciones mezcladas y el chasquido y el crujido del fuego en la chimenea.

Todo había cambiado. ¿Pero qué haría Lucien ahora? Como no quería pensar en las posibilidades, Horatia se acurrucó en sus brazos y se acomodó para dormir.

CAPÍTULO 23

Ashton estaba sentado en su estudio en Half Moon Street. Las cartas de carácter financiero estaban esparcidas sobre la superficie de su escritorio de madera de roble. Los números de las cartas estaban borrosos mientras el dolor ascendía por su brazo izquierdo, el cual aún colgaba sin fuerzas e inútil en un cabestrillo sobre el cuello.

Qué maldita molestia era recibir un disparo. Había perdido tanta fuerza que su lacayo tenía que hacer muchas cosas rutinarias por él y, su ayuda de cámara, que antes era poco necesario, se había vuelto indispensable. No podía ponerse una camisa, y mucho menos arreglarse el cuello o abrocharse los pantalones sin ayuda.

Era muy humillante. Todo el mundo lo trataba como a un niño con cuerdas de entrenamiento y él estaba cansado de ello. Y solo llevaba unos días herido. El médico le había dado instrucciones para que descansara durante las próximas *cinco semanas*. La idea era intolerable. Él, más que nadie, no podía permitirse el lujo de descansar. Había muchas cosas pendientes, además de sus asuntos; en concreto, localizar a Waverly y poner fin a esta batalla antes de que se convirtiera en una guerra en toda regla.

Con un fuerte suspiro, Ashton cogió la carta más cercana y el movimiento le provocó una punzada de dolor en el hombro herido. Apoyó la carta en su escritorio con la mano en el cabestrillo, ignorando el dolor que le causaba, y utilizó la otra mano para romper el sello. Maldijo en voz baja hasta que el sello cedió.

La carta era de su banquero en el Banco Drummond, el señor Jared Simms. Simms le había proporcionado a Ashton un informe detallado de sus fondos actualmente involucrados en los fondos consolidados. Era una inversión sólida. Los bonos perpetuos eran bonificaciones del Estado que pagaban un tres por ciento de dividendos dos veces al año.

Ashton había invertido cincuenta mil libras en ellas y el beneficio había sido una poderosa fortuna que gastó con prudencia y cautela. A diferencia de sus amigos, él no había nacido con dinero. Llevaba toda la vida acumulando una gran fortuna, así que, cuando su influencia política no podía imponerse, sus cuentas bancarias sí. Aunque no hacía alarde de su riqueza, no dudaba en utilizarla cuando podía obtener una clara ventaja.

Actualmente, se encontraba inmerso en una guerra de ofertas por una empresa llamada Southern Star Shipping. Ashton era dueño de su propia empresa de mensajería, Lennox Lines, pero la adquisición de Southern Star introduciría sus barcos en los mercados comerciales del Caribe y en las rutas más cercanas a África, una zona en la que aún no había entrado.

Sin embargo, este no era su único interés en la compañía.

Durante meses había escuchado rumores de que Waverly estaba involucrado en cargamentos dudosos, introduciendo quién sabe qué a Inglaterra. Ashton sospechaba que los esclavos podían estar involucrados, pero era posible que se tratara de varias cosas. Si conseguía el control de la compañía, podría limpiar los barcos, poner nuevos capitanes y tripulaciones de su confianza y empezar a eliminar las fuentes de ingresos ilícitos de Waverly, parte por parte. Era lo único que sabía que podía hacer mejor que Waverly, y si eso era su mejor arma, tenía que usarla. Un hombre no podía contratar asesinos para acabar con la Liga si no poseía dinero.

A estas alturas, ya habría adquirido Southern Star, pero una empresa de mensajería rival había estado compitiendo con él oferta por oferta. El resultado fue que su abogado, el señor Danforth, se puso en contacto con el propietario de Melbourne, Shelley and Company para reunirse con Ashton en menos de una hora para discutir el asunto y llegar a un acuerdo.

Un golpe en la puerta de su estudio hizo que Ashton levantara la mirada. Su mayordomo, Wimbley, un hombre calvo de mediana edad, entró.

—¿Qué ocurre? —preguntó, volviendo a mirar el informe de inversiones.

—Tiene una visita, milord. Una dama —aclaró Wimbley.

—Si es Su Excelencia, dígale que estaré con ella en breve —no tenía ni idea de qué hacía Emily aquí, salvo para reprenderlo de nuevo por ponerse en peligro.

—No es Su Excelencia, milord. Dice que se llama Lady Melbourne y que la está esperando.

—¿Lady Melbourne? —¿La esposa de Melbourne había venido? Ashton había pedido ver a su marido—. Acompáñala a la recepción Rosa y haz que lleven un poco de té. Dile que estaré con ella de inmediato —no obstante, supuso que podría utilizar esto en su beneficio.

—Sí, milord —Wimbley desapareció.

Ashton organizó apresuradamente su escritorio antes de comprobar su aspecto en un espejo cercano. Su pañuelo estaba bien ajustado y sus pantalones no estaban arrugados. Su chaleco de seda azul marino estaba impecable y su camisa planchada. Lucía lo suficientemente decente como para presentarse ante alguien.

Tal vez tenía el pelo un poco largo en relación con los estilos convencionales preferidos por la sociedad, pero últimamente había estado demasiado ocupado para cortárselo. Sus ojos, que en los últimos días habían estado vidriosos por el cansancio y el dolor, volvieron de nuevo a brillar por la irritación que le producía tener que lidiar con esta apoderada.

Ashton tenía todo el aspecto de un pícaro elegante, salvo por el cabestrillo de tela blanca que le sujetaba el brazo izquierdo. Mostrar debilidad de una forma u otra no le parecía deseable en un ambiente de negocios, pero no podía evitar la herida en su brazo.

Salió de su estudio y subió las escaleras hacia la recepción Rosa. Tal vez era un poco inapropiado tener una recepción en la misma planta que su dormitorio, pero solo utilizaba la sala Rosa para dos cosas: las comidas íntimas con su amante —cuando tenía una—, y un lugar de seducción.

Descubrió que las tonalidades oscuras de la habitación parecían inducir a las damas a un estado de ánimo receptivo. Cortinas de gasa rosada cubrían las ventanas, proyectando una atractiva penumbra rosada incluso por la mañana. Siempre había un fuego encendido en la chimenea para mantener la impresión de una cita nocturna. La recepción Rosa siempre lo ayudaba en sus conquistas.

Si iba a tratar con la esposa de su rival, parecía lógico que un poco de seducción pudiera ayudar a su causa. Ashton no era tonto. A diferencia de otros hombres, hacía tiempo que había aprendido lo poderosa que podía ser una mujer en el mundo de los negocios de los hombres y cómo éstos las subestimaban. Sin embargo, si jugaba al encantador libertino, Lord Melbourne no sería más que un peón en el juego de Ashton y Southern Star sería suya.

Ashton abrió la puerta, esperando encontrar a una matrona de pelo gris. Pero lo que vio lo detuvo en seco. Una mujer, que debía de tener unos veinte años, estaba sentada en el borde del sofá de terciopelo rojo cerca de la chimenea. Su cabello negro como el carbón y sus ojos grises con forma de almendra estaban enmarcados por pestañas oscuras como el hollín. Ella le devolvió la mirada, aparentemente igual de confundida que él. Era evidente que ninguno de los dos había esperado que el otro apareciera de esta forma.

—¿Es usted Lady Melbourne? —preguntó Ashton.

—Sí, Lord Lennox, ¿verdad?

Sus labios eran de un tono rosado pálido y no tan carnosos como los de la mayoría de las mujeres, pero su forma resultaba bastante erótica. En lugar de un bonito mohín, tenía una boca amplia, como si estuviera más propensa a sonreír a pesar del frío gris de sus ojos. Ashton rara vez pensaba en mujeres casadas, pero ahora podía hacer una excepción.

—Soy Lord Lennox.

—Bien. Tenemos mucho de qué hablar, milord —tenía un acento suave, una entonación escocesa. No tan pesada como un acento irlandés y mucho más refinada, como si intentara ocultarla. Era una debilidad reveladora y él actuó instintivamente sobre ella.

—¿De qué parte de Escocia es usted, Lady Melbourne? —Ashton disfrutó viendo cómo sus ojos se abrían de par en par. Era evidente que ella prefería ocultar sus orígenes, algo que él comprendía muy bien.

—Nací en Falkirk, milord.

—¿Falkirk? *An Eaglais Bhreac* —dijo con una sonrisa de suficiencia.

—¿Habla gaélico? —ella pareció doblemente sorprendida.

—Solo algunas frases, ciudades y pueblos. Un tío mío se casó con una mujer de Edimburgo.

—¿Oh? —respondió Lady Melbourne con curiosidad. Ashton continuó con su ventaja ahora que ella estaba desconcentrada.

—¿Qué la trae por aquí, Lady Melbourne? No es que no encuentre encantadora su presencia en mi casa, pero esperaba reunirme con Lord Melbourne.

—¿Lord Melbourne? —sus cejas negras se alzaron con sorpresa.

—Sí. Hice que mi abogado se pusiera en contacto con el propietario de Melbourne, Shelley and Company. Su marido, supongo, ¿o quizás su padre? Es con él con quien necesito reunirme. ¿Supongo que él está relacionado con William Lamb?

—ya no estaba sorprendida y sus ojos parecían brillar de alegría. Era evidente que él había omitido algún dato crucial.

—Me temo que soy la propietaria de Melbourne, Shelley and Company. Mi marido, solo un pariente lejano de William Lamb, falleció el año pasado. Su empresa ha estado bajo mi control durante casi un año.

La mandíbula de Ashton cayó. ¿Una mujer dirigiendo un negocio? No era inaudito... aunque...

—Usted puede manejar los negocios con el sexo opuesto, ¿supongo?

No le gustaba que ella ya hubiera sacado lo mejor de él. Y la forma en que se vestía lo estaba distrayendo. Su marido había muerto hacía menos de un año y no llevaba el vestido de crepé negro y el velo que se esperaba de ella. En cambio, lucía un vestido escotado de color rubí que parecía hacer que su pálida piel resplandeciera a la luz del fuego. Parecía más una seductora que una viuda afligida. Ella misma sabía que su apariencia era una ventaja y no temía utilizarla. Una dama peligrosa. Ashton tendría que recordarlo.

—¿Y qué hay de Shelley? ¿Él está en Londres? Tal vez debería reunirme con él.

Una sutil sonrisa de victoria apareció en los labios de la mujer.

—Eso supondría una pérdida de su tiempo, milord. Compré las acciones de Shelley hace meses y ahora soy la única propietaria de la empresa que mi marido fundó. Vamos a cambiar el nombre antes del próximo trimestre. Así que, en realidad, debe reunirse conmigo —declaró con mucho orgullo.

Ashton frunció el ceño. No era uno de esos hombres que creían en desalentar a las mujeres del ámbito de los negocios, pero con Lady Melbourne deseaba hacer una excepción. Con ella en la misma habitación, no podía concentrarse, no cuando su mente y su cuerpo conspiraban contra él de esta manera.

—Me he dado cuenta de que está herido, milord. Por favor, siéntese. ¿Cómo se ha hecho semejante herida?

¿Lady Melbourne se atrevió a ofrecerle un asiento en su propia y maldita sala? Oh, él se sentaría sin problemas y arrastraría su cuerpo bajo el suyo... Ashton encerró esos pensamientos en un rincón oscuro de su mente y luego intentó recuperar su civilidad natural.

—Gracias —ocupó un asiento frente al sofá—. En respuesta a su pregunta, me han disparado hace poco —esperó a que ella mostrara disgusto o alguna forma de aversión femenina ante la mención de la sangre.

La mujer no hizo nada de eso. Su ligera sorpresa se transformó en una curiosidad abierta. Debía ser su maldita sangre escocesa.

—¿Se ha batido en duelo, milord? —preguntó sin rodeos.

—Los duelos están prohibidos. No haga suposiciones tan rápidas sobre mí, Lady Melbourne. Puedo garantizarle que se equivocará en todo —su tono era tan áspero que apenas se reconocía a sí mismo. Era el tono de su época de joven, antes de que aprendiera a controlar su temperamento.

Lady Melbourne había despertado en él un fuego muy peligroso. Ella levantó la barbilla desafiantemente en un reto silencioso a su temperamento, pero el movimiento solo acercó sus tentadores labios a los de él. Ashton se obligó a alejarse de ella mientras volvía a hablar.

—Mis disculpas, Lady Melbourne. Me duele el brazo y eso ha arruinado mi capacidad de ser un anfitrión educado —era verdad, aunque solo una parte.

—Aceptaré sus disculpas, milord, si satisface mi curiosidad con respecto a cómo se hizo la herida —su impertinencia lo enfureció y lo asombró.

—El asunto que me provocó la herida fue de naturaleza personal y no lo divulgaré solo para alimentar su curiosidad. Ahora venga, hablemos de negocios, si quiere.

Parecía que ella quería decir algo más, pero lo pensó mejor.

—Muy bien —suspiró. En ese momento, una criada entró con una bandeja de té y Lady Melbourne cogió la tetera de la bandeja y miró a Ashton—. ¿Puedo servir? —por lo general, era el trabajo de una criada cuando un hombre no tenía una esposa o una señora de la casa para realizar la tarea, pero, en este caso, la criada lo miró y salió corriendo de la habitación sin siquiera mirar atrás.

—Sí, por supuesto —musitó bruscamente Ashton, volviendo a sentarse mientras ella servía dos tazas de té.

—Cuando su abogado se puso en contacto con mi oficina, me informaron que el asunto comercial que a usted le concernía implicaba la compra de Southern Star Shipping.

—Efectivamente —Ashton no apartó los ojos de la mujer mientras sorbía su té... y casi lo escupió por la mesa.

La maldita mujer no había añadido nada de leche, dejándolo hirviendo. Ella parecía estar observándolo en busca de alguna reacción, alguna exclamación de dolor, mientras él luchaba por mantener la calma y fingir que no acababa de perder toda la sensibilidad en la lengua debido al té saboteado. La mujer era despiadada.

—Lo que me desconcierta es por qué ansía la empresa Southern Star —Ashton dio otro paso en su dirección, intentando recuperar el terreno perdido—. Por lo que veo, sus negocios no la requieren.

—¿Por qué alguien quiere algo? Yo anhelo el poder de las embarcaciones. Y a diferencia de su sin duda exhaustiva investigación sobre mis intereses, de hecho, los necesito para acceder a los puertos del Caribe —era una respuesta comercial, pero no era la verdad y, por alguna razón, su respuesta lo enfureció. No podía negociar con alguien con defensas tan sólidas a su alrededor. Si tan solo pudiera derribar esos muros de alguna manera.

—Le propongo un trato. Si me dice cómo le dispararon, dejaré de ofertar por Southern Star.

Eso fue inesperado. ¿Otra táctica para mantenerlo con la guardia baja, tal vez? Ashton se frotó la mandíbula con una mano, considerando la propuesta. Normalmente, sus asuntos se mantenían en privado, especialmente los relacionados con la

Liga, pero no consideraba dañino darle una respuesta algo censurada. Sin embargo, no se fiaba de ella. Ni un poco.

—¿Me cedería la empresa así de fácil?

Ella se encogió de hombros con elegancia.

—Hay otras empresas, por supuesto. Tengo suficiente capital para construir una propia, si fuera necesario. Comprar Southern Star era simplemente una forma más eficiente de alcanzar mi objetivo.

Su respuesta lo satisfizo lo suficiente.

—Acepto sus condiciones —Ashton respiró hondo—. Me dispararon mientras investigaba un lugar de mala reputación en busca de pruebas de que un conocido mío había contratado a un hombre para asesinar a un amigo íntimo. Ese mismo hombre nos encontró allí y abrió fuego antes de huir.

—¿Le dispararon al intentar demostrar que alguien quería asesinar a su amigo? —Lady Melbourne parecía sorprendida.

—Sí —sin embargo, no quiso decirle más que eso.

Su reacción lo desconcertó aún más, como si sus palabras le hubieran dicho mucho más de lo que él pretendía y le hubieran revelado todo lo que ella deseaba saber sobre su persona.

—Muy bien. Southern Star ahora es de su propiedad, Lord Lennox. Disfrute de los beneficios.

—Oh, lo haré, Lady Melbourne —le aseguró. Si todos los negocios de esta índole pudieran llevarse a cabo de forma tan barata, él ya sería doblemente rico.

Cogió su reticule y Ashton la siguió por las escaleras hasta la puerta. La ayudó a ponerse la capa antes de que se diera la vuelta para salir.

—Fue interesante conocerlo, Lord Lennox —ella volvió a esbozar esa sonrisa cómplice y él se inclinó sobre su mano, besándola más tiempo del apropiado.

—Lo mismo digo, Lady Melbourne. Creo que es posible que nuestros caminos vuelvan a cruzarse —sus ojos se encontraron brevemente y Ashton sintió que su mundo se inclinaba sobre su eje. Lady Melbourne iba a representar un problema para su negocio.

Cuando le abrió la puerta, Charles apareció de pie, con la mano levantada como si fuera a llamar.

—Hola Ash, ¿eh... interrumpo algo? —sus ojos se movieron entre Ashton y Lady Melbourne.

—No —respondieron al unísono.

—Bien, bueno, Ash, necesito hablar contigo de inmediato —la mirada severa de Charles fue al grano. Algo nuevo había surgido.

—Ha sido... interesante conocerlo —dijo Lady Melbourne y luego se apresuró a bajar los escalones. La vio partir solo un momento antes de que Charles lo arrastrara por su brazo bueno de regreso al interior.

—¿Qué pasa?

Charles miró por toda la casa, como si buscara espías en cada rincón. La preocupación de Ashton se agudizó como un nudo en el estómago.

—Estaba revisando mi correspondencia sobre la madre de Lucien. Se había acumulado durante algún tiempo. Ya sabes que me escribe sobre Lysa.

—Sí —Charles apenas intentaba responderle a la madre de Lucien, ya que las cartas incluían, la mayoría de las veces, ofertas de matrimonio con la hermana de Lucien (lo que nunca habría sido bien visto por nadie, por muchas razones).

—Bueno, me di cuenta de un extraño patrón en sus cartas. Ha tenido varios lacayos en los últimos meses. Seis en total. Ella escribe sobre accidentes, piernas rotas, caídas de caballo; algunos de ellos simplemente se cansaron y la abandonaron sin ninguna razón. De no haber sido porque leí todas las cartas de un tirón, no me habría dado cuenta y no me habría sorprendido.

Ashton frunció el ceño.

—¿Qué te sorprendió?

—El patrón, Ash. *El patrón* —estrelló un puñado de cartas contra el pecho de Ashton—. Dijo que el último lacayo no ha tenido ninguno de los problemas que los otros tuvieron y que la maldición podría finalmente terminar.

—¿Y no crees que sea una serie de accidentes fortuitos? —dijo Ashton, viendo el rumbo que estaba tomando esto—. ¿Crees que él ha eliminado al otro lacayo para conseguir una posición segura en el Hall?

—Exactamente —Charles se paseó por la entrada y sus ojos volvieron a registrar sus alrededores—. La pregunta es, ¿por qué la casa de Lucien si Cedric es el objetivo? ¿Quizás Lucien siempre ha sido el objetivo? Después de todo, el carruaje intentó atropellarlo. De cualquier manera, tenemos que advertirles.

—Tienes toda la razón —coincidió Ashton—. Pero debemos tener cuidado. Después de nuestro mensaje sobre el gato y si nos presentamos sin motivo, el hombre podría actuar precipitadamente. Deberíamos enviarle una carta a Lucien, pero dirigida a su madre. Si el hombre está controlado por Hugo, es probable que tenga instrucciones de abrir cualquier correspondencia dirigida a Lucien o a Cedric. Es mejor hacerlo con cuidado.

—Buen plan —dijo Charles.

Ashton hizo una mueca de dolor mientras su brazo palpitaba.

—Haré que escribas la carta, si no te importa.

Condujo a Charles a su estudio y rezó para que la carta no llegara demasiado tarde.

CAPÍTULO 24

Cedric se estiró con rigidez en su silla junto a la cama de Audrey y se frotó los músculos tensos del cuello con una mano cansada. Su hermana estaba acurrucada en su cama, profundamente dormida. Sus delicadas facciones y su expresión preocupada la hacían parecer una reina de las hadas cuyos infortunios la habían perseguido hasta el sagrado reino de los sueños.

Abrazarla le había hecho recordar terribles momentos de años pasados. Él no podía protegerla de esto, no podía salvarla de todas las heridas del mundo. En muchos sentidos, había sido padre y madre para ella y Horatia después de la pérdida de sus progenitores, y quizás el mayor sacrificio había sido que no tenía a nadie que lo sostuviera mientras lloraba en silencio.

Los recuerdos de la última noche lo golpearon de nuevo y Cedric cerró los ojos. Le había cogido cariño a Manguito. El gato había sido una de las últimas conexiones que él y sus hermanas tenían con sus padres antes del accidente.

El accidente. ¿Cuántos años pasarían antes de que el dolor de la muerte de sus padres desapareciera? Un hombre no podía soportar mucho antes de que eso terminara por quebrarlo.

Audrey se removió agitadamente y se despertó para encontrar a Cedric mirándola fijamente, con la mente todavía muy lejos.

—¿Cedric? —su voz estaba un poco ronca. Anoche había llorado hasta quedarse dormida después de que él la hiciera cenar y se derrumbara de cansancio. Una débil sonrisa revelaba que ella estaba haciendo lo posible por asimilar los acontecimientos. Le había costado bastante aceptar la muerte, pero ya había empezado a superarla. *Buena chica,* pensó en silencio.

—¿Qué pasa, cariño? —se sentó más erguido en su silla. Audrey le sonrió, pero su sonrisa era triste y melancólica.

—Siento haberte causado tantos problemas últimamente —apartó las mantas y se sentó frente a él.

—Eres una mujer, Audrey. Crear problemas es el fuerte de tu género, como convencer a Charles de que siga tu plan y pensar que no me enfadaría. No me importa, excepto cuando acabo estrangulando a mi mejor amigo por ello. Deberíamos hablar de eso, ya sabes —Cedric se encontró sonriendo a pesar de no querer hacerlo.

—Supongo que sí —aceptó Audrey.

—¿Por qué no acudiste a mí? Pudiste haberme dicho que deseabas casarte. No tenía ni idea de que estuvieras en tal estado de desesperación.

—Es diferente para las mujeres, Cedric. Creo que como mamá no está aquí, es más difícil que lo entiendas. Quiero casarme. Quiero un marido y una vida más allá de Curzon Street. Temo un futuro como el de Horatia.

Cedric se deslizó hasta el borde de su silla.

—¿Y qué futuro es ese?

—Tiene casi veintiún años y, sin embargo, nunca se casará porque está... —Audrey se cubrió la boca con una mano.

Su brusco movimiento preocupó a Cedric.

—¿Porque está qué?

—Oh, no debo decirlo. Ella no querría que traicionara su confianza.

Cedric se puso en pie y se alzó sobre ella.

—Será mejor que me lo cuentes todo o no seré muy generoso durante los próximos meses con tu paga para que vayas de compras.

Audrey se mofó.

—¿Traicionar a mi hermana por unos vestidos nuevos? No seas tonto.

—¿Y si te duplico la paga el mes que viene?

—¿Soborno? ¡Jamás!

—¿Y qué pasaría si te enviara a un lugar donde no hay hombres en edad de casarse?

Los ojos de Audrey se entrecerraron hasta convertirse en hendiduras, mirándolo con desprecio.

—Estás jugando un juego cruel, Cedric. Te lo diré, pero si Horatia se entera de que yo te lo he dicho, cogeré al primer hombre de la calle, ya sea un farolero o un deshollinador, y me escaparé a Escocia con él.

Cedric sonrió.

—Nunca te casarías con un deshollinador. El hollín arruinaría tus finos vestidos. Ahora, ¿qué pasa con Horatia? Sabes que solo quiero hacerla feliz. Dímelo y me encargaré de que quede entre nosotros —usó su mejor voz de hermano engatusador, pero su hermana parecía impasible.

—Cedric, no debería decírtelo. Te enfadarás y, de todas formas, nada saldrá de ello. Olvida que he dicho algo —ella frunció los labios como si se resignara a no volver a hablar.

—¿Alguna vez me enfado contigo o con Horatia? Sé que he amenazado a tus pretendientes, pero ¿alguna vez he mostrado mi mal genio contigo o con tu hermana?

Ella enarcó una ceja, como si estuviera debatiendo internamente el asunto. Finalmente, con un fuerte suspiro, cedió.

—Supongo que no más allá que cualquier otro hermano. Pero si te lo digo, no debes reaccionar exageradamente. No se casará nunca porque sigue enamorada de Lucien. Nunca ha amado ni querido a nadie más.

La garganta de Cedric se volvió incómodamente seca.

—¿Lucien?

Sabía que Horatia llevaba tiempo desarrollado un afecto infantil por Lucien, pero creía que eso había terminado hacía tiempo. Ahora todo tenía sentido. Horatia se alteraba cada vez que Lucien era mencionado, y se comportaba de manera extraña en las pocas ocasiones en que se habían visto obligados a estar en la misma habitación.

—¿Estás seguro de que todavía lo ama?

—Sí, y creo que Lucien puede estar empezando a corresponder a sus sentimientos.

Esto era peor de lo que podía imaginar. Lucien era como un hermano, pero si estaba teniendo pensamientos de naturaleza lujuriosa hacia Horatia... La regla de la Liga existía por una razón. Lo último que él o los demás querían era pelear por la hermana de alguien, o recoger los pedazos si el cortejo se arruinaba. Podía pensar en dejar que Audrey se casara con Jonathan porque ese hombre era joven y no tenía el peso de los pecados que el resto de la Liga sí tenía. Pero que Horatia se casara con Lucien era imposible.

Ese hombre tenía predilección por los placeres perversos y Cedric moriría antes de dejar que Horatia participara en esas oscuras fantasías. Podía tener a cualquier mujer del mundo, pero no a Horatia. Horatia merecía un caballero que la cuidara y la amara como la mujer reservada y profundamente leal que era. No necesitaba ser quemada siguiendo los pasos de las pasiones fugaces de Lucien.

Cedric se estremeció al recordar su conversación con Lucien en la sala de billar el día anterior. Lucien había hablado de su cambio de sentimientos hacia Horatia y, tontamente, Cedric había supuesto que su amigo volvía a considerarla simplemente como una hermana.

—¿Qué pruebas tienes de sus sentimientos hacia ella?

—Se supone que no debo...

—Audrey —gruñó Cedric.

—Lucien le compró un vestido para Navidad. Llegó ayer de Londres.

—¿Qué tipo de vestido?

—Uno de noche precioso para sustituir el que se estropeó. Le ayudé a encargarlo, ya que tengo el mejor gusto por la moda de Londres.

—Naturalmente —Audrey pasó por alto el sarcasmo de Cedric.

—Pero no debes enfadarte, Cedric. Nada saldrá de esto, pero... ¿no sería maravilloso que Lucien y Horatia se casaran? —ella sonrió y aplaudió.

La sola idea de Lucien en la cama con su hermana hizo que un velo rojo descendiera sobre la visión de Cedric.

—¿Maravilloso? ¡Qué tontería, Audrey! Eres malditamente inocente. Lucien no es de los que se casan. Ninguno de nosotros lo es, *especialmente* él —ella no entendía. Lucien abandonaría a Horatia cuando el fuego de la pasión se redujera a brasas. Ya lo había visto muchas veces, aunque siempre con mujeres que encontraban aceptables dichos términos. Horatia no era esa clase de mujer.

—¿Así es como hablas de tu amigo? —los ojos de Audrey se abrieron de par en par, como si se sobresaltara ante su negativa afirmación.

—Es un amigo, pero también es un demonio. Como yo. Lo conozco demasiado bien y sé que no se casará con ella.

—Te equivocas. Godric se casó con Emily y es muy parecido a vosotros.

—Emily era diferente... Era el complemento perfecto para Godric.

—¿Y quién dice que Horatia no es el complemento perfecto de Lucien?

—Si lo es, me da miedo pensar lo que eso dice sobre nuestra hermana —musitó Cedric.

—¿Crees que eso significaría que es una mujer impúdica y

lasciva como Evangeline Mirabeau? —Audrey soltó una risita ante la expresión de horror de Cedric.

—Algo así. Ciertamente, otros pensarían eso de ella.

—Oh, tonterías, Cedric. Nadie pensaría eso de Horatia. Es demasiado sensata para hacer algo imprudente o romántico. Es Horatia —declaró Audrey como si eso lo explicara todo, como si no hubiera razón para preocuparse.

—Si Lucien está decidido a tenerla, no la dejará ser sensata. Ese es el objetivo de la seducción. Los hombres usan la pasión para privar a las damas gentiles de su sentido común. Justo como Charles pudo haberlo hecho cuando pretendió comprometerte. Podría haberse aprovechado de ti, gatita.

—En primer lugar, hermano querido, *yo* lo besé —las palabras pillaron a Cedric desprevenido—. Y tuve que esforzarme mucho para conseguir incluso eso. En segundo lugar, sabía que te enfadarías. Tuve que rogarle para que me ayudara sin importar el resultado. Y en tercer lugar, no dejé de lado la racionalidad al besarlo a él como lo hice al besar a Jonathan.

Cedric se detuvo en seco.

—¿Jonathan? ¿Quieres decir que ya lo has besado? ¿Hay alguien en Mayfair a quien no hayas besado? —gruñó. Sus hermanas estaban fuera de control como prostitutas de Whitechapel. ¿Cuánto tiempo llevaban haciéndole esto? ¿No sabían que su trabajo consistía en protegerlas, incluso si eso significaba protegerlas de sí mismas?

Cedric se desplomó en su silla.

—Por todos los cielos. Creo que voy a morir por el shock de vuestras acciones mucho antes de llegar a la vejez.

Audrey lo observó cautelosamente.

—¿Estás muy enfadado conmigo? —su voz vaciló y Cedric se estremeció.

—No estoy enfadado. Pero me molesta saber que te has mostrado muy decidida al respecto. Quiero la verdad ahora. ¿Estás segura de que quieres casarte con Jonathan?

Audrey asintió emocionada.

—¿Acaso lo conoces? Audrey, recién lo viste en septiembre. No permitiré que te cases con un hombre por razones superficiales.

—¿Cómo voy a conocer a un hombre si los amenazas a todos con un duelo al amanecer?

Cedric resopló.

—Exageras.

—¿Lo hago? —ella levantó una delicada ceja.

Él se removió un poco ante su acusación.

—Sí, solo fue una vez. Los otros huyeron antes de que mis gritos alcanzaran una buena distancia.

—¿Y crees que esto ayuda a tu argumento?

—Me agrada Jonathan, gatita, me agrada. El hombre tiene buen porte, pero no es razón para casarse. Deberías casarte por amor —Cedric no podía creer lo que estaba diciendo. En algún lugar del camino, había logrado convertirse en su padre. Las palabras sonaban como suyas.

El difunto Vizconde Sheridan había sido un hombre noble con una conducta de lo más correcta y decorosa. Pero en el fondo, había albergado un corazón de oro que lo hizo sabio. Parecía que parte de la sabiduría de su padre se había desarrollado en él, aunque hubiera surgido un poco tarde.

—Tienes razón, por supuesto. Pero sé cómo me siento con él, Cedric. Siento como si mi vida antes de él fuera una simple inhalación de aliento previa al inicio de mi verdadera existencia.

—Oh Dios, has estado leyendo esas espantosas novelas góticas de nuevo.

—¡No lo he hecho!

Pero la mirada de Audrey era muy intrigante para él, como si ella viera algo que él no podía percibir, un lugar que la llenaba de asombro y sueños.

—Quiero conocerlo —dijo ella—. Quiero aprender todo sobre él. Pero no puedo hacerlo si tú no me das la oportunidad. ¿Lo considerarías si logro convencerlo de que me corteje?

—Si necesita ser convencido para perseguirte, entonces no te merece. Pero hablaré con él y le mencionaré tu interés. Si está de acuerdo, concertaremos encuentros para que os veáis más. Después de todo, tal vez puedas conseguir un marido —no le habría confiado a ninguno de sus otros amigos el cuidado de su hermana. Pero Jonathan era nuevo en su círculo y no parecía ser ni remotamente tan displicente con sus afectos como lo había sido su hermano Godric a su edad. Había algo serio en el joven que Cedric encontraba tranquilizador, lejos del ayuda de cámara más salvaje que alguna vez fue. Era como si la nueva posición de Jonathan en la vida lo hubiera hecho madurar en lugar de darle aires.

—¡Oh, gracias, Cedric! —Audrey se deslizó fuera de las sábanas y corrió hacia él, echándole los brazos al cuello y abrazándolo.

—Te advertiré que no todas las personas de este mundo tienen el corazón dulce y bondadoso que tú tienes. Si crees que puedes soportar los cotilleos, entonces puedes proceder.

Ella sonrió ampliamente, de forma traviesa.

—Creo que puedo con la sociedad y sus cotilleos.

Como siempre, él no sabía cómo decirle que no. Esa pequeña y molesta mocosa era su mundo, al igual que Horatia.

—De nada, querida. Solo prométeme que no habrá más comportamientos imprudentes. Tengo que ocuparme de este asunto con Horatia y solo puedo sobrevivir a una catástrofe de hermanas a la vez.

Audrey ahogó una risita mientras lo soltaba.

—Prometo comportarme.

—¿Por qué no te creo? —dijo Cedric con un suspiro dramático—. ¿Por qué no te vistes y vuelvo para acompañarte a desayunar? —se marchó para darle a Audrey tiempo suficiente para cambiarse mientras él iba a su propia habitación a refrescarse. Después tenía que encontrar a Horatia y ver hasta dónde llegaba su afecto por Lucien, y si el problema era tan grave como temía.

Cedric acababa de terminar de lavarse la cara cuando oyó pasos en el pasillo afuera de su dormitorio. Se puso las botas apresuradamente y abrió la puerta. Horatia se dirigía a su propia habitación. Parecía cansada y desaliñada y llevaba el mismo vestido de la noche anterior. La preocupación lo carcomió mientras avanzaba por el pasillo, alcanzándola cuando abrió la puerta de su habitación.

—¿Puedo entrar, Horatia? —preguntó suavemente. Ella asintió y dejó que la siguiera al interior—. ¿No has dormido aquí?

—No. Después de escuchar lo de Manguito, prácticamente perdí la cabeza. Me trajo demasiados recuerdos. Salí a los jardines y me perdí. Me caí dos veces, creo, y de no ser porque Lucien me encontró, podría haber muerto congelada. Me rescató, me llevó a la cabaña del jardinero y me calentó junto al fuego y luego me cuidó mientras dormía.

—Dios mío —consiguió decir Cedric, dividido entre el incidente de su hermana y el hecho de que Lucien hubiera estado con ella toda la noche.

—Tenía la esperanza de sentirme mejor o más segura hoy... —no tuvo que terminar la frase para que él supiera que no se sentía así.

Su tono estaba impregnado de dolor en el corazón. Cedric había pasado la noche anterior sosteniendo a una hermana en pleno llanto y no quería repetir la experiencia. Pero primero era un hermano y luego un pícaro egoísta.

—Ven aquí —abrió los brazos y Horatia enterró la cara en su pecho. No lloró, pues las lágrimas parecían habérsele agotado desde mucho antes. Con una mano, él le masajeó suavemente la parte superior de su espalda con un movimiento tranquilizador mientras le acariciaba el pelo—. No siempre hay que ser tan fuerte. El dolor solo recompensa a los que lo aceptan, no a los que luchan contra él —Lucien le había enseñado esto tiempo atrás, cuando Cedric había estado convencido de que su vida terminaría.

—Tienes razón. Pero entonces, ¿quién será fuerte por ti? —ella soltó una carcajada con hipo y se apartó para mirarlo—. Eres un buen hermano, Cedric —se liberó suavemente de su agarre y él la soltó.

Horatia se acercó a su tocador y se rio de su aspecto desaliñado y salvaje.

—Cielos, luzco terrible.

—Horatia, me temo que debemos hablar de algo.

—Oh, vaya. Nunca me gusta que uses ese tono. Me pone nerviosa —intentó burlarse, pero su corazón no estaba de humor.

—Dijiste que Lucien te encontró, se quedó contigo y te cuidó anoche.

—Sí —respondió ella con cautela.

—Con otro hombre, podría exigir el matrimonio si sintiera que se ha aprovechado de ti.

—¿Pero no con Lucien? —preguntó, interpretando correctamente su tono.

—No. Por eso estoy aquí. Sé que todavía guardas algunos sentimientos fuertes por él y eso me ha hecho preguntarme si Lucien los ha utilizado contra ti.

—Cedric, ¿qué me estás preguntando exactamente? —exigió Horatia con un cansancio frustrado.

—¿Ha abusado de ti? Debes decírmelo de inmediato. No puedo permitir que lo haga.

—No. No lo ha hecho —Horatia se demoró en contestar, pero Cedric no logró distinguir si lo estaba engañando o no.

—No me enfadaría contigo si él lo hubiera hecho. Tus sentimientos por él te ponen en desventaja. Te hacen vulnerable y él es lo suficientemente cruel como para...

—Lucien no es cruel —protestó Horatia—. ¡Es tu amigo!

—Y lo conozco mucho mejor que tú. ¿Debo recordarte el trato que te ha dado durante los últimos siete años? No ha hecho más que despreciarte en todo momento. No entiendo por qué sientes algo por él.

—Cedric, si él cambiara, si me correspondiera, si se preocupara por mí, ¿permitirías que nos casáramos? —Horatia nunca fue indecisa, nunca dudó de nada, pero ahora su propio ser parecía frágil y delicado.

—No importarían sus sentimientos o afectos. Jamás podría permitirlo —declaró tajantemente Cedric.

—Pero ¿por qué? ¿No sería más de tu agrado tener a un amigo íntimo como cuñado? —de nuevo, habló con esa maldita vacilación.

—Elige a cualquier hombre de toda Inglaterra, pero no a *él*. No permitiré que ninguna de mis hermanas sea sometida a sus deseos. No sabes nada de su pasado lujurioso, las innumerables amantes, las noches en los burdeles. No lo conoces como yo. Aunque yo pudiera pasar por alto todo eso, no podría olvidar cómo te ha tratado todos estos años, ni dejar de temer que pueda volver a hacerlo más adelante. Soy el jefe de nuestra familia. Si digo que no puedes casarte con Lucien, entonces aceptarás mi decisión y continuarás con tu vida. Encuentra un hombre más digno de ti.

—¿Por qué te precipitas a juzgarlo? Lucien no ha dejado de apoyarte —sus palabras dolieron y Cedric deseó poder silenciarla —. ¿Necesito recordarte que fue él quien me trajo a casa aquel día en que mamá y papá murieron? Fue él quien me salvó, Cedric, ¡y a ti te consoló! Para mí eso significa algo, y si estás tan ciego como para no ver el valor de Lucien, por favor, sal de mi habitación de inmediato. No tenemos nada más de qué hablar —Horatia se dirigió a la puerta de su habitación y esperó a que saliera.

Él se detuvo a mitad del pasillo, estudiándola. ¿Ella creía que podía ir en contra de sus órdenes? Seguramente no sería tan descarada. Tenía que aclarar que ella no podía estar con Lucien. Eso era definitivo.

—No lo conoces como yo, Horatia. Les hace cosas a sus mujeres que... bueno, no quiero que te pasen a ti.

Su repentino rubor hizo que su ira aumentara como un maremoto.

—¿Qué te importa a ti? ¿Y si me gusta la forma en que me siento cuando estoy con él?

Cedric la señaló con un dedo.

—No sabes nada de su verdadero ser. Como amigo, puedo tolerar su comportamiento, incluso entenderlo, y sé que hay personas que serían más afines a sus gustos. Pero tú, como esposa, no conocerías la felicidad con él.

Los ojos de Horatia se oscurecieron de ira.

—¿No conocería la felicidad? Cedric, lo *amo*. Con cada aliento de mi cuerpo, le pertenezco y él me pertenece. No puedes cambiar eso. Está hecho.

¿Eso significaba que...? ¿Horatia y Lucien habían...?

—Dios mío —respiró, dando un paso atrás—. Has estado con él, ¿verdad?

Ella no parpadeó. No dijo una palabra. Se limitó a asentir con un pequeño pero firme movimiento de cabeza y el corazón de Cedric se hundió. Si ella tan solo conociera al verdadero Lucien, cómo disfrutaba atando a sus mujeres a la cama para dominarlas y más. Horatia no era la clase de mujer que quería eso en su vida. Pero estaba enamorada. ¿Cómo podría romper el hechizo?

—Lo que dije fue en serio, Horatia. No te casarás con él. Y si piensas dejar que te arrastre a Gretna Green, ya no serás bienvenida en mi casa ni en mis tierras. Serás una extraña para mí. ¿Está claro?

Eso no era verdad, él nunca podría repudiarla... pero no podía dejar que ella pensara que le permitiría casarse con un hombre así.

—Tienes un corazón muy frío. No, retiro lo dicho. No tienes ningún corazón —susurró Horatia con tristeza, y sus ojos marrones oscuros se empañaron de lágrimas mientras cerraba la puerta.

—Disculpe, milord, ¿requiere algo? —preguntó un lacayo mientras salía de una recámara cercana, llevando ropa de cama limpia.

—En realidad, sí —se detuvo, estudiando al lacayo—. ¿Ha

visto a la señorita Sheridan salir a solas con Lord Rochester en algún momento desde que llegamos?

El lacayo dudó y se lamió los labios con nerviosismo.

—Lo siento, milord, pero no sería apropiado hablar de esos asuntos. Espero que lo entienda.

—Lo entiendo. Gracias —el lacayo prácticamente le dijo que Horatia y Lucien se veían en secreto.

No había nada que pudiera decir para hacerle ver a su hermana por qué no podía estar con Lucien. Ella era su presa, y a él le quedaban pocas opciones. Cada cosa hecha por Cedric tuvo como objetivo protegerla. Solo entonces, cuando vio a un lacayo pasando con ramas de acebo, recordó que hoy era Nochebuena.

CAPÍTULO 25

El comedor estaba incómodamente silencioso esa mañana. Horatia comía solo porque no sabía qué otra cosa hacer. E incluso esto lo prolongó al empujar su comida de un lado a otro de su plato. Lady Rochester intentó entablar una conversación con ella, pero el corazón de Horatia estaba demasiado magullado como para responder con mucho entusiasmo a sus educadas preguntas.

La mirada de Horatia se dividía entre su hermano, en el extremo de la mesa, y Lucien, quien estaba a dos asientos de distancia. Debería haber sido una mañana maravillosa y alegre. Ahora era una mujer, había cruzado ese umbral de doncella inocente a diosa sensual en los brazos de Lucien la noche anterior y, sin embargo, se sentía privada de su felicidad. El decreto de Cedric de que ella debía elegir, le provocó un inquietante nudo en el estómago.

Levantó los ojos de su plato y descubrió que Lucien observaba todos sus movimientos. Todo el dolor de las palabras de su hermano pareció desvanecerse. Tomó su decisión. Le daría tiempo a Lucien, le dejaría decidir sobre sus sentimientos. Si al final la quería, entonces estaría con él. Quería a Cedric y a Audrey, pero algún día Audrey se casaría. Tal vez incluso Cedric se casaría. Si los elegía a ellos, terminaría sola. Y negar a Lucien era como negarse a respirar.

Finalmente, Lady Rochester rompió aquel incómodo silencio.

—Como todos sabéis, esta noche es Nochebuena. Para aligerar nuestros espíritus, creo que deberíamos intercambiar regalos esta noche después de la cena. ¿Os parece bien? —hubo murmullos de aprobación y sonrisas renovadas. Horatia cruzó miradas con Lucien y éste le ofreció una sonrisa disimulada que le calentó la sangre. Los lacayos llegaron a retirar los platos y todos se levantaron para seguir con su día.

Horatia se quedó en el pasillo, observando el flujo de actividad con diversión, hasta que un lacayo se le acercó.

—Perdóneme, señorita Sheridan. Su Señoría me ha pedido que le entregue esta nota y que le muestre una forma secreta de llegar a él cuando esté preparada —deslizó discretamente un papel en su mano.

—Gracias, Gordon —ella se refugió en una alcoba cercana para leer la nota con tranquilidad.

Ven a nuestra cabaña, mi pequeña observadora de estrellas.

El cuerpo de Horatia comenzó a vibrar con la promesa de esa única línea.

Gordon se aclaró la garganta.

—Si es necesario, tengo instrucciones de mostrarle un pasadizo que le permita salir al exterior sin que el resto de la casa se entere.

—Sí, se lo agradecería —cogió su capa y se dirigió al pasillo que llevaba a los jardines. Miró por encima del hombro para asegurarse de que no la seguían y avanzó rápidamente a la lejana casa del jardinero. La chimenea de la cabaña ya despedía humo fresco, un lugar que invitaba a refugiarse. Encontró la puerta abierta y la imagen del interior le aceleró el pulso. Pétalos de color carmesí cubrían la entrada y el pasillo hasta el dormitorio. El aroma a orquídeas y otras flores invadieron sus sentidos.

—¿Lucien? —gritó nerviosa.

—En el dormitorio, cariño. Ven a mí —su sensual voz la

animó a avanzar. Lo encontró esperando en una silla junto al fuego cuando entró en la habitación. Las flores que había olido al entrar cubrían todas las superficies. Horatia se sintió culpable incluso al pisar los pétalos que rodeaban a su amante y a la cama como un pozo carmesí.

—¿Cómo has conseguido todo esto? —preguntó admirada—. ¿Cómo encontraste el tiempo?

—Después de escoltarte hasta el Hall, convencí a unos cuantos lacayos para que me ayudaran a registrar el invernadero de mi madre en busca de las mejores flores. Entonces, hice que las trajeran aquí. Te mereces que esto sea cálido, alegre y lleno de flores, pero me temo que esto es lo mejor que he podido conseguir en pleno invierno inglés —Lucien se levantó, pero Horatia percibió el nerviosismo en él, como si temiera que ella no apreciara sus esfuerzos.

—¡Oh, Lucien, es muy hermoso! —ella esbozó una brillante y sincera sonrisa mientras dejaba caer su capa al suelo, provocando que los pétalos se propagaran como olas. Se acercó a él de puntillas, apoyó delicadamente una mano en su pecho y lo volvió a sentar en su silla. La respiración de Lucien se aceleró cuando ella se deslizó sobre su regazo y le rodeó el cuello con los brazos. Esperó a que ella se inclinara hacia él y lo recompensara con un beso. Gruñó con suave placer cuando sus labios se encontraron con los suyos, pero él terminó el beso demasiado rápido.

—Tengo un regalo para ti —señaló hacia la cama. Fue entonces cuando Horatia vio la gran caja que había en el centro de la misma.

—Pero tenemos que abrir nuestros regalos esta noche —le recordó en un tono que esperaba que fuera de amonestación. Él se limitó a bajar la cabeza y a mordisquearle la garganta hasta que ella estuvo dispuesta a aceptar cualquier cosa que le pidiera.

—Este regalo no puedo dártelo delante de los demás. Vamos, mi amor. Ábrelo ahora.

La puso suavemente de pie y la impulsó hacia la cama. Horatia levantó la tapa de la caja beige y apartó el fino papel para revelar el vestido más hermoso que jamás había visto. Fue entonces cuando recordó lo que él le había dicho antes: que le había comprado un vestido para reemplazar el que se había arruinado.

La idea del vestido, que antes creía que Lucien había comprado para contraatacar el ataque de Waverly, ahora tenía un significado muy diferente. Sacó el vestido y lo sostuvo para verlo en todo su esplendor. Una mezcla de seda roja y verde con encaje belga y delicados bordados se desplegó ante ella. Una ramita de falso muérdago decoraba el escote de forma casi escandalosa. Sin duda, Lucien había participado en la creación de esto, eso era seguro.

—¿Y bien? —preguntó Lucien, de pie detrás de ella. El calor emanaba de él en ondas embriagadoras. Horatia cerró brevemente los ojos, saboreando este momento de intimidad en el paraíso.

—Es demasiado costoso. No debiste gastar tanto en mí —a pesar de su reprimenda, sujetó el vestido contra su pecho y se volvió hacia él, dejando claro que no devolvería voluntariamente el regalo.

Los labios de Lucien esbozaron una sonrisa arrebatadora.

—Si lo crees demasiado valioso... siempre puedo permitirte que me pagues con favores.

—Mmm... ¿y cuáles serían esos favores, exactamente? —Horatia quería sonar como una mujer fría y segura de sí misma que negociaba con sus encantos, pero fue incapaz de ocultar su deseo.

—Por un vestido, te cobraré esta mañana y esta tarde entre las sábanas. Exijo miembros entrelazados, gemidos de placer y desenfreno salvaje —le quitó el vestido de las manos, lo dobló y lo volvió a guardar en la caja con una delicadeza que hizo que el cuerpo de Horatia se debilitara de placer. Luego depositó la caja en el suelo, fuera del camino.

—¿Deseas que te paguen ahora? —Horatia se rio un poco

hasta que vio la expresión depredadora en su rostro. La salvaje lujuria de sus ojos le arrancó el aire de los pulmones.

—Ríndete a mí ahora, Horatia. Déjame hacerte mía de mil maneras, mil veces —era lo más parecido a una súplica para Lucien, y eso la excitó de una manera que no esperaba.

Ansiaba el poder de escucharlo suplicar, no por el dolor, sino por el deseo y la necesidad de controlar esa pasión, dejándola fluir solo cuando ella lo decidiera. Era lo que él le había hecho sentir aquella noche en el Jardín Midnight y quería experimentarlo ella misma antes de volver a ceder ante él. Cuando Lucien la miraba así, era como si fuera la última mujer a la que besaría, la única que encendería el fuego en sus ojos; y quizás algún día su corazón...

—Si me quieres, serás tú quien se rinda ante mí, creo. Yo tendré el control —de repente, Horatia le tendió una mano y le exigió la seda roja que sabía que él llevaba consigo. Con una mirada de sorpresa y sin palabras, él le entregó las cintas. Ella señaló su camisa y su chaleco.

—Quítatelos —le ordenó.

Lucien lo hizo, pero Horatia levantó una mano.

—No tan rápido —la expresión de Lucien era oscura e ilegible mientras ella ralentizaba sus movimientos—. Tus botas son las siguientes —nuevamente, él obedeció sin decir nada, con cuidado de tomarse su tiempo. Una vez que se quedó solo con los pantalones que abrazaban sus musculosos muslos como un par de enamorados, Horatia señaló la cama—. Túmbate de espaldas. Extiende los brazos.

Él obedeció y Horatia se mordió el labio al ver cómo los músculos de su espalda se tensaban como el liso pelaje de una pantera. Se recostó y esperó a que ella se acercara a él. Con unas manos sorprendentemente firmes, Horatia cogió una de sus muñecas y la sujetó a un poste de la cama. Le rozó el bíceps con un par de dedos y los músculos de Lucien se contrajeron debajo de ella mientras se movía alrededor para sujetarle la otra muñeca. Le dejó las piernas libres para que tuviera algo de movilidad, pero no la posibilidad de girarlas para quedar encima. Lucien comprobó las ataduras de forma experimental, y sus ojos seguían siendo indescifrables.

Cuando Horatia se aseguró de que él no podía liberarse, se colocó en el extremo de la cama y comenzó a desnudarse. Por suerte, el vestido que llevaba se abotonaba por delante. La lengua de Lucien se deslizó para mojar sus labios y Horatia se imaginó esa lengua lamiéndola, pero solo si se permitía a sí misma estar a su alcance. Nunca se había sentido así de poderosa, tan consciente de su dominio sobre un hombre.

Con Lucien, esto se sentía bien; no podía equivocarse con él y él nunca más la juzgaría por pecados externos a su persona. Era un pensamiento liberador, saber que él estaba aquí con ella y que no se sentían agobiados por la oscuridad de sus pasados.

Una vez desabrochado el vestido, lo apartó de sus hombros y lo deslizó por sus caderas con un movimiento lento y seductor que hizo que Lucien pusiera a prueba la fuerza de sus ataduras y se agitara contra el colchón. Horatia dejó caer la prenda al suelo y empezó a quitarse el corsé y las enaguas. La cara de Lucien se tiñó de rojo cuando se quedó allí parada, sin más ropa que la camisola. Sus pechos se sentían pesados y los pezones brotaban contra la tela transparente. Horatia se acarició a sí misma, disfrutando de la sensación de sus propias manos a lo largo de su cuerpo y de la forma en que torturaba a Lucien.

Había aprendido mucho sobre cómo hacer el amor en las pocas horas que él le había enseñado. Habían hablado hasta altas horas de la noche sobre las cosas que un hombre y una mujer podían hacer juntos. Horatia tenía la intención de explorar algunas de esas cosas ahora.

—Déjame tocarte, amor —le rogó—. Déjame coger esos pechos perfectos.

—Silencio, milord.

Horatia caminó hasta el borde de la cama y subió entre sus piernas abiertas. Se arrastró por su cuerpo hasta llegar a su boca y lo besó, empujando su lengua hasta el fondo, pero retirándose antes de que él pudiera atraparla con sus labios. Luego se dirigió a su oreja izquierda y le chupó el lóbulo. Él gimió y se retorció debajo de ella. Podía sentir la tensión en el cuerpo de Lucien, su necesidad de capturarla entre sus brazos, pero era incapaz de hacerlo. Lucien, el Marqués de Rochester, estaba a su merced y eso era bueno, muy bueno.

—Quédese quieto, milord, o será castigado —le mordió el cuello juguetonamente.

—¡Oh, Dios! —siseó él. Su erección se extendió entre sus cuerpos, incluso contenida por los pantalones. Horatia deslizó una mano sobre el bulto, una lenta exploración que hizo que Lucien pronunciara una serie de maldiciones. Ella sonrió ampliamente y depositó otro beso caliente en los labios. Luego, inspirada, le pellizcó un pezón. Él reaccionó con una brusca sacudida en la cama.

—¡Cristo, mujer! ¡Si vuelves a hacer eso, estaré acabado!

—No, no lo estarás. Si te corres antes de que yo lo diga, entonces me detendré y te dejaré aquí hasta que estés listo para obedecerme —Horatia repitió la acción en su otro pezón, pero esta vez con los dientes. Él lo soportó en silencio, tensándose bajo ella. Le satisfacía que Lucien mantuviera el control, pero su verdadera satisfacción consistía en torturarlo. Esto era por cada sonrisa maliciosa y burlona que él le había enviado, por cada beso disciplinario, por cada caricia áspera que pretendía asustarla y alejarla de él. Ya no tenía miedo. Sería su dueña.

Recorrió su pecho a besos, lamiendo los músculos tonificados de su abdomen marcado hasta llegar a sus pantalones y comenzar a desabrocharlos. Cuando lo liberó, su pene saltó de golpe frente a ella. Cogió el miembro rígido entre sus manos y, con una risita, lamió su dura longitud y trazó círculos sobre su punta. Lucien echó la cabeza hacia atrás, con los ojos cerrados, jadeando mientras intentaba luchar contra la respuesta de su cuerpo. La cama rechinó mientras tiraba de sus ataduras.

—Ya puede disfrutar de su placer, milord. Lo permitiré —dijo Horatia antes de meterlo completamente en su boca. Nunca había hecho algo así, pero había oído a las criadas hablar de ello y decidió que valía la pena arriesgarse. Desde luego, a él parecía gustarle. Balbuceó palabras de estímulo y apenas podía respirar mientras levantaba las caderas hacia su boca.

—¡Sí, ahí, Dios, sí! No te detengas. Por favor, mi amor, no pares... —la cabeza de Lucien se agitó contra la almohada mientras ella chupaba y lamía.

Sacudiéndose violentamente, se corrió en su boca con un grito desesperado. La sorpresa la invadió al probar su sabor. Era suyo y eso le produjo un profundo placer carnal. Lucien respiraba rápidamente mientras recuperaba poco a poco la compostura, pero Horatia no había terminado con él. Volvió a subir por su cuerpo y reclamó su boca mientras sus manos se dirigían a sus muñecas y las sujetaban con fuerza.

—¿A quién perteneces, Lucien? —le preguntó entre besos ardientes y embriagadores.

—A ti, mi amor. Solo a ti —respondió sin dudar y su cuerpo se relajó debajo del de ella. Sus ojos color avellana seguían mostrando una oscuridad insondable, pero contenían una verdad irrefutable.

—Nunca olvides que en este momento fuiste mío —rozó sus labios antes de desatar la seda y liberarlo. Lucien se quedó tumbado bajo ella durante unos momentos, inmóvil, mientras se recuperaba de su liberación.

—Nunca había confiado en una mujer para hacer lo que tú acabas de hacer conmigo —dijo finalmente.

—¿De verdad? —Horatia, con el cuerpo aún extendido sobre el suyo, lo miró sorprendida.

—Nunca había sido capaz de renunciar al control. Nunca creí que fuera posible. Tú eres la primera —había una importancia en esto, pero, en este momento, la profundidad total de la misma estaba fuera del alcance de Horatia. Su mente estaba demasiado confundida por la pasión que habían compartido—. Y ahora, es mi turno —con una sonrisa seductora, la colocó debajo de él, le quitó la camisola por la cabeza y la tiró lejos. Lucien le cogió las manos y le ató las muñecas por encima de la cabeza, sujetándolas a un poste de la cama. Esta posición la obligó a levantar los pechos y a arquear la espalda debajo de él. Deslizó la punta de un dedo por la costura de sus labios y luego bajó por su garganta hasta llegar a sus pechos. La misma punta de su dedo acarició el pezón antes de atraparlo con su boca. Lo mordió y Horatia jadeó de dolor y también de placer.

—¿Ves lo difícil que es controlarse cuando alguien hace eso? Debería castigarte, mi amor, por ser tan malditamente inocente que casi me matas de deseo —su cálido aliento le abanicó la piel antes de acercar la cabeza al otro pecho, chupando y mordiendo hasta que Horatia comenzó a estremecerse.

Lucien separó sus muslos e introdujo un dedo para encontrar la humedad que lo estaba esperando allí. Elogió su disposición con palabras suaves y acarició con delicadeza sus pliegues internos antes de sumergirse más profundamente en ella. Después de torturarla durante lo que pareció una eternidad, abrió más las piernas de Horatia y retrocedió para situarse en su entrada. Ni siquiera se quitó los pantalones; la áspera tela rozó la sedosa piel del interior de sus muslos y ella jadeó sin poder evitarlo. Cuando se introdujo profundamente en ella, Horatia chilló por el dolor mezclado con el placer de Lucien, esa dura invasión que la volvió loca de éxtasis.

Lucien se acomodó sobre sus talones, todavía dentro de ella, mientras miraba el punto donde sus cuerpos se unían. Se apartó y la embistió con tanta fuerza que Horatia se arqueó sobre la cama, ofreciéndose. Lucien se inclinó hacia adelante, cogió su garganta con un mano y luego deslizó esa mano entre sus pechos y sobre su suave y ligeramente redondeado vientre hasta el cima de sus muslos. Esa misma mano errante rodeó ahora el manojo de nervios que antes solo había provocado. Pellizcó y Horatia gritó ante el clímax que respondió y que la sacudió hasta la médula. Se sintió como un espejo roto, con trozos de sí misma esparcidos en un millar de pequeños reflejos.

—Oh, mi Dios —gimió cuando él volvió a pellizcarla y sintió

que se deshacía de adentro hacia afuera.

—Prefiero que me llamen Lucien.

Horatia estaba demasiado perdida en la emoción de estar conectada a él como para participar en su broma mientras seguía penetrándola profundamente. Era una reclamación salvaje de ella como su mujer. Se deleitó en la ferocidad mientras Lucien la mantenía cautiva con el impacto de sus caderas contra las suyas.

Él estaba a punto de correrse, ella podía verlo en sus ojos. Pero, de repente, Lucien se apartó y la colocó sobre su estómago. Se inclinó sobre Horatia, cogió dos almohadas más y le levantó las caderas para deslizarlas por debajo. Su trasero quedó en el aire y se sintió terriblemente expuesta.

—Qué hermosa, mi encantadora y pecadora Horatia —su voz era baja mientras le acariciaba la nuca y la columna vertebral. Entonces, se detuvo en su culo. Le azotó las nalgas y ella respondió con una sacudida. Un cosquilleo intenso se disparó por su cuerpo y una dolorosa palpitación volvió a surgir entre sus muslos—. Esto es por torturarme. Considérate castigada, cariño —besó cada una de sus nalgas y el escozor de su golpe se convirtió en una deliciosa calidez. Horatia se sorprendió de lo excitante que era esto. No podía verlo, a menos que alargara la cabeza por encima del cuello. Tenía que confiar plenamente en él desde aquí.

—Lucien... por favor... —movió el trasero, desesperada por atraerlo a entrar en ella de nuevo. Él se movió sobre ella y su pecho se deslizó por su espalda mientras le besaba el cuello. Entonces sintió que una de sus manos separaba sus pliegues, permitiéndole entrar—. ¡Sí, sí, ahí! —el animal dentro de ella asumió el control y disfrutó cuando él empujó hasta el fondo. Le respondió con un empujón de sus propias caderas. Lucien estaba completamente introducido, con las manos apoyadas en sus hombros mientras cada embestida golpeaba algún punto profundo en ella que la privaba de todo pensamiento. Ella gritó mientras la desgarraba, con sus pieles bañadas en sudor y el aroma de su acto sexual nublando sus sentidos.

Aquel momento estuvo a punto de robarle el alma a Horatia. Se corrió con fuerza, de forma estrepitosa y primitiva. Olvidó quién era ella, quién era él. Solo existía este momento, esa explosión del mayor placer de su vida. Vagamente, fue consciente de que Lucien la penetraba a un ritmo y con una violencia que habrían avergonzado a un semental, e incluso este pensamiento la llevó a otro orgasmo salvaje.

Lucien gritó incoherentemente y se desplomó sobre ella, con sus cuerpos aún fusionados. Después de un momento, se apartó de ella y Horatia se giró para mirarlo. Sus extremidades se entrelazaron y sus almas se unieron, compartiendo respiraciones y sonrisas. Las palabras eran innecesarias. La expresión de deseo estaba tan profundamente grabada en el rostro de Lucien que Horatia sintió que sus ojos ardían de lágrimas.

—He sido un tonto por haber esperado demasiado tiempo —le desató suavemente las muñecas y la tumbó de espaldas debajo de él. Ella saboreó su calor, disfrutando del rápido latido de su corazón contra su mejilla—. Por favor, di que siempre me pertenecerás —le besó la boca, las mejillas, la nariz y la frente.

—Siempre te he pertenecido —las manos de Horatia se deslizaron sobre sus hombros y bajaron por sus brazos con caricias tranquilizadoras.

—Quiero poder hacerte esto cada noche y cada mañana. Quiero compartir mi vida, mi nombre y mi alma contigo, Horatia.

—Yo solo he querido tu corazón, siempre —respondió ella. Lucien sonrió con ternura y depositó ligeros besos a lo largo de su mandíbula. Pero ahora ella se mostraba tímida e insegura—. ¿Todos estos años, cuando has estado con otras mujeres... Alguna vez podrías sentirte satisfecho solo conmigo? ¿Cómo puedo ser suficiente? —estaba aterrorizada por su respuesta.

—No puedo librarme de mi pasado, amor, pero debes saber que nunca has estado lejos de mi corazón ni de mi mente. Incluso cuando me empeñé en ser frío contigo, lo hiciste difícil. Ahora es imposible estar sin ti. Cuando estoy contigo, no puedo saciarme; cuando me dejas, quiero que vuelvas a mi lado. Echo de menos el aroma de tu piel, la textura sedosa de tu pelo contra mis labios, la sonrisa deslumbrante que a menudo escondes del mundo con tu timidez. Anhelo tus historias sobre las estrellas y tu lealtad hacia los que amas. No estoy seguro de que los poetas coincidan en la definición del amor, pero creo que, de alguna manera, me he enamorado de ti. Y me temo que la caída por ti ha sido dura. ¿Puedo confiarte mi corazón, Horatia? —la voz de Lucien era temblorosa y no tenía nada que ver con sus recientes explosiones de pasión.

—Oh Lucien... —lo besó profundamente—. Considera que tu corazón está a salvo en mis manos —él inclinó su boca sobre la de ella, con su lengua adentrándose entre sus labios. Cuando Horatia fue capaz de respirar de nuevo, recordó que no todo estaba bien—. Cedric sabe que estamos involucrados. Me dio un ultimátum. Era elegir entre tú o mi familia. No puedo tener las dos cosas. Nunca me recibirá en casa si te elijo a ti —intentó explicarse con la mayor calma posible, pero su garganta se oprimió con tristeza. ¿Qué sentido tenía que su hermano le negara esto? Horatia sabía que la vida no era justa, ni mucho menos, pero ¿no debería su hermano intentar igualar la injusticia con la bondad en su vida? O al menos no debería negarle el derecho a ser feliz.

Lucien frunció el ceño.

—Hablaré con él. No es justo que tengas que elegir. Ninguno de los dos debería tener que elegir entre nuestro amor y él —Lucien apartó las sábanas para que se deslizaran por debajo y pudieran estar más calientes. Una vez que ella estuvo arropada a su lado, cálida y somnolienta en su abrazo, él enterró los labios en su pelo, respirando su aroma.

—Si tenemos que elegir, te elijo a ti, Lucien. Siempre te elegiré a ti —ella le acarició el cuello con la nariz antes de que el sueño la reclamara. No oyó la silenciosa respuesta de Lucien.

—Y yo a ti, mi pequeña observadora de estrellas. Pero haré todo lo que esté en mis manos para que no tengas que hacerlo.

CAPÍTULO 26

Media hora antes de la cena de Nochebuena, Lucien se paseaba nervioso por el interior de la amplia biblioteca de los Russell, esperando la llegada de Cedric. Ya no quedaba ningún vestigio de la frialdad errónea hacia Horatia. Solo quedaba una profunda semilla de amor. Había pasado años ensuciando su alma para intentar evitar que esa semilla echara raíces. Pero Horatia se había convertido en su sol, en su agua, y alimentaba esa profunda semilla. Los pétalos se estaban desarrollando y las raíces comenzaban a arraigarse en lo más profundo de su corazón. Iba a tener una larga charla con su amigo y Cedric acabaría por entender y dejaría que Horatia estuviera con él, y eso era todo. No había vuelta atrás; había cruzado el último límite y lo había reducido a cenizas.

La puerta de la biblioteca se abrió y Cedric entró, con un aspecto tan frío como la armadura vacía que la custodiaba.

—He recibido tu convocatoria —su amigo pareció elegir sus palabras con cuidado.

Lucien intentó sonreír, pero tenía los nervios a flor de piel.

—No pretendía 'convocarte'. Quería hablar de algo importante —sentía en el estómago la sensación de que alguien había desatado un grupo de mariposas. Era casi ridículo estar así de asustado, como un niño enfrentándose a su profesor.

Cedric cerró la puerta de la biblioteca y se acercó a Lucien con pasos medidos, con las manos entrelazadas en la espalda.

—Aquí estoy. ¿De qué quieres hablar?

El lenguaje corporal de Cedric no auguraba nada bueno, en absoluto.

—En los últimos dos meses he sufrido un gran cambio en mi corazón. Uno profundo. Uno muy profundo —no era la frase más halagadora o elegante, pero tenía que empezar esta temida conversación de alguna manera.

—No lo había notado —la voz de Cedric contenía una buena cantidad de sospechas.

—No era algo que quisiera que alguien viera, Cedric. Mira, lo que estoy intentando decirte... —las palabras estaban ahí, pero los duros ojos de Cedric las congelaron en la lengua de Lucien, desafiándolo a pedir algo que no tenía derecho a pedir. Lucien respiró entrecortadamente antes de continuar—. Pido tu permiso para casarme con Horatia —no era propio de él, pero tenía que mantener el control durante ese breve momento y la formalidad era la forma más sencilla de hacerlo.

—¿Entonces es verdad? ¿Has puesto tus ojos en mi hermana?

Lucien conocía a Cedric de la forma en que solo los verdaderos amigos podían hacerlo, por lo que reconoció ese familiar tono amenazador en la voz de Cedric.

—La amo, Cedric...

—¡Para! *No* la amas. Puede que ames su cuerpo y el placer que te da, pero no será una dama más en la lista de mujeres que abandonas con el corazón roto. No mi Horatia —los puños de Cedric se cerraron a sus costados. Incluso a seis metros de distancia, Lucien no se sentía seguro.

—Tranquilo, Cedric. Ya no soy ese hombre. Deja que te explique...

—No escucharé tus mentiras, Lucien —Cedric se acercó furioso y le clavó un dedo en el pecho—. ¡Ahórratelas para la próxima muchachita que te apetezca! Estás rompiendo las reglas sobre las que se construyó nuestra Liga. Exijo que te mantengas alejado de Horatia. Que ni siquiera la *mires*.

—No —Lucien ya estaba harto de controlarse. Cedric lo escucharía, aunque tuviera que atarlo a una silla.

Los ojos de Cedric se entrecerraron.

—¿Qué?

—He dicho que no. Acordamos la segunda regla porque no confiábamos en nosotros cuando se trataba de las mujeres, y con razón. Pero el tiempo nos cambia a todos. Amo a Horatia y deseo casarme con ella. Quiero tener muchos hijos y su amor en mi vida para el resto de mis días. Le he pedido que se case conmigo y ella ha aceptado. He acudido a ti por nuestra amistad y porque eres su familia. No *necesito* tu permiso para tenerla, porque ya la tengo —fue lo peor que pudo decir y Lucien se dio cuenta demasiado tarde.

El puño de Cedric se clavó en su estómago, haciéndolo retroceder. Cedric continuó y descargó otro sólido golpe en el pecho de Lucien, tan fuerte que éste cayó hacia atrás y se golpeó contra una estantería.

—¡Cómo te *atreves* a reclamarla! ¡No es tuya! —Cedric asestó otro puñetazo y Lucien sufrió un nuevo golpe al verse acorralado contra la estantería.

—¡Y no es tuya para encerrarla! Horatia siempre ha sido y será su propia persona. Me ha regalado su corazón y, aunque ni siquiera empiezo a merecerla, me quiere a mí y a nadie más. Así que será mi esposa y haré lo posible por ser digno. Puede que no apoyes su decisión, pero por Dios que no la castigarás por amarme —el cuerpo de Lucien se estremeció de rabia cuando Cedric lo empujó y le lanzó otro puñetazo. Cedric tropezó con una de las armaduras de la biblioteca, haciéndola caer con un ruido seco.

—Ya la has tenido, ¿verdad, canalla?

Lucien no respondió.

—Ha calentado tu cama. ¡Incluso ahora podría llevar a tu hijo en su vientre! —la acusación hirió a Lucien más por la verdad que por otra cosa. Cedric lo conocía demasiado bien.

—Sí. Y si hay un bebé creciendo en ella ahora, la idea me llena de un amor que no puedo empezar a entender.

—Eso dices ahora. Puede que incluso lo creas. Pero no importa. Sé cómo eres, lo frío que has sido no solo con ella, sino con otras mujeres. No me importa si mi hermana es tu única oportunidad de salvación, no la tendrás. No mientras yo siga respirando.

La amenaza golpeó a Lucien como un rayo. Sus sentidos colapsaron cuando, una vez más, Cedric lo atacó con sus puños, empujándolo de nuevo contra la estantería. Lucien no se defendió. No serviría de nada.

—¿Qué quieres decir con eso? —preguntó Lucien.

Cedric levantó el pecho, como si se estuviera dirigiendo a un condenado a muerte.

—Exijo una satisfacción, como es mi derecho. Mañana al amanecer. Elige un segundo y tu arma preferida.

—No me batiré en duelo contigo, Cedric —Lucien no podía creer que la situación pudiera llegar a esto. La Liga a menudo bromeaba sobre que Cedric era capaz de tales cosas, pero nadie lo creía.

—Lo harás, o convocaré al resto de la Liga aquí y determinaremos cómo castigarte por romper la segunda regla.

Lucien sabía que Cedric sería implacable en el asunto, aunque los demás se opusieran. La idea le heló la sangre.

—Muy bien. Estaré en el campo del norte al amanecer con mi segundo. Llevaré mi arma preferida.

—Bien —los ojos de Cedric estaban llenos de ira y arrepentimiento, pero no dijo nada más y se volvió para marcharse.

Lucien quería deshacer las palabras que los habían llevado a ese punto, pero Cedric se había ido y Lucien estaba solo en la biblioteca. El dolor lo recorría, el recuerdo de todos los golpes que su amigo le había propinado.

Permaneció parado junto a la estantería durante lo que

pareció una eternidad, recuperando el aliento hasta que se dio cuenta de que no estaba solo. Su hermana, Lysandra, salió de detrás de la estantería en la que estaba apoyado.

—¿Cuánto tiempo llevas ahí? —intentó sonar severo, pero sus palabras salieron inexpresivas.

Lysandra deslizó la punta de un dedo por sus ojos, limpiando las lágrimas de sus comisuras.

—¡Oh, Lucien!

Corrió hacia él y éste se desplomó débilmente en sus brazos. Cayendo de rodillas sobre el suelo de madera, Lysandra fue arrastrada con él, todavía sosteniéndolo mientras jadeaba. ¿Qué locura era ésta? ¿Amar a Horatia y en el proceso perder a Cedric? No era justo y él no debería tener que elegir.

—Tranquilo, tranquilo —dijo Lysandra, acariciándole el pelo de la forma en que él lo había hecho innumerables veces por ella. Después de unos minutos, fue capaz de controlarse una vez más.

—No debes decírselo a nadie, Lysa. Nadie debe saber lo que ha pasado aquí. ¿Lo entiendes?

—Lo entiendo. Mamá nunca perdonará que te hayas batido en duelo durante la Navidad.

—Puede que yo ya no esté presente para padecer por su mal humor —Lucien no le temía a la muerte, ni siquiera a manos de su amigo. Pero la idea de todos esos años desperdiciados sin Horatia, le estrujaba el corazón como ninguna otra cosa.

—El duelo es ilegal. No tienes que hacerlo.

—Es una cuestión de honor. De amor.

—¿De qué sirven esas palabras en una lápida?

—Cedric no se detendrá solo porque yo diga que no. Me tachará de cobarde, entre otras cosas. Horatia no puede casarse con un cobarde. Y aunque casarse con un cobarde no es ilegal, debería serlo.

—Estás siendo ridículo, y no puedes esquivar una bala con tu ingenio.

Lucien se detuvo ante las palabras de Lysandra.

—Sí... Los duelos son ridículos, ¿verdad? No importa.

Hacemos lo que debemos, incluso cuando es ridículo —miró el desastre que la batalla unilateral había dejado a su paso. Empezó a tener una idea ciertamente ridícula.

—¿Así que vas a dispararle? —preguntó Lysandra.

—Lo quiero como a un hermano. Hasta ahora nunca le he disparado a ninguno de mis verdaderos hermanos y no voy a empezar con Cedric. Puede que él sea demasiado tonto para entender la verdad, pero, pase lo que pase, no dispararé mi pistola contra él.

Horatia era la mujer más hermosa de la sala aquella noche después de la cena. Lucien lo notó con una profunda punzada en el corazón. El arrepentimiento y la añoranza por un futuro que tal vez nunca tendría, lo mantenían callado. Todos habían disfrutado de un maravilloso festín solamente empañado por el silencio entre Cedric y Lucien. Ahora, la familia y los amigos estaban en el salón de baile de los Russell moviéndose al ritmo de un cuarteto de cuerda contratado para interpretar música navideña. Para Lucien, toda la velada adquirió una importancia sin precedentes.

Bailó con todas las damas una vez, pero siempre regresaba a Horatia, como si mantenerla en sus brazos asegurara una noche infinita y un amanecer imposible. Cedric, por su parte, mantenía la distancia, permitiéndole esta noche como un último deseo antes de la horca.

La mano de Lucien se posó en la parte baja de su espalda. Podía sentir el calor de su cuerpo bajo su palma. La mano enguantada de Horatia se apoyó en su amplio hombro con los dedos ligeramente curvados en señal de dulce posesividad. Ella llevaba el vestido de Lucien y le quedaba perfectamente; las sedas bordadas se aferraban a ella y él deseaba hacer lo mismo. Esta noche, Horatia solo tenía sonrisas radiantes, y toda la tristeza fue disipada por la alegría de la temporada navideña. Nunca la había visto más hermosa, y se lo dijo.

—Soy feliz, Lucien. Tú me has hecho feliz —ella intensificó el agarre en su hombro y en su mano durante su interminable vals.

—Ojalá siempre pudiera darte esa felicidad, mi amor —habló en voz demasiado baja para que ella lo oyera por encima de la música.

Cuando la música finalmente cesó, Lady Rochester aplaudió.

—Muy bien, todo el mundo, se acabó el baile. ¡Es hora de los regalos! —el anuncio fue seguido por los vítores de los más jóvenes en el salón de baile. El grupo se dirigió a la gran sala de estar, justo al lado del salón de baile, donde un fuego ardiente los recibió y un tentempié de pequeños pudines de Navidad y un ponche caliente recién hecho estaban listos para ser devorados. Sin embargo, la mente de Lucien no estaba en los pudines navideños. Hizo lo posible por ignorar las miradas de preocupación que su hermana le lanzaba desde el otro lado de la habitación.

Solo déjame disfrutar de estas últimas horas... por favor, le imploró con impotencia al destino.

Lucien se sentía casi temerario ahora, queriendo tener a Horatia en sus brazos sin importarle quién los viera. Dios, cómo la deseaba, cómo la amaba. Horatia parecía animada por la noche mientras se dirigían a un pequeño sofá. Bajo las ondas de seda roja de su vestido, su mano encontró la de ella y la sostuvo como un hombre sediento lo haría con un cáliz de agua.

Desde el otro lado de la habitación, los ojos de Cedric eran penetrantes, pero no hizo ningún movimiento contra ellos. A Lucien le dolía el cuerpo con el recuerdo de la justificada furia de Cedric. Cada respiración, cada movimiento de su cuerpo era un recordatorio del rencor que le había arrebatado la amistad de Cedric como un ladrón cruel. Esta elección que no era ninguna elección, era una agonía.

—Ten, Lucien. Esto es para ti —dijo Horatia con voz entrecortada.

Parecía temer que no fuera de su agrado. Lucien le sonrió, agradecido por la distracción mientras cogía el paquete y lo abría. En su regazo encontró un libro titulado *Astronomía y Mitología.* Era una obra acerca de los relatos que había detrás de las constelaciones.

Sonriendo como el tonto enamorado que era, abrió el libro y encontró una inscripción: *Feliz Navidad, Lucien, que siempre compartamos las estrellas.* Nunca le había gustado la poesía, pero esa sola línea hizo que su corazón se acelerara y se desgarrara. Después del próximo amanecer no habría más estrellas, ni más relatos, ni más amor... no sin antes perder a su mejor amigo. Las posibilidades de morir en el duelo no eran tan elevadas como algunos afirmaban. Ese era el efecto del orgullo en los implicados. Pero la verdad era que, independientemente del resultado, sería devastador puesto que separaría a las familias. Horatia lo perdería a él o a su hermano. Nadie saldría ileso de esto.

—Hay más —declaró Horatia con una sonrisa sugestiva mientras señalaba el centro del libro. Lucien sacó una larga y delgada cinta de seda carmesí de entre las páginas centrales. Demasiado larga para ser un marcapáginas, estaba bordada con estrellas plateadas y lunas crecientes—. Pensé que podrías encontrarle otros usos —Horatia se mordisqueó el labio inferior con un brillo en los ojos. Maldita sea la mujer, era perfecta. Demasiado perfecta.

La atención de los demás en la sala se dispersó hacia Lucinda y Lysandra mientras admiraban los nuevos guantes leonados de Audrey.

—Te amo —articuló en silencio.

—Yo también te amo —respondió Horatia.

—Y este es tu regalo —dijo Lucien en voz baja, deslizándole un pequeño paquete detrás del escudo de sus faldas.

—Pero ya me diste el mío.

—Cuando se trata de ti, mi amor, parece que no puedo controlarme —Lucien sonrió cuando ella comenzó a desenvolver el pequeño regalo, descubriendo una funda de terciopelo. Con una mirada curiosa, desató los cordones y la inclinó. Un fino brazalete de zafiros rodeados de diamantes cayó en su regazo. Horatia se llevó las manos a la boca.

—Era de mi abuela materna. Me lo regaló a los quince años. Me dijo que se lo diera a la mujer que llegara a ocupar mi corazón. Recuerdo que me reí, diciéndole que mi corazón jamás le pertenecería a nadie, pero la astuta anciana me conocía mejor que yo mismo. Me dijo que lo guardara y que un día sabría a quién dárselo. Aquella noche en el Jardín Midnight cuando hablaste de las estrellas... supe que esto era para ti. Incluso cuando me enfadé contigo esa noche, supe que tenías que tener este brazalete. Eres la guardiana de mi corazón. Acepta este regalo y úsalo cuando pienses en mí. Estas joyas son lo más parecido a robar las estrellas y adornarte con ellas —Lucien cogió su mano derecha y le ajustó suavemente el brazalete alrededor de la muñeca.

Horatia contempló atónita el impresionante brillo de las gemas a la luz del fuego antes de que Lucien deslizara su guante sobre el brazalete y lo cubriera. Ella lo miró fijamente en silencio. Nunca se había visto más hermosa, más maravillosa. Los ángeles no eran nada en comparación con su querida y dulce Horatia, y ningún santo poseía halos más brillantes de un alma inocente y pura.

—Lucien —ella intentó decir más, pero él pudo oír cómo su voz se quebraba. Estaba desbordada de alegría, llena de amor y eso lo conmovió.

Cuando los últimos regalos fueron abiertos, Sir John comenzó a cantar villancicos en un barítono grave e intenso. Su hijo, Avery y Lawrence se unieron a él, mientras que Lysandra y Audrey se deshacían en risitas cada vez que los cuatro hombres se confundían con la letra. Linus estaba parado junto al fuego juagueteando con una bufanda de lana azul marino que Lucinda Cavendish le había obsequiado. Ella se unió a él junto al fuego y, con una pequeña sonrisa, apartó las manos de Linus y se dispuso a ajustar la bufanda ella misma. Él la miró con abierto deseo y admiración. Solo Lucien pareció notar cuando Linus puso una mano en la cintura de la joven y la acercó unos centímetros a él.

Una criada apareció con sidra caliente y la conversación volvió a extenderse por la habitación como el zumbido lejano de las abejas en un día de verano.

—Ojalá siempre fuera así —suspiró Horatia con ojos soñadores.

Lucien coincidió. No había nada más maravilloso que estar abrigado y somnoliento en un salón iluminado por el fuego, rodeado de la familia y los amigos, mientras la nieve cubría el mundo exterior.

—Yo también lo deseo —Lucien se aferró a la mano de Horatia y la contempló a ella y a su propia familia: el brillo de los ojos de su hermana y las sonrisas traviesas de sus hermanos. Incluso la sonrisa reacia de Cedric, quien permitía que Audrey lo mimara mientras se probaba su nuevo abrigo rojo de caza.

Era más de medianoche cuando todos decidieron irse a la cama, así que la fiesta se terminó a regañadientes. Lucien se retiró a su habitación y dejó que su ayuda de cámara, Félix, lo preparara para ir a la cama. El hombre intentó ocultar un bostezo y le dedicó a Lucien una sonrisa cansada mientras se dirigía a las alcobas del servicio. Lucien se puso la ropa de dormir y, mientras cubría su cuerpo magullado con la bata, llamaron a la puerta de su habitación. Se encontró con una Horatia en camisón que lo miraba a través de la penumbra del pasillo.

—¿Puedo entrar? —la mujer entró antes de que él pudiera responder y se dirigió directamente a su cama, metiéndose entre las sábanas desplegadas.

—¿Qué hay de Úrsula? ¿No se preocupará por tu ausencia? —cerró la puerta de su dormitorio.

—Ella sabe que estoy aquí y que debe guardar silencio. Creo que le agradas, aunque piense que eres un pícaro.

—Soy un pícaro —él tensó su espalda y le frunció el ceño burlonamente.

—Claro que lo eres —contestó Horatia con el tono que se

utilizaba para sosegar a un niño caprichoso, y palmeó el espacio a su lado—. Su cama está helada, milord, venga a calentarme —hablaba como una princesa que quería que su devoto caballero cumpliera todos sus deseos. Y Lucien era ese caballero.

—Sí, mi lady —hizo una reverencia con una sonrisa burlona y ella le lanzó una almohada.

—Las almohadas por sí solas no me detendrán, amor —apagó las velas restantes antes de quitarse la bata. No quería que Horatia viera los moratones que su hermano había provocado en su cuerpo—. Ahora, en cuanto a calentarte —Lucien la atrajo a sus brazos debajo de las mantas.

Lo que sucedió después fue una clase de acto carnal que Lucien nunca había hecho en su vida. Sin ataduras, sin sumergirse en las pasiones más oscuras. Fue tierno y lento, y él vertió su alma en cada beso y le entregó su corazón con cada caricia. Horatia lloró una y otra vez debajo de él. Lucien pintó su rostro en su mente, con el éxtasis desgarrando sus facciones bajo la luz de la luna. Quería capturar la belleza que caracterizaba a Horatia.

Esto... pensó cuando por fin se permitió alcanzar su liberación cerca del amanecer en los brazos de Horatia, *merece la pena morir por esto.* Cerró brevemente los ojos, esperando recuperar una hora de sueño antes de que Félix llegara a despertarlo.

CAPÍTULO 27

—Ha llegado la hora, milord —susurró Félix, despertando a Lucien de sus agridulces sueños. Con mucho cuidado, separó su cuerpo del de Horatia. Ella seguía dormida, pero extendió inconscientemente un brazo en busca de su calor ausente y Lucien sintió la pérdida de Horatia como un golpe. No se atrevió a tocarla, no se atrevió a acercarse demasiado o la despertaría y no podría irse nunca.

Lucien se puso unos pantalones y luego se ajustó apresuradamente una camisa y un chaleco verde. Sin preocuparse por el pañuelo, se puso las botas y salió de la habitación. Con una sola mirada hacia su cama, Lucien se despidió en silencio.

—Duerme, querida mía, y sueña con las estrellas.

Se deslizó por el pasillo hasta llegar al dormitorio de Lawrence. Encontró la puerta abierta y, a juzgar por lo que pudo ver, estaba tumbado boca abajo completamente desnudo. Se acercó a la cama de su hermano y le sacudió el hombro.

—Despierta, Lawrence.

Lanzó un manotazo muy cerca de Lucien.

—Cinco minutos más, Tom —Tom era el ayudante de cámara de Lawrence. Lawrence intentó darse la vuelta y apartar la cara de él. Lucien le devolvió el gesto y golpeó su nuca.

—Levántate, Lawrence. Te necesito.

—Eh... ¿Lucien?

—Vamos. Necesito que vengas conmigo al campo del Norte de inmediato.

—¿El campo del Norte? ¿Para qué demonios? —Lawrence se sentó, frotándose los ojos y parpadeando.

—Tengo una cita con una pistola —respondió Lucien. Eso despertó a Lawrence y se levantó de la cama de un salto.

—¿Qué?

—Vístete y te lo explicaré en el camino —Lucien se quedó de pie junto a la puerta, impaciente, mientras Lawrence se ponía la ropa. Solo cuando estuvieron fuera, en el pasillo, Lucien le explicó lo del duelo.

—¿En serio vas a batirte en duelo con Sheridan? No me lo creo. No vosotros dos.

—Créelo, Lawrence. Culpo a mamá. De no haber intervenido para forzar mi situación con Horatia, tal vez yo habría sido capaz de presentarle a Cedric la idea de cortejar a Horatia poco a poco para evitar su reacción explosiva.

Lawrence se estremeció.

—Esto es culpa mía. Puedo explicárselo a Sheridan. Quizá entre en razón y no siga con esta tontería.

Lucien siguió caminando y su hermano le seguía el paso.

—Mejor que sea yo el que se enfrente a su ira. Espero que se haya calmado durante la noche. Si no...

Caminaron en silencio por los pasillos y Lucien se detuvo justo a las puertas de la biblioteca, entregándole a Lawrence su largo abrigo.

—Espera aquí, necesito una cosa más antes de irnos.

Cuando llegaron al campo situado más al norte, Cedric ya estaba allí, esperando junto a un confundido y somnoliento Gregory Cavendish. Lawrence y Gregory compartieron miradas de preocupación cuando Lucien les tendió un par de pistolas en caja. Ellos asumieron el deber de inspeccionar las armas en busca de cualquier falla o manipulación. Una vez que los segundos determinaron que las pistolas estaban en buen estado, los hombres dieron un paso atrás. Cedric y Lucien cogieron una pistola y se miraron. El silencio entre ellos solo se intensificó por sus turbias bocanadas de aliento bajo la pálida luz del antelucano.

—Última oportunidad para cancelar esto, caballeros —Gregory esperó, pero ninguna de las partes involucradas intentó poner fin al duelo.

Cedric movió sus pies y sus labios se separaron lo suficiente como para querer hablar, pero luego dio un pequeño asentimiento con la cabeza.

—Veinte pasos para cada uno —dijo Cedric.

—De acuerdo —respondió Lucien. El corazón le rugió dentro del pecho mientras se daba la vuelta y empezaba a contar sus pasos. *Por favor, Dios, haz que entre en razón.* Se aseguró de dar pasos lentos y proporcionados, estremeciéndose cada vez que los pequeños tintineos y crujidos traicionaban su mejor esperanza de sobrevivir a esto en caso de que la sensatez no lo rescatara.

Cuando los dos estuvieron a cuarenta pasos de distancia, levantaron sus pistolas en señal de aprobación, esperando. Lucien deslizó el dedo índice fuera de la curva metálica que contenía el gatillo, para que, en caso de ser herido, no disparara involuntariamente su arma.

El aire frío lo atravesó como el fuego, con todos sus sentidos en alerta máxima. El olor a hierba seca; los restos de nieve fresca bajo sus botas; el frío mordaz del viento y los interminables cielos grises que se fusionaban con los vastos campos de nieve virgen. *Qué triste que esta última imagen sea tan fría y vacía.*

—Dispararéis a la cuenta de tres —gritó Gregory, y su voz se extendió por el campo—. Uno...

Retrocede, tonto, pensó Lucien, e inclinó su cuerpo hacia un lado para darle a Cedric el menor rango de objetivo posible.

—Dos...

Cedric bajó su pistola para apuntar. Lucien dejó caer el brazo todavía más, apuntando la pistola hacia sus pies. Recordó cada momento de la noche anterior. Se obligó a reunir todas sus fuerzas físicas y emocionales para mantenerse firme por Horatia.

—Tres...

La mano de Cedric tembló visiblemente, luego maldijo y disparó.

¡Bum!

La bala impactó en el hombro de Lucien y rebotó, rozando su cabeza. Lucien suspiró aliviado, aunque el dolor era agonizante. No había muerto. El dolor disminuyó ligeramente. Bien, él iba a estar bien; después de todo, ¿qué tan grave era una herida superficial?

—Debes dispararle —exclamó Lawrence a regañadientes. Había reglas para estas cosas.

Lucien disparó su pistola contra el suelo. Ya estaba hecho.

Su cuerpo se sintió repentinamente ligero y débil, como si el acto lo hubiera liberado de alguna manera. Se desplomó en el suelo con un fuerte ruido. Tal vez su herida en la cabeza era más grave de lo que pensaba.

—¡Maldito idiota! —Cedric lanzó su pistola a Gregory antes de correr hacia donde yacía Lucien.

—Ayúdame a quitarme esto —Lucien se metió las manos en el abrigo con la esperanza de quitarse las placas metálicas de la armadura.

—Dios mío, ¿qué demonios...? —preguntó Gregory al ver la armadura en el hombro de Lucien, recorriendo la longitud de su brazo.

—¿Eso es lo que has cogido de la biblioteca? —Lawrence le examinó la cabeza—. En serio, Lucien, ¿de dónde sacas esas ideas? Eso es casi tan malo como la vez que te escabulliste de la casa de Lady Godfrey pasando por delante de su marido vestido de lacayo.

Con una risa dolorida, Lucien asintió.

—Tal vez. Pero eso también me salvó la vida. Cedric es un buen tirador y no quería arriesgarme —se miró el hombro.

La sangre manchaba el metal brillante mientras goteaba de su sien.

—Aunque tal vez he calculado mal —miró a Cedric—. Maldito tonto. ¡Realmente disparaste!

—¿Por qué no respondiste? —la voz de Cedric estaba llena de desesperación. ¿La herida era aún peor de lo que pensaba?

—Sí disparé.

—Sí. Al suelo. Debiste haberme disparado.

—¿Y qué lograría eso? —Lucien suspiró—. Aposté mi vida a que te retractarías, o a que fallarías. Esperaba que recapacitaras o te calmaras antes de tener que llegar a esto. La armadura era un plan desesperado por si todo eso fallaba. Parece que tuve razón al hacerlo.

Cedric parecía herido.

—No pretendía disparar en absoluto. Quería mirarte fijamente hasta que te rindieras. Me desconcertaste cuando bajaste la pistola, y mi mano... tembló.

La sonrisa de Lucien desapareció y se puso serio.

—No importa lo que pienses, lo que dije fue en serio. Amo a Horatia más que a nada... pero nunca podría matar a mi amigo más querido, ni al hermano del amor de mi vida —Lucien intentó ignorar el dolor agudo en su cabeza. Sentía como si alguien le estuviera oprimiendo el cráneo.

—Tú... ¿realmente la amas? —preguntó Cedric. El dolor en sus ojos hirió a Lucien más que la bala.

—Ella lo es todo para mí. Siempre lo ha sido. Antes, simplemente no podía aceptarlo. Intenté apartarla —Lucien se estremeció—. No la merezco —cerró los ojos mientras el dolor lo invadía. Una fría oscuridad recorrió sus extremidades, paralizando cualquier otra sensación.

—¡Ayudadme a levantarlo! —gritó Cedric a sus segundos.

Lucien abrió los ojos e intentó reírse.

—Siempre supe que ella sería mi muerte —dijo antes de volver a adormecerse.

—Si te mueres a mi lado, te mataré —gruñó Cedric mientras los párpados de Lucien volvían a cerrarse con fuerza.

—No pienso hacerlo —dijo, pero su visión en espiral le mostró otra cosa.

Los recuerdos de Horatia nublaron su mente mientras intentaba concentrarse en los mejores momentos que había pasado con ella. Pero la muerte era cruel, supuso, porque solo recordó los momentos tristes y horribles. Los gritos en el Jardín Midnight. Sus palabras duras, sus besos forzados y sus miradas mordaces. *Qué maldito tonto fui,* pensó mientras era engullido por la oscuridad.

Horatia se despertó en una cama vacía y frunció el ceño. Algo iba mal. Tuvo un presentimiento, uno que la invadió como los restos de una pesadilla acechando los bordes de su mente consciente. Se deslizó fuera de la cama y se puso el camisón y la bata. Quería buscar a Lucien inmediatamente, pero le pareció mejor estar completamente vestida por si tenía que recorrer la enorme mansión para encontrarlo. Atravesó el pasillo y entró en su habitación.

Eligió un vestido que se abotonaba por delante, para no llamar a Úrsula. Después de abrocharse el último botón, oyó el lejano chasquido de un disparo. Horatia se asomó a su ventana que daba al campo del norte. Vio cuatro cuerpos en la distancia y un segundo chasquido atravesó el campo. Uno de ellos se desplomó en el suelo.

¡Un duelo! ¿Por qué no había interrogado a Lucien? Ayer por la noche había sentido que algo no iba bien, pero lo había ignorado. ¿Por qué lo había hecho? Durante su pánico, apenas oyó que la puerta se abría detrás de ella.

—Algo terrible, ¿no es así, señorita Sheridan? —dijo suavemente alguien justo por encima de su hombro. Intentó gritar cuando un brazo la rodeó por el cuello, ahogándola, mientras una mano le cubría la boca—. Pero me temo que me estoy quedando sin tiempo y todavía hay mucho por hacer —la voz era extrañamente familiar. Pero incluso mientras Horatia se retorcía contra su captor, no podía ver su rostro—. Nunca habría imaginado que una pequeña y tranquila muchachita como tú llevaría a los hombres a un duelo. Tal vez te pruebe yo mismo, solo para ver por qué tanto escándalo —una lengua recorrió su oreja. Horatia intentó arañar su brazo, pero él solo le oprimió más la garganta. Su visión se llenó de puntos negros y grises mientras luchaba por respirar.

—Pequeña y pasional arpía. No esperaba eso de alguien como tú.

Horatia vio una breve oportunidad y abandonó su intento de arañar su brazo. En cambio, empujó la cabeza hacia delante y luego la echó hacia atrás, estrellando sus cráneos. Su atacante maldijo y relajó su agarre. Horatia cayó de rodillas, escapando del brazo que la rodeaba por el cuello. Se giró justo a tiempo para ver la cara del hombre que la había agredido.

—¡Tú! —respiró conmocionada.

Recibió un golpe en la sien y el mundo de Horatia se tornó negro.

Cedric maldijo mientras él y Lawrence cargaban el cuerpo de Lucien a través del campo y hacia el Hall. Gregory se había adelantado para alertar a la casa y hacer que alguien cabalgara hasta Hexby. Cuando Cedric y Lawrence se acercaron a los establos, descubrieron que el propio Gregory iría.

—Voy a por el doctor —gritó y pasó a toda velocidad junto a ellos montado en un semental gris moteado. Avery y Sir John fueron las dos primeras personas que los recibieron en la puerta principal.

—¡Dios mío! —jadeó Avery al ver la herida llena de sangre en la cabeza de Lucien y la expresión de luto de Cedric.

—¿Os habéis batido en duelo? —gruñó Sir John—. Tontos —apartó a Lawrence de los pies de Lucien para ayudar a llevar al

Marqués inconsciente por las escaleras hasta un dormitorio vacío. En cuanto Lucien estuvo en la cama, Lady Rochester irrumpió en la habitación con fuego en los ojos.

—¿Está muerto? —preguntó, presa del pánico.

—El disparo rozó su cráneo —dijo Lawrence—. Tal vez siga vivo.

—¿Tal vez? Oh, no morirá. Quiero matarlo yo misma y él no me lo negará —pero cuando vio a su primogénito sangrando en la cama, cayó de rodillas. Avery sujetó a su madre antes de que pudiera desmayarse.

—Sácala de aquí, muchacho —vociferó Sir John. Avery obedeció, sacando a su madre de la habitación. Sir John volvió a centrar su atención en Lucien y empezó a rasgarle la camisa y a quitarle la armadura para ver mejor los daños. Los hombres se estremecieron al ver los moratones que iban desde la clavícula de Lucien hasta sus caderas.

—¿Quién demonios ha hecho eso? —preguntó Lawrence.

—Yo —dijo Cedric, sin emoción—. Nos peleamos anoche antes de la cena.

—¿Qué demonios te poseyó para iniciar una pelea a puñetazos y luego un duelo? —Sir John gruñó de tal manera que se impuso como el hombre dominante en la sala llena de jóvenes tontos.

—Se acostó con mi hermana —se defendió Cedric, pero había poco fuego en su tono.

—Eres un maldito tonto, Sheridan. Lucien la ama —habló Lawrence.

—Lo sé... ahora —admitió Cedric.

—Ahora puede ser demasiado tarde —replicó Lawrence.

—¿Crees que no me arrepiento? —gruñó Cedric como un animal herido y Lawrence vio desesperación en sus ojos—. Ni siquiera quería dispararle, pero mi mano temblaba tanto y yo...

—Entonces, ¿por qué batirse en duelo? —continuó Lawrence.

—Esperaba que se retractara. Tenía demasiado miedo de

confiarle el corazón de mi hermana. No podía dejar que la hirieran. No otra vez.

—Creo que debes despertar a tu hermana, Sheridan. Debería estar preparada para lo peor —Sir John apoyó una mano firme en el hombro de Cedric y lo empujó hacia la puerta.

—Tienes razón. Horatia debe saberlo —salió de la habitación donde Lucien yacía sangrando e inconsciente. ¿Qué podría decirle a su hermana?

—¿Cedric? —la tímida voz de Audrey interrumpió su dolor. Ella y Lucinda Cavendish estaban en el otro extremo del pasillo, vestidas solo con camisones y batas.

—¿Dónde está Horatia? —preguntó cuando se encontraron a mitad de camino.

—No la he visto. ¿Es cierto? ¿Le has disparado a Lucien en un duelo? —la voz de Audrey temblaba y estaba al borde de las lágrimas.

—Sí.

—¡Todo es culpa mía! —Audrey se lamentó—. No debería haberte hablado de ellos. ¡Lucien morirá y Horatia nunca será feliz y a ti te colgarán por asesinato! —se acercó a Cedric, buscando consuelo en él, pero la dirigió hacia Lucinda.

—Lo siento. Es mucho más importante que encuentre a Horatia ahora mismo —se disculpó. Hoy, precisamente, debía poner a Horatia por delante de Audrey.

Ella no estaba en su habitación. La cama estaba deshecha y vacía, y su camisón abandonado en el suelo. Su armario estaba abierto y Cedric supuso que se había vestido antes de salir. Se dio la vuelta para buscarla en otro lugar, pero un papelito que descansaba sobre la almohada llamó su atención. Lo cogió y lo leyó apresuradamente.

Para el vencedor del duelo: ¡Felicidades! Tu premio te espera a ti y solo a ti en la cabaña del jardinero.

No había ningún nombre. La ambigua redacción era muy parecida a la nota posterior al incidente del carruaje. Una amenaza disimulada con civilidad. No sabía quién tenía a su hermana, pero sí sabía quién tenía que estar manipulando los movimientos de ese hombre. Maldiciendo, Cedric arrugó la nota y la arrojó al suelo antes de salir corriendo por la puerta. Rezó para llegar a tiempo.

La casa era un caos mientras los sirvientes volaban por los pasillos. Cedric pasó junto a ellos para llegar las escaleras y luego salió por la puerta trasera hacia los jardines. El destino de Lucien ya no estaba en sus manos, pero aún podía ayudar a Horatia.

Carecía de un plan y de un arma. Esto tenía que ser una trampa, lo sabía, pero de alguna manera se sentía como una deuda pendiente con el diablo. Cuando por fin llegó a la cabaña, estaba jadeando. Prácticamente desprendió la puerta de su marco mientras entraba furioso.

El lugar estaba a oscuras y en silencio, pero oyó un gemido de dolor en el pasillo. Cedric lamentó inmediatamente el ruido que había hecho al entrar. Sin duda, el secuestrador de su hermana sabía que estaba aquí. Hubo un grito ahogado y Cedric se precipitó por el pasillo.

Irrumpió en el interior y encontró a Horatia hecha un ovillo en el suelo junto a la cama. Había pétalos de rosa esparcidos por el suelo, la cama y alrededor de ella, mezclados con la sangre de su labio y los cortes en los brazos. Un hombre estaba de pie con una pistola en una mano y un cuchillo en la otra. Apuntó el arma al pecho de Cedric.

—Me alegro de que haya podido unirse a nosotros, Lord Sheridan. Siéntese. Esa silla —el hombre señaló una silla junto a Horatia.

Frente a él estaba uno de los lacayos de la casa Rochester, Gordon, vistiendo el uniforme verde de Rochester Hall. El mismo criado que le había confirmado indirectamente que Lucien y Horatia se habían estado escapando juntos.

—Siéntate. Ahora —dijo Gordon, amartillando la pistola.

—¡Cedric, sal de aquí! —siseó Horatia.

—No voy a dejarte —Cedric no se sentó, pero no hizo ningún movimiento para irse.

Gordon giró tranquilamente la pistola hacia Horatia.

—La situación es muy sencilla. Te sentarás en esa silla, Sheridan, o salpicaré la pared con sus sesos.

Cedric se sentó lentamente y esperó. Gordon pateó un rollo de soga hacia Horatia.

—Átale las manos y los pies a la silla. Átalo bien, o lo lamentarás —Horatia cogió la cuerda con manos temblorosas y se puso de pie.

—Tranquila —susurró Cedric—. Solo haz lo que dice —Cedric permanecía aparentemente tranquilo, pero la furia en sus ojos le advertía a su hermana que aún no se había rendido. Horatia ató la cuerda alrededor de sus botas y muñecas. Una vez que ella terminó, Cedric tensó y tiró de las ataduras, y la mirada asesina que le dirigió a Gordon hizo sonreír al lacayo.

—Para ser sincero, no es así como quería manejar este encargo en absoluto. Si fuera por mí, te habría matado en tu primer día aquí y me habría ido antes de que alguien se despertara. Pero me temo que mis instrucciones eran bastante específicas en algunos puntos, como prolongar tu incomodidad.

—¿Quién te contrató? —preguntó Cedric.

—Creo que lo sabes —respondió Gordon sin más—. Y si no lo sabes, bueno, ya no importará. Ahora, señorita Sheridan, tenga la amabilidad de acostarse en la cama. Deseo disfrutar de usted mientras su hermano observa. Es Navidad, después de todo.

Horatia se tropezó mientras se alejaba de la cama con horror.

—¡No la toques! —gritó Cedric, tirando de las cuerdas—. Ya me tienes, acaba conmigo y termina con esto.

Gordon montó una escena teatral de confusión.

—¿Oh? Lo siento. Debes haber entendido mal. Mis instrucciones sobre el sufrimiento prolongado y la muerte eran para tu hermana. Me ordenaron no matarte a menos que fuera absolutamente necesario —Gordon se dirigió hacia Horatia con un brillo en sus fríos ojos grises.

—¡Corre! ¡Por el amor de Dios, corre! —le gritó a su hermana.

. . .

HORATIA LLEGÓ A LA MITAD DEL PASILLO ANTES DE QUE
Gordon la alcanzara. La agarró por el pelo y de un tirón la hizo
retroceder. Ella chilló cuando Gordon volvió a poner el cuchillo
en su garganta, provocando un hilo de sangre. Horatia dejó de
forcejear y él la arrastró de nuevo al dormitorio.

—Por favor. Puedes hacer conmigo lo que quieras... pero no
hagas que mi hermano mire.

—Creo que mi jefe preferiría que mirara —Gordon empujó a
Horatia sobre la cama. Ella gruñó de dolor y rodó sobre su
espalda justo cuando Gordon se lanzó hacia ella.

—Lucien te matará —prometió.

Él solo se carcajeó.

—Dudo mucho que lo haga. Antes de que llegue aquí, yo ya
me habré ido, suponiendo que él sobreviva. Pero no debes preocuparte mucho por él, sino por ti.

—¿Qué tan grave fue la herida? —le preguntó Horatia a
Cedric—. ¿Qué tan grave lo heriste?

—No estoy seguro. Cuando salí de la casa, él estaba inconsciente y sangrando mucho —dijo Cedric, apartando la mirada.

Gordon le sonrió con suficiencia a Horatia. Ella permaneció
en silencio durante un largo minuto, mirando las brasas agoni-
zantes de la chimenea.

—Parece que la arpía ha perdido sus hábitos salvajes. Qué
fácil resulta derrotarte.

Entonces se puso en pie y, ante la confusión de Cedric y
Gordon, añadió unos cuantos troncos al fuego.

—¿Qué estás haciendo? —preguntó Gordon con suspicacia
—. Vuelve aquí, ahora.

Su rostro se mostraba vacío y desapasionado. Gordon miró a
Cedric como si quisiera averiguar si había algún plan en marcha
entre los hermanos. Pero el rostro de Cedric solo ardía de
vergüenza y derrota.

Horatia se abalanzó sobre él con el atizador justo cuando

Gordon levantó su pistola. El disparo se desvió cuando la afilada punta del atizador le rasgó el pecho. Ella le golpeó el brazo con el atizador antes de que pudiera sacar su cuchillo. Gordon gritó de dolor mientras su brazo se doblaba de manera poco natural. Pero antes de que Horatia pudiera asestar un segundo golpe, él le arrebató el atizador con su brazo bueno.

—Eso fue muy estúpido —Gordon la golpeó en la cabeza con el atizador. Unas estrellas se abrieron paso en sus ojos antes de que todo cayera en la oscuridad.

GORDON MIRÓ A HORATIA CON EL CEÑO FRUNCIDO. LE arrancó un trozo de vestido y creó rápidamente un cabestrillo.

—Bueno, no tiene sentido follarla ahora. A decir verdad, no tengo ningún deseo de quedarme aquí por más tiempo. Pero un contrato es un contrato. Pero ahora que estamos solos, tengo que preguntar. ¿Qué has hecho para ganarte semejante enemistad? ¿Qué pecado le hace ganar a un hombre este nivel de atención personal?

Cedric no dijo nada. Le importaba un bledo lo que el hombre tuviera reservado para él. Se concentró únicamente en su hermana y en cómo permanecía tirada contra la pared.

Al no obtener respuesta, Gordon se acercó a la chimenea. Utilizó el atizador para sacar un tronco y dejarlo en el suelo. Lentamente, las llamas comenzaron a rozar los bordes del suelo. Luego se acercó a Cedric y lo liberó de las ataduras con su brazo bueno. Antes de que Cedric pudiera luchar contra él, Gordon le clavó la pistola en el estómago.

—Muévete. Quiero que salgas de esta cabaña antes que yo. Puede que te necesite si otros han llegado.

—No dejaré a mi hermana —gruñó Cedric.

—Sí, lo harás, o te atravesaré con una bala y no podrás salvar a nadie. Todavía te queda una hermana. ¿Vas a abandonarla también?

El miedo estalló en Cedric, pero no abandonaría a Horatia. *Nunca* la abandonaría.

—¡Horatia! ¡Horatia, despierta! —gritó mientras el hombre lo alejaba. Las llamas del tronco comenzaron a arrastrarse por el suelo y por las cortinas de la ventana.

Horatia no se movió. Había sangre goteando de su frente. Tenía que estar viva, ¡tenía que estarlo! Mientras el pequeño fuego oscilaba, los pétalos de rosa carmesíes se encendían uno a uno y las llamas los devoraban entre fogonazos como luciérnagas. Cuando salieron de la casa, Gordon tropezó con el último escalón.

Cedric giró y forcejeó con él por la pistola. Presionó el brazo fracturado del lacayo, haciéndolo gritar y soltar el arma. Cedric la apartó de una patada y se abalanzó contra el hombre. Disponía de escasos segundos para luchar contra el villano y vengarse, o para regresar a la cabaña y salvar a su hermana.

La elección era evidente.

Atravesó nuevamente la puerta en penumbras, corriendo imprudentemente hacia el fuego.

CAPÍTULO 28

Los pensamientos vagaban por las aguas turbias de la mente de Lucien, desorientados y agitados. Las suaves sonrisas y los temblorosos suspiros de Horatia; la atormentada mirada de Cedric mientras le apuntaba con una pistola.

Sus ojos no se abrían y no podía moverse.

—Lawrence, intenta esto —dijo una voz femenina.

Algo afilado penetró en la nariz de Lucien y se disparó directamente a su cerebro. Sus ojos se abrieron de golpe y se incorporó con un fuerte dolor de cabeza y un malestar en el costado que casi lo hizo chillar. Sales aromáticas. Uno nunca se acostumbraba a ellas.

Lucinda y Lawrence, junto con Sir John, estaban todos de pie mirándolo con los ojos muy abiertos y preocupados.

—¡Cedric! —gritó. El miedo por su amigo estalló en su interior al recordar el duelo. ¿Estaba vivo? ¿Dónde estaba ahora? En su habitación.

—Tranquilo, Lucien, él está bien —Lawrence intentó calmarlo con una mano firme, pero Lucien la apartó. Ahora, un pensamiento se formó con más claridad. Había estado demasiado distraído como para prestar atención. Hasta ahora.

—¡Dejadme levantarme, condenados! ¿Dónde está Cedric?

¿Dónde está Horatia? —luchó por liberarse de las enmarañadas sábanas de la cama y cayó al suelo. Un dolor le atravesó la cabeza y sintió un gran vendaje alrededor de su cráneo donde la bala lo había golpeado. Sir John sujetó su brazo bueno y lo puso de pie, inclinándolo hacia la cama.

—Necesitas descansar, Lucien —comentó Lawrence.

Lucien maldijo y se llevó una mano a la cabeza, pero siguió caminando hacia la puerta.

Avery y Linus entraron corriendo en la habitación desde el pasillo.

—¡La cabaña del jardinero está en llamas! —gritó Avery—. Tenemos que buscar baldes y agua. Vengan todos conmigo a las cocinas.

—¿Alguien ha visto a Horatia? —vociferó Lucien mientras todos corrían hacia las cocinas.

—No... —Audrey llegó corriendo hasta él, sin aliento—. Su habitación estaba vacía, pero había esto —dejó caer un trozo de papel en sus manos y él lo escaneó apresuradamente.

—¡La han secuestrado!

Las palabras de la nota confirmaron sus peores temores. Horatia había sido utilizada como carnada para atraerlo a él o a Cedric a la casa de campo.

—¡Maldita sea, puede que lleguemos demasiado tarde! ¡Avisadle a los demás! —Lucien se echó a correr. ¡Tenía que llegar a la cabaña! Casi se cae por las escaleras en su apuro, ya que había gente precipitándose a su lado en busca de baldes para llenar. Cuando salió a los jardines, vio a lo lejos un humo negro e intenso—. Por favor, mantente viva —respiró mientras corría hacia la casa de campo. ¿Quién era el responsable de esto? No tenía ni idea; aunque sabía que debía ser alguien del personal. Ningún extraño había aparecido de la nada, no. Este era el acto de alguien que había esperado en las sombras por el momento oportuno.

Cuando Lucien estaba a menos de seis metros de la casa, vio al nuevo lacayo de la familia salir por la puerta principal, obligando a Cedric a ponerse delante de él con una pistola apuntándole. Gordon tropezó y los dos hombres forcejearon antes de que Cedric huyera de nuevo a la cabaña en llamas.

El lacayo se quedó mirando a Lucien.

—Pensé que estabas muerto, Rochester. Bien por ti —Lucien avanzó un paso, con la intención de sujetar al maldito, pero Gordon levantó un dedo con su brazo bueno—. Tu amigo volvió a entrar para rescatar a tu amada. No he venido a matarlo, pero es probable que el tonto muera igualmente. ¿Qué te parece?

Gordon esquivó a Lucien y continuó su camino, pero a Lucien no le importó. Cedric y Horatia estaban dentro de la cabaña en llamas. Sin pensárselo dos veces, se zambulló en el interior lleno de humo, dejándose caer tan bajo como pudo y cubriendo su cara con la camisa bañada en sangre.

—¡Cedric! ¡Horatia!

—¿Lucien? —respondió una voz áspera desde el final del pasillo, seguida de una tos ronca.

—¡Cedric! —Lucien corrió hacia el dormitorio abierto. El calor de las llamas frente a él lo ahuyentó. Tosiendo, agitó la mano en el aire, intentando apartar el humo que se estaba arremolinando. Entonces, vislumbró a Cedric en el suelo, apenas consciente, y a Horatia mucho más cerca del fuego, desplomada en el suelo.

—Sácala de aquí —gimió Cedric.

—Soy un maldito egoísta para abandonar a alguno de los dos —gritó Lucien. Primero corrió hacia Horatia, arrastrando su cuerpo lejos de las llamas en expansión, y luego ayudó a Cedric a levantarse—. Debería pensar que, como amigo mío, ya deberías conocerme mejor.

—Intentaré seguiros —tosió Cedric, tambaleándose hacia la puerta—. Vete. Sácala de aquí.

Lucien se arrodilló y levantó a la mujer inconsciente en sus brazos, conteniendo el dolor que aún le punzaba la cabeza. El cuerpo de Horatia estaba empapado de sudor; sentirla flácida en sus brazos le provocó pavor.

—Solo sigue moviéndote —dijo Lucien con los dientes apretados mientras se dirigía a la puerta.

Se encontró con la mirada de Cedric a través de la borrosa extensión de la habitación. Ambos sabían que no lograría salir por sí mismo. Algo se desgarró en el corazón de Lucien al presenciar la desolada resignación en los ojos de su amigo.

—Cuida de ella por mí —la voz de Cedric apenas era audible por encima del crujido de la casa que los rodeaba.

Lucien logró asentir con la cabeza y estrechó a Horatia mientras la sacaba. Cuando llegó a la puerta, corrió una buena distancia lejos de la casa antes de caer de rodillas. Una pequeña multitud de sirvientes y visitantes formaba una fila para arrojar baldes de agua en el lado más apartado de la cabaña, donde el fuego era más intenso.

Horatia salió rodando de los brazos de Lucien y cayó al suelo con nieve, dejando un rastro de hollín a su paso. Lucien se inclinó sobre ella, le cogió la cara entre sus manos temblorosas y la besó. Ella se removió debajo de él y luego tosió con violencia.

—¿Lucien?

—Te amo. Nunca lo olvides —dijo él, besándola una vez más antes de apartarse y volver a entrar en la casa.

—¡Lucien! —gritó Horatia.

Se detuvo en la entrada de la cabaña, mirando hacia atrás, y luego se sumergió en el humo arremolinado.

Lucien se cubrió la cara con una manga ensangrentada y se agachó todo lo que pudo. Estaba a mitad de camino en el pasillo cuando las vigas del techo chirriaron. Una de ellas se movió para estrellarse detrás de él mientras cruzaba el umbral del dormitorio. Encontró a Cedric desplomado en el suelo frente a él.

Lucien luchó contra unas cuantas llamas que se habían apoderado de su pierna. El fuego lo quemó, pero apagó las llamas con varios golpes en el suelo y se arrastró hasta Cedric.

Otra viga cayó junto a la chimenea. Saltaron chispas en torno a los dos hombres y Lucien cerró los ojos y se apartó de las llamas hasta que el calor disminuyó. Un instante después de haber levantado a Cedric, un enorme trozo de techo cayó y golpeó a su amigo por detrás, haciendo que Lucien cayera al suelo con la viga encima de los dos. Lucien chilló de dolor cuando la viga aplastó sus piernas e inmovilizó a Cedric sobre su espalda. Lucien arañó la madera, a pesar de que las astillas calientes se clavaban en sus sensibles palmas. Miró hacia arriba, esperando encontrar algo que pudiera ayudarlo. Entonces, vio una sombra al final del pasillo.

—¡Dejadnos! —gritó desesperado—. ¡El techo se viene abajo!

Pero la sombra se acercó, revelándose como Horatia envuelta en una pesada y húmeda capa. Sorteó la madera y las piedras encendidas hasta que se arrodilló junto a las piernas de Lucien y, utilizando la capa húmeda para cubrir las llamas, tiró de la viga con todas sus fuerzas. Lucien logró salir y tanto él como Horatia trabajaron para apartar los escombros de Cedric.

Cada uno sujetó uno de los brazos de Cedric y lo cargaron hasta la salida. En más de una ocasión, las llamas y el humo estuvieron a punto de ganar, pero, al final, los tres salieron a trompicones de la cabaña con Cedric. Entonces, todo el techo se derrumbó. El alivio y el dolor invadieron a Lucien cuando la última dosis de adrenalina en su cuerpo expiró.

Se desplomó junto a Cedric y perdió la conciencia.

CAPÍTULO 29

Horatia yacía acurrucada contra el cuerpo de Lucien mientras éste dormía en su propia cama. Nadie se atrevió a señalar lo inapropiado de aquello y, de haberlo hecho, Horatia habría gritado. Tal y como estaban las cosas, todos eran muy educados, incluso el médico de Hexby, con el que Gregory había regresado diez minutos después de que ella, Lucien y Cedric escaparan de la cabaña.

La herida de Lucien en el duelo había sido, en efecto, un insignificante rasguño. El médico les había asegurado que las heridas en la cabeza, incluso las raspaduras, tendían a sangrar profusamente. La conmoción cerebral había sido mucho más preocupante, pero también había quedado atrás. A menos que Lucien sufriera una infección inesperada, estaría bien. Horatia no se había separado de su lado desde que regresaron a la casa, salvo para bañarse y cambiarse rápidamente. Ahora el médico estaba atendiendo a Cedric, quien descansaba en la habitación al otro lado del pasillo. Horatia le apartó el pelo de la frente y le depositó un delicado beso en la frente.

—No puedo creer que Gordon haya escapado —susurró. Le aterraba saber que el hombre que había intentado matarla siguiera suelto.

—No volverá —señaló Lucien con mucha seguridad, y ella se apartó un poco para mirarlo fijamente.

—¿Cómo lo sabes?

—Sabemos quién es y para qué fue contratado. Estamos a salvo de él —la expresión implícita, *pero no totalmente a salvo*, quedó flotando en el aire.

—¿Horatia? El doctor quiere hablar contigo —dijo Lady Rochester en voz baja desde la puerta. Sus ojos se posaron en Horatia y Lucien, pero no dijo nada, y una sonrisa triste se dibujó en sus labios.

La pobre Lady Rochester estaba pálida y las líneas alrededor de sus ojos, que antes solo estaban allí por la alegría y las risas, parecían envejecerla por la preocupación sobre su hijo.

—¿Está todo bien? —preguntó Horatia, incorporándose.

—Él... el médico tiene noticias sobre tu hermano.

Horatia se deslizó fuera de la cama y contuvo el equilibrio.

—¿Malas noticias?

La vacilación de Lady Rochester preocupó a Horatia.

—Sí. Desea hablar contigo y con Audrey a solas. Cedric está durmiendo en este momento. El médico os verá en su habitación.

Horatia no podía moverse. Su cuerpo se sentía como si se hubiera convertido en mármol. No podía soportar mucho más. Era como si todo su cuerpo estuviera tensado como las cuerdas de un arpa a punto de estallar.

Horatia cruzó el pasillo y encontró a Audrey y al doctor esperándola en la otra habitación. Cerró la puerta tras ella.

—¿Tiene noticias? —fue incapaz de apartar la mirada del cuerpo dormido de su hermano.

El médico canoso se aclaró la garganta.

—Sí. Parece que Lord Sheridan ha sufrido una herida muy grave en la cabeza. Me temo que ha perdido la vista... por completo.

Audrey se aferró a un poste de la cama para apoyarse. Las lágrimas comenzaron a rodar por sus mejillas, pero no dijo nada.

—¿Está ciego? —preguntó Horatia.

—No estoy seguro de que la condición sea permanente, pero pensé que debía avisaros inmediatamente para que os preparéis para lo peor. La vida para alguien sin vista puede ser muy difícil, pero se hace más fácil con el apoyo de la familia...

El médico siguió hablando, pero Horatia dejó de escuchar. Giró la cabeza hacia Cedric. Le habían puesto una tira de gasa alrededor de la cabeza, sobre los ojos.

Ciego. Su hermano estaba ciego. Su propia visión pareció empañarse y oscurecerse antes de que recordara que debía respirar. Luego, su visión se aclaró.

—Gracias, doctor —dijo. El médico las dejó a solas durante unos momentos.

—Audrey... ¿por qué no haces que nos traigan un poco de té? —sugirió Horatia, y su hermana, con los ojos vidriosos, salió corriendo de la habitación. Lo mejor para Audrey era tener su propio momento para llorar. Horatia no podía pensar con lógica si su hermana estaba en la misma habitación. Se sentó en el borde de la cama y casi saltó cuando Cedric habló.

—No llores, Horatia. Por favor. Ya tengo bastante con Audrey —Cedric tiró de la venda, apartándola de su cara mientras abría los ojos y miraba en su dirección, pero había una inquietante blancura en su mirada que desgarró el alma de Horatia. ¿Cuánto de la vida de una persona existía detrás de sus ojos? Cedric había perdido mucha expresión, emoción y percepción. Ella se mordió el labio para no llorar—. No soporto tener los ojos cubiertos, aunque no pueda ver. Acércate. Dame tu mano —dijo Cedric con suavidad, con su mano derecha buscando el consuelo de la de Horatia. Se lanzó contra el pecho de su hermano y él la rodeó con sus brazos. Le besó la cabeza y la abrazó con fuerza. Ese simple y dulce acto la destrozó. No pudo detener las lágrimas. Era curioso que el consuelo la hiciera llorar con frecuencia. Era como si solo fuera fuerte estando sola, o tal vez simplemente confiaba en sus seres queridos para permitirse tales sentimientos. ¿Quién cuidaría de Cedric? La tendría a ella y a Audrey... pero no sería suficiente.

La mano de su hermano le acarició el pelo. Horatia hundió la cabeza en su hombro como solía hacer de más joven, solo que esta vez esperaba que el consuelo fuera para él.

—Por favor, perdóname, Horatia —se le quebró la voz—. He cometido demasiados errores últimamente. No confié en tu juicio y no tuve fe en el corazón de Lucien. Me pidió que creyera en su amor por ti, pero no pude. Os he fallado a los dos y las consecuencias de mis actos han perjudicado a todos.

—No digas eso —comenzó Horatia, pero Cedric la hizo callar.

—Debo hacerlo, Horatia. La verdad es que Lucien te ama y te merece como esposa. Os doy mi bendición plenamente. Cualquier hombre que sea lo suficientemente testarudo como para preocuparse por nosotros dos, aunque el mundo se esté quemando y cayendo a su alrededor... ese hombre tiene permitido casarse con mi hermana.

—Oh, Cedric.

El sentimiento de culpa chocaba con su alegría por poder casarse con Lucien. No era justo sentir semejante felicidad cuando su hermano estaba enfrentando una vida de oscuridad.

—Te pedí que no lloraras —sus manos limpiaron las lágrimas de su rostro.

—¿Puedo llorar de felicidad?

—Supongo que puedo tolerar lágrimas de alegría —Cedric soltó una risita—. Serás feliz con él. Con Lucien, ¿no es así?

—Sí. Me ama, y cuando estoy con él me siento libre. Gloriosamente libre para ser yo misma. Lo amo mucho —ella deseaba que Cedric pudiera ver la sinceridad en sus ojos, pero sabía que también se reflejaba en su voz.

—Entonces, solo queda anunciar las amonestaciones en los documentos y preparar St. George. Tu matrimonio con Lucien no será tan malo como yo temía. Después de todo, es uno de mis mejores amigos, y ahora será mi cuñado —Cedric se rio como si estuviera genuinamente divertido—. Qué concepto tan extraño. Pero ya no es desagradable.

—¿Me acompañarás al altar? —preguntó Horatia después de un momento.

—¿Deseas que un ciego te lleve al altar? Parece un mal presagio, querida.

Horatia abrazó a su hermano y fingió no ver las lágrimas que corrían por su rostro. En ese momento, habría dado su vida a cambio de su vista.

—No tienes que guiarme. Solo sujeta mi brazo y confía en mí para que te guíe. Siempre has cuidado de mí. Ahora deja que yo cuide de ti.

La sonrisa de Cedric tembló.

—Entonces guíame, porque sin duda estaré allí para entregarte.

—Nunca podrías entregarme. Estamos atados el uno al otro. Al casarme con Lucien, no creo que vuelvas a librarte de ninguno de los dos —Horatia suspiró, pensando que la Nochebuena del día anterior había sido muy feliz—. Feliz Navidad, Cedric.

Su hermano soltó una risita.

—Espero por Dios que el año próximo tengamos unas festividades de lo más aburridas.

Audrey regresó con una criada que llevaba una bandeja de té. Sus ojos todavía estaban rojos e hinchados.

—¿Alguien quiere un poco de té? —preguntó con un tono falsamente animado que podría haber engañado a un niño.

Cedric se incorporó.

—Me encantaría.

Cuando él soltó a Horatia, ésta se unió a su hermana para ayudar con la bandeja del té. Las manos de Audrey temblaban mucho y Horatia cogió la taza y el platillo ofrecidos antes de que se hicieran pedazos. Horatia preparó el té de Cedric como a él le gustaba antes de volver a la cama y coger sus manos. Colocó la taza en sus palmas abiertas y él se la llevó lentamente a los labios. Sorbió con cuidado para no derramar.

—Bueno... eso ha sido más fácil de lo que esperaba. Gracias al cielo por ello —comentó Cedric. La criada se volvió y se dirigió a Horatia.

—Su Señoría está despierto y pregunta por usted, señorita.

Horatia miró el rostro de su hermano y, aunque no podía verla, debió percibir su mirada sobre él.

—Bueno, ¿qué estás esperando? Ve a ver al hombre —Cedric la hizo salir de la habitación—. Lucien aborrece la tardanza.

Horatia se apresuró a cruzar el pasillo y entrar en la habitación de Lucien. Estaba sentado, con el pecho desnudo y vendado alrededor de la cintura. Sus ojos color avellana se iluminaron como topacios cuando la vio.

—Gracias a Dios que estás bien —dijo ella.

Le extendió los brazos y Horatia se acurrucó en ellos como si nunca lo hubiera dejado. Él gruñó y se dobló de dolor.

—Puede que esto esté sobredimensionando un poco mi condición —soltó una risita.

Lucien la besó suavemente; una expresión compasiva de su amor, pero no tardó en calentarse, amenazando con consumirlos a ambos. Tras un largo y delicioso momento, él liberó sus labios y se limitó a abrazarla.

—Cedric nos ha dado su bendición. Si todavía me quieres... —Horatia se sintió repentinamente insegura. Tal vez Lucien ya no la quería por todos los problemas que había causado. Los duelos y los asesinos no eran precisamente obstáculos fáciles de superar.

—¿Después de todo lo que he padecido para tenerte? Si crees que después de eso te dejaré ir, estás muy equivocada. Planeo casarme contigo lo antes posible, y si para ello tengo que atarte a mi cama, desde luego que lo haré —las manos de Lucien se deslizaron por su espalda para coger su trasero de forma provocativa. Horatia intentó no sonreír.

—Ya me ataste a tu cama y disfruté bastante de esa experiencia. ¿Debo fingir una huida para asegurarme de que lo vuelvas a hacer? —ella le acarició el pecho, disfrutando del calor de su piel. Nunca superaría lo fácil que era estar con él, provocando y jugando de una manera que ella siempre había anhelado.

—Eso suena como un juego que ciertamente me gustaría jugar tan pronto como deje de estar a merced de mi madre —Lucien se dobló de dolor—. O del médico.

—Será mejor que te cures pronto, cariño, porque te necesito desesperadamente —Horatia rozó ligeramente sus labios—. Todo de ti...

—¿Y Cedric? Nadie me ha dicho cómo está.

Horatia se tensó en sus brazos y una gran oscuridad descendió sobre ella.

—¿Qué pasa? —el corazón de Lucien quedó paralizado en su garganta al ver las lágrimas de Horatia brillando en las comisuras de sus ojos.

Ella se mordió el labio y apartó la mirada. Ante su silencio, él le cogió la barbilla e hizo que lo mirara.

—¿Qué pasa, mi amor? Solo dímelo.

Su tembloroso asentimiento de cabeza lo desgarró.

—Cedric está vivo, pero... está ciego.

—¿Ciego? ¡Dios santo! —Lucien maldijo. No podía empezar a comprender la tortura de esa condición. ¿Nunca más volvería a ver? Los brazos de Lucien se estrecharon alrededor de Horatia.

—¿No hay nada que podamos hacer?

—El médico no sabe si es temporal o permanente. Tenemos que estar a su lado. Apoyarlo. La vida será difícil para él a partir de ahora y necesitará que su familia y sus amigos lo ayuden a superar esto.

—Siempre eres muy valiente, mi amor. Y tienes razón. Nos necesitará ahora más que nunca —Lucien cerró los ojos y abrazó a Horatia para hacerle saber que nunca más la dejaría ir—. Sabes, cuando salí al campo esta mañana, pensé para mis adentros que mi mayor arrepentimiento era todo el tiempo que había perdido sin ti —susurró entre su suave cabello castaño.

—No te preocupes, Lucien. Pienso recuperar el tiempo

perdido —Horatia lo besó con todo el amor que sentía por él y solo por él.

Cuando sus bocas se separaron, él le cogió la nuca y apretó su frente contra la de ella.

Era como un hombre contemplando su primer amanecer, percibiendo su impactante belleza; así se sintió al saber que él y Horatia serían felices. No podía creer lo afortunado y bendecido que era por tenerla en su vida y en su corazón. Habían luchado a través de los mismísimos fuegos del infierno para estar juntos y ahora se merecían una alegría, una gran alegría.

Tal vez no era tan malo ser un libertino redimido.

Sonrió y le robó otro beso a su amor.

Solo vendrán cosas buenas, le prometió en silencio con sus labios y con su corazón.

EPÍLOGO

Anne Chessley siempre parecía olvidar cómo respirar cuando estaba cerca del Vizconde Sheridan. Con respiraciones entrecortadas lo vio caminar hacia el altar de St. George. La luz penetraba en los vitrales frontales de la iglesia, proyectando un arcoíris sobre el altar y la gente reunida en los bancos.

La señorita Sheridan y su hermano avanzaban cogidos del brazo por el pasillo. Con su otra mano, él sostenía un bastón que se desplazaba por el suelo delante de ellos. La música retumbaba en las paredes y flotaba hasta el techo en un estruendo maravilloso. En la parte delantera de la iglesia, cerca del altar, el Marqués de Rochester esperaba la llegada de su novia.

La boda del siglo. Un libertino reformado —o eso es lo que había informado el *Monóculo de Cristal*—, y una mujer tranquila y hermosa alcanzando su plenitud por el amor. Anne sintió un pequeño dolor en el pecho al desear ser tan afortunada.

Demasiado pronto, su atención volvió a centrarse en Cedric. Incluso pensar en él la hacía muy feliz. Sin embargo, la tristeza se mantenía en los bordes de su alegría como una sombra. Los ojos oscuros de Cedric recorrían la multitud, incapaces de ver. Anne hundió los dedos en su pañuelo.

Ciego. El hombre dueño de sus sueños estaba ciego.

Su padre se inclinó para susurrarle al oído.

—Un hombre valiente, ese Sheridan. Siempre me agradó, pero ahora, bueno, es condenadamente valiente.

Anne coincidió. Cerró los ojos, preguntándose si sería tan valiente como él para caminar por el pasillo sin poder ver.

No. El solo hecho de pensarlo la aterrorizaba. Ser tan indefensa... tan dependiente. ¿Cómo lo soportaba él? Ella no era tan valiente. Cedric no tenía opción. Tenía que enfrentarse a esa oscuridad eterna durante cada segundo de cada hora de cada día. Un escalofrío sacudió su cuerpo y se acercó a su padre. Él le pasó un brazo por los hombros. Era un hombre muy bueno, un buen padre.

Anne sabía lo afortunada que era por tenerlo. Su madre había fallecido mucho tiempo atrás, pero su muerte no lo había destrozado. Había multiplicado su amor por Anne y se habían vuelto inseparables. Era bueno que nunca hubiera tenido la intención de casarse. No podía soportar la idea de abandonar a su papá.

Sus ojos volvieron a encontrar a Cedric, incapaz de apartar la vista de él durante mucho tiempo. Le encantó la forma en que le ofreció a su hermana una sonrisa tímida y le besó la mejilla antes de retroceder para que ella pudiera unirse a Lord Rochester. Lord Lennox se levantó del primer banco, le susurró algo a Cedric y luego, con una mano de guía, lo ayudó a encontrar el camino de regreso a su banco para sentarse.

La escena conmovió a Anne. La Liga de los Pícaros siempre la había fascinado por sus prácticas escandalosas, pero lo que ella admiraba era la amabilidad de los miembros hacia los demás. Como una gran familia. Solo deseaba poder formar parte de ella. Por desgracia, ese camino no era para ella. No era como Emily, la Duquesa de Essex, ni como Horatia, la futura Lady Rochester.

La ceremonia en sí fue un borrón para Anne. En cambio, se había centrado en Cedric. La forma en que su pelo castaño era un poco largo y se rizaba en las puntas. Era muy apuesto en apariencia y, sin embargo y de alguna manera, su personalidad, incluso su alma, se manifestaban también a través de sus expresiones.

Cedric era diferente. Sus sonrisas eran cálidas. Las suaves líneas alrededor de sus ojos y su boca se arrugaban cuando sonreía y reía. Observarlo, adorarlo, sabiendo que nunca le pertenecería, era agridulce. Era como descubrir un cuadro en una galería secreta. Podía mirar, admirar y amar desde la distancia, pero nunca atravesar el lienzo pintado para entrar en ese mundo.

Si solo fueras mío, Cedric. Si tan solo fuera tuya...

CEDRIC ESTABA APOYADO EN LA BARANDILLA DEL ÚLTIMO banco de madera al fondo de la iglesia, hablando con los últimos invitados mientras se retiraban lentamente hacia los escalones exteriores. Lucien y Horatia ya se habían adelantado en un carruaje hasta la casa de ciudad de Lucien para preparar el banquete de boda.

Un abismo se abrió paso en el pecho de Cedric ante la idea de volver a casa y encontrar la alcoba de Horatia vacía. Por ahora, solo serían Audrey y él... y Mitones, por supuesto. La pobre y anciana gata echaba mucho de menos a su compañero de camada Manguito. Durante las primeras semanas que siguieron a su muerte, vagó por la casa a todas horas, llorando, pero nunca oyó la respuesta de Manguito.

Al cabo de un mes, se dio por vencida y empezó a acechar a Cedric por la noche, encontrándolo dondequiera que estuviera para, finalmente, disponerse a dormir, ya fuera en su cama, en un sofá de la recepción o en cualquier otro lugar. Al principio, Cedric había odiado sus atenciones directas, sobre todo su forma de abalanzársele sin previo aviso, clavándole las garras mientras se acomodaba a sí misma en un feliz estado de satisfacción. Pero una vez que se acostumbró a las inesperadas apariciones nocturnas de Mitones, Cedric se acostumbró a ella, disfrutando del calor de su pequeño cuerpo y del constante ronroneo que emitía. El sonido era quizás el aspecto más reconfortante del acuerdo. A Cedric le tranquilizaba saber que nada saldría de la oscuridad para hacerle daño. Sus enemigos no tendrían ninguna posibilidad de acercarse sigilosamente a él, no mientras Mitones estuviera de guardia.

Audrey deslizó su mano sobre la de él, devolviendo su atención a sus invitados.

—¡Lord Chessley! ¡Anne! —saludó Audrey con entusiasmo.

—Señorita Sheridan —la profunda voz de barítono de Lord Chessley estaba llena de diversión—. A partir de ahora es usted, en efecto, la señorita Sheridan, ya que su hermana está casada. Qué encantadora ceremonia, ¿verdad? Anne y yo le agradecemos que haya pensado en invitarnos.

—¡Por supuesto! —respondió Audrey sin dudar.

—Sí, nos encantó haber venido —dijo Anne.

Cedric contuvo el aliento. Siempre le había gustado el sonido de su voz, cálida como una copa de buen brandy.

—Muchas gracias por invitarnos. Tu hermana estaba preciosa. Puedo decir que ella y Lord Rochester serán muy felices.

Audrey se rio.

—Más vale que lo sean, teniendo en cuenta todo lo que ha ocurrido.

Cedric detectó la pizca de ansiedad en el tono de su hermana y le dio un suave codazo en las costillas para recordarle que debía guardar silencio. La noticia de su ceguera había sido inevitable. Sin embargo, la cuestión de cómo había perdido la vista —aparte de "en un incendio"—, era un asunto que era mejor no mencionar luego de las festividades. Si tan solo él pudiera librarse de las pesadillas, de los horrores de los recuerdos perdidos. Lo peor era saber que Charles sufría el mismo tipo de sueños desde hacía años. Revivía el ahogamiento en el río Cam con demasiada frecuencia. ¿Un hombre podría recuperarse de eso? Tal vez no.

—Bueno, Anne y yo debemos irnos. Gracias de nuevo por la

invitación. Lord Sheridan, señorita Sheridan —Lord Chessley se despidió.

Cedric extendió su mano, estrechando la del hombre y luego esperó a que Anne hiciera lo mismo. Hubo un momento de vacilación y, finalmente, Anne acercó sus dedos enguantados. Él se llevó su mano a los labios, rozando un suave beso en el dorso de sus nudillos. Un vestigio de nostalgia surgió en él, como un fino hilo de seda, tan delicado como una flor después de una dura helada.

En otra vida, Cedric la habría sacado a bailar en el baile donde se conocieron. En otra vida, podría haber sido el primer y único hombre en besar sus labios, en verla sonreír y oírla reír.

En otra vida, ella podría haber sido mía...

Hugo Waverly esperaba dentro de su carruaje justo a la salida de la iglesia. La puerta se abrió y Daniel Shefford se deslizó dentro. Waverly golpeó el techo con su bastón y el carruaje se puso en marcha. Colocó el bastón en su regazo y pasó un dedo enguantado por la cabeza plateada. Una vez tuvo un bastón con cabeza de león. Un regalo de su padre, un regalo que Cedric Sheridan le había robado cuando estaban en Cambridge. Ahora su bastón tenía una cabeza de lobo. Los dientes de la criatura se mostraban en un gruñido silencioso y amenazante. Porque así se veía a sí mismo. Un lobo en medio de un rebaño de insípidas ovejas. Era solo cuestión de tiempo para que se diera un festín con su presa.

—¿Qué noticias tienes? —le preguntó a Shefford.

—La mayoría son buenas. Gordon llegó a su barco en Brighton. Saldrá a primera hora hacia España. Será de gran utilidad allí porque domina el idioma.

—Excelente —Hugo no se había sentido demasiado decepcionado por el informe sobre el fracaso de Gordon en el asesinato de Horatia Sheridan. Después de todo, el verdadero propósito se había logrado. La Liga sabía que sus seres queridos no estaban a salvo, al igual que ellos. El ejercicio había sido fructífero porque reveló las debilidades de la Liga. Unas que podría explotar con el tiempo hasta que él estuviera preparado. Y no podía negar que el dolor que causaba sobre la marcha era placentero. Como un gato golpeando de forma insensible a un ratón, pero evitando el golpe mortal, fascinado con la pequeña criatura aturdida que yacía inerte bajo sus garras.

—Señor, Avery Russell ha estado activo en nuestra oficina estos últimos meses. ¿Deberíamos reasignarlo a otro lugar mientras nos ocupamos de este asunto actual?

—No, deja a Russell allí. Podemos utilizarlo para vigilar a su hermano. Incluso podría sernos útil más adelante. Quiero que te centres en nuestras conexiones en Brighton. Hay un pequeño comercio clandestino de esclavos que deseo eliminar del puerto.

—¿Esclavos? —Shefford frunció el ceño.

—Sí.

—Muy bien, señor.

Waverly se acomodó en su asiento. Su mente no dejaba de pensar en las posibilidades.

—Por cierto, ¿cómo fue la boda? —le preguntó a Shefford.

Shefford se encogió de hombros.

—Agradable, supongo. Ellos no me importan mucho. Desde que Sheridan perdió la vista, se ha convertido en motivo de lástima para la mayoría de la *alta*. Lo evitan siempre que pueden.

—¿De verdad? —Waverly no pudo reprimir una sonrisa. Qué encantador desenlace había sido enterarse de la ceguera de Sheridan. Un final apropiado para el ladrón. El hecho de que la *alta* le hubiera dado la espalda, bueno, era una recompensa adicional.

—Creo que hay alguien que pasa por alto su condición. Una mujer llamada Anne Chessley. Ella y Sheridan estuvieron hablando justo antes de que me fuera.

Él había oído hablar de los Chessley. Su padre era un barón, uno adinerado. Esa situación sería digna de ser observada. Él no dejaría que Sheridan tuviera una novia. No merecía ser feliz. Tal vez podría aprovechar la situación de esclavitud en Brighton antes de clausurarla. ¿Acaso no había siempre mercados en el extranjero para damas refinadas de piel clara? Si Sheridan llegara a casarse, no sería por mucho tiempo.

¡GRACIAS POR LEER UNA SEDUCCIÓN ESCANDALOSA! ¡La siguiente entrega de la serie es Una Propuesta Escandalosa, la historia de Anne Chessley y Cedric Sheridan! ¡Pasa la página para leer el primer capítulo ahora o compra el libro AQUÍ!

UNA PROPUESTA
ESCANDALOSA

Regla número 5 de la Liga:
La mejor pareja de un hombre es una dama vivaz, pero hay que tratar a las damas vivaces como a un caballo salvaje, con un agarre firme y una voz suave.

EXTRACTO DE *LA GACETA DEL MONÓCULO DE CRISTAL*, 21 DE abril de 1821, Columna de Lady Society:

LADY SOCIETY ESTÁ DE LUTO. EL PELIGROSO LIBERTINO, VIZCONDE Sheridan, se ha quedado ciego. No puede evitar echar de menos esos ojos marrones oscuros que encendieron el corazón de más de una joven inocente cuando él las observaba desde las sombras de un salón de baile. Oh, mi querido Vizconde Sheridan, ¿no volverá a presentarse en sociedad? Lady Society lo desafía. No se esconda de ella, o desenterrará los secretos que más atesora.

Tal vez haya una dama que aún pueda provocar una tentación en sus ojos apagados y convencerlo de que vuelva a vivir. ¿No le gustaría que una mujer volviera a calentar su cama? ¿Una mujer que domine su perverso corazón?

. . .

LONDRES, ABRIL DE 1821

Utilizando su bastón de plata con forma de cabeza de león, Cedric, Vizconde Sheridan, lo golpeó con fuerza contra los adoquines del serpenteante camino del jardín de su casa de ciudad en Londres mientras intentaba llegar a la fuente. A su alrededor, el mundo era de un gris invernal. Sin embargo, sus otros sentidos le aseguraban que era primavera. La luz del sol le calentaba la cara y los brazos después de haberse arremangado la camisa. Una brisa con aroma floral le cosquilleaba la nariz y le agitaba el pelo. Cedric dio siete pasos calculados, contándolos en su cabeza.

Siete pasos hasta el centro del jardín, luego cinco pasos hasta... Golpeó la punta de su bota con una piedra elevada, tropezó y se estrelló contra el suelo. Ahogó un grito cuando las piedras se clavaron en sus palmas y los huesos de sus rodillas crujieron.

Jadeando y con todos los músculos tensos, se quedó tumbado en el suelo durante unos momentos, luchando contra las ráfagas de vergüenza y el impulso infantil de gemir por el dolor. No solo había perdido la vista. Parecía que el buen juicio y el equilibrio también lo habían abandonado.

Finalmente se incorporó, palmeó el suelo para encontrar su bastón y se puso en pie con dificultad. Era un hombre adulto de treinta y dos años; podía y *debía* soportar este dolor como se esperaba de cualquier caballero bien educado.

Por suerte, ninguno de sus sirvientes fue testigo de este momento de debilidad.

Una vez más. Cinco pasos hasta la fuente, se recordó a sí mismo y, asegurándose de levantar más los pies, evitó más piedras elevadas. Ya debería conocer este camino, pues lo había recorrido cientos de veces. Sin embargo, todavía no lo veía tan claramente en su cabeza como sabía que debía hacerlo. Cuando la punta de su bastón golpeó ligeramente la base de piedra de la fuente, se inclinó y buscó el borde. Con un gran suspiro de alivio, se sentó.

Cada hora de cada día, desde que se levantaba hasta que se retiraba a la cama, vivía con el temor constante de derribar preciosas reliquias familiares, de pasar vergüenza delante de sus amigos o de su familia o, lo que era peor, de infligir más daños a su cuerpo. Era un giro cruel del destino haber sido una vez un hombre viril sin miedo a nada para luego verse reducido a despertar cada mañana solo para recordar que estaba atrapado para siempre en la oscuridad.

En las últimas semanas y con demasiada frecuencia, se sentaba en su escritorio con la cabeza enterrada entre las manos mientras los bordes de sus palmas se hundían en sus ojos. Intentaba recuperar la visión que necesitaba desesperadamente.

Su desesperanza era demasiado fuerte y él no podía reunir la fuerza de voluntad para ocuparse de ella.

Gracias a Dios por este jardín. Paz, tranquilidad, nadie que lo viera en este estado. Momentos como éste eran una bendición. No había visitas sociales, ni visitantes incómodos que no entendían las dificultades de ser ciego. Afuera, en su jardín, él podía existir sin preocupaciones, sin ansiedad. El aire fresco, el sol cálido y los murmullos de los pájaros y los insectos le hacían sentirse vivo de nuevo, en la medida en que un hombre destrozado podía hacerlo. La tentación de quedarse una eternidad en el exterior era muy fuerte, pero le ardían las manos de tanto rasparse y, además, tendría que entrar para dormir y comer.

Una abeja zumbaba en algún lugar a su derecha, probablemente sobrevolando las flores en ciernes. El piar de los pájaros en un árbol cercano acariciaba sus oídos, llenando el silencio con un delicado gorjeo que era inconfundible y nítido. Podía distinguir cada nota, cada melodía singular y los cambios de tempo y tono cuando los pájaros se comunicaban entre sí.

Ya no podía concentrarse en los pequeños detalles visuales, como los rostros de sus hermanas y amigos mientras reían y hablaban, o cómo el viento agitaba los árboles en ondas de color esmeralda en verano, o la forma en que la boca de una mujer se volvía de ese tono rojo perfecto cuando la besaba. Los sonidos, los olores y el tacto ahora eran sus únicos compañeros. Se aferraba al sonido de las delicadas risas de Audrey y a la suavidad de la mano de Horatia mientras lo guiaba.

Las ligeras pisadas de un lacayo sobre la grava lo sacaron de sus pensamientos. Los pasos firmes eran de Benjamin Abbot, uno de los lacayos más antiguos. Había aprendido mucho sobre sus sirvientes en los últimos meses. Las criadas por sus voces y el sonido de sus faldas, los lacayos por sus pisadas más pesadas. Cada sirviente era único. Era una de las cosas que más había aprendido a valorar después de perder la vista. Siempre había tenido una buena relación con sus sirvientes, pero ahora dependía de ellos más que nunca.

—Hay una joven que quiere verlo, milord.

—¿Oh? —Cedric no se molestó en mirar en dirección a Benjamin. No parecía tener mucho sentido mirar a una persona si no podía verla—. ¿Esta joven le dio un nombre?

—Señorita Chessley. La hija del barón Chessley.

Cedric respiró con fuerza.

¿Anne está aquí? ¿Por qué?

Había estado con muchas mujeres a lo largo de los años, seduciendo de una cama a otra. Pero no con Anne Chessley. Ella era diferente. Ella lo había intrigado, resistido y desafiado. Una verdadera doncella de hielo en su torre de marfil, pero cada vez que la miraba, por un breve segundo, surgía un calor tan brillante y abrasador que despertaba su apetito por ella. la mujer era un reto, y a él siempre le habían gustado los grandes desafíos.

El año pasado la había cortejado, pero ella no le permitió acercarse lo suficiente como para darle un solo beso. Había gastado una fortuna enviando lujosos ramos de flores, además de comprar asientos en el palco de la ópera frente al de su padre para verla disfrutar de la música desde el otro lado del teatro. Y, sin embargo, ella había permanecido inalcanzable. Siempre amable, pero nunca verdaderamente abierta. Después de meses de intentos, Cedric se había visto obligado a admitir su derrota. Ella nunca se rendiría a él ni a sus intentos de seducción.

Y luego había perdido la vista. Cualquier idea de matrimonio ahora era inconcebible. Aunque su fortuna seguía siendo un atractivo para algunas damas disponibles, ya no podía soportar la macabra danza del cortejo. No cuando todo lo que oía eran los groseros susurros de las damas detrás de sus abanicos sobre su condición. No quería esa repulsión o compasión de su futura esposa.

Sin duda, Anne se compadecería de él, o se incomodaría por su nueva torpeza. Era demasiado fría de corazón como para preocuparse sobre si él podía recorrer un metro y medio sin lastimarse o arruinar algo a su alrededor. No podía entender qué estaba haciendo ella aquí, y menos cuando había pasado demasiado tiempo evitándolo. Además, ella no solía hacer visitas sociales y no se atrevería a hacerle una a él. Por otra parte, las noticias que había oído recientemente sobre ella no le permitían imaginar por qué estaba aquí.

La semana pasada, cuando su amigo Lucien y su hermana Horatia acudieron a su visita semanal, Cedric se enteró de que el barón Chessley, padre de Anne, había muerto mientras dormía. Anne era ahora una rica heredera y no necesitaba a nadie, y mucho menos a Cedric. Lo que lo obligó a replantearse dicha cuestión infernal: *¿por qué había venido?*

¿Estaba muy destrozada por el dolor de haber perdido a su único pariente con vida y acudía a él en busca de consuelo? Lo dudaba. ¿Qué podía ofrecerle a una mujer como ella? Era un hombre a medias, destrozado, arruinado. Un maldito idiota.

Se obligó a adoptar un rostro serio. La trataría como a todas las jóvenes con las que se cruzaba desde su pérdida de visión, con una educada distancia. Su orgullo le exigía mantener el control, especialmente con Anne. Nunca debía saber que aún la deseaba, que aún la buscaba como un loco sin remedio.

Las imágenes de sus ojos grises traicionaron a su mente. Recordarla tan vívidamente; los labios rosa pálido que mostraban una sonrisa solo cuando ella bajaba la guardia, y la forma en que su nariz se arrugaba cuando discrepaba con él. Su pecho se contrajo al recordar sus discusiones, a menudo apasionadas, sobre los caballos, su interés compartido. Era la única forma en que había conseguido que ella le respondiera, sonsacándole sus enérgicas opiniones. A la fría diablilla le encantaba discutir, y él se deleitaba provocando su ira.

Maldita sea. Me he convertido en un tonto sentimental.

El lacayo tosió cortésmente, recordándole a Cedric que lo estaba esperando.

—Por favor, tráela —le indicó.

Ahora, resultaba una gran pérdida de tiempo encontrar el camino de regreso al interior. Era mucho más fácil hacer que se la llevaran a los jardines. El clima era bueno, y él conocía a Anne lo suficiente como para saber que le gustaba el aire libre.

Los pasos del lacayo se alejaron y, un minuto después, Cedric percibió unas pisadas femeninas en el sendero del jardín. La oyó jadear cuando se acercó lo suficiente para verlo.

—¡Milord! ¡Está sangrando! —Anne corrió a su lado. Él percibió su olor, un seductor aroma a orquídeas que era exclusivamente suyo. Sintió el calor de sus manos cerca de las suyas cuando se le unió en la fuente. Ella le cogió las palmas y tocó suavemente su piel irritada. Estaba tan acostumbrado a los cortes y rasguños que apenas los notaba.

Cedric reprimió un escalofrío. Sin la vista, solo le quedaban el tacto, el gusto y el olfato para percibir el mundo. El tacto de Anne encendió una chispa debajo de su piel.

—¿Sangrando? —preguntó tontamente, demasiado absorto en la sensación de las faldas de seda rozando sus espinillas. Sus manos heridas quedaron en el olvido. La excitación ardía en sus venas, y el viejo deseo de seducir emergió a la superficie. No recordaba ningún momento en el que ella hubiera estado tan cerca de él por voluntad propia.

—Sí, milord. Hay gravilla en sus palmas. ¿Se ha...? —dudó en continuar.

Su deseo por ella se esfumó ante la compasión en su tono.

—¿Me he caído? Sí —respondió él bruscamente. Nunca había

necesitado compasión, y no la quería ahora, y menos de ella. Sacó el pecho y frunció el ceño en su dirección. Un silencio inquietante llenó el aire entre ellos. Anne siempre tuvo el poder de ponerlo nervioso, de hacer que todos sus músculos se tensaran. ¿Qué expresión tenía en su rostro? ¿Esas delicadas cejas que él recordaba arqueadas sobre sus encantadores ojos sorprendidos, o ahora estaban fruncidas? Maldita sea, desearía poder verla.

—¿Me deja ayudarlo? —preguntó Anne en voz baja.

—¿Cómo? —el escepticismo invadió el tono de Cedric.

En lugar de responder, ella se quitó los guantes y cogió sus manos, metiéndolas en el agua fría y vigorizante de la fuente, y sus dedos limpiaron suavemente las irritadas palmas de sus manos. Luego volvió a levantarle las manos.

—¿Tiene un pañuelo?

—En el bolsillo del pecho —dijo él. Sintió que la mano de Anne hurgaba en el bolsillo de su chaleco y lo sacaba. La simple acción le resultó extrañamente erótica y aceleró su pulso. Siempre era él quien deslizaba una mano bajo el corpiño o la falda de una dama. Era una experiencia muy diferente tener la mano de una dama moviéndose bajo su ropa. Podía sentir el calor de su piel cerca de su pecho. Con una sonrisa interior, disfrutó de la sensación de sus suaves manos introduciéndose en su ropa.

Cuando encontró su pañuelo, ella le secó las manos con delicadeza y luego colocó sus palmas en alto. Su cálido aliento se deslizó sobre su piel en un suave patrón mientras soplaba suavemente sobre sus cortes para secarlos.

—Creo que no van a sangrar más. Debe tener cuidado de no hacer nada brusco con ellas durante unos días para no estimular nuevamente los cortes.

Su tono a reprimenda lo pilló desprevenido y destruyó la cálida burbuja de deseo que lo rodeaba.

—Gracias, señorita —respondió con rigidez, más por la sorpresa que por otra cosa—. Perdone mi atrevimiento, pero ¿por qué ha venido? —la pregunta urgente *¿por qué?* seguía atormentándolo.

Anne guardó silencio durante unos momentos antes de hablar. Cuando lo hizo, sus manos se apartaron de las suyas, deshaciendo su vínculo.

—Estoy segura de que ha oído hablar de mi padre.

—Sí —dijo Cedric en voz baja—. Era un buen hombre, y no puedo decir eso de la mayoría de los hombres que conozco. Le doy mi más sentido pésame y mis condolencias.

El dolor lo atravesó, agudo y repentino, detrás de las costillas. *Los ataúdes de sus propios padres siendo depositados en tumbas gemelas. Sus dos hermanas pequeñas aferradas a sus brazos a ambos lados, con sus rostros angelicales manchados de lágrimas.* Eran recuerdos que no quería, recuerdos que cada día intentaba mantener enterrados.

—Gracias —su voz era firme, pero él conocía la fortaleza de Anne y eso lo hacía sentirse orgulloso de ella. Al mismo tiempo, quiso acercarla y susurrarle cosas suaves y dulces al oído para reconfortarla.

Eso lo sorprendió. ¿Desde cuándo era la clase de hombre que consolaba? Era un libertino, un seductor y un pícaro de la peor calaña. No acurrucaba a una mujer en su cuerpo.

—En realidad, su muerte es la que me ha traído hasta ti.

—¿Oh? No puedo imaginar cómo...

—Si me perdona por mi franqueza, milord, la verdad del asunto es que necesito casarme. La muerte de mi padre me ha dejado con riquezas y, desgraciadamente, siendo más un objetivo para los cazafortunas de la *alta.* Más de lo que me hubiera gustado.

Cedric no pasó por alto el tinte desesperado en su voz. Desde que la conocía, ella siempre había huido de la mirada pública, y la carga de ser una heredera debía ser muy grande.

—¿Y qué tiene que ver esto conmigo? —preguntó Cedric. Seguramente ella no pensaba... Era demasiado esperar que le pidiera que la cortejara de nuevo.

—Necesito un marido y la mayoría de los hombres disponibles que buscan una mujer, bueno, no son lo que yo consideraría candidatos adecuados. He venido aquí... con la esperanza de que quizás... —las manos de Anne cogieron las suyas y Cedric se sobresaltó, pero mantuvo la calma y se aferró a ella con suavidad.

¿Qué esperaba ella? El pecho de Cedric se contrajo.

—Diga lo que piensa, señorita Chessley —exigió, quizá con demasiada fuerza. Ella liberó sus manos y terminaron por caer en su regazo.

—Tal vez esto fue un error. No debí molestarlo —musitó Anne, disculpándose. La oyó levantarse para marcharse.

Cedric se puso de pie junto a ella y extendió la mano a ciegas en su dirección, con la esperanza de capturar su muñeca para detenerla. En lugar de ello, su mano apareció alrededor de una cadera femenina y prominente. No la soltó, sino que le clavó los dedos con la fuerza suficiente para frenar su huida. El repentino contacto provocó un grito de sorpresa.

—Dígame lo que ha venido a decir, por favor —suplicó un poco, no queriendo que se fuera.

Últimamente había pasado mucho tiempo solo, algo que había creído preferir dado su estado. Pero la compañía de Anne era bienvenida. Le recordaba a tiempos mejores, pero no le hacía sentir el dolor de su pérdida de visión. Más bien le encendía la sangre, recordándole la forma en que solía provocarla y cómo ella se resistía a él con su delicioso combate verbal. Reprimió una sonrisa cuando ella no intentó escapar de su agarre.

—He venido a preguntarle si consideraría la posibilidad de casarse... conmigo —la última palabra fue un susurro tan suave que Cedric se preguntó si la había imaginado.

—¿Quiere casarse conmigo?

¡Por fin podría tener a Anne! Sin embargo, se había jurado a sí mismo que el matrimonio no era posible, que cualquier mujer que se atara a él nunca sería feliz con el cuerpo vacío de un hombre dañado. ¿Cómo podía pensar Anne que él sería una buena elección? Si pensaba que podía ser su esposa solo de nombre, se equivocaba.

Si él y Anne se casaban, la metería en una cama y Cedric encontraría el cielo que sabía que lo estaba esperando allí. Si el matrimonio era la única vía para encontrar el paraíso, entonces él haría publicar las amonestaciones inmediatamente. Sin embargo, si conocía a Anne —que lo hacía—, tenía que haber una trampa.

—Sí. Bueno... 'querer' es quizás una palabra fuerte. Pero me casaría con usted si me lo pidieras.

—¿Por qué yo? —si podía elegir entre cazafortunas y otros jóvenes, ¿por qué conformarse con un ciego patético y tonto? No tenía mucho sentido.

—De todos los hombres que he conocido, usted ha permanecido interesado en mí y no tiene ningún deseo de perseguirme por mi fortuna, ya que es bien sabido que la suya es mucho mayor que la mía. Estoy segura de la verdadera razón de su interés. Los sementales de mi padre pasarían a ser suyos, por supuesto, si nos casamos. Sería libre de cruzar sus propias yeguas con ellos. Pensé que tal vez eso podría atraerlo. Estaría dispuesta a trabajar con usted en la crianza, ya que es un interés compartido. También creo que podríamos llegar a agradarnos lo suficiente como para llevarnos bien. Usted tiene la aprobación de mi padre, así como la de Emily, y eso me hace confiar en su naturaleza.

Cedric se rio para sí mismo. A pesar de su reputación descarada entre la *alta* y los rumores de los diarios, ¿su padre lo había aprobado? Ellos se habían reunido a menudo en Tattersalls para hablar de los mejores caballos. Él y el difunto barón habían coincidido en casi todo, excepto en la política, pero aquellos debates habían sido animados y bien argumentados por ambas partes con copas de oporto en clubes como White's.

Entonces, fue azotado por una fuerte sacudida ante la abrupta percepción de la pérdida del barón. Había dejado que su ceguera se convirtiera en un motivo para sumirse en su propia oscuridad y ni siquiera había pensado en cómo debía sentirse Anne. Su padre, un hombre al que estaba muy unida desde la muerte de su madre en su infancia.

Y ella acudió a mí para que la protegiera de los cazafortunas...

El pensamiento provocó una sensación de calidez en un lugar

profundo de su interior que había quedado muy frío durante estos largos meses desde su pérdida de visión.

—¿Te casarías conmigo, sinceramente? Debo advertirle, señorita Chessley, que ya no soy el hombre encantador que alguna vez fui. Mi vida se ha vuelto... complicada —la confesión le dolió como un puñetazo, pero era inevitable. Ella tenía derecho a saber con qué se enfrentaría si se casaba con él.

—Lo sé, milord. Tuve un spaniel muy querido que se quedó ciego cuando era niña. Conozco las dificultades a las que usted se enfrenta —su voz estaba todavía un poco agitada.

—No creo que compararme con un perro ayude mucho a su caso, señorita Chessley —se rio irónicamente antes de ponerse más serio—. No respondo bien a la compasión y, si nos casáramos, sería su marido por completo. Estoy seguro de que sabe lo que eso significa. En consecuencia, ya conoce la salida.

Ella dejó escapar un corto jadeo, pero Cedric no pudo ver si era de sorpresa o de indignación. Maldita sea, él no podía leerla, no como solía hacerlo. Una débil sacudida la recorrió y él la sintió a través de su propia mano, la cual aún descansaba posesivamente en su cadera.

—Me ofrecería a acompañarla a la puerta, pero me lleva un tiempo encontrar la salida de los jardines una vez que llego aquí —a pesar de que le dijo que se fuera, no la soltó.

Lucha contra mí, Anne. No te vayas.

Odiaba decirle que se fuera, pero sabía cómo serían las cosas entre ellos. Ella seguiría siendo fría, él seguiría ciego, y ninguno de los dos averiguaría nunca qué hacer el uno con el otro más allá del dormitorio. Tal preocupación no le habría molestado antes, una parte de él siempre había esperado un matrimonio solo de nombre, pero desde los felices matrimonios de sus dos amigos cercanos, había descubierto que anhelaba algo más que la satisfacción sexual con su esposa —si es que alguna vez aceptaba una—.

Al principio lo había descartado como un sentimentalismo, pero estar rodeado de parejas enamoradas había alterado sus percepciones y, al analizar su infancia con más frecuencia desde el accidente, recordaba la fluida relación de sus padres. Comprendió que una gran parte de él siempre había anhelado algo similar. Quería lo que sus amigos y sus padres tenían: amor y amistad. Antes se reía de esas cosas, como si fueran aspiraciones ingenuas de poetas, pero ahora las necesitaba.

—Soy consciente de que usted tendría sus derechos como marido. No se los negaría —declaró con rigidez y valentía, y ella siguió sin apartarse de él o exigirle que dejara de tocarla.

Los labios de Cedric se contrajeron. Tenía suficientes recuerdos de ella para saber qué expresión acompañaba a ese tono de voz. Su barbilla se alzaba, sus marcados pómulos se ruborizaban por la vergüenza y sus preciosos ojos brillaban con una indignación implícita. La mano cayó de su cadera, pero no la oyó marcharse. Permaneció cerca, con el sonido de su respiración acariciando sus oídos.

—Tal vez acceda a tumbarse flácidamente debajo de mí, pero no quiero eso en una esposa. Deseo una compañera de cama dispuesta, y la primavera pasada me dejó claro que nunca sería una.

—La gente cambia —respondió ella.

—Tal vez, pero la naturaleza de una mujer no suele hacerlo. Usted siempre estuvo hecha de hielo, señorita Chessley, y no tengo intención de empeorar mi vida, de por sí en ruinas, al congelarme hasta la muerte en su cama. El simple hecho de evadir a los cazafortunas no es suficiente como para que decida buscarme. ¿Me crees estúpido además de ciego?

Cedric sintió que el aire se movía antes de que la bofetada impactara con fuerza en su cara. El ataque despertó en él un fuego de excitación más que de ira. Después de todo, tal vez podría derretirla.

—¡Cómo se *atreve* a hablar así! —siseó Anne.

—Pido disculpas si la verdad duele, pero estoy cansado de las pretensiones de cortesía. Ahora, por favor, váyase o de lo contrario puedo soltar más verdades que podrían molestarla.

—¡Canalla despiadado! —Anne se dispuso a golpearlo de nuevo, pero él tuvo la virtud de anticipar su reacción.

Por pura suerte, Cedric cogió su muñeca y la empujó contra él. Su otra mano se posó en el hombro de Anne y se desplazó hasta su nuca. La mantuvo inmóvil con su fuerte agarre y se acercó cuidadosamente a su rostro. Fue capaz de encontrar su mejilla y trazar un suave camino hacia sus labios. Una vez que los encontró, abandonó toda pretensión de delicadeza y devoró su boca.

Ella se estremeció en sus brazos y, al principio, su propia lengua se apartó de la de él. Pero Cedric continuó avanzando, frotando sus dedos en el cuello de Anne de manera reconfortante hasta que se relajó contra él. La sensación de triunfo que sintió cuando su lengua deslizó entre sus labios fue gloriosa. Y entonces Cedric se apartó, retrocediendo, con la respiración acelerada.

—Si puedes jurar responderme así en la cama, entonces te pediré que te cases conmigo —era un reto que no esperaba que Anne aceptara, pero rezó para que lo hiciera. Su deseo por ella, acumulado durante años mientras resguardaba el fuego poco intenso, ahora era un infierno gradual. Si tan solo ella aceptara abrirse a él...

—Yo... puedo —su respuesta, ronca y sin aliento, despertó su faceta más oscura y sus partes bajas se endurecieron por la necesidad. Ella continuó hablando, sin darse cuenta del efecto que estaba causando en él—. Lo que quiero decir es que besas mucho mejor de lo que esperaba.

—Entonces, ¿lo juras? ¿Responder de esa manera cada vez que me acerque a ti? —insistió Cedric.

—Lo juro —prometió Anne, pero Cedric oyó la vacilación en su voz.

Él suavizó su agarre e intentó hacer lo mismo con su voz.

—Nunca te forzaré, si eso es lo que te preocupa. Pero te advierto que mi apetito por el placer es voraz —le mostró una sonrisa con la que había roto muchos corazones. Lo único que deseaba era poder ver su reacción.

—Prefiero lidiar con sus apetitos, milord, que sufrir una noche más en un salón teniendo que bailar con esos tontos que no me ven más que como un montón de oro en un vestido de gala —declaró Anne.

Cedric estuvo a punto de reírse. Ahí estaba la fiera que recordaba, la que se ponía a la altura de cada desafío que él le presentaba. Tal vez solo era una idea poco realista pensar que ella había acudido a él por compasión o por la creencia de que no la presionaría para una plena relación marital ahora que estaba ciego. Era un hombre de apuestas por naturaleza; y apostaría, dada la respuesta de Anne, que a ella le gustaba jugar con él tanto como a él con ella. Después de todo, tal vez había una oportunidad para ellos.

—Supongo que eso resuelve la situación. Entonces, me esforzaré por hacer esto correctamente —Cedric extendió la mano para encontrar el borde de la base de la fuente y utilizarlo como apoyo para arrodillarse. Extendió una mano en dirección a ella—. Por favor, deme su mano, señorita Chessley —la cogió, sintiendo los discretos bordes de los leves callos; una mano que pertenecía a una mujer cuyo mundo estaba relacionado con los caballos. No llevaba guantes. Extraño, Cedric no se había dado cuenta hasta ahora—. Señorita Chessley, ¿me haría el gran honor de ser mi esposa? —sonrió, el absurdo del momento era demasiado divertido para permanecer reprimido. Era una tragedia que no pudiera ver sus ojos. ¿Sus profundidades grises brillarían de pasión o estarían turbias por la incertidumbre?

—Sí, milord —respondió Anne, de nuevo sin aliento.

Se preguntó si su sonrisa había afectado a Anne. Se levantó con su ayuda y buscó su bastón. Ella lo acercó a sus manos y Cedric sintió que su agarre se estrechaba mientras él sonreía de nuevo.

¿Su sonrisa la había afectado? ¿O estaba verdaderamente contenta de que le hubiera propuesto matrimonio? Dios, ojalá pudiera ver. Había confiado demasiado tiempo en el lenguaje de los ojos. Ahora estaba perdido; un hombre torpe con solo sus oídos y manos para guiarlo.

—Excelente. ¿Cuándo prefiere anunciarlo? Creo que es tradición esperar seis meses hasta que se le permita entrar en medio luto.

Una mano asustada se aferró a su manga.

—¡No! Deseo casarme esta misma semana. La temporada está en pleno apogeo y un matrimonio rápido acabará con los numerosos asaltos a la Mansión Chessley por parte de los solteros de Londres.

El tono de su voz cambió al hablar de los cazafortunas y él se preguntó si eso era verdad. Sin embargo, no la cuestionaría si se estaba acercando a él en busca de ayuda. La idea de estar casado tenía un atractivo que no había creído posible antes. No estaría solo. Ya no. La voz de Anne atravesaría la oscuridad y le impediría caer en la desesperación.

Sin embargo, habría consecuencias.

—Sabes que la *alta* nos tendrá al borde del escándalo. Supondrán que estás embarazada, o imaginarán motivos peores ante semejante premura.

—No pensé que fuera de los que le temen al escándalo, milord —su tono desafiante le hizo reprimir otra carcajada. ¡La dama lo conocía muy bien! Al fin y al cabo, ellos se adaptarían. Ahora tenía fe en ello.

—Por supuesto que no. Me encanta. No sabía que usted compartiera mi... *deseo* por la atención —le hubiera gustado ver su cara. ¿Ella se sonrojaría ante sus sugerentes palabras?

—Puede que no la *desee*, como usted dice, pero no me asusta —su tono sugería sinceridad. De haber mentido, habría oído su respiración entrecortada o un temblor en su voz.

—¿Preferiría entonces que consiguiera una licencia especial?

—Sí, si no es mucha molestia.

—Muy bien. Le escribiré mañana.

—Gracias, milord —las manos de Anne se estrecharon entre

las suyas mientras se inclinaba hacia adelante y sus labios rozaban la mejilla de Cedric en un beso fugaz. En su interior, la pasión luchó contra la ternura ante el inesperado contacto. Ella permaneció cerca—. ¿Quiere que lo guíe de regreso a la casa?

Esta vez, Cedric dudó. ¿Podría aceptar y reconocer su miedo a tropezar? ¿O se negaría a hacerlo? Maldita sea, ojalá entendiera mejor a las mujeres. Había vivido con sus hermanas durante años y era lo suficientemente inteligente como para admitir que no sabía casi nada de la especie femenina ni de sus complejas y a menudo insondables opiniones sobre la humanidad. Tal vez era más prudente aceptar su oferta en vez de molestarla.

—Sí, eso sería agradable de su parte.

Cedric se sorprendió cuando ella entrelazó sus brazos y avanzaron por el camino empedrado en silencio. Pero no era un silencio severo como él esperaba. Algo entre ellos había cambiado. Solo deseaba saber en qué consistía. Pero pronto lo sabría. Después de todo, iban a casarse. Qué extraño que Cedric se debatiera entre el pavor y la fascinación.